Du musst rennen. Du musst schneller sein als sie. Schneller und schlauer.

Junge Frauen verschwinden. In diesen magischen Nächten zwischen den Jahren. Nach zwölf Tagen kehren sie zurück, verwirrt und verstört. Zwei von ihnen haben es nicht mehr ausgehalten, sie gingen freiwillig in den Tod. Andere sind aus dem Tal weggezogen und nie wieder zurückgekehrt. Die wenigen, die geblieben sind, schweigen. Als Lisa an Weihnachten zu ihren Großeltern ins Tal fährt, ist wieder ein Mädchen verschwunden. Warum spricht niemand darüber? Hochspannend und dramatisch: Ein verstörender Thriller für die beste Lesezeit des Jahres.

Ulrike Gerold und Wolfram Hänel sind ein eingespieltes Autorenpaar. Seit vielen Jahren schreiben sie Romane, Kinder- und Jugendbücher, Theaterstücke sowie Sachbücher. Unter Pseudonym haben sie auch bereits mehrere Kriminalromane und Thriller veröffentlicht. Die Idee für diesen Rauhnächte-Thriller kam ihnen nach Urlaubsreisen ins Großarltal im Salzburger Land, wo die Tradition der Krampus-Masken noch sehr lebendig ist. Beide Autoren leben in Hannover.

Weitere Informationen finden Sie auf
www.fischerverlage.de

Ulrike Gerold Wolfram Hänel

RAUHNÄCHTE

Sie werden dich jagen

Thriller

FISCHER Taschenbuch

Aus Verantwortung für die Umwelt hat sich der S. Fischer Verlag zu einer nachhaltigen Buchproduktion verpflichtet. Der bewusste Umgang mit unseren Ressourcen, der Schutz unseres Klimas und der Natur gehören zu unseren obersten Unternehmenszielen.

Gemeinsam mit unseren Partnern und Lieferanten setzen wir uns für eine klimaneutrale Buchproduktion ein, die den Erwerb von Klimazertifikaten zur Kompensation des CO_2-Ausstoßes einschließt.

Weitere Informationen finden Sie unter:
www.klimaneutralerverlag.de

FSC
www.fsc.org
MIX
Papier aus verantwortungsvollen Quellen
FSC® C014496

Originalausgabe
Erschienen bei FISCHER Taschenbuch
Frankfurt am Main, November 2022

Redaktion: Volker Jarck
Das Werk wurde vermittelt durch die Literarische Agentur Thomas Schlück GmbH, 30161 Hannover.

Satz: Fotosatz Amann, Memmingen
Druck und Bindung: GGP Media GmbH, Pößneck
Printed in Germany
ISBN 978-3-596-70698-3

DANKSAGUNG

Wir danken dem Tourismusverband Großarltal für die freundliche Unterstützung unserer Arbeit:
https://www.grossarltal.info/

RAUHNÄCHTE

Der Begriff »Rauhnächte« kommt von rauh (wild) sowie von Rauch oder Räuchern und dem mittelhochdeutschen Wort »ruch« (haarig, pelzig), womit das Aussehen der Dämonen gemeint ist, die zu dieser Zeit ihr Unwesen treiben.

Die Rauhnächte haben ihren Ursprung in der germanischen und keltischen Tradition, sie sind entstanden, um die Differenz der Tage zwischen dem Sonnenjahr (365 Tage) und dem Mondjahr (354 Tage) auszugleichen. Dazu fügten die Kelten elf Schalttage (und damit zwölf Nächte) ein, die quasi nicht existent sind – »tote Tage« (Tage außerhalb der Zeit), in denen die Gesetze der Natur außer Kraft gesetzt sind und die Tore zur »anderen Welt« offen stehen.

Die Rauhnächte beginnen mit dem 25. Dezember und enden am Dreikönigstag, wenn sich die »Wilde Jagd« wieder zur Ruhe begibt.

VORBEMERKUNG

Alle Namen und Personen in diesem Roman sind frei erfunden. Die Ortschaft Oberalmdorf existiert nur in unserer Phantasie. Wer also meint, eine bestimmte Person, ein Haus oder eine Straße zu erkennen, kann sich nur irren.

Die Geschichte ist so, wie bei uns beschrieben, nie passiert. Wir haben uns jedoch an wahren Ereignissen orientiert und diese so verändert, wie wir es für unsere Handlung brauchten.

Das gilt im Übrigen auch für unsere Ausführungen zu den Rauhnächten und den Krampus- beziehungsweise Perchtenmasken, auch hier haben wir die gängigen Fakten den Bedürfnissen unserer Geschichte angepasst.

Mit anderen Worten: Wir haben uns aller Freiheiten bedient, die in der Fiktion möglich sind – es ist also alles gelogen und erzählt doch gleichzeitig die Wahrheit, wie sie in anderen Zusammenhängen existiert.

VORSPIEL

Sie dürfen das tun. Es war schon immer so. Jedenfalls in diesen Nächten. Und wenn sie dich kriegen, dürfen sie mit dir machen, was sie wollen. Die Männer. Die Jungen. Deine Freunde aus der Schule. Die Nachbarn. Hinter ihren Masken sind sie nicht zu erkennen. In stinkende Felle gehüllt. Mit den gebogenen Hörnern eines Ziegenbocks, mit spitzen Ohren wie bei einem wilden Tier und mit fauligen Zähnen und wirren Haaren.
Nur die Augen, die tief in den geschnitzten Höhlen liegen, können den Mann hinter der Maske verraten. Den Mann, den Jungen, den Freund, der sich an dir rächen will. Der unaussprechliche Dinge tut. Der dich erbarmungslos jagt. Und diese Augen sind schlimmer als alles andere.
Deshalb musst du rennen. Du musst schneller sein als sie. Schneller und schlauer. Sie dürfen dich nicht kriegen. Wenn du es schaffst, bist du frei. Dann ist es vorbei.
Du musst durchhalten bis zum Morgen. Deine Verfolger täuschen, sie in die Irre führen. Dich irgendwo verstecken. Ganz leise sein. Still und reglos. Wie ein ängstliches Tier, das sich verkriecht. Weil es weiß, was mit ihm geschieht, wenn sie es finden.

Es ist zu spät. Sie sind da. Du hast es nicht geschafft.
Jetzt fängt es an. Jetzt wollen sie ihren Spaß.

1. BUCH

Solange nur du es weißt, weiß es niemand.
Wissen es zwei, so wissen es alle.

1. KAPITEL, 25. DEZEMBER

Zurück zu den Wurzeln

Wenn die Nächte so kalt sind, dass die Tränen gefrieren

Es war jetzt bald sechs Jahre her, seit sie das letzte Mal im Dorf war. Zur Beerdigung ihrer Mutter. Und sie war damals nur gekommen, um es den Großeltern nicht noch schwerer zu machen. Es war von vornherein klar gewesen, dass sie nicht länger bleiben würde als einen halben Tag und eine Nacht, schon am nächsten Morgen war sie wieder gefahren.

Die unsägliche Trauer der beiden Alten war fast körperlich spürbar, daran erinnerte sie sich noch, wie ein Geruch, der immer stärker wurde, je näher man ihnen kam. Und je länger sie zusammen an dem schweren Zirbenholztisch in der Essstube saßen, die Großmutter mit starrem Blick und den Händen untätig im Schoß, der Großvater mit dem halbvollen Glas Haselnussschnaps vor sich, von dem er nach dem ersten Schluck nichts mehr trank.

Sie hatten dort gesessen, bis die Kerze so weit niedergebrannt war, dass sich ein Strom von heißem Wachs über die Tischplatte ergoss. Bis der Großvater aufstand und wortlos die Hand nach seiner Frau ausstreckte, mit krummen Schultern und den Blick auf den Fußboden gerichtet.

»Schlaf gut, mein Kind«, hatte die Großmutter ihr zugeflüstert. »Fürchte dich nicht!«

Ein dumpfer Schmerz, der das Haus nie wieder verlassen würde. Doch der Schmerz war nicht neu. Für keinen von ihnen, für Lisa am allerwenigsten.

Fürchte dich nicht!

Seither hatte sich Lisa mehr als nur einmal gefragt, ob die Worte der alten Frau nicht ganz anders gemeint gewesen waren, als sie klangen. Nicht als Trost, sondern als Warnung. Vielleicht hätte ihre Mutter diese Frage beantworten können. Aber die hatte es vorgezogen, einen ganz anderen Weg zu gehen. Auch wenn ihr geliebter Herrgott damit sicherlich nicht einverstanden war. Aber vielleicht hatte sie ihn diesmal ausnahmsweise nicht um seinen Rat gebeten.

Als Lisa das Schild an der Abzweigung von der Landesstraße passierte, schaltete sie zurück und trat das Gaspedal durch. Immer noch kannte sie jede Kurve, die jetzt vor ihr lag, auswendig. Sie wusste genau, wann sie Gas geben oder gerade noch rechtzeitig bremsen musste, um die enge und steile Straße zum Pass hinauf in weniger als zehn Minuten zu bewältigen. Der Toni hatte es mit ihr geübt, immer wieder und wieder. Acht Minuten, fünfundvierzig Sekunden war Tonis Rekord gewesen. Im selben Jahr, in dem ... sich alles verändert hatte. Acht Minuten, fünfundvierzig Sekunden. Aber niemand fuhr so gewagt wie Toni. Niemand, der nicht riskieren wollte, auf die gleiche Weise zu enden wie der Viehauser Sepp, Tonis bester Freund. Damals, lange her.

Das schraffierte Schild, das vor der Spitzkehre warnte, war neu, eine Leitplanke sicherte den Abgrund, nur das Kreuz erinnerte noch an das Unglück in jener Nacht, die den Sepp das Leben gekostet hatte. Wenn Lisa es eben im Vorbeifahren richtig gesehen hatte, war das Kreuz geborsten, und es stand auch kein ewiges Licht mehr unter dem verwitterten Dach. Es wollte Lisa wie ein schlechtes Omen erscheinen, als würde sich niemand mehr an den Sepp erinnern.

Auf der linken Straßenseite hingen meterlange Eiszapfen in den Spalten und Vorsprüngen der schroffen Felswand, das alte Holzgeländer der Brücke über die Klamm war durch einen Drahtgitterzaun ersetzt. Ein neues, geschnitztes Schild wies den Weg zum »Jungfernsprung«. Soweit Lisa es erkennen konnte, war der Fußsteig jetzt mit Halteseilen versehen, damit keine verzweifelte Jungfrau in die Tiefe stürzen würde, bevor sie nicht selber den endgültigen Schritt über die Felskante machte. Keine verzweifelte Jungfrau und auch keine, die es eben nicht mehr war.

So viel Tod, so viel Elend, dachte Lisa, während sie nach dem alten Schuhkarton auf dem Beifahrersitz griff und sich auf gut Glück eine CD herauszog. Ausgerechnet die Beatles! Aber Hauptsache, sie konnte den Text mitsingen, um alle unwillkommenen Gedanken zu verdrängen. Und »Let it Be« war vielleicht nicht die schlechteste Wahl: »When I find myself in times of trouble, Mother Mary comes to me, speaking words of wisdom, let it be, let it be ...«

Lisa drehte die Lautstärke so hoch, dass der Motor nicht mehr zu hören war. Umso mehr schrak sie bei dem gellenden Ton einer Hupe zusammen, hundertfach warfen die Felswände das Echo zurück. Als Lisa in den Außenspiegel blickte, hing der schwarze Mercedes-Van bereits dicht an ihrer Stoßstange und setzte zum Überholen an.

Es war das letzte gerade Stück vor der Passhöhe, kaum mehr als knapp hundert Meter, und es war unmöglich, die nächste Kurve einzusehen, in der jederzeit ein entgegenkommendes Auto auftauchen konnte, auch der Linienbus oder ein Holztransporter, der fast die gesamte Breite der Fahrbahn benötigte. Obwohl es Lisa reizte, noch einmal zu beschleunigen, zwang sie sich, den Fuß vom Gas zu nehmen und so weit wie möglich nach rechts auszuweichen. In Sekunden schoss der Van an ihr vorbei – gerade dass sie noch die neongelbe Beschriftung des einzigen Taxi-Betriebs in Oberalmdorf erkannte, wahrscheinlich war es der Carlo selber, der hinterm Steuer saß.

Erst als sie sich fragte, wieso er nach seinem riskanten Manöver nicht wenigstens die Warnblinkanlage als kurzen Gruß einschaltete, wurde ihr klar, dass er ihren Volvo für ein Touristenauto gehalten hatte. Zur Beerdigung ihrer Mutter war Lisa noch mit dem klapprigen Golf unterwegs gewesen, und der Volvo hatte ein Münchner Kennzeichen, der Carlo oder wer auch immer konnte sie gar nicht erkannt haben. Sie war inkognito unterwegs.

Für einen Moment wünschte sie sich, dass sie genau so auch die paar Tage bei den Großeltern verbringen könnte – inkognito. Ohne dass irgendjemand im Dorf wüsste, wer da zu Besuch gekommen war. Und vor allem ohne dass es der Toni erfahren würde! Doch es würde keine zwei Stunden dauern, bis alle Bescheid wüssten. So war das nun mal in Oberalmdorf. Und so war das vor allem, wenn man ihnen den Rücken gekehrt und deutlich zu verstehen gegeben hatte, dass diese Entscheidung unwiderruflich war.

»Let it be, let it be«, summte sie die letzten Zeilen des Beatles-Songs leise mit, während sie die alte Mautstelle passierte. Wie immer wirkte die lange schon unbewohnte Wachhütte dunkel und abweisend, fast furchteinflößend. Mit dem Fuß auf der Bremse steuerte sie den Volvo durch die steilen Kehren nach unten ins Tal, so langsam, als wollte sie jede Minute auskosten, die sie noch für sich alleine hatte.

Der Straßenbelag glänzte verräterisch im Licht der Autoscheinwerfer, in der engen Kurve kurz vor der Abzweigung geriet der Volvo leicht ins Rutschen. Lisa fuhr jetzt noch vorsichtiger.

Als sie im Schritttempo von der Hauptstraße abbog, stand die alte Frau Pracht vor ihrem Haus mit den schwarz gebeizten Balken und den verwitterten Fensterläden. Niemand im Dorf konnte die Buchstaben über der Tür deuten, die dort wie hingekratzt ins Holz geschnitzt waren. Und die Pracht selber schwieg beharrlich auf alle Fragen. Als brächte es Unglück, das Geheimnis zu verraten. Wie schon früher hatte sie auch heute eine Katze auf der Schulter sitzen, eine schwarze Katze, nicht von ungefähr nannten die Leute sie hinter vorgehaltener Hand »die Hexe«. Lisa mochte die Hexe nicht, sie hatte sie noch nie gemocht.

Jetzt stutzte die Alte und beugte sich vor, um besser durch die Windschutzscheibe spähen zu können, Lisa hob kurz die Hand, aber sie bezweifelte, dass die Pracht sie erkannt hatte.

Ganz leise begann es wieder zu schneien, die Straßenlampe vorm Haus der Großeltern warf einen gelblichen Schein in die einsetzende Dämmerung. Lisa parkte neben dem alten Stall, durch das offene Tor konnte sie den Trecker erkennen, den der Großvater also immer noch benutzte, um sein Feuerholz aus dem Wald zu holen.

Die Tanne vorm Haus war mit einer bunten Lichterkette geschmückt. Zu bunt, fand Lisa. Sie vermisste den Herrnhuter Stern, der früher zu Weihnachten grundsätzlich unter dem Vordach der Eingangstür gehangen hatte.

Im Haus selbst war nur das Küchenfenster erleuchtet, für einen Augenblick meinte Lisa, den Schatten der Großmutter hinter der Gardine auszumachen, gleich darauf wurde das Licht gelöscht.

Fast rechnete sie jetzt damit, dass die beiden Alten aus der Tür traten, um sie zu empfangen. Sie hatte am Telefon angekündigt, dass sie kommen würde. Sogar die ungefähre Zeit hatte sie gesagt, »gegen fünf, halb sechs«. Die Uhr am Armaturenbrett zeigte zwanzig Minuten nach fünf. Aber im Haus rührte sich nichts.

Oben am Berg wischten die Scheinwerfer der Pistenraupen über den Schnee, das auf- und abschwellende Dröhnen der Dieselmotoren war bis ins Tal zu hören.

Lisa schloss die Augen und lehnte den Kopf an die Nackenstütze. Noch war das Auto warm von der Fahrt. Sie hatte die ganze Zeit über die Heizung auf zweiundzwanzig Grad gestellt, einen Moment würde sich die Wärme halten. Noch hatte sie also ein paar Minuten Zeit.

Noch konnte sie auch einfach den Schlüssel umdrehen, den Motor starten und wieder fahren. Aber ihr war klar, dass sie das nicht tun würde. Sie brauchte endlich Antworten. Und sie wollte die Gelegenheit nutzen, um sich mit den beiden Alten auszusöhnen. Auch wenn sie jetzt schon wusste, dass sie es ihr nicht leicht machen würden. Aber wenigstens versuchen wollte sie es. Auch deshalb war sie hergekommen! Und jetzt war es zu spät, um sich noch anders zu entscheiden.

Mit einem Ruck setzte sie sich aufrecht und schaltete die Innenbeleuchtung ein, um einen kurzen Blick auf ihr Make-up zu werfen. Die dunklen Schatten unter den Augen kamen nicht nur von der langen Autofahrt, aber die Großeltern würden es wohl kaum bemerken. Und wenn doch, würde sie ihre Kommentare einfach mit einem Schulterzucken abtun: Die Arbeit an der Uni, das trübe Winterwetter in München, eine Erkältung, die noch nicht ganz auskuriert war.

Sie schlang die langen blonden Haare zu einem flüchtigen Knoten zusammen, dann beugte sie sich vor und zog mit raschen Strichen den Lippenstift nach – nur um ihn doch gleich wieder mit einem Taschentuch sorgfältig wegzuwischen. Die Großeltern mochten keine »geschminkten Weibsleute«, sie wollte sie nicht unnötig provozieren. Schon die Jeans mit den beiden Rissen über dem Knie und der enganliegende Rollkragenpullover würden vollständig ausreichen, um ihr Missfallen zu erregen, von dem knielangen Parka mit dem Kunstpelz an der Kapuze und den sündhaft teuren Lammfellstiefeln ganz zu schweigen.

Packen wir's.

Sie hatte kaum die Tür geöffnet und einen Fuß in den Schnee gesetzt, als ihr die eisige Kälte wie eine Wand entgegenschlug.

Sie hat keine Ahnung, wie lange sie bewusstlos gewesen ist. Noch weniger weiß sie, wo sie ist oder wie sie hierhergelangt sein könnte.
Ihre Arme sind hinter ihrem Rücken zusammengebunden, das Klebeband schneidet schmerzhaft in die Haut der Handgelenke.

Auch ihre Beine sind eng umwickelt, als hätte jemand absolut sichergehen wollen, dass sie keine Chance hat, sich zu befreien. Sie trägt immer noch die gefütterte Jacke mit dem Kragen aus Kunstpelz, aber ihre Beine in den Jeans sind eiskalt. Als sie versucht, die Zehen zu bewegen, kann sie die Füße kaum spüren.

Der Raum um sie herum liegt nahezu vollständig im Dunkeln. Vage kann sie die Umrisse einer Tür ausmachen, eine scharfkantige Lichtritze zwischen Tür und Rahmen, dicht über dem Boden hat der Wind feinkörnigen Schnee hereingeweht. Es scheint kein Fenster zu geben. Oder der Fensterladen ist geschlossen.

Als sich ihre Augen an die Dunkelheit gewöhnt haben, erkennt sie einen umgestürzten Stuhl, leere Bierflaschen auf dem Boden, einen wackligen Tisch, dessen fehlendes Bein durch einen Hackklotz ersetzt worden ist. Und das Bettgestell mit der dreckigen Matratze.

Der Ofen in der Ecke ist ein Gasofen, sie erinnert sich an das fauchende Geräusch der bläulich flackernden Flammen. Jetzt ist das Fauchen verstummt, die Gasflasche ist leer, der Ofen ist stumm und kalt.

Neben der Tür lehnt eine Schneeschaufel aus Aluminium, die leicht schimmert. Die Luft im Raum ist so eisig, dass ihr Atem zu kleinen Kristallen gefriert. Es riecht leicht nach Benzin. Wie von einer Motorsäge, die gerade noch jemand benutzt hat. Eine Hütte irgendwo oben am Berg, denkt sie. Noch im Wald – das undeutliche Rauschen, das sie jetzt wahrnimmt, kommt ganz sicher von den Wipfeln der Föhren.

Gleich darauf meint sie auch, eine Bergdohle rufen zu hören. Nur ganz kurz, dann übertönt das stärker werdende Brausen des Sturms jedes andere Geräusch. Und das Pochen in ihrem Kopf, das nicht nachlassen will und jeden klaren Gedanken verhindert.

Als ein erneuter Windstoß die Dachbalken über ihr knarren lässt, fängt sie an, um Hilfe zu rufen, doch ihr Mund ist so trocken, dass sie kaum die Lippen auseinanderbringt, ihre Stimme ist nicht viel mehr als ein heiseres Krächzen.

»Hilfe! Ist da jemand? Ich bin ...«

Hier, will sie rufen, hört mich jemand?

Aber sie bricht mitten im Satz ab. Wenn es da draußen jemanden gibt, dann weiß er auch, dass sie hier ist. Und dann ist er nur wegen ihr hier. Sie ist sich sicher, dass es ein Mann sein muss.

Die Angst kommt so plötzlich, dass sich ihre Muskeln verkrampfen. Sie fängt an zu zittern und beißt sich auf die geschwollene Lippe, schmeckt das Blut und spürt die Übelkeit in sich hochsteigen. Außerdem muss sie dringend pinkeln.

»Hilfe ...«, stößt sie noch einmal hervor, und diesmal ist es mehr ein verzweifeltes Schluchzen als ein wirklicher Hilferuf.

Aber sie weiß es ohnehin. Irgendwo weit hinten in ihrem Kopf, wo die Erinnerungen lauern, die sich ihr Verstand noch weigert preiszugeben. Es ist besser für sie, wenn es niemanden gibt, der sie hören kann. Wenn niemand kommt, um sie loszubinden ...

Sie will nicht noch mal die fordernden Hände auf ihrem Kör-

per spüren, die gierigen Lippen, den heißen Atem. Das Keuchen, die gemeinen Wörter, die rohe Gewalt, an die sie sich plötzlich erinnert.

Im nächsten Moment wird ihr schlagartig klar, dass es ihre einzige Chance ist. Es muss jemand kommen, egal wer. Sonst wird sie hier über kurz oder lang erfrieren. Erst müde werden und dann einschlafen, um nie wieder aufzuwachen. Von irgendwelchen Wildtieren aufgefressen, die den Weg in die Hütte finden würden. Marder. Ratten. Vielleicht ein Fuchs, vielleicht auch ein streunender Hund.

Das schmerzende Pochen in ihrem Kopf ist so stark, dass sie fürchtet, wieder das Bewusstsein zu verlieren. Sie versucht verzweifelt, den Schmerz und die Kälte zu ignorieren und sich auf irgendetwas anderes zu konzentrieren. Wer sie ist, wo sie herkommt, wie ihre Eltern heißen. Warum sie so dumm gewesen ist und ausgerechnet das getan hat, was sie nie hätte tun dürfen.

Ihr ist so unerträglich kalt, dass ihre Zähne aufeinanderschlagen.

Das Pochen hat jetzt einem beständigen Schmerz Platz gemacht, der sie grelle Lichtkreise sehen lässt, kaum dass sie die Augen schließt. Und sie muss immer noch pinkeln, lange wird sie nicht mehr aushalten.

2. KAPITEL, 26. DEZEMBER

Die innere Stimme

Wenn der Mond die Schatten schwärzt

Lisa hatte den Großeltern einen Bildband mitgebracht. Über Venedig. Weil die Großmutter da immer hingewollt hatte. Einmal nur den Markusplatz sehen. Die schmucken Patrizierhäuser, die unzähligen Kanäle, die Gondeln mit den flotten Gondolieri.

»Das könnt ihr immer noch machen, Oma! Ihr habt alle Zeit der Welt, und von Salzburg fährt ein Zug, es gibt sogar eine Verbindung ohne Umsteigen. Ich suche euch ein schönes Hotel aus und …«

Der Großvater murmelte etwas in seinen Bart, was nicht besonders freundlich klang. Lisa meinte, die Wörter »Spaghetti« und »zu denen will ich nicht« zu verstehen.

Sie ärgerte sich jetzt, dass ihr nichts anderes als Geschenk eingefallen war. Zumal auch die Großmutter den sündhaft teuren Bildband nur mit einem Schulterzucken zur Seite schob, als könnte sie sich nicht daran erinnern, jemals von Venedig geschwärmt zu haben.

Für Lisa hatten die Großeltern ein schneeweißes Lammfell. Und zwei blaue, weiß gepunktete Bauernteller, aus der Aussteuer der Oma. *Zwei* Bauernteller, zwei Serviettenringe, zwei Messer, zwei Gabeln, zwei Löffel aus schwerem Silber.

Der Wink war eindeutig genug, aber zumindest das Lammfell war willkommen. Das würde Lisa wenigstens vor weiteren blauen Flecken bewahren, sollte es ihr und dem neuen Kollegen aus der IT-Abteilung der Universität noch einmal passieren, dass sie nicht mehr rechtzeitig bis zum Bett kamen und stattdessen auf dem Fußboden landeten …

Heiligabend in München, in der kleinen Wohnung unterm Dach. Mit dem bereits halb vertrockneten Weihnachtsbaum vom Viktualienmarkt, der alles hastige Gefummel vor seinen geschmückten Zweigen mit stoischer Ruhe ertragen hatte. Ohne sich empört zu schütteln und vor Aufregung die Nadeln zu verlieren. Aber das war ganz sicher nicht die Art von Zweisamkeit, die die Großeltern meinten. Und schon gar nicht der richtige Mann dafür!

Natürlich hatte die Großmutter das Weihnachtsessen gekocht, das es schon früher immer gegeben hatte. Hirschbraten in dicker brauner Soße mit Semmelknödeln und Rotkohl. Und tatsächlich hatte sie ja auch nicht wissen können, dass Lisa schon seit einigen Jahren kein Fleisch mehr aß.

Sie konnte es auch jetzt nicht verstehen.

»Aber der Opa hat den Hirschen selber geschossen«,

sagte sie und rang verzweifelt die Hände. »Ein prächtiger Zwölfender. Das Geweih kommt zu den anderen im Flur.«

Der Opa schüttelte nur den Kopf. Lisa meinte fast hören zu können, was er dachte. Wir haben selbst schuld. Das musste ja so kommen. Wir hätten sie nie weggehen lassen dürfen. In der Stadt kommen sie alle nur auf dumme Ideen, die Mädchen und die jungen Frauen noch mehr als alle anderen. Das tut ihnen nicht gut, sieht man ja an der Lisa.

Lisa überwand sich den Großeltern zuliebe, wenigstens ein paar Bissen vom Braten zu probieren. Das Fleisch zerging fast auf der Zunge. Aber die Großmutter hatte gesehen, wie viel Preiselbeerkompott sie mit auf die Gabel geschoben hatte, und nahm ihr kurzerhand das Schüsselchen weg.

»Andere wollen auch noch was!«

Und dann kamen die Fragen.

Wie geht es dir in München? Willst du wirklich dort bleiben? Ist das nicht viel zu gefährlich? Alleine in so einer großen Stadt? Wenn du wenigstens einen Mann hättest! Gibt es denn da jemanden? Du bist nicht mehr die Jüngste, und wenn du Kinder haben willst, dann solltest du dich langsam mal nach dem Richtigen umsehen ...

Lisa hatte mit solchen Fragen gerechnet. Dennoch machte ihr die versteckte Ablehnung, die aus jedem Satz und jeder Miene der Großeltern sprach, mehr zu schaffen, als sie sich eingestehen wollte. Das waren nicht die liebe Oma und der brummig-gutmütige Opa, an die sie sich aus ihren Kindertagen erinnerte. Das waren auch nicht die von Kummer und Schmerz gezeichneten Eltern, die nach dem Selbstmord ihrer einzigen Tochter nicht wussten, wie sie mit der Schande überhaupt noch weiterleben sollten.

Stattdessen wollten sie Lisa jetzt vorkommen wie das Abziehbild eines selbstgerechten, verbitterten Ehepaares, das sich gegenseitig aufstachelte, bis der Herrgott sie endlich erlösen würde. Sie waren vom Leben enttäuscht. Von dem Schicksal, das ihnen nicht nur die Tochter, sondern kurz vorher schon eins der beiden Enkelkinder genommen hatte. Das jüngere, die »süße Kleine«, die immer ihr Liebling gewesen war. Nicht so verstockt. Der Vorwurf, den sie Lisa machten, war eindeutig: Als du das Dorf und alle hier verlassen hast, hast du dein Zuhause verraten. Als wärst du was Besseres!

Dabei wart ihr es, die mich im Stich gelassen haben, dachte Lisa noch während sie überlegte, wie viel von ihrem jetzigen Leben sie preisgeben wollte. Vielleicht war es gar nicht schlecht, auf dem Umweg über die Fragen der beiden Alten zu dem Punkt zu kommen, wegen dem sie überhaupt hier war.

»München ist ganz schön. Und kommt einem auch gar nicht so riesig vor, eher wie ein großes Dorf! Da in Perlach, wo ich wohne, ist es recht nett. Es gibt sogar einen Wald nicht weit von meinem Haus. Und ich wohne oben unter dem Dach, zwei kleine Zimmer, Küche und Bad, alles mit schrägen Wänden. Sehr gemütlich!«

»Das könntest du auch hier haben«, brummte der Großvater.

»Sogar mit einem Balkon mit Geranien«, ergänzte die Großmutter. »Und immer mit dem Blick auf den Großkogel und die Karspitze.«

Lisa rang sich ein Lächeln ab und nickte. »Aber ich muss mein eigenes Leben leben, das wisst ihr.«

»Du hättest nach Sankt Josef gehen können«, sagte der Großvater. »Oder Elmhofen, das wär weit genug gewesen.«

»Nicht für mich!« Lisa holte tief Luft und schloss für eine Sekunde die Augen. Es war keine gute Idee gewesen, hierherzufahren, dachte sie. Vielleicht sollte ich …

Sie sprang auf, um der Großmutter zu helfen, den Tisch abzuräumen. In der Küche sagte die Großmutter wie nebenbei: »Der Toni hat nach dir gefragt, ein paarmal schon, nur dass du es weißt.«

Lisa gab keine Antwort. Als sie zurück in die Stube kamen, hatte der Großvater eine Flasche Rotwein aus dem Keller geholt. Und drei Gläser von der Anrichte. Die guten Kristallgläser mit den verschiedenen Farben. Dunkelrot. Violett. Hellgrün. Blauer Zweigelt. Lisa war überrascht. In ihrer Erinnerung trank er immer nur Bier. Und Haselnussschnaps.

Großzügig schenkte er die Gläser voll. Als wollte er Lisa ein Friedensangebot unterbreiten. Einen Waffenstillstand.

»Es ist Weihnachten. Da müssen wir nicht streiten«,

sagte die Großmutter, als hätten die beiden sich mit irgendeinem Zeichen verständigt. »Erzähl ein wenig von der Universität. Was machst du da noch mal genau? Du hast es geschrieben, aber wir haben es nicht ganz verstanden. Es hat etwas mit den Masken vom Xaver zu tun?«

»Seine Masken sind berühmt«, warf der Großvater ein, bevor Lisa antworten konnte. »Da war auch schon das Fernsehen bei ihm.«

»Ja, mit dem Xaver will ich auch sprechen«, bestätigte Lisa. »Es ist ein bisschen schwierig zu erklären, was ich da an der Uni genau mache. Es ist eine Art Projekt, an dem ich beteiligt bin. Das Thema sind alte Überlieferungen, Rituale, die es nur in den Bergen gibt, vor allem in Bayern und Österreich ...«

Und nein, dachte sie, mehr müsst ihr nicht wissen. Meine Forschungsarbeit würde euch sowieso nicht gefallen. *Mythen der Rauhnächte* – das ist etwas, worüber man besser nicht spricht. Und ihr wollt auch gar nicht wissen, dass ich mit genau dieser Forschungsarbeit gerade berechtigte Chancen auf eine Verlängerung meines Vertrags habe. Vielleicht sogar auf eine Anstellung auf Lebenszeit. Dann wäre ich »Frau Professor«, Universitätsprofessorin im Fachbereich Ethnologie! Ja, es ist wahr, ich habe es fast geschafft. Aus der verstörten jungen Frau, die gleich nach ihrer Matura nur mit einem Köfferchen heimlich verschwunden ist, ist tatsächlich etwas geworden. Ihr dürft also ruhig stolz auf mich sein. Oder euch für mich freuen. Aber ich weiß schon, dass ihr ja doch nur wieder fragen würdet, warum ich überhaupt studieren musste. Obwohl es allemal leichter ist, eine gute Partie im Dorf zu finden, wenn man nicht als »Studierte« daherkommt. Das ist es, was ihr ohnehin schon denkt.

Der Großvater setzte sein Glas so hart auf den Tisch, dass ein paar Tropfen Rotwein auf das Tischtuch spritzten. »Du redest von den Rauhnächten, stimmt's?«

»Ja«, gab Lisa überrascht zu. »Es geht um die Rauhnächte, stimmt.«

»Und die Masken vom Xaver! Die Perchtenmasken, die Wilde Jagd und das alles, das sind die Rauhnächte.«

Er stürzte den Rest seines Glases in einem Zug hinunter.

»Nicht!«, warnte die Großmutter, wobei nicht klar war, ob sie ihren Mann am Weiterreden hindern wollte oder nur Angst vor neuen Flecken auf dem Tischtuch hatte.

Der Großvater beugte sich weit vor. Seine Wangen wirkten plötzlich eingefallen, die Altersflecken auf seiner Haut waren wie dunkle Stigmata, der Kehlkopf im faltigen Hals hüpfte bei jedem Wort auf und ab: »Und diesmal hat's die Katharina erwischt. Heut Morgen war sie nicht mehr da.«

Lisa brauchte einen Augenblick, bevor sie begriff, was er da gerade gesagt hatte. Ungefähr so wie man feststellt, dass der Linienbus Verspätung hatte. Der Schock kam so unvermittelt, dass sie anfing zu zittern. »Was meinst du damit, sie war nicht mehr da? Und wieso … Katharina, was … was soll das?«

»Nicht die Kathi, nicht unsere Katharina, du Dummchen!« Die Großmutter griff nach Lisas Hand und tätschelte sie. »Die Tochter vom Neuwirt. Die heißt auch Katharina. Du kannst sie nicht kennen. Sie ist erst geboren, als du schon weg warst. Sechzehn ist sie.«

»Sechzehn!«, kam es vom Großvater. »Und hat sich doch schon benommen wie ein Weibsbild, das gut zehn Jahre älter ist. Deshalb wundert's mich auch nicht. Ich hätt auf sie getippt, wenn man mich vorher gefragt hätte.«

Lisa hatte das Gefühl, als würde ihr jemand die Luft abschnüren. Es war nicht nur die Erinnerung an die jüngere Schwester, sondern die Kälte der beiden Alten.

Heut Morgen war sie nicht mehr da.

Waren das die Großeltern, die sie früher so sehr geliebt hatte? Die rundliche Oma mit den Apfelbäckchen und dem grauen Dutt, aus dem sich immer ein paar widerspenstige Strähnen lösten. Der hagere Opa mit der sonnengegerbten Haut und den unzähligen Falten, die sein Gesicht wie eine zerknitterte Landkarte aussehen ließen. Zwei nette Alte, wie in einem Werbeprospekt des Tourismusbüros, das den Sommerurlaubern eine bäuerliche Idylle auf der Alm versprach. Maria, die immer noch von Hand die Butter stampfte, und Josef, der das Holz hackte und die Ziegen molk. Nur dass Maria und Josef eben gar nicht so nett waren, wie Lisa sie trotz allem doch am liebsten noch gesehen hätte.

Und vielleicht galt das nicht nur für die Großeltern, sondern für das ganze Dorf. Für jeden hier in diesem engen Tal zwischen den schroff aufragenden Berggipfeln, die den Blick auf alles versperrten, was über den eigenen Tellerrand hinausging. Oder was schlicht und einfach nicht sein konnte, weil es nicht sein durfte.

»Was ist passiert? Bitte, ich will es genau wissen!« Lisa musste heftig schlucken, bevor sie auch die nächste Frage noch herausbrachte: »Und wieso hast du gesagt, diesmal hätte es die Katharina ›erwischt‹? Was bedeutet das?«

Die Großeltern sprachen abwechselnd, eher mürrisch und unwillig, während sie in kleinen Schlucken ihren Rotwein tranken. Als wäre es unnötig, über die ganze Sache noch viele Worte zu verlieren, wo doch eigentlich alles so hatte kommen müssen, wie es der Großvater ja schon geahnt hatte ...

Katharina, sechzehn Jahre, die Tochter vom Neuwirt. Ein bisschen frühreif vielleicht und nicht auf den Mund gefallen. Hatte gern mal Widerworte, wenn ihr etwas nicht passte, und scherte sich nicht darum, was man über sie sagte. War im Sommer in England gewesen. Sprachferien! Mit anderen Jugendlichen, von sonst woher, und jeder in einer anderen Gastfamilie, die Geld dafür bekam, dass sie die fremden Kinder bei sich aufnahm. Morgens in der Schule und nachmittags am Strand. Und abends dann in der Diskothek. Alleine, mit sechzehn! Ohne dass jemand dabei war, der aufpasste, was da geschah.

Der Briefträger hatte den Großeltern von der Postkarte aus Hamburg erzählt. Und nicht nur den Großeltern. Er hatte sich die Sätze auf der Rückseite genau eingeprägt, um sie wortgetreu wiedergeben zu können. *Ich vermisse dich. Können wir uns wiedersehen? Ich komme auch zu dir! Oder wir treffen uns heimlich irgendwo. I love you! Dein Sebastian.*

Die Katharina hatte also jemanden kennengelernt. Einen Sebastian aus Hamburg. Keinen Engländer, wenigstens das. Aber jetzt wollte er sie auch noch wiedersehen! Und dabei hatte die Katharina einen festen Freund, einen netten Jungen aus dem Dorf, der mit ihr in dieselbe Klasse ging und später mal den großen Hof am Skihang erben würde. Mit den schicken »Chalets«, die so gut wie eine Gelddruckmaschine waren.

Im Spätsommer war die Karte gekommen. Da war die Katharina schon wieder in der Schule gewesen. Und keiner hatte etwas geahnt. Bis der Briefträger nichts Besseres zu tun gehabt hatte, als die Karte zu lesen!

Wenn Lisa es jetzt richtig verstanden hatte, war Katharina am Vorabend noch mit anderen aus ihrer Klasse beim Tanzen gewesen. Im Hotel zur Alten Post. Mit einer Band und lauter Musik. Die Zeiten haben sich geändert, früher wäre das unvorstellbar gewesen. Am Heiligen Abend! Um kurz vor Mitternacht hatte sie noch jemand auf dem Parkplatz gesehen. Die Katharina und eine Freundin. Auf dem Weg zurück zum Neuwirt, die Freundin wohnte gleich um die Ecke, beim Schuhmacher im Haus. Die Freundin war auch in der elterlichen Wohnung angekommen, ob die Katharina ebenfalls zu Hause gelandet war, blieb unklar.

In der Gaststube beim Neuwirt hatten sie eine Weihnachtsfeier gehabt, die Gäste waren bis weit in die Nacht hinein geblieben, Katharinas Mutter hatte sie bedient, Katharinas Vater erst in der Küche gestanden und sich später mit zu der Feierrunde gesetzt.

Die Mutter meinte aber, sie habe die Katharina lange vorher durch den Gang zur Treppe huschen und ihr kurz zuwinken sehen, als sie selber gerade am Tresen stand, um neues Bier zu zapfen. Es wäre allerdings auch möglich, dass Katharina gleich zur Hintertür wieder hinaus war, diesen Trick hatte sie schon mal gemacht. Um ihre Eltern in Sicherheit zu wiegen, während sie in Wirklichkeit irgendetwas Verbotenes tat. Wovon heimlich rauchen und Schnaps trinken wahrscheinlich noch das Harmloseste war, wie der Großvater nachdrücklich feststellte.

»Und am Morgen dann …«, fragte Lisa nach. »Wann haben die Eltern bemerkt, dass sie nicht da ist?«

»Mitten am Tag erst«, erklärte die Großmutter. »Als sie aus der Kirche kamen und rasch mit der Katharina zu Mittag essen wollten. Um wenigstens ein bisschen Weihnachten zu feiern, bevor sie sich wieder um die Hotelgäste kümmern mussten. So ist das, wenn du eine Wirtschaft hast, und bei einem Hotel ist es noch mal schlimmer …«

»Und die Katharina war nicht mit in der Kirche?«

»Nicht mal am Heiligabend zur Christmette«, bestätigte der Großvater. »Sondern in der Disco! Aber wir waren bei der Predigt, die Oma und ich«, setzte er dann noch hinzu, als wäre es ihm besonders wichtig, das zu erwähnen. »Seit siebzig Jahren jetzt, ohne einmal auszusetzen.«

»Und am nächsten Tag auch immer zur Frühmesse«, kam es von der Großmutter. »Um sieben Uhr morgens, wenn noch nichts Böses passiert ist auf der Welt.«

Was immer sie damit nun meint, dachte Lisa und hatte plötzlich das Bild vor Augen, wie sie selber an der Hand ihrer Mutter durch den tiefen Schnee zum Kirchhügel hinaufstapfte, den Kopf ganz voll von dem wundersamen Abend mit all den Geschenken, die das Christkind gebracht hatte. Und natürlich hätte sie viel lieber mit der neuen Puppe gespielt, mit der bunten Holzeisenbahn, später dann, als sie schon in der Schule war, gleich damit angefangen, das neue Pferdebuch zu lesen oder das neue Kleid anzuziehen und vor dem Spiegel »schöne Dame« zu spielen.

Aber stattdessen war da nur die feste Hand der Mutter, die die beiden Töchter unerbittlich weiterzog, die große links, die kleine rechts, nie anders herum. Durch das mannshohe Tor auf den Kirchhof, der in Terrassen angelegt war, dem Berghang abgetrotzt, mit den steilen Stufen zwischen den schmiedeeisernen Grabkreuzen bis hinauf zur Kirche, die da feierlich hoch oben über dem Dorf thronte.

Lisas Vater lag auf der zweiten Terrasse, ganz außen an der Mauer. An seinem Kreuz war ein Porzellanbild befestigt, das ihn mit seinen Skiern zeigte, wie er vor der Almhütte stand. Die Hütte war bis unters Dach im Schnee versunken, ein Fenster war erleuchtet, aus dem Schornstein stieg dichter Rauch zum Himmel hinauf. Das Bild mit dem Gesicht des Vaters war von Wind und Wetter so ausgeblichen, dass es im flackernden Schein des ewigen Lichts auch gut ein anderer Mann hätte sein können, der da grüßend die Hand im Skifäustling hob.

Als der Vater verunglückte, war Lisa noch so klein gewesen, dass sie sich kaum an ihn erinnern konnte. Und Kathi noch viel weniger! Was ihnen blieb, waren nur vage Bilder, sein Lachen, seine großen Hände, die so geschickt jedes kaputte Spielzeug reparieren konnten, der Geruch nach Wald, nach Moos und feuchter Erde, der ihn umgab wie ein Schutzwall, hinter dem einem niemand etwas anhaben konnte.

An diesem Grab trafen sie dann pünktlich mit dem dumpfen Dröhnen der Glocken auf die Großeltern, die sie bereits erwarteten. Und immer standen der Großmutter die Tränen in den Augen. Natürlich hatte Lisa es für selbstverständlich gehalten, dass ihre Oma den Vater ebenso sehr vermisste, wie auch sie es tat. Erst lange danach war ihr bewusst geworden, dass der Opa nie geweint hatte. Später hatte sie manchmal gedacht, dass er vielleicht damals schon den Schwiegersohn für alles Unglück verantwortlich machte, das noch folgen sollte …

»Und du?«, fragte der Großvater jetzt. »Wie hältst du es damit?«

Lisa brauchte einen Augenblick, bis sie verstand, dass

sich seine Frage auf den weihnachtlichen Kirchgang bezog.

»Ist das jetzt dein Ernst? Du willst wissen, ob ich regelmäßig zur Kirche gehe? Nein, tue ich nicht! Aber darum geht es doch auch gar nicht! Ihr wisst genau, wie es damals mit ... meiner Schwester war! Wenn wir sie nur ein paar Stunden eher gefunden hätten ...«

»Lass es«, bat die Großmutter leise. »Fang nicht von der Kathi an.«

»Sie tauchen ja auch immer wieder auf«, murmelte der Großvater. »Und zwar von ganz alleine.«

Lisa fuhr zusammen, als hätte sie ein elektrischer Schlag getroffen.

»Was war das? Was hast du gerade gesagt?«

»Sie kommen immer zurück«, wiederholte der Großvater.

»Wer? Wer kommt immer zurück? Von wem redest du? Was ist hier passiert, wovon ich nichts weiß?«

»Wenn du nicht weggegangen wärst, würdest du es wissen«, mischte sich jetzt die Großmutter mit zusammengekniffenen Lippen ein. Als sie aufstand und sich die Schürze glattstrich, merkte Lisa, wie sie die Geduld verlor. Plötzlich brach alles aus ihr heraus, was sie die ganze Zeit schon nur mit Mühe zurückgehalten hatte.

»Es hat Gründe dafür gegeben, dass ich das Tal verlassen habe und so weit weg bin wie möglich. Ihr wisst das auch ganz genau, also tut nicht so, als wäre es anders. So, und jetzt setz dich gefälligst wieder hin!«

Sie griff nach dem Arm der Großmutter und zog sie zurück auf den Stuhl. Der Großvater beobachtete jede ihrer Bewegungen mit argwöhnischen Blicken, rührte sich aber nicht.

»Darf ich jetzt bitte erfahren, was ihr wisst?«

Lisa merkte selber, wie anders ihre Stimme plötzlich klang. Ohne Empathie, ohne Mitleid. Aber es schien genau richtig zu sein, als hätte ihr Ton nicht die Wirkung verfehlt. Der Großvater nickte, wie um zu zeigen, dass er Lisas Fragen nicht länger ausweichen wollte.

»Es ist schon öfter passiert, dass mal eine Frau aus dem Dorf verschwunden ist. In den letzten Jahren, seit du ...« Er schüttelte unwillig den Kopf, ohne seinen Satz zu beenden. »Aber ich habe es ja gesagt, sie sind immer zurückgekommen, wenn die Rauhnächte vorüber waren.«

»Was heißt das? Wo waren sie? Was haben sie gesagt? Sie müssen doch irgendetwas ...«

»Nichts. Sie wollten nicht darüber reden.«

»Sie haben nicht gewusst, was mit ihnen passiert ist«, erklärte die Großmutter. Ihre Stimme zitterte leicht. »Sie haben sich nie erinnern können.«

»Ihr behauptet, sie waren zwölf Tage und Nächte verschwunden und ... konnten sich hinterher nicht erinnern?«

Die Großeltern zuckten gleichzeitig mit den Achseln, ohne etwas zu erwidern.

»Und wer?«, fragte Lisa. »Kenne ich eine von ihnen?«

Die ersten beiden Namen sagten ihr gar nichts. Dann

kam eine Freundin aus Schultagen, Maria. Deren Eltern eine der Hütten oben am Berg bewirtschaftet hatten. Soweit Lisa sich erinnerte, hatte Maria eine Pension am anderen Ende des Dorfes gehabt, nicht weit vom Skilehrerheim. Schon früher, schon zu Schulzeiten, hatte es böse Stimmen gegeben, dass sie allzu freundlich zu dem einen oder anderen Skilehrer gewesen war. Aber jetzt war sie wohl weggezogen, wie die Großeltern sagten, jedenfalls wohnte sie nicht mehr im Tal.

»Genau wie die Johanna vom Huber-Hof. Die ist auch weggegangen.«

»Vier Frauen also? Und mit der Katharina jetzt fünf?«

Die Großeltern zögerten kurz, bevor sie zustimmten.

»Und jedes Jahr?«, bohrte Lisa nach.

»Immer zu den Rauhnächten«, bestätigte der Großvater. »Der Teufel allein wird wissen, was da geschieht. Und besser ist's, man lässt ihn machen und stellt keine Fragen.« Er kniff die Augen zusammen und verzog den Mund, als würde er noch überlegen, ob er weiterreden sollte.

»Und es sind auch noch mehr Frauen gewesen, nicht nur die vier«, sagte die Großmutter so schnell, als wollte sie es hinter sich bringen, bevor sie es sich noch anders überlegen konnte. »Davor auch schon welche.«

Lisa merkte, wie ihr eine Gänsehaut über den Rücken lief.

»Aber dieses Jahr ist es zum ersten Mal ein Mädchen«, ergänzte die Großmutter. »Sonst waren sie immer schon junge Frauen.«

»Macht kaum einen Unterschied, so wie die Tochter vom Neuwirt herumgelaufen ist«, murrte der Großvater.

»Es war schon mal ein Mädchen, nicht viel älter als die Katharina vom Neuwirt«, sagte Lisa so leise, dass sie sich nicht sicher war, ob die Großeltern sie überhaupt verstanden. »Und ich glaube, ihr wisst das auch.«

Damit stand sie auf und stieg ohne Gruß die knarzende Treppe zu ihrem Zimmer hinauf.

Es konnte kein Zufall sein, dass sie gerade jetzt hierhergekommen war, dachte sie. Als hätte eine innere Stimme sie gedrängt, mehr über diese Geschichten zu erfahren, die in keinem Buch standen. Und die plötzlich Gestalt annahmen, als sollte die entsetzliche Wahrheit nicht länger verborgen bleiben.

Gleichzeitig spürte sie, wie sich tief in ihrem Inneren etwas schmerzhaft zusammenzog. Wie eine Warnung, jetzt nichts Unbedachtes zu tun und alle über die Jahre sorgsam errichteten Schutzwälle niederzureißen. Aber vielleicht war es genau das, was sie tun musste. Vielleicht war die Zeit gekommen, vielleicht war sie auch nur deshalb hier. Aus keinem anderen Grund, als sich ihrer eigenen Vergangenheit zu stellen. Egal, was sie sich einreden mochte, es würde nicht länger funktionieren.

Jemand anders hatte die Entscheidung für sie getroffen.

Sie hat keine Ahnung, wie viel Zeit inzwischen vergangen ist. Der Lichtschimmer von der Tür ist schwächer geworden, der

Stuhl, der Tisch, das Bett sind nur noch vage Flecken in der Dunkelheit.
Sie muss kurz weggedämmert sein. In einem Traum gefangen, wie auf der Flucht vor einer Welt, die nicht wahr sein soll. Sie hat das Meer gesehen, den endlosen Strand, das Dünental. Das Wogen des Strandhafers, das Feuer auf dem Sand, das angespülte Holz, das sie am Flutsaum gesammelt haben und das nicht richtig brennen will. Das Lachen und die Stimmen der anderen. Und er hat Gitarre gespielt, nur für sie. The answer, my friend, is blowing in the wind ...
Als sie jetzt den Motorschlitten hört, der sich durch die Stille frisst, weiß sie für eine Sekunde wieder nicht, wo sie ist. Dann wird der Riegel an der Tür aufgeschoben. Der Strahl einer Taschenlampe blendet sie.
Er ist zurück.
Es ist egal, wer er ist, aber hoffentlich ist er alleine.
Ich muss ihn fragen, was passiert ist. Er muss mir Antworten geben. Ich muss wissen, was das alles soll.
Aber sie bringt keinen Ton heraus, nur ihr Atem geht schneller, sie hört sich selber keuchen.
Als er sich über sie beugt, kann sie undeutlich die Maske erkennen, die er trägt. Eine Perchtenmaske mit tiefen Kerben wie Narben, den Mund zu einem höhnisch grinsenden Loch verzogen. Oder zu einem stummen Schrei. Eine Maske mit drei Hörnern, die fürchterlicher ist, als sie je zuvor eine gesehen hat. Das dritte Horn wächst wie ein spitzer Zapfen aus der Mitte der Stirn. Ein Eiszapfen oder ein ... Nein, das ist zu widerlich, um es auch nur zu denken.

Es ist ein grauenvoller Greis, der direkt aus dem Totenreich zu ihr gekommen ist. Und der ihr jetzt eine Wasserflasche an den Mund hält. Sie trinkt so gierig, dass das meiste Wasser über ihr Kinn und auf ihre Jacke läuft, dann verschluckt sie sich und muss husten. Nur mit Mühe kann sie die Beine zusammenpressen, um sich nicht in die Hose zu machen.
»Ich muss ganz dringend«, stammelt sie und merkt, wie sie rot wird dabei.
Er hebt die Hand, um sie zum Schweigen zu bringen. Bevor sie es verhindern kann, hat er ihr schon etwas in den Mund geschoben. Eine Tablette. Nein, das ist etwas anderes, weicher als eine Tablette, ledrig und bitter im Geschmack.
Mit festem Griff presst er ihre Lippen zusammen und wartet, bis sie geschluckt hat, erst dann lässt er los. Sie braucht einen Moment, um zu begreifen, dass der Greis von Kopf bis Fuß in ein Fell gehüllt ist. Aber seine Finger sind weiß und weich, wie bei jemandem, der nicht viel mit den Händen arbeitet, sondern die meiste Zeit in Büchern blättert. An seiner rechten Hand trägt er einen silbernen Ring mit irgendeinem auffälligen Muster, vielleicht einem Wappen. Ein Greis in einem Tierfell, mit einem Siegelring und zu weichen Händen. Nein, kein Greis, ein Typ mit einer Greisenmaske, das ist ein Unterschied.
Er hat jetzt ein Messer in der Hand, mit dem er das Klebeband an ihren Beinen auftrennt. Danach durchschneidet er auch das Band um ihre Handgelenke. Sie spürt deutlich das Kribbeln, als ihre Fingerspitzen wieder durchblutet wurden. Sein Atem riecht ganz leicht nach Schnaps. Aber da ist noch

ein anderer Geruch. Schweiß! Und Geilheit, wie bei einem Ziegenbock.

Als er ihr hilft, sich aufzurichten, muss er sie unter den Achseln halten, damit sie nicht stürzt. Dann drückt er ihr die Klinge des Messers auf die Lippen.

»Denk nicht mal daran zu schreien«, zischt er undeutlich. »Aber hier ist sowieso niemand, der dich hören könnte. Nur die Wilde Jagd. Und du weißt: Wer sie stört ...«

Ja, das wusste sie: ... der muss es mit dem Tod bezahlen.

3. KAPITEL, 27. DEZEMBER

Herzöffnung

Wenn der Schnee blutet

Irgendjemand hielt die unsichtbaren Fäden in der Hand, mit denen er ihre Schritte lenkte. Eine höhere Macht vielleicht. Oder einfach nur das Schicksal. Eine Stimme, die nicht aufhören wollte, sie zu drängen.

Sie musste das verschwundene Mädchen finden. Das war ihre Aufgabe, ihre Bestimmung, deshalb war sie hier. Und sie musste sich beeilen, bevor die Rauhnächte ihren Höhepunkt erreichten, wenn sich zu Silvester das Totenreich öffnen würde. Die »Wilde Jagd«, wenn die Toten ins Reich der Lebenden eindringen und über alle Frauen herfallen, die sich nicht rechtzeitig in Sicherheit bringen konnten.

Vielleicht war es nichts als ein Zufall, dass die Tochter vom Neuwirt den gleichen Namen trug wie Lisas Schwester. Es gab viele Mädchen, die Katharina hießen. Und dennoch waren es die Erinnerungen, die der Name auslöste und die Lisa nur noch mehr antrieben. Der gleiche Name, das gleiche Alter. Aber die Kathi war nicht im Winter gestorben, nicht im Winter und nicht in den Rauhnächten, das war der Unterschied.

Die Kathi hätte nicht sterben müssen, wenn sie rechtzeitig gefunden worden wäre. Sie hätten sie noch retten können, wenn sie sich bei der Suche mehr angestrengt hätten! Jetzt war es an ihr, alles dafür zu tun, dass sich das nicht wiederholte. Und diesmal war es vielleicht der Teufel selbst, der seine Finger im Spiel hatte. Der Krampus, der nichts als Furcht und Schrecken verbreitete, um den Menschen zu zeigen, wie klein und unbedeutend sie waren. Um die Menschen in ihre Schranken zu weisen. Nur dass es den Krampus nicht gab, ebenso wenig wie den Teufel.

Aber es gab die Frauen, die spurlos verschwanden.

Vier Tage, dachte Lisa. Vier Tage, in denen wer weiß was alles mit der Katharina vom Neuwirt geschehen konnte, was bislang nicht mal in den schlimmsten Träumen des Mädchens passiert war. Und vier Tage waren zu lang, jede Stunde, die verstrich, war zu viel. Andrea wusste, wovon sie sprach. Auch wenn sie es sich nicht selbst eingestehen wollte, noch nicht. Gerade war nur eins von Bedeutung: Sie musste Katharina finden, so schnell wie möglich!

Der Großvater hatte schon gefrühstückt und war ins Dorf gefahren. »Zur Tankstelle«, sagte die Großmutter. »Er braucht Benzin für die Motorsäge.«

Lisa fragte nicht nach, was um alles in der Welt er am

Tag nach Weihnachten mit der Motorsäge wollte. Das Holz für den dunkelgrünen Kachelofen, der über ein ausgeklügeltes Rohrleitungssystem das ganze Haus heizte, war sauber an der Seitenwand des Schuppens aufgestapelt, bis zum Dach hinauf, genug Holz nicht nur für diesen Winter. Und schon im Frühjahr mit der Motorsäge in genau abgemessene Klötze geteilt und dann mit der Axt in ordentliche Scheite gehackt. Niemand fing mit dieser Arbeit erst mitten im Winter an, wenn das Holz hart wie Stein war. Lisa hatte lange genug im Dorf gelebt, um genau zu wissen, zu welcher Zeit welche Arbeiten erledigt wurden.

Als wäre diese Tatsache gerade eben auch der Großmutter bewusst geworden, beeilte sie sich, noch eine Erklärung mitzuliefern: »Da steht eine Tanne oben am Berg, ganz schief vom letzten Sturm. Der Opa hat Angst, dass sie ganz umstürzt, deshalb will er sie fällen.«

»Klar«, sagte Lisa. »Nicht dass sie da beim nächsten Windstoß womöglich einen Hirschen erschlägt, den der Opa dann deshalb nicht mehr erschießen kann. Das wäre doch zu dumm!«

Der Blick der Großmutter wechselte von Unverständnis zu Verärgerung, als sie Lisas Worte richtig interpretiert hatte. Aber noch bevor sie etwas erwidern konnte, beugte sich Lisa vor und gab ihr einen Kuss auf die Wange. »Ach, Oma«, sagte sie leise. »Warum kann nicht alles gut sein? Was ist nur mit uns passiert?«

Lisa kannte die Antwort. Die Großmutter kannte sie

auch. Und sie beide wussten, dass sie sie nie aussprechen würden. Vielleicht hatte Lisa sich etwas vorgemacht, als sie darauf hoffte, sich mit den Großeltern aussöhnen zu können. Vielleicht war es längst zu spät dafür.

»Willst du ein Ei zum Frühstück?«, fragte die Großmutter.

Lisa schüttelte nur den Kopf. Sie griff nach dem Krug mit der frischen Ziegenmilch und trank einen langen Schluck. Die Milch schmeckte anders, als sie in Erinnerung hatte. Aber vielleicht lag es auch nur an ihrer Stimmung. Nichts war so, wie es sein sollte. Und schon gar nicht, wie es mal gewesen war, wenn sie als kleines Mädchen zugesehen hatte, wie ihre Oma geschickt die manchmal widerspenstigen Ziegen molk und ihr dann die große, matt silberne Kanne in die Hand drückte, die sie stolz nach Hause trug.

Jetzt gab es nur noch zwei Ziegen in einem Anbau an der Scheunenwand. Lisa war kurz hinübergehuscht, bevor sie in die Küche gegangen war. Zwei Ziegen, die im Frühjahr geschlachtet werden sollten, wie die Großmutter erklärte: »Zu viel Arbeit, wir werden ja auch nicht jünger. Und die frechen Biester machen sowieso nichts als Ärger. Als hätten sie den Teufel im Leib!«

Lisa musste sich zusammenreißen, um den Schluck Milch nicht in die Spüle zu spucken. Schon im Rausgehen sagte sie: »Ich frühstücke etwas im Café am Markt. Ich weiß noch nicht, wann ich zurück bin. Vielleicht erst gegen Abend, wartet nicht auf mich.«

»Der Toni arbeitet nicht mehr bei seinem Vater in der Werkstatt«, rief die Großmutter hinter ihr her. »Er hat jetzt einen eigenen Laden in der Kirchgasse, mit zwei großen Schaufenstern für seine Schnitzereien. Du kannst es nicht verfehlen.«

Vielleicht sollte ich tatsächlich über meinen eigenen Schatten springen und den Toni besuchen, dachte Lisa, nachdem der erste Ärger über den erneuten Verkuppelungsversuch der Großmutter verflogen war. Ich brauche jemanden hier, mit dem ich mich verbünden kann. Ich bin schon so lange weg, dass ich nicht mehr dazugehöre. Und wer nicht dazugehört, bekommt auch keine Antworten! Schon gar nicht auf Fragen, die am wohlgefälligen Bild des Dorfes und seiner Bewohner kratzen könnten ...

Aber nein, der Toni war keine gute Idee. Das wäre ja kaum etwas anderes, als den Bock zum Gärtner zu machen. Der Toni würde ganz sicher nicht über etwas reden wollen, was nichts als ungute Erinnerungen wachrief. Erinnerungen, die sie beide gern für immer vergessen würden.

Es schien, als würde sich mit dem Verschwinden von Katharina gerade etwas wiederholen, was Lisa mehr betraf, als vielleicht irgendjemand ahnte. Außer den Großeltern und dem Toni natürlich. Aber die Großeltern hatten es schon damals nicht wahrhaben wollen. Und beim Toni war sie sich ja selber nicht sicher. Genauso wenig wie sie wusste, ob sie ihm nach allem, was passiert war, noch vertrauen konnte. Oder ob sie ihm überhaupt vertrauen wollte! Sie würde mit ihm reden müssen. Aber das hatte Zeit, bis sie mehr über das Mädchen Katharina erfahren hatte.

Die Luft war klar, aber weiter oben auf den Berghängen lag Neuschnee, sicherlich ein halber Meter, wie Lisa schätzte. Und über der Karspitze türmten sich grauschwarze Wolken, da kam noch mehr Schnee.

Vom Kuhstall beim Nachbarbauern wehte ein scharfer Geruch nach Dung und Jauche herüber, als Lisa die lange Dorfstraße hinabeilte. In diesem Teil von Oberalmdorf gab es kaum Hotels, einige der früheren eher bescheidenen Pensionen allerdings waren zu modernen Appartementhäusern umgebaut, »fließend warm und kalt Wasser« war abgelöst vom hauseigenen Spa mit Sauna und Pool oder mindestens Tauchbecken. Die in den Einfahrten geparkten Wagen aus Österreich, Deutschland, Holland zeigten deutlich, dass die Touristen das Angebot zu schätzen wussten. Und ganz offensichtlich auch die mittlerweile alles andere als bescheidenen Preise zu zahlen bereit waren.

Lisa musste mehrmals aufstoßen, die Ziegenmilch schien in ihrem Magen hin und her zu schwappen, sie hoffte, dass ein belegtes Brötchen und ein doppelter Espresso helfen würden. Und gleich gegenüber vom Café war der Neuwirt, dort würde sie anfangen, ihre Fragen zu stellen. Sie hatte die beiden Wirtsleute kurz gegoogelt. Der Neuwirt hatte das Hotel von seinen Eltern übernommen, Lisa erinnerte sich kaum an ihn, er hatte seine Ausbildung an einer Hotelfachschule in Wien absolviert, von da hatte er auch seine Frau mitgebracht. Was es für die Elisabeth sicher nicht einfacher gemacht hatte, sich im Dorf zurechtzufinden.

Lisa sah die blauen Lichtblitze schon, als sie über den Parkplatz vor der Eisstockbahn auf die hölzerne Fußgängerbrücke zueilte.

Der Polizeiwagen stand quer auf der Straße, der Rettungswagen war rückwärts an die Brücke herangefahren, die hinteren Türen standen offen. Die Krankentrage auf dem Rollgestell war dicht ans Geländer geschoben, um genug Platz für die beiden Polizisten zu lassen, die gerade dabei waren, die Brücke mit Flatterband abzusperren. Die Sanitäter lehnten an ihrem Wagen, ohne sich um die regungslose Gestalt auf den Holzbohlen der Brücke zu kümmern.

Lisas erster Gedanke war, dass jemand in den Fluss gestürzt sein musste. Und nicht rechtzeitig gerettet worden war – dass die Person, die da auf dem Boden lag, tot war, stand außer Frage.

Lisa erkannte jetzt den älteren der beiden Polizisten, der sie misstrauisch musterte, als würde er versuchen, ihr Gesicht einem Foto in seiner Kartei zuzuordnen.

»Alois? Ich bin's, die Lisa vom Zirbenhof.«

»Ah, die Lisa, ich hab doch gewusst, dass ich dich kenne!«

Ein Strahlen ging über sein Gesicht, er schien sich aufrichtig zu freuen. Dabei war es ewig her, dass sie etwas miteinander zu tun gehabt hatten. Lisa war noch ein Kind, als der Polizist ihrer Mutter vergeblich den Hof gemacht hatte. Kurz nachdem der Vater am Berg verunglückt war. Und jedes Mal, wenn Alois wie zufällig bei ihnen vorbeischaute, brachte er etwas für Lisa mit, einen Stoffhasen, eine Kasperlpuppe, ein Bilderbuch von einem Weihnachtsmann, der sich im Schnee verlaufen hatte und von den Zwergen gerettet wurde.

Sie wusste noch nicht mal, ob sie bei der Beerdigung ihrer Mutter mit ihm gesprochen hatte, umso mehr war sie überrascht, dass der Polizist sie jetzt wie eine Vertraute behandelte. Mit dem Kopf winkte er sie ein Stück zur Seite und bückte sich unter dem Flatterband hindurch, um näher zu ihr zu kommen.

Er ist alt geworden, dachte Lisa, als er wie abwesend auf den tosenden Fluss starrte, bevor er sagte: »Ich hab schon den Arzt angerufen, er muss es noch bestätigen, deshalb haben wir alles abgesperrt, damit hinterher keiner sagen kann, wir würden unsere Arbeit nicht richtig machen, wenn da ein Toter gefunden wird.«

Also ein Mann. »Jemand aus dem Dorf?«, fragte Lisa. »Oder ein Tourist? Was ist überhaupt passiert?«

»Ich tippe auf einen Unfall. Er wird gestolpert sein. Ist ja glatt auf den Holzbohlen, von der Gischt, die vom Fluss hochweht. Deshalb auch das Schild.« Er wies auf das Warnschild am Anfang der Brücke. VORSICHT, RUTSCHGEFAHR! »Gestolpert und dann unglücklich gefallen. Das Horn hat sich direkt durch sein Herz gebohrt.«

»Was für ein Horn? Was meinst du?«, stammelte Lisa irritiert, während sie versuchte, über die Schulter des Polizisten hinweg einen besseren Blick auf den Toten zu erhaschen. Ein Mann mit einer weinroten Winterjacke, fast violett, die unter der verrutschten Rettungsdecke hervorsah. Eine dieser Jacken, wie sie gerade modern waren. Modern und teuer.

»Ich denke mal, er hat die Maske nicht aufgehabt, sondern in der Hand getragen«, erwiderte der Polizist. »Es ist eine der Masken vom Xaver, aber nicht mit den langen gebogenen Hörnern wie die meisten, dann wäre vielleicht gar nichts passiert. Die Maske, die ihn getötet hat, hat nur kurze Hörner, nicht gebogen und ganz spitz. Und das eine steckt jetzt bei ihm im Herzen. Das ist die Todesursache, der Doktor wird es bestätigen.«

»Aber ... du glaubst, er ist morgens um neun mit der Maske hier spazieren gelaufen und dann ... Warum? Warum sollte jemand ...«

»Vielleicht liegt er schon seit heute Nacht hier. Die Brücke wird ja nicht viel genutzt. Da hat ihn dann keiner liegen sehen, erst der Briefträger, als er zur Eisstockbahn wollte. Der Arzt muss sagen, seit wann er tot ist.«

Lisa hatte das Gefühl, gar nichts mehr zu verstehen. Die Geschichte ergibt überhaupt keinen Sinn, schoss es ihr durch den Kopf.

»Und ist es jemand aus dem Dorf?«, wiederholte sie ihre Frage von vorher. »Kennt ihr ihn?«

»Ja und nein. Ein Stammgast sozusagen. Er kommt jedes

Jahr hierher, immer zu den Rauhnächten. Er und seine Freunde. Früher waren sie immer in der Alten Post, gleich neben der Werkstatt vom Xaver, jetzt sind sie im neuen Hotel unten an der Bergbahn. Die können sich's leisten.«

»Was sind das für Leute? Weißt du mehr über sie?«

»Ein Immobilienmakler, ein Richter, auch ein Landeshauptmann!« Seine Stimme hatte einen ehrfürchtigen Unterton. »Aus Graz, Innsbruck, Wien! Wo der Tote jetzt herkommt, weiß ich noch nicht. Finden wir alles heraus, sie sind ja gemeldet im Hotel.«

Von einer Sekunde zur nächsten wirkte Alois plötzlich abweisend. Als hätte er zu viel erzählt. Er schob sie von der Absperrung zurück.

»Ich muss jetzt wieder an die Arbeit. Du läufst am besten am Fluss entlang bis zur Brücke am Kreisverkehr. Ist kaum ein Umweg, aber pass auf, auch der Fußweg ist glatt!«

Eine Viertelstunde später schob Lisa den Teller mit dem »Berggeist-Frühstück« nach dem ersten Bissen zurück. Sie hatte schon wohlweislich weder den gesalzenen Schafskäse noch die scharf geräucherte Salami auf die Kaisersemmel gelegt, sondern stattdessen nur eine dünne Schicht Butter und ein wenig Aprikosenmarmelade auf die noch warme Innenseite gestrichen. Weil ihr klar war, dass sie etwas essen musste. Aber eigentlich hatte sie es vorher gewusst – wenn man gerade eine Leiche mit einem abgebrochenen Horn im Herzen gesehen hatte, dann schlug einem das gehörig auf den Magen. Noch dazu wenn der ohnehin schon mit der ungewohnten Ziegenmilch vom Morgen mehr als genug zu kämpfen hatte. Und dann reichte es vollkommen, um sich schnellstens umzuentscheiden und die Bedienung um zwei Scheiben Zwieback zu bitten. Mit einem großen Becher Kamillentee.

Beides brachte ihr die junge Frau mit den rot gefärbten Haaren und dem Undercut ohne jeden Kommentar, vielleicht hatte sie ganz richtig erkannt, dass Lisa nicht wirklich zu den Gästen gehörte, die ein gutes Frühstück ablehnten, mit anderen Worten: Dass es ihr ganz offensichtlich schlecht genug gehen musste, um ein Krankenhausessen vorzuziehen. Vielleicht ist es ihr aber auch nur vollkommen egal, dachte Lisa. Sie will nur möglichst schnell wieder vor die Tür, um eine zu rauchen.

Was eine gute Möglichkeit gewesen wäre, um sich dazuzustellen. Zwei rauchende Frauen an einem wolkenverhangenen Vormittag zwischen den Jahren. Beide ungefähr im gleichen Alter, beide unausgeschlafen und mit irgendeinem Kummer, der niemand anderen etwas angeht. Das wäre der geeignete Moment, um ganz zufällig eine Bemerkung über das verschwundene Mädchen aus dem Hotel gegenüber fallenzulassen. Ein paar unverfängliche Fragen, während die ersehnte Reaktion auf das Nikotin so was wie eine Gemeinsamkeit zwischen ihnen herstellte, eine Vertrautheit, die so flüchtig war wie der Zigarettenqualm.

Nur dass Lisa nicht mehr rauchte. Seit über einem Jahr

jetzt schon. Manchmal vermisste sie es noch, bei einem Kaffee oder abends einem Glas Rotwein im Gartenlokal nach einem guten Essen, egal ob mit einer Freundin, einem Freund oder auch alleine. Aber eigentlich überwog das befriedigende Gefühl, der Sucht ein Schnippchen geschlagen zu haben, und mit Verwunderung musste Lisa sich eingestehen, dass es durchaus auch Situationen gab, in denen der Geruch nach Zigarettenrauch sie jetzt sogar störte.

Wenn sie sich nicht sehr irrte, würde die Bedienung allerdings ohnehin kaum etwas wissen, was Lisa interessierte. Wahrscheinlich war sie gerade erst für die Wintersaison eingestellt worden, offensichtlich waren polnische Aushilfskräfte nicht nur in der Münchner Gastronomie beliebt. Und billiger als jemand aus dem eigenen Land. Billiger und anspruchsloser. Perfekt für jeden Arbeitgeber.

Lisa winkte der Bedienung, dass sie zahlen wollte.

»Besser?«, fragte die Frau mit einem Blick von dem leeren Zwiebackteller zu Lisas Gesicht.

»Nicht wirklich.«

»Zu Hause in Polen essen wir warme Hühnersuppe, wenn der Magen … unordentlich ist.«

Lisa hatte den Eindruck, dass es der Bedienung weniger darum ging, einen wohlmeinenden Tipp zu geben als vielmehr über etwas zu sprechen, was sie mit ihrer weit entfernten Heimat verband. Sie wechselten noch ein paar Worte miteinander, dann zahlte Lisa, gab ein viel zu hohes Trinkgeld und lief zum Hotel hinüber.

Die Neuwirtin sah aus wie vom Titelbild einer Frauenzeitschrift. Die blonden Locken umrahmten ein perfekt geschminktes Gesicht, das Mieder des Dirndls gab genau so viel Einblick ins Dekolleté, dass es gerade so eben noch schicklich für eine Hotelchefin war. Lisa selber hatte nur ein einziges Mal ein Dirndl getragen. Und das auch nur, weil der Toni sie regelrecht bedrängt hatte und sie ihn nicht verärgern wollte. Es war keine gute Idee gewesen!

Die Neuwirtin musterte sie argwöhnisch, kaum dass sie sich vorgestellt und die ersten Sätze gesprochen hatte. Und Lisa musste sich eingestehen, dass sie selber wahrscheinlich ähnlich reagiert hätte, wenn plötzlich eine wildfremde Frau aufgetaucht wäre und Fragen zum Verschwinden ihrer Tochter gestellt hätte.

»Es hat etwas damit zu tun, dass ... Meine jüngere Schwester ist vor vielen Jahren verunglückt, sie war genauso alt wie Ihre Katharina. Und es war ähnlich, sie war ebenfalls von einem Tag auf den anderen verschwunden, deshalb würde ich gern ... helfen, wenn ich kann.«

Die Geschichte mit dem Unfall ihrer Schwester war der Versuch, eine möglichst unverfängliche Erklärung dafür zu liefern, dass sie sich einmischte. Obwohl sie es besser wusste, sie glaubte nicht daran, dass der Katharina vom Hotel etwas Ähnliches zugestoßen war wie ihrer jüngeren Schwester.

Aber sie scheiterte ohnehin mit ihrer Idee, auf diese Weise das Vertrauen der Neuwirtin zu erlangen.

»Was für ein Schmarrn! Willst du uns Angst machen?

Sollen wir in Panik geraten, nur weil deiner Schwester mal etwas passiert ist?«

»Nein, entschuldige, ich will nur ... Wenn wir damals schneller angefangen hätten, sie zu suchen, dann ...«

»Die Polizei wird schon wissen, was zu tun ist«, schnitt die Neuwirtin ihr das Wort ab. »Der Alois hat versprochen, dass alles gut wird. Dass wir sie wohlbehalten zurückbekommen. In dem Alter ist es ja nun mal so, dass sie über die Stränge schlagen, und ein Hotel ist auch kein guter Ort, um ein Kind großzuziehen. Wer weiß, wo die Katharina gerade steckt, der Alois meint, wahrscheinlich bei einem Buben, und jetzt traut sie sich nicht heim, weil sie weiß, dass es Ärger gibt. Der Mann und ich hoffen nur, dass sie schlau genug ist, sich kein Kind machen zu lassen, aber das weiß man ja nie. Und jetzt entschuldigst du mich bitte, ja? Ich hab die Stube voll mit Frühstücksgästen, die mögen es nicht, wenn man sie warten lässt.«

Der Alois ist mir langsam nicht mehr ganz geheuer, dachte Lisa. Er scheint ja gerne mal zu behaupten, dass alles kein Problem ist, egal ob es um eine verschwundene Sechzehnjährige geht oder um einen toten Feriengast mit einem abgebrochenen Ziegenhorn im Herzen. Wovon sie hier beim Neuwirt ganz offensichtlich noch nichts mitbekommen hatten, die stille Post im Dorf war also doch langsamer, als Lisa erwartet hatte ...

»Der Mann« von der Neuwirtin stand in der Küche. Mit einer schwarzen Kochschürze und einem Man Bun, für den er eigentlich zu alt war. Er war dabei, Rührei und

Würstchen zu braten, und hatte ebenfalls keine Zeit für Lisa, wie sie wohl deutlich sehen konnte. Erst als sie sich nicht aus der Küchentür wegbewegte, warf er ihr einen zweiten Blick zu, dann nickte er zum Zeichen, dass er sie erkannt hatte, und nahm die Pfanne von der Gasflamme.

»Du bist's, die Große von Zirbenhof, drüben auf der anderen Seite, stimmt's?«

»Stimmt.«

»Die Lisa. Deine Großeltern gibt's noch, oder?«

»Gibt es noch, ja.«

»Was für ein Scheiß mit eurer Familie. Erst dein Vater mit der Lawine, dann die kleine Schwester, dann deine Mutter. Als ob da ein Fluch auf dem Hof liegen würde, was? Aber mit dir ist alles okay?«

»Mit mir ja, aber bei euch … Ich hab das gehört, dass eure Tochter …«

Von einem Moment auf den nächsten sah es aus, als wäre der Neuwirt um Jahre gealtert. Er strich sich mit einer fahrigen Bewegung über die Wange und das Kinn. Gerade als er ansetzte, etwas zu erwidern, kam seine Frau zurück aus dem Gastraum.

Eilig schob der Neuwirt Lisa aus der Küche: »Wir haben nichts weiter zu sagen.«

Seine Frau beobachtete mit argwöhnischen Blicken, ob Lisa auch wirklich das Hotel verließ. Lisa machte sich eine Notiz im Hinterkopf, sie musste den Neuwirt abpassen, wenn die Frau nicht in der Nähe war. Vielleicht wusste der Leopold mehr, als er seiner Frau anvertrauen wollte.

Vielleicht wussten sie auch beide mehr, als sie behaupteten. Es konnte ja wohl auch kaum sein, dass sie so gelassen mit dem Verschwinden ihres einzigen Kindes umgingen. Als würden sie sich in etwas fügen, was ohnehin nicht zu ändern war.

Wäre es meine Tochter, würde ich durchdrehen vor Sorge, dachte Lisa. Und anders kann es bei den Eltern von Katharina auch nicht sein. Sie müssen mir etwas vorgespielt haben, sie lügen!

Lisa holte tief Luft, das flaue Gefühl in ihrem Magen war immer noch da, allerdings kam es jetzt von der Unruhe, die sie nach dem Gespräch mit den Wirtsleuten noch deutlicher als zuvor spürte. Wie eine unklare Bedrohung, die mit jedem Atemzug, mit dem die kalte Bergluft in ihre Lungen strömte, stärker wurde.

Noch einmal schoss ihr die Frage durch den Kopf, wie es dem alten Polizisten wohl gelungen war, die Sache mit dem Toten auf der Brücke so unauffällig abzuwickeln, dass bislang noch kaum jemand etwas davon wusste. Hatte er den Toten womöglich bereits wegschaffen lassen? Musste bei einem solchen Unglücksfall nicht immer die Kriminalpolizei aus der Stadt hinzugezogen werden? Aber das alles war jetzt nicht ihre Sorge. Jetzt ging es um die Katharina!

Lisa überlegte nicht lange, sie lief die paar Meter bis zur Ecke und klingelte in der Wohnung über dem Schuhmacher. Die Mutter von Katharinas Freundin war zu Hause. Aber die Freundin war am Vormittag zu Onkel und Tante nach Graz gereist. Eine Telefonnummer wollte die Mutter ihr nicht geben. Was es denn die Lisa eigentlich angehen würde, wo ihre Tochter war? Oder die Katharina. Eine Frage, auf die Lisa wieder nur stammelnd eine Antwort gab, an die sie selber nicht glaubte.

Es hatte fast unmerklich zu schneien begonnen, und der Himmel war in der letzten halben Stunde so dunkel geworden, dass er fast schwarz wirkte. Eine nach der anderen flammten mitten am Tag die Straßenlampen auf, schmiedeeiserne Laternen mit einem rötlichen Glas, die es früher nicht gegeben hatte. Oder an die sich Lisa zumindest nicht erinnern konnte. Aber die lange Reihe der Lichter vom Marktplatz bis hinüber zur Talstation der Bergbahn auf der anderen Seite des Dorfes sah schön aus mit den wirbelnden Schneeflocken, die alle Konturen verschwimmen ließen.

Als jetzt auch noch ein Pferdeschlitten mit Glockengebimmel über die Straße fuhr, schien es fast, als wäre die Zeit stehengeblieben. Als gäbe es keine drängelnden Touristenautos, keine lauten Stimmen, keinen Lärm und keine Hektik. Sondern nur weihnachtliche Stille und Frieden.

Es ist alles viel zu schön für einen Tag, an dem ein Mädchen spurlos verschwunden sein soll, dachte Lisa. Wo immer die Katharina jetzt gerade war, würde ihr hoffentlich kein Leid angetan. Aber Lisa wusste es besser. Sie machte sich etwas vor, wenn sie wirklich glaubte, dass es Katharina wenigstens halbwegs gutginge. Und deshalb musste sie eine Entscheidung treffen. Alleine würde sie gar nichts ausrichten können. Aber sie musste mehr darüber erfahren, was hier im Dorf eigentlich vor sich ging.

Ohnehin hatte sie die Moni besuchen wollen, ihre alte Schulfreundin, die gegen jeden gutgemeinten Rat ein eigenes Skigeschäft an der Talstation eröffnet hatte und sich recht erfolgreich gegen die alteingesessene Konkurrenz im Dorf behauptete. Lange vorher schon waren Lisa und sie die besten Freundinnen überhaupt gewesen. Bis die Moni von einem Tag auf den anderen nichts mehr von ihr hatte wissen wollen, und dann war Lisa ja ohnehin weggegangen.

Erst auf der Beerdigung ihrer Mutter hatte sie die alte Freundin wiedergetroffen. Und danach dann hatten sie auch jedes Jahr ein- oder zweimal miteinander telefoniert, ohne jemals darüber zu sprechen, was ihre frühere Freundschaft eigentlich so abrupt beendet hatte. Eigentlich hatte Moni sie auch längst einmal in München besuchen wollen, aber es war immer etwas dazwischengekommen.

Lisa beschloss, Moni einfach zu überraschen, jetzt, sofort. Es war ja ein ganz normaler Arbeitstag im Dorf, Moni würde sicher im Skigeschäft sein.

Wie aufs Stichwort hielt ein Wagen neben ihr am Bordstein, ein roter Mini. Das Fenster an der Beifahrerseite wurde heruntergefahren. Und noch bevor Lisa wirklich sehen konnte, wer sich da über den Sitz hinweg zu ihr beugte, erkannte sie die Stimme. Noch ein wenig kratziger als früher von zu vielen Zigaretten und zu langen Nächten in der Skibar, aber mit dem spöttischen Unterton, der schon damals die Lehrer zur Weißglut getrieben hatte: »Falls die Dame aus der Stadt nicht weiß, wo sie ihren verwöhnten Hintern aufwärmen soll, will ich sie gerne ein Stück mitnehmen. Sitzheizung gefällig? Hüpf einfach rein!«

»Moni!«, rief Lisa und merkte, wie die Freude über das Wiedersehen für eine Sekunde alle Zweifel und trüben Gedanken verscheuchte. »Ich wollte eben zu dir!«

»Das hoffe ich für dich. Ich hab deinen Großvater an der Tankstelle getroffen, von ihm weiß ich, dass du hier bist. Aber steig erst mal ein, ich hab keine Lust, mit dem offenen Fenster das ganze Dorf zu heizen!«

Moni stieß die Tür auf, im nächsten Moment lagen sich die beiden Freundinnen von früher in den Armen. Und genau wie früher küsste Moni auch heute Lisa zur Begrüßung einfach auf den Mund! Es schien Lisa so vertraut, als hätten sie sich erst gestern das letzte Mal gesehen.

»Lass dich anschauen.« Moni schob Lisa ein Stück zurück, um gleich darauf festzustellen: »Du hast zu wenig geschlafen! Und dir ist irgendeine Laus über die Leber gelaufen. Lass mich raten: die Großeltern?«

Lisa nickte. »Ich hatte eigentlich gedacht, ich könnte vielleicht ... Ich meine, dass wir noch mal einen neuen Versuch machen, irgendwie miteinander auszukommen. Wer weiß, wie lange es sie überhaupt noch geben wird und ...«

Als Lisa nicht weitersprach, betrachtete Moni sie forschend, bevor sie murmelte: »Sorry, Lisa, es tut mir ja leid für dich, aber das hätte ich dir vorher sagen können. Ich fürchte, die Idee mit der Versöhnung wirst du dir aus dem Kopf schlagen müssen. Zumindest solange du nicht hierher zurückkommst und den Toni heiratest und lauter gottgefällige kleine Bälger in die Welt setzt. Was nicht mal das Schlechteste wäre, weißt du, wenn sie alt genug sind, könnten sie bei mir in der Skischule arbeiten, ich brauche immer jemanden für die Saison, also tu dir keinen Zwang an, wenn du mit dem Toni ...«

»Hör auf, du verrückte Nudel!«, unterbrach Lisa ihre alte Freundin lachend. »Du weißt genau, dass das nie passieren wird.«

»Verrückte Nudel hat lange keiner mehr zu mir gesagt«, erwiderte Moni so leise, dass Lisa sie kaum verstand. »Aber mal was ganz anderes. Du hast von der Katharina vom Neuwirt gehört? Dein Großvater meinte, du hättest ihn beschimpft, als er davon erzählt hat.«

»So, sagt er das?« Lisa spürte augenblicklich wieder die Enttäuschung über die Großeltern, die ihr immer fremder vorkommen wollten. »Ich verstehe einfach nicht, wie sie so tun können, als ob ...« Sie hob hilflos die Schultern.

»Lass gut sein, ich kann es mir ja vorstellen. – Weißt du auch von dem Toten, den sie heute früh auf der Fußgängerbrücke unten an der Eisstockbahn gefunden haben?«

Die Moni wusste es also schon! Aber woher, wenn sie nur an der Tankstelle gewesen war?

Eine Stunde später hatte Lisa eine Antwort. Aber auch jede Menge neuer Fragen. Sie saß mit der Moni im Hotelrestaurant gegenüber dem Sportgeschäft. In dem neuen Hotel, in dem der Tote mit dem Ziegenhorn im Herzen gewohnt hatte. Und in dem ein Sushi-Koch, der vorher in Miami und Las Vegas gearbeitet hatte, auch die anspruchsvollsten Gaumen der Gäste »exklusiv« verwöhnte, wie es auf dem Deckblatt der handgeschriebenen Menükarte hieß.

Während Lisa sich durch die Gerichte mit Beschreibungen wie »Tauernlammrücken mit Ratatouille-Gemüse und Pommes Duchesse« arbeitete, rief Moni kurz im Laden an, um zu sagen, dass sie noch »etwas Wichtiges« zu erledigen hatte.

»Ihr müsst mal ohne mich klarkommen. Nein, ich kann dir nicht sagen, wie lange es dauert. Länger! Was? Du siehst mein Auto draußen stehen? Ja, natürlich, ich bin im Alpenhof. Mit einer alten Freundin, kennst du nicht, war vor deiner Zeit. Meine beste Freundin, die ich ewig nicht gesehen habe. Und jetzt lass mich endlich mit ihr weiterquatschen und kümmere dich um den Laden. Ach, apropos, denkst du bitte daran, dass wir den Ski-Service bis Silvester umsonst machen! Und zwar das komplette Paket: Beläge und Kanten schleifen, Schäden ausbessern, Wachsen und Polieren. Nicht, dass wieder so was passiert wie gestern. Das macht keinen guten Eindruck, wenn draußen das Werbeschild hängt und dann trotzdem einer von euch ankommt, um abzukassieren. Ja, ich weiß, du warst es nicht, aber dann sag's halt dem Stefan auch noch mal! Und jetzt seht zu, dass ihr schön was verkauft. Nächstes Jahr wollen wir die Nummer eins im Dorf sein, also strengt euch ein bisschen an. Pfiat di, ich lieb euch alle!«

Moni beendete das Gespräch und verdrehte die Augen. »Es ist nicht leicht, Chefin zu sein. Und ich muss es ihnen immer wieder erklären, vor allem den jungen Skilehrern. Ich hab jetzt zwei dabei, die aus Holland sind, fürs Snowboard, nette Typen, aber ohne ihr Board zu nichts zu gebrauchen. Ich muss ihnen tatsächlich alles erklären, von alleine passiert da gar nichts. Oder jedenfalls viel zu wenig.«

Das Kichern bei Monis letzten Worten ließ Lisa kurz überlegen, ob der Satz womöglich zweideutig gemeint gewesen war, schon früher hatte die Moni ein ausgesprochenes Faible für Skilehrer gehabt. Und war da nicht auch schon mal irgendwas mit einem Holländer gewesen?

Gleich darauf strahlte Moni sie an: »Aber es macht Spaß, Chefin zu sein. Das hätte ich früher nie gedacht.«

Im selben Moment war sich Lisa sicher, dass sie mit ihrer Vermutung richtiglag.

Sie bestellten die heiße Schokolade, die hier unter der Bezeichnung »Kleine Sünde am Nachmittag« auf der Karte stand und so dickflüssig war, dass der Löffel aufrecht im Schaum stecken blieb.

»Pure Schokolade«, stellte Lisa nach dem ersten Schluck fest, »das sind doch mindestens 1000 Kalorien, wenn nicht mehr.«

Sie waren alleine in dem großen Gastraum, der eigentlich nur für private Feiern genutzt wurde. Die Wände waren dicht an dicht mit gerahmten Schwarzweiß-Fotografien bedeckt, fast ohne Abstände zwischen den verschieden großen Rahmen, alles ausschließlich Motive von früher, viele davon lange vor der Kinderzeit von Lisa und Moni. Direkt hinter ihrem Tisch hing eine Aufnahme des ersten Sessellifts, den es im Dorf gegeben hatte. Lisa war sich nicht ganz sicher, ob sie tatsächlich in diesem einzelnen Sessel auf den Knien ihres Vaters den Berg hinaufgeschaukelt war. Oder ob das nicht schon ein Zweiersessel gewesen war, an den sie sich erinnerte.

Das Bild stand in krassem Gegensatz zu dem Blick durchs Fenster auf die heutige Liftanlage, die in endloser Folge ihre schmucken, silberfarbenen Gondeln bergaufwärts brachte, jede von ihnen mit fünf oder sechs Touristen. Die gleichförmige Bewegung hatte etwas Beruhigendes, eine fast hypnotische Wirkung. Als würde es reichen, auf die Gondeln zu starren, um allem Fürchterlichen zu entfliehen ...

Monis Stimme drang wie aus weiter Ferne zu ihr. »Du fragst dich, woher ich das mit dem Toten auf der Brücke schon weiß, richtig? Der Alois hat mich angerufen. Ich soll dich noch mal daran erinnern, dass du erst mal für dich behältst, was du von ihm gehört hast. Er weiß ja, dass wir Freundinnen waren ... sind. Also hat er angenommen, dass wir uns treffen. Und von dir hat er keine Nummer gehabt. Das ist alles. Aber ich würd gerne wissen, was er dir erzählt hat. Zu mir hat er nur gesagt, dass der Briefträger heute Morgen einen Toten auf der Fußgängerbrücke entdeckt hat. Keiner aus dem Dorf, ein Tourist. Deshalb soll es auch möglichst kein Geschrei darum geben, damit die Feriengäste nicht abgeschreckt werden, hat der Alois gesagt. Ein Unfall! Der Mann ist auf den vereisten Holzbohlen ausgerutscht und so unglücklich gestürzt, dass er gestorben ist. Weißt du mehr? Du hast ihn gesehen, oder? Du bist über die Brücke zum Dorf rüber ...«

»Ich hab den Weg an der Eisstockbahn vorbei genommen. Aber ich weiß auch nur, was der Alois mir gesagt hat. Dass der Tote ein Stammgast ist, hier aus dem Hotel übrigens, er und seine Freunde kommen regelmäßig hierher, jedes Jahr. Und angeblich ist er ausgerutscht und gestürzt, das hat Alois mir gegenüber auch behauptet ...«

»Angeblich? Was meinst du damit?«

»Daran ist er nicht gestorben, Moni! Er hatte ein Ziegenhorn im Herz stecken. Von einer der Masken vom Xaver. Info vom Alois, bevor er plötzlich gemerkt hat, dass er schon viel zu viel geredet hat, und mich möglichst schnell loswerden wollte.«

»Was?« Monis Gesicht wechselte so schnell die Farbe, dass ihre Haut plötzlich wächsern wirkte. »Wieso ein Horn? Von einer Maske, wie soll das gehen?«

»Eben! Das habe ich auch gleich gedacht. Aber der Alois schien sich sicher! Dass der Typ die Maske unterm Arm oder in der Hand getragen hat, ausgerutscht ist, gestürzt und ... Das Ding lag ja auch neben ihm, neben dem

Toten, meine ich. Mit dem abgebrochenen Horn. Trotzdem, die Geschichte ist merkwürdig, finde ich. Vor allem weil Alois so darauf beharrt hat, dass es nur ein Unfall gewesen sein kann. Klang ein bisschen so, als wollte er nicht nur mich, sondern auch sich selbst überzeugen. – Was ist, Moni, warum schaust du so? Sag jetzt bitte nicht, dass du den Mann gekannt hast!«

»Nein.« Monis Blick war vollkommen abwesend. Lisa sah, wie sie heftig schluckte, gleich darauf blickte sie sich um, als hätte sie Angst, dass irgendjemand sie beobachten würde. Als sie wieder zu Lisa sah, flatterten ihre Augenlider. Ihre Stimme war so leise, dass Lisa sie kaum verstand.

»Es gab noch mehr Unglücksfälle, bei denen irgendwas nicht ganz passte.« Moni stürzte hastig den letzten Rest ihrer heißen Schokolade hinunter. »Hast du gehört, was ich gerade gesagt habe?«, fragte sie, als Lisa nicht sofort reagierte.

Lisa musste sich zwingen, Monis Blick nicht auszuweichen. »Ja, habe ich. Aber ich verstehe nicht, wovon du redest.«

Moni beugte sich weit nach vorn. »Noch-mehr-Unglücksfälle-die-vielleicht-gar-keine-waren«, hauchte sie fast tonlos über den Tisch hinweg.

»Willst du sagen …« Noch bevor sie ihre Frage zu Ende bringen konnte, kam die Bedienung an ihren Tisch.

»Passt alles?«

»Perfekt. Aber bring mir noch eine Schokolade bitte, ja?«, antwortete Moni in einem Tonfall, als hätte sie nicht eben noch etwas ganz und gar Fürchterliches angedeutet. Nur die Unruhe in ihren Augen verriet, wie es wirklich um sie stand.

»Für mich auch«, sagte Lisa, obwohl ihr Becher noch halbvoll war.

Der junge Kellner musterte Lisa unverhohlen, wobei sein Blick deutlich zu lange auf ihrem Busen hängen blieb.

Moni hatte es ebenfalls bemerkt, sie machte eine Handbewegung, als wollte sie eine Fliege verscheuchen.

»Einfach nur zweimal heiße Schokolade, ja? Um unsere anderen Bedürfnisse kümmern wir uns selbst, das klappt ganz gut, danke.«

Woraufhin der junge Mann tatsächlich einen roten Kopf bekam! Als er sich hastig entfernte, fragte Moni: »War das jetzt zu hart? Nein, oder?« Sie zuckte mit der Schulter. »Er hat dich für eine Touristin gehalten, ohne Mann, verstehst du? Und ich mag es einfach nicht, wenn sie jede Frau, die hier alleine Urlaub macht, als Freiwild betrachten!«

Es war ein merkwürdiges Gefühl, von jemand anderem verteidigt zu werden, dachte Lisa. Das hat lange niemand mehr für mich getan, auch wenn es vielleicht übertrieben war, völlig egal, es tut gut, eine Freundin wie Moni zu haben ...

Sie lächelte und legte ihre Hand auf Monis. »Er wird es schon verkraften. – Aber komm, erzähl weiter! Was meinst du damit, noch mehr Unglücksfälle, bei denen irgendwas nicht stimmt?«

Moni warf einen raschen Blick zur Küche, bevor sie die Hand hob und an den Fingern aufzählte: »Der Reihe nach, vor vier Jahren, da hat es nämlich angefangen. Ein Holzfuhrwerk, bei dem angeblich die Pferde durchgegangen sind. Okay, nichts Ungewöhnliches, passiert, nur dass es hier nicht auf der Straße, sondern mitten im Wald war. Wo es weder Holzschlag gab noch einen Ziehweg, nur eine halb zugewachsene Feuerschneise. Das ganze Fuhrwerk ist in die Schlucht gestürzt, und das war's. Sowohl für die Pferde als auch für den Mann dazu. Zweitens, im nächsten Jahr, angeblich ein Schneebrett, das sich gelöst und einen Skifahrer mit sich in die Tiefe gerissen hat. Nur dass es an dieser Stelle gar kein Schneebrett gab. Einer von den Liftleuten war direkt vorher an der gleichen Stelle gewesen, um etwas an einer Schneekanone zu reparieren, und er war sich absolut sicher: kein Schneebrett, kein Lawinenabgang, nichts. Nur die Buckelpiste mit den völlig intakten Schutzzäunen links und rechts. Über die der Skifahrer also wundersamer Weise hinweggeflogen sein musste. Drittens bei unserer Ladies' Skiweek: Aber keine Lady, sondern ebenfalls ein Mann, den sie am nächsten Morgen erst gefunden haben. Steif gefroren, weit weg von jeder Hütte, mit Skischuhen, aber ohne Skier. Und mit herabgelassenen Hosen! Und jetzt kommt's, pass auf: Die beiden letzten, Schneebrett und Ladies' Skiweek, waren beide hier im Hotel. Stammgäste, kamen jedes Jahr hierher, genau wie der Mann heute. Alle drei dicke Freunde, die sich hier immer getroffen haben. Bisschen viel Zufall, oder?«

Lisas Gedanken rasten.

»Warte mal, Moni! Die Sache mit dem Pferdefuhrwerk …«

»Passt und passt nicht«, erwiderte Moni zu Lisas Überraschung. »Stimmt schon, das Pferdefuhrwerk war aus dem Dorf, der Flachhuber Florian von der Schreinerei, du hast ihn auch gekannt. Aber es gibt eine Gemeinsamkeit. Sie waren nicht nur alle Männer, sondern auch alle gleich alt! Alle Mitte dreißig, plus / minus ein oder zwei Jahre …«

So alt wie wir, schoss es Lisa unwillkürlich durch den Kopf. Und so alt wie Toni! Und der Florian war sogar in der gleichen Jungenclique gewesen, zu der auch Toni früher gehört hatte. Toni und Sepp, Monis Freund, der mit dem Auto oben am Pass …«

»Wollen wir wetten, dass der Tote von der Brücke auch so um die fünfunddreißig ist?«, fragte Moni in ihre Gedanken hinein. »Kapierst du nicht?« Moni hob die Hand und streckte vier Finger aus. »Vier Männer. Alle gleich alt. Und alle sterben unter äußerst merkwürdigen Umständen. Ausgerechnet hier bei uns im Dorf, das muss einem doch komisch vorkommen. Aber da ist noch was …«

Eine andere Bedienung trat an ihren Tisch und brachte die heiße Schokolade. Sie warteten, bis die junge Frau sich wieder entfernt hatte. Moni schloss kurz die Augen, als wäre sie sich plötzlich nicht mehr sicher, ob sie Lisa auch den Rest noch anvertrauen sollte. Dann hatte sie sich entschieden …

»Der Gedanke ist mir schon früher mal gekommen,

aber ich war mir nicht sicher. Erst jetzt mit dieser Maske gibt es keinen Zweifel mehr. Das ist fast, als hätte uns jemand einen Hinweis geben wollen, ein Ziegenhorn von einer Perchtenmaske!« Moni senkte die Stimme zu einem verschwörerischen Flüstern. »Mit anderen Worten: Es geht um die Rauhnächte! Es ist immer in den Rauhnächten passiert. Alle angeblichen Unfälle waren in den zwölf Nächten zwischen dem fünfundzwanzigsten Dezember und dem sechsten Januar!«

»Ich weiß, wann die Rauhnächte sind, Moni!« Lisa merkte, dass ihre Reaktion viel zu schroff war, aber sie ärgerte sich über sich selbst. Sie hatte das Gefühl, keinen klaren Gedanken mehr fassen zu können, als wäre es gerade alles zu viel für ihren Verstand, die Unfälle, die verschwunden Frauen, jetzt auch noch die Rauhnächte, nein, *wieder* die Rauhnächte, diese verdammten zwölf Nächte, die nichts als Angst und Schrecken verbreiteten ...

Moni hob wieder die Hand, um unbeirrt an ihren Fingern aufzuzählen: »Den Flachhuber Flo hat's am zweiten Weihnachtstag vor vier Jahren erwischt. Im nächsten Winter hat es den ersten von den Männern aus dem Hotel hier neben der Buckelpiste in die Tiefe gerissen, Anfang Januar, das genaue Datum weiß ich nicht mehr, aber auf jeden Fall noch vor den Heiligen Drei Königen. Und heute haben wir ...?«

»... den achtundzwanzigsten Dezember.«

»So, bitte!«

Lisa schüttelte den Kopf. »Und der Typ mit den heruntergelassenen Hosen?«, fragte sie. »Die Ladies' Skiweek ist Ende März, da sind die Rauhnächte lange vorbei.«

Moni blickte sie triumphierend an, bevor sie ihre Trumpfkarte ausspielte. »Stimmt schon, Frau Professorin Neunmalklug. Nur dass unser steif gefrorener Freund auch im Winter davor hier war. Ende Dezember, über Silvester. Und da hatte er auch schon mal einen Unfall, den er nur knapp überlebt hat. Auf dem alten Zweiersessellift, oben am Gipfel. Es ist nie geklärt worden, wieso er da überhaupt noch auf dem Sessel war, als sie wie immer alle Lifte um halb fünf abgeschaltet haben. Er hat nur Glück gehabt, dass ihn ein paar Snowboarder entdeckt haben, wie er da Stunden später im eisigen Wind und bei dichtem Schneetreiben vor sich hinschaukelte und mit letzter Kraft um Hilfe rief. Die Leute vom Lift haben geschworen, dass keiner mehr zugestiegen ist, als die letzten Sessel nach oben sind, aber sie haben sich ja offensichtlich geirrt.«

Lisa versuchte, sich den Sessellift am Gipfel in Erinnerung zu rufen. Auf dem Mittelstück führte die Strecke in einer Schneise durch den Tannenwald und war von der Piste aus nicht einzusehen. Nur die Jugendlichen aus dem Dorf nutzten das steile Stück unter den Masten manchmal als Snowboard-Abfahrt.

»Der Bergrettung hat ihn mit starken Unterkühlungen ins Krankenhaus in St. Josef gebracht«, berichtete Moni weiter. »Lange hätte er nicht mehr durchgehalten. Entweder er wäre auf dem Sessel erfroren oder aus lauter Verzweiflung runtergesprungen. Fast zehn Meter Höhe, kurz vorm Mast, egal wie viel Schnee da lag, die Beine hätte er sich mindestens gebrochen. Also wäre er dann unten genauso erfroren wie oben, auf jeden Fall erfroren. So wie drei Monate später, als er zur Ladies' Skiweek wieder aufgetaucht ist. Er hat bei mir im Geschäft sogar noch rumgetönt, dass er ja was nachzuholen hätte, weil sein Winterurlaub nicht ganz so verlaufen war wie geplant.«

Moni griff nach ihrem Becher und starrte auf die Sahne, die an den Rändern bereits angetrocknet war.

»Also würde ich doch mal annehmen, dass da im März nur etwas zu Ende gebracht worden ist, was vorher nicht ganz funktioniert hatte. Ende Dezember, während der Rauhnächte. Die Rennski, die er bei mir geliehen hat, hab ich abschreiben können, die sind nie gefunden worden«, murmelte sie abwesend.

Als sie Lisas irritierten Blick bemerkte, trank sie hastig ein paar Schlucke, bevor sie sich mit der Serviette den Lippen abtupfte.

Erst jetzt erkannte Lisa den Aufdruck auf der Serviette – den Schriftzug »Alpenhof« mit den Berggipfeln dahinter und dem Gehörn eines Steinbocks, das zu einer angedeuteten Perchtenmaske gehörte. Nur mit Mühe konnte sie sich auf die Frage konzentrieren, die sie Moni schon ein paar Sätze vorher hatte stellen wollen. Auf ihre Frage und auf Monis Antwort.

»Wieso … hast du dich mit diesen Unfällen so beschäftigt?«

»Weil's der Alois nicht getan hat. ›Unglücksfälle‹ hat er immer nur gesagt.«

Als Moni aufsah, schien ihr Blick vollkommen leer. Es geht gar nicht nur um diese Unfälle, dachte Lisa, sie will mir noch etwas ganz anderes erzählen. Im selben Moment war sie sich sicher, dass es etwas mit Katharina zu tun haben musste.

Sie hockt hinter einem Baum. Er dreht ihr den Rücken zu, aber sie weiß, dass er auf jedes Geräusch horcht. Wenn sie versucht wegzulaufen, wird er es sofort bemerken …
Ihr ist ein wenig übel. Und schwindlig! Als sie sich aufrichtet, hat sie Mühe, das Gleichgewicht zu halten. Sie schafft es kaum, ihre Jeans hochzuziehen, ohne hinzufallen.
Die Bäume verneigen sich vor ihr. Das sieht komisch aus. Sie kommen näher und weichen wieder zurück. Und der Schnee flimmert plötzlich in allen Farben, eben noch grellgrün, und dann rot und blau und leuchtend orange, die Farben explodieren vor ihren Augen, steigen in Kaskaden zum Himmel und stürzen als Funkenregen wieder nach unten. Verlöschen zischend im Schnee. Und der Mond wird immer dicker und zerplatzt mit lautem Knall. Wie ein Luftballon!
Als sie sich bückt, um den Schnee zu berühren, ist er so heiß, dass sie erschrocken die Hand zurückzieht. Aber es ist ja auch gar kein Schnee, es ist Sand, trockener, heißer Sand, der durch ihre Finger rinnt wie Wasser. Sie ist in der Wüste! Und da sind auch die Kamele, die in endloser Karawane vorüberziehen. Und Pferde! Ein Tuareg, der sein Gesicht

verhüllt hat, damit der Sand nicht in Mund und Nase dringen kann.
Gleich darauf meint sie, den Sand zwischen ihren eigenen Zähnen knirschen zu hören. So laut, dass sie sich am liebsten die Ohren zuhalten will. Aber sie kann ihre Arme nicht bewegen, sie sind viel zu schwer, wie von bleiernen Gewichten nach unten gezogen. Damit sie nicht davongeweht wird wie eine Feder.
Alles um sie herum bewegt sich. Das ist schön. Aber wieso verändert der Tuareg andauernd seine Gestalt? Eben noch war er nur wie ein Strich, aber jetzt dehnt er sich aus und bekommt Beulen und wabert vor und zurück! Und die Kamele sind auch nicht mehr da. Das ist schade. Sie muss weinen, die Tränen laufen ihr übers Gesicht und tropfen in den Schnee vor ihren Füßen. Der plötzlich Wellen schlägt und sich bewegt wie ein Teppich. Sie kann fliegen! Sie fliegt!
Das Glücksgefühlt lässt sie schwindlig werden. Alle Eindrücke sind so intensiv, wie sie es noch nie erlebt hat. Als wären ihre Sinne erst jetzt wirklich hellwach, als hätte sie bislang noch gar nicht richtig sehen, hören, fühlen können ...
Als sich eine Wurzel aus dem Schnee reckt, sich windet wie eine Schlange und nach ihr greifen will, bekommt sie Angst. Sie schreit um Hilfe. Der Tuareg kommt und nimmt sie in die Arme. Aber er ist gar kein Tuareg, er ist der hässliche Greis von vorhin, der mit der Maske. Und er drückt sie so fest an sich, dass es weh tut. Sie versucht, sich zu wehren. Als sie mit ihren Fingernägeln über seine Wange kratzt, wird er richtig böse. Und er ist stärker als sie, viel stärker.

4. KAPITEL, 28. DEZEMBER

Auflösung

Wenn das Krächzen der Krähen den Sturm übertönt

Lisa verstand es nicht. Es war, als ob plötzlich eine Tür zugeschlagen worden wäre. Wie schon einmal, vor so vielen Jahren. Ein Blick auf das Handy zeigte ihr, dass noch keine zehn Minuten vergangen waren, seit sie aus irgendeinem wirren Traum hochgeschreckt war. »Fünf Uhr dreiundzwanzig«, murmelte sie vor sich hin, als wäre es wichtig, die Uhrzeit so exakt wie möglich zu benennen. Als würde es nur dann gelingen, sich auch an alles zu erinnern.

Vom Nachbarhof hörte sie eine Kuh brüllen. Und irgendwo bellte ein Hund. Alle Geräusche klangen so gedämpft, dass sie wusste, es hatte die ganze Nacht hindurch geschneit. Das erklärte auch den graubleichen Lichtschein, der zum Fenster hereindrang.

Einer der Holzbalken über ihr knackte, für einen Moment hatte sie Mühe, das Knacken zu ignorieren. Und dann liefen plötzlich die Bilder vom Tag zuvor wie in einem Film vor ihr ab, fast als würde es eben gerade erst passieren ...

Sie saßen im Restaurant vom Alpenhof. Moni hatte eben von den Unfällen geredet. Und dass sie nicht daran glaubte, dass es wirklich Unfälle gewesen waren.

»Aber es muss doch die Landespolizei hier gewesen sein? Die Kriminalen aus Salzburg oder wo immer sie sitzen.«

Moni schüttelte den Kopf.

»Nur bei der Sache in der Ladies' Skiweek, da war einer hier. Ich glaub, der hätt vielleicht auch was rausgefunden, das war so einer, der nicht nur gut aussieht, sondern auch nicht lockerlässt, wenn ihm was nicht gefällt. Aber der Alois wird ihm gar nichts von den anderen Unglücksfällen erzählt haben. Oder davon, dass derselbe Mann schon mal auf dem Sessel fast erfroren wäre. Und der Kriminale hat so viele Fragen stellen können, wie er wollte, das hat ihm gar nicht genützt. Du weißt, wie sie hier sind, da kann ein Fremder lange auf Antworten warten.«

»Und du? Du hast ihm auch nichts von deinem Verdacht erzählt?«

»Hab ich nicht, nein. Ich hab's noch überlegt, aber dann war er auch schon wieder abgereist. Keine Spuren von ›Fremdverschulden‹ an der Leiche, hat's geheißen, also einfach ein Unglück. Dumm gelaufen, wie das eben so ist, wenn du mit über zwei Promille im Blut losstapfst, um zu pinkeln. Und zu besoffen bist, um danach zurück zur Hütte zu finden. Außerdem war Nebel am Berg, da vertust du dich schnell mal in der Richtung. Das hatte der Alois ja auch von Anfang an angenommen.«

Moni ließ Lisa nicht aus den Augen, als würde sie auf die Bestätigung warten, dass es keine Zweifel an dem geben konnte, was sie herausgefunden hatte. Aber darum geht es gar nicht, dachte Lisa wieder. Sie wartet darauf, dass ich davon anfange. Von den Frauen!

»Es *ist* alles mehr als merkwürdig, da muss ich dir recht geben«, stimmte Lisa ihrer alten Schulfreundin zu. »Vor allem, was du da über den Zeitraum sagst. Genau wie bei …« Sie hoffte, dass sie jetzt keinen Fehler machte. »Wie bei der Katharina vom Neuwirt. Es ist nicht das erste Mal, dass eine Frau oder ein Mädchen in den Rauhnächten verschwunden ist, richtig? Meine Großeltern haben gesagt, dass das schon seit einigen Jahren so geht. Was weißt du darüber?«

»Dass sie immer wieder auftauchen, wenn die Nächte vorüber sind.« Moni zögerte kurz. »Aber sie können sich an nichts erinnern. Oder sie wollen sich nicht erinnern!«

»Das kann nicht sein, Moni! Es muss doch eine von ihnen mal irgendwas gesagt haben!«

»Nein, sie reden nicht drüber. Und wenn doch, ist's dummes Zeug. Wirres Gestammel. Sonst nichts. Bei der Laetitia war es so schlimm, dass ihr Mann sie für eine Weile in die Anstalt bringen musste. Nach Salzburg! Sie ist schon länger wieder draußen, aber immer noch komisch. Anders als früher. Als würde sie alle Welt hassen, und sich selbst am allermeisten. Die Laetitia, die den Kreuzer geheiratet hat, weißt du? Vom Hof am Wasserfall. Früher hatte sie die Nähstube in der Dorfstraße, das müsstest du eigentlich noch wissen.«

Noch eine Frau, dachte Lisa, damit sind es jetzt schon fünf, ohne die Katharina! Die Großeltern hatten Laetitias Namen nicht erwähnt.

Lisa meinte, sich dunkel an eine hochgewachsene Schönheit mit südländischem Aussehen zu erinnern, eine Italienerin, die zum Skilaufen gekommen und für immer geblieben war. Bei dem Ziegenbauern am Talende, mit dem sie drei oder vier Kinder hatte. Laetitia Ercolano, so hatte es auch draußen am Laden gestanden. Lisas Mutter hatte manchmal etwas bei ihr schneidern lassen, aber befreundet waren sie nicht gewesen, obwohl sie ungefähr im gleichen Alter waren.

»Was war denn das wirre Zeug, was sie geredet hat?«

»Von brennendem Schnee und Bäumen, die mit ihren Ästen nach dir greifen, um dich festzuhalten. Und immer wieder von der Wilden Jagd und ... Na, du weißt schon.«

»Nein, weiß ich nicht.«

Moni verdrehte die Augen und presste die Lippen aufeinander. Als sie antwortete, klang ihre Stimme anders als zuvor. »Von geilen Ziegenböcken, die sich über alles hermachen, was nicht schnell genug rennen kann. Nicht sehr lustig für den Kreuzer, über den sie ja wegen seiner Ziegen ohnehin schon genug zotige Witze reißen. Ich möchte lieber gar nicht erst wissen, was sie da dann im Wirtshaus alles über ihn geredet haben! Und ganz bestimmt nicht nur hinter vorgehaltener Hand, da sind sie doch alle gleich, wenn sie etwas haben, woran sie sich aufgeilen können.«

Lisa war irritiert, mit welcher Verachtung Moni ihren letzten Satz hervorgestoßen hatte. Als gäbe es da noch etwas, was sie nur mühsam unterdrücken konnte.

Und die Moni ist nicht die Einzige, dachte sie, ich kenne noch jemanden, der lieber schweigt, als sich zu weit aus dem Fenster zu lehnen. Ein gebranntes Kind scheut das Feuer.

Lisa zögerte wieder, bevor sie ihre nächste Frage hervorstieß: »Glaubst du, dass die Katharina ... Ich meine, was immer da mit der Laetitia und den anderen Frauen passiert sein mag, aber die Katharina ist doch fast noch ein Kind!«

»Das wird den Ziegenbock nicht stören.«

Wieder dieser unversöhnliche Tonfall, dachte Lisa, die kaum versteckte Wut.

»Und könnte es vielleicht einen Zusammenhang geben?«, hakte sie nach, ohne selbst zu wissen, worauf genau sie eigentlich hinauswollte. »Ich meine, seit wann geht das so mit diesen ... Unfällen und dem Verschwinden der Frauen?«

»Fünf Jahre, sechs Jahre. Die Unfälle. Ungefähr seit du das letzte Mal hier warst. Bei der Beerdigung. Das mit den Frauen geht schon noch länger. Auch vor Laetitia schon.«

Lisa hatte das Gefühl, keine Luft mehr zu bekommen. Als würde sich eine Hand um ihre Kehle legen und zudrücken.

»Du hast nie was davon gesagt.«

»Hättest du's denn wissen wollen? Und was hätte es schon geändert? Gar nichts! Und jetzt hab ich's dir ja erzählt.«

Warum reagiert sie plötzlich so aggressiv, dachte Lisa. Sie war es doch, die von den Unfällen angefangen hat.

»Noch mal von vorne, Moni ...« Lisa versuchte, sich ihre Irritation nicht anmerken zu lassen. »Du weißt, dass die Rauhnächte mein Thema an der Uni sind, vielleicht interessiert es mich deshalb ganz besonders, was hier bei euch im Dorf passiert. Ihr habt einen Toten mit einem Ziegenhorn im Herzen, und eine Sechzehnjährige ist verschwunden, da können doch nicht alle so tun, als wäre nichts weiter. Wenn es einen Zusammenhang geben sollte, dann könnte das vielleicht helfen, die Katharina zu finden! Du sagst, die Unfälle sind erst in den letzten Jahren geschehen, das mit den Frauen geht schon länger ...«

Im selben Moment schlug sie sich die Hand vor den Mund. Als wäre der Gedanke, der ihr gerade durch den Kopf geschossen war, so ungeheuerlich, dass sie ihn auf keinen Fall aussprechen durfte. Nicht der Moni gegenüber, es würde nur alte Wunden wieder aufbrechen lassen. Die Moni war mit dem Sepp verlobt gewesen, sie hatten heiraten wollen, die ganz große Liebe. So ähnlich wie bei ihr selbst mit dem Toni. Sie hatten ja sogar überlegt, eine Doppelhochzeit zu feiern.

Lisa konnte nicht einschätzen, ob Moni nicht immer noch mit ihrem Schicksal haderte. Aber dann kamen die

Worte wie von alleine über ihre Lippen, ohne dass sie es verhindern konnte.

»Sei mir jetzt nicht böse, Moni, ich will dir nicht weh tun, aber es gab schon mal so ein Unglück hier, das nie wirklich aufgeklärt worden ist. Viel länger her, aber trotzdem, vielleicht stimmt es gar nicht, dass diese ... Unfälle erst in den letzten Jahren passiert sind. Das würde vielleicht auch zu der Sache mit dem Holzfuhrwerk vom Florian passen, und der Florian war mit dem Sepp befreundet! Du weißt, wovon ich rede, oder? Und auch da war übrigens der Alois schon der zuständige Polizist, der es als Unfall erklärt hat.«

Lisa hatte ihre Sätze noch kaum beendet, als Moni mit zusammengepressten Lippen zischte: »Da war gar nichts merkwürdig! Der Sepp ist immer gefahren wie die letzte Sau, das hat jeder hier gewusst. Das hat ganz sicher nichts mit dem zu tun, was ich dir erzählt habe.« Sie sah auf ihre Uhr und stand auf. »Und jetzt muss ich auch los. Ich hab ein Geschäft, um das ich mich kümmern muss.«

»Es tut mir leid, Moni, Entschuldigung, ich wollte nicht ... Ich hatte nur gedacht ... Es war dumm, tut mir wirklich leid«, wiederholte sie. »Aber können wir nicht bitte trotzdem noch mal über die verschwundenen Frauen reden, vor allem auch wegen der Katharina. Morgen vielleicht? Ich kann mich nach dir richten, sag einfach, wann es passt.«

»Morgen hab ich den ganzen Tag zu tun. Aber hör doch auf, mich für dumm zu verkaufen!«, schleuderte sie Lisa entgegen. »Da brauchst du gar nicht so erschreckt zu gucken wie ein ängstliches Reh, glaubst du wirklich, ich wüsste nicht ganz genau, dass es nur dein schlechtes Gewissen ist, weshalb du immer wieder von den Frauen anfängst? Es geht dir doch gar nicht um die Katharina vom Neuwirt, und noch viel weniger um eine von den anderen Frauen. Du denkst an deine Schwester, das ist alles, und du hättest es gerne, dass es … irgendwas Geheimnisvolles gewesen wäre und nicht ihre eigene Blödheit, weshalb sie vom Felsen gestürzt ist. Aber es war nun mal so, sie hatte selber schuld und sonst gar niemand, genauso wie beim Sepp!«

Für eine Sekunde war Lisa wie gelähmt, unfähig zu einer Reaktion. Moni hatte nur genickt, als wäre es längst überfällig gewesen, dass jemand Lisa mal die Wahrheit sagte.

»Ich hätte dir gar nichts erzählen sollen, du weißt nicht, wie es hier ist, du hast keine Ahnung, du hast es ja vorgezogen, einfach abzuhauen!«

»Moni …«

»Lass mich in Ruhe, ja? Von mir erfährst du jedenfalls nichts mehr.«

Filmende. Schluss. Aus. Black. Moni hatte sich umgedreht und war gegangen.

Als wären wir keine alten Freundinnen, sondern … ich weiß nicht was. Zwei fremde Frauen, die sich nichts zu sagen haben. Die sich nicht vertrauen, die sich kaum kennen, die nur zufällig ein paar Sätze miteinander geredet haben. Bis klar war, dass es nichts zwischen ihnen gibt, was eine Fortsetzung wünschenswert machen würde.

Es war der Moment, in dem ich vom Sepp angefangen habe, dachte Lisa jetzt. Nein, eigentlich schon vorher, als es um die verschwundenen Frauen ging, die sich hinterher nicht erinnern konnten, was mit ihnen geschehen war. Von da an war Moni anders gewesen als vorher. Es war dumm von mir, vom Sepp anzufangen, ich weiß gar nicht mehr, wieso ich überhaupt darauf gekommen bin. Das ist ewig her, warum sollte es da jetzt irgendeinen Zusammenhang geben? Aber ich habe mich dafür entschuldigt. Und es war noch lange kein Grund für den Vorwurf, dass es mir nur um meine Schwester gehen würde! Das war mehr als gemein, und es stimmt ja auch nicht. Nichts kann die Kathi wieder lebendig machen, das weiß ich selber. Aber die andere Katharina, die vom Neuwirt, die lebt vielleicht noch. Bestimmt sogar. Die ist nicht verunglückt, weil sie so dumm war, irgendeinen Buben beeindrucken zu wollen. Aber sie steckt auch nicht bei irgendeinem Buben unter der Bettdecke. Ihr ist etwas ganz anderes geschehen. So wie all den Frauen in den Jahren zuvor. So wie auch ... einem anderen Mädchen, das kaum älter gewesen war ...

Wieder hatte Lisa das Gefühl, dass ihr eine Hand die Luft abschnürte. Ihr Handy zeigte 6.16 Uhr. Von unten hörte sie, wie eine Tür schlug. Wahrscheinlich der Großvater, der Holz vom Schuppen holte, um den Kachelofen anzuheizen. Damit es warm würde im Haus, bis sie am Frühstückstisch saßen.

Um Punkt sieben, »damit der Tag nicht schon wieder halb vorüber ist«, meinte sie, die Stimme des Großvaters zu hören, während die Oma zwischen Herd und Tisch hin- und hereilte, um den Kaffee zu bringen. Die Eier. Die frisch gebackenen Semmeln. Auf denen dann die selbst gemachte Marillenmarmelade glänzen würde.

Nein, sie würde das jetzt nicht durchstehen. Nicht heute. Sie musste alleine sein, bis sie sich klar darüber war, wie es jetzt weitergehen sollte. Mit ihr und den Großeltern, dem Dorf, allem, was sie längst für vergessen gehalten hatte.

Sie schaffte es, sich einen Tee zu kochen, bevor die Großeltern die Küche besetzten. Dann gab sie vor, »sich vielleicht etwas eingefangen zu haben« und den Tag im Bett verbringen zu wollen.

Die Oma kam mit einer Wärmflasche aus rotem Gummi. Mit einem Becher heißen Rotwein, in den sie ein rohes Ei gequirlt hatte. Und mit einem Eimer, »falls du spucken musst«. Als sie schon wieder in der Tür war, sagte sie den Satz, der Lisa mehr traf als alles andere: »Wer nicht hören will, muss fühlen, sonst lernt er es nie.«

Lisa gab keine Antwort. Sie wartete, bis sie die Großeltern vom Fenster aus wegfahren sah, hinunter zum Dorf, beide in guter Kleidung, als hätten sie etwas Offizielles zu erledigen.

Lisa huschte die Treppe hinab. Sie musste raus aus dem

Haus, sie brauchte frische Luft, um wieder atmen zu können. Ein Spaziergang würde ihr guttun. Hinauf zu den im Winter verlassenen Almhütten, die abseits der Skipisten wie an einer Perlenkette aufgereiht bis zum Gipfel führten.

Der Fahrweg, der sich in Serpentinen nach oben wand, war tief verschneit, ab und an kreuzte eine Tierspur die ansonsten unberührte Schneefläche. Hasen, Rehe, ein Hirsch. Und die typischen Kotwürste eines Fuchses, pechschwarz, dünn und so lang wie ein kleiner Finger, mit einem Zipfel am Ende.

Lisa hatte sich unten im Flur die Schneeschuhe geschnappt, die da am Garderobenhaken hingen. Die Lederriemen waren sorgsam gefettet, der Großvater benutzte die alten, aus Weidenholz geflochtenen Dinger also immer noch. Vor Ewigkeiten hatte er ihr mal ein eigenes Paar geschenkt, kleiner und vor allem leichter, gemeinsam waren sie damit zu den Futterkrippen am Waldrand aufgestiegen. Es war lange her, aber Lisa hatte nichts vergessen, ohne Mühe stieg sie jetzt stetig bergan und achtete darauf, gleichmäßig zu atmen, den richtigen Rhythmus zu halten, sich immer nur auf den nächsten Schritt zu konzentrieren.

Erst als sie schon am Ende des Fahrwegs war und auf den schmalen, mit hölzernen Stangen markierten Fußsteig wechselte, spürte sie die Muskeln in ihren Beinen, auch das Atmen fiel ihr jetzt schwerer, die ungewohnte körperliche Anstrengung forderte ihren Tribut.

Für einen kurzen Moment lehnte sie sich mit dem Rücken gegen den Stamm einer krumm gewachsenen Tanne. Zwischen den Bäumen hindurch konnte sie gerade noch die Dächer der Häuser am Dorfrand ausmachen, bei ihren Großeltern stieg bläulicher Qualm aus dem Schornstein, fast glaubte sie, den Geruch des Holzfeuers bis auf den Berg hinauf riechen zu können.

Plötzlich wusste sie, dass sie nicht dorthin zurückkehren würde. Nur einmal noch, um ihre Sachen zu holen, dann würde sie sich ein Zimmer im Hotel nehmen. Es war besser so, nicht nur für sie, sondern auch für die Großeltern. Sie hatten einander nichts zu sagen, sie würden sich nie aussöhnen, das musste sie endlich begreifen. Und es war egal, sie verzieh den Großeltern, aber jeder weitere Tag bei ihnen würde unweigerlich zu einer Situation führen, die nur hässlich werden konnte.

Die Entscheidung tat ihr gut. Sie fühlte sich, als hätte sie jetzt wieder genügend Kraft, um alles andere anzugehen, was im Unklaren war. Diese Geschichte mit der Katharina, die verschwunden war. Die Ungereimtheiten mit den Unfällen. Die wirren Fetzen ihrer eigenen Erinnerungen, die für Bruchteile von Sekunden aufblitzten, um gleich darauf wieder hinter einer Wand aus Nebel zu verschwinden. Tief in ihrem Inneren wusste sie, dass das alles etwas miteinander zu tun hatte.

Wenn sie wenigstens das Bild dieser Hütte festhalten könnte, mit dem sie heute Nacht aus ihrem Albtraum hochgeschreckt war. Eine Hütte oberhalb der Baumgrenze, dicht bei einem schroffen Kar. Aber wo sollte das gewesen sein? Sie hatte vorhin noch hastig die Wanderkarten aus der Umgebung studiert, Google Earth aufgerufen, sich das Hirn nach irgendwelchen Anhaltspunkten zermartert – ohne jedes Ergebnis.

Ihr Handy klingelte, als sie gerade weiter aufsteigen wollte. Im ersten Augenblick wünschte sie sich, dass es ein Anruf von Moni wäre. Aber das Display meldete eine unbekannte Nummer. Enttäuscht nahm Lisa das Gespräch an.

Und dann verstand sie zunächst gar nichts mehr. Sie hatte für einige Sekunden sogar Mühe, seinen Namen einzuordnen. Max Gruber hatte nichts mit ihrer Welt hier im engen Tal zu tun, warum rief er ausgerechnet jetzt an? Oder war es ein Wink des Schicksals, dachte sie gleich darauf, sollte es genau so sein? War er derjenige, der ihr jetzt helfen konnte?

Gruber, Max Gruber. Fünfunddreißig Jahre. Major bei der Kriminalpolizei, Standort Salzburg. Ein guter Zuhörer, ein angenehmer Gesprächspartner, offen und interessiert. Und ein lustiger Typ, vor allem wenn er etwas getrunken hatte. Lustig und charmant, ohne sich im Ton zu vergreifen oder auf andere Weise übergriffig zu werden. Außerdem sah er aus wie Tobias Moretti. Und er konnte seinen Kaffee im Kopfstand trinken, ohne dabei einen Tropfen zu verschütten. Oder jedenfalls fast. Er hatte es Lisa vorgeführt, genauso wie er ihr noch ein paar andere Sachen gezeigt hatte.

Drei Jahre war das jetzt her. Lisa war zu einem Vortrag eingeladen worden, als Fachfrau zum Thema »Mythen der Rauhnächte«. In einem Tagungszentrum in Flintsbach am Wendelstein. Der Vortrag hatte ihr Spaß gemacht, sie hatte hauptsächlich über die Perchten gesprochen, die im Salzburger Land in den Rauhnächten als maskierte Figuren umherziehen und mit lautem Getöse den Krampus und andere böse Geister vertreiben.

Und natürlich hatte sie von dem Schuljungen bei ihnen zu Hause im Tal erzählt, der kein Geld gehabt hatte, um sich eine der handgeschnitzten Masken leisten zu können. Und der dann mit viel Phantasie angefangen hatte, eigene Masken zu gestalten, die den bösen Krampus so fürchterlich zeigten, wie er ihn sich vorstellte. Fürchterlicher als alles, was es bis dahin gegeben hatte. Albtraumartige Fratzen des angeketteten und jammernden Luzifers in der Hölle, deren Anblick einem das Blut in den Adern gefrieren ließ. Nach dem Namen des Jungen hießen sie schon bald nur noch die »Xaver-Masken«. Und die machten den Xaver berühmt. Obwohl ihn viele zu imitieren versuchten, gab es bis heute nur wenige, die ihr Handwerk so beherrschten wie der mittlerweile weit über 80-jährige Holzschnitzer.

Der alte Xaver war der Vater vom Toni, auch deshalb konnte Lisa noch ein paar »Geheimnisse« ausplaudern, die ihren Vortrag lebendiger machten, anschaulicher. Persönlicher.

Danach wollten die Fragen aus dem Publikum kein

Ende nehmen, Lisa war froh gewesen, als der Veranstalter sie schließlich mit einem Blick auf die Uhr erlöste und zum Essen ins weit über die Region hinaus bekannte Restaurant am Schliersee entführte. Das Essen war gut gewesen, Renkenfilet mit Steinpilzen in Rahmsauce und Grösti dazu, wenn auch zu viel und zu schwer für die späte Stunde, hinterher im Hotel war Lisa sofort ins Bett gegangen und hatte geschlafen wie ein Stein.

Am Tag danach war sie mit der Zahnradbahn zum Gipfel hinaufgefahren, um noch eine Skiabfahrt zu machen, bevor sie zurück nach München musste. Das Wetter war mies, Schneegraupel und Nebel, fast war sie versucht, auf das eher zweifelhafte Vergnügen zu verzichten, über die hoffnungslos verharschte Piste talwärts zu rasen, als sie von Tobias Moretti angesprochen wurde.

»Super Vortrag gestern, hat mir sehr gut gefallen.«

Derselbe wirre Haarschopf, die sinnlichen Lippen, die leicht gedrungene Gestalt. Als er die verspiegelte Skibrille abnahm, sogar die gleichen eisblauen Augen!

Trotzdem konnte sie sich nicht an ihn erinnern, aber offensichtlich war er dagewesen. In der ersten Reihe, wie er behauptete. Und er schien nicht nur genau aufgepasst zu haben, was sie erzählt hatte, sondern darüber hinaus noch einiges über die Rauhnächte zu wissen, was sie in ihrem Vortrag nur am Rande erwähnt hatte: Wer zu Reue und Buße bereit ist, kann erlöst werden, die Kernaussage der christlichen Religion. Nur der unbelehrbare Luzifer wird verdammt und muss für alle Zeit in der Hölle schmoren …

»Dieses Schicksal verlangt der Teufel auch für die Menschen, in Ewigkeit verdammt zu sein. Nichts anderes ist die Figur des Krampus, der gekommen ist, um die Unbelehrbaren zu bestrafen, ihnen Angst zu machen, sie zu quälen. Aber die Perchten stellen sich gegen die bösen Geister des Winters und wollen den Krampus vertreiben, um damit alles Schlimme von den Menschen fernzuhalten. Gut gegen Böse, das hat mich schon als kleiner Junge fasziniert. Vielleicht war das der Grund, warum ich zur Polizei gegangen bin.«

Er war also Polizist. Und er war zum Skilaufen am Wendelstein, wo er einen Onkel hatte, bei dem er umsonst wohnen konnte. Der Onkel war Sportarzt in Flintsbach, dort hatte Moretti auch die Ankündigung mit Lisas Vortrag gesehen. Und jetzt freute er sich aufrichtig, sie »persönlich« kennenzulernen. Was darauf hinauslief, dass sie sich zunächst mal eine große Portion Pommes auf der Berghütte teilten und jeder ein Bier dazu tranken, bei dem sich leider herausstellte, dass der falsche Moretti den richtigen nicht besonders mochte, sondern stattdessen von Armin Rohde schwärmte: »›Nachtschicht‹. Großartig, wie er da den Bullen spielt.«

Lisa kannte die Fernsehserie nicht. Weshalb sie sich schließlich darauf einigten, dass unbedingt mal ein Film mit Max Tidof als Kommissar gedreht werden müsste. Weil der mindestens so viel rauchte wie früher Erik Ode in »Der Kommissar«. Und weil er, Max Gruber, selber ebenfalls mal Kette geraucht hatte – und nur aufgehört, weil er noch ein bisschen länger leben wollte. Was Lisa irgendwie bekannt vorkam.

Dann hatte ›Moretti‹ ein kleines Skirennen vorgeschlagen. Lisa hatte knapp gewonnen. Ihren Sieg hatten sie in der »Kaminstubn« unten an der Talstation gefeiert. Und aus irgendeinem Grund hatte Lisa ganz vergessen, dass sie ja eigentlich zurück nach München musste.

Skilaufen waren sie nicht noch mal zusammen gewesen. Aber dafür hatten sie so einiges andere getan, was Lisa nicht bereut hatte. Dabei war immer klar gewesen, dass es auch nie mehr sein würde als diese eine Nacht und der darauffolgende Tag. Sie hatten jeder ihr eigenes Leben – und ohne viel Worte darüber zu verlieren, ahnten sie beide, dass es besser war, da nichts miteinander verknüpfen zu wollen, was sich dann doch nur als schwierig, wenn nicht unmöglich erweisen würde.

Wenn Lisa später noch mal an ihr erstes und bislang letztes »Après-Ski-Abenteuer« dachte, nannte sie den Max Gruber im Stillen weiterhin immer nur Moretti, weshalb sie jetzt tatsächlich eine Sekunde brauchte, um mit seinem richtigen Namen etwas anfangen zu können …

Er hatte also noch ihre Telefonnummer gespeichert. Und jetzt bat er sie um ihre Hilfe.

»Als Sachverständige sozusagen! Es geht um einen ungeklärten Todesfall, in dem wir hier als übergeordnete Landesbehörde das letzte Wort sprechen sollen, wie das bei so was üblich ist. Kurz: Einer von uns muss dahin. Der Fall ist bei mir auf dem Tisch gelandet, weil ich da schon mal zu einer Ermittlung war. Genau wie beim letzten Mal versucht der zuständige Polizist vor Ort jetzt wieder, das Ganze als Unfall abzutun, aber es gibt mir zu viele Ungereimtheiten dabei. Der Tote hat das abgebrochene Horn einer dieser berühmten Masken im Herz stecken, von denen du in deinem Vortrag gesprochen hast. Deshalb habe ich gleich an dich gedacht, das ist doch dein Fachgebiet! Aber es geht noch weiter, dreimal darfst du raten, wo die ganze Sache passiert ist ...«

»Im Oberalmdorf-Tal, im Hauptdorf.«

»Was? Du weißt schon davon? Aber wie kann das sein, in der Presse stand noch nichts und ...«

»Ich bin hier, im Dorf.«

»Bitte was, Lisa?«

»Ich besuche gerade meine Großeltern. Nicht nur die Masken sind von hier, ich auch! Ich bin in Oberalmdorf großgeworden, ich hab hier gelebt, bis ich achtzehn war.«

»Das hast du nie erzählt!«

»Du hättest von selbst drauf kommen können«, konterte Lisa. »Was glaubst du, woher ich so viel über die Geschichte der Xaver-Masken wusste?«

»Stimmt, ja, aber ...«

»Wir hatten was Besseres zu tun, als darüber zu reden, wo ich herkomme, ist das deine Entschuldigung?«

»Äh ja«, stammelte Max sichtlich aus dem Konzept gebracht, »genau, so war es, wir... ich meine ...«

»Ist gut, Herr Major«, unterbrach ihn Lisa lachend. »Ihre Entschuldigung ist akzeptiert. Diese kleine Nachlässigkeit wird Ihrer weiteren Karriere nicht im Weg stehen, machen Sie sich also keine unnötigen Gedanken deshalb.« Lisa war selber überrascht, wie leicht ihr die Flachserei mit Max fiel. Als hätte allein seine Stimme für einen Moment allen Kummer und alle Sorgen verdrängt.

»Puh, da habe ich ja noch mal Glück gehabt. Und weißt du was? Ich ... ich find's super! Dass du gerade zufällig auch in dem Dorf da bist, meine ich. Etwas Besseres konnte doch gar nicht passieren. Dann sehen wir uns also, wenn ich komme?«

Die Begeisterung vom Gruber Max aus Salzburg war nicht zu überhören, fast hatte Lisa den Verdacht, dass er sie vielleicht ohnehin nur angerufen hatte, weil er sie wiedersehen wollte. Sie war sogar versucht zu glauben, dass er log, als er behauptete, er wüsste nicht, dass sie aus Oberalmdorf stammte – er wusste es ganz genau, sie war sich jetzt fast sicher, dass sie es ihm erzählt hatte. Aber auf jeden Fall war ihm der Tote mit dem Horn der Xaver-Maske im Herzen nur zu gelegen gekommen, um einen Grund für seinen Anruf zu haben. Er wusste schließlich selber genug über die Masken und die Geschichten aus den Rauhnächten, dafür brauchte er nicht unbedingt ihre Kenntnisse, sie würde ihm kaum etwas Neues erzählen können ...

Falsch, korrigierte sie sich gleich darauf, ich kann ihm so einiges erzählen, was neu ist. Und viel wichtiger noch als der Tote von der Brücke und die anderen Unglücksfälle ist die Sache mit den Frauen. Vielleicht kann ich seine Hilfe viel mehr brauchen als er meine. Vielleicht ist das der Weg, um Katharina zu finden!

»Geh nicht in den Alpenhof«, legte sie ihm nahe. »Ich empfehle dir den Neuwirt, direkt am Marktplatz. Ist nicht so großkotzig. Und das Essen ist besser.«

Max Gruber bedankte sich für den Tipp. Und Lisa fand, dass sie unbedingt damit aufhören musste, an ihn immer als ›Moretti‹ zu denken.

»Hör auf!«, flüstert sie heiser. »Bitte! Sag mir nur, was du von mir willst. Ich weiß nicht, wer du bist. Ich habe dir doch nichts getan. Warum ...«

Er gibt keine Antwort, sondern stößt sie vor sich her zur Tür hinaus, damit sie draußen wieder pinkeln kann. Die Kälte sticht ihr wie mit Nadeln ins Gesicht. Der Mond taucht die Umgebung in ein kaltes, fast unwirkliches Licht. Der Sturm hat nachgelassen, vereinzelte Schneeflocken treiben vorüber. Die Spur des Motorschlittens glänzt eisig.

Die Gipfel der umliegenden Berge sind zu weit entfernt, um sich orientieren zu können. Die Bäume unterhalb des Schuppens stehen so dicht, dass sie jeden Blick ins Tal unmöglich machen. Und vor ihnen liegt nur ein schmaler Grat aus Schnee und Eis, vom Wind wie mit einem Messer geschnitten.

»Was willst du?«, flüstert sie noch einmal, um ihn abzulenken. Sie muss endlich das Zeug ausspucken, das er ihr wieder zwischen die Lippen geschoben hat. Diesmal war sie schlauer und hat nicht alles hinuntergeschluckt, den größ-

ten Teil hat sie noch im Mund. Sie hat ihn getäuscht, diesmal wird das Gift nicht über die Schleimhäute in ihre Blutbahn gelangen. Sie hat sich wieder daran erinnert, dass sie im Bio-Unterricht darüber geredet haben, wie flüssige oder lösliche Drogen mit Hilfe der Schleimhäute transportiert werden. Wenn ihr Kopf nur klar genug ist, gelingt es ihr vielleicht, einen Ausweg zu finden. Zu fliehen.

Sie schafft es, das Zeug mit der Zunge aus ihrem Mund zu befördern und in den Schnee zu spucken, als er gerade den Kopf abwendet, um zu den Bäumen hinüberzublicken. Schnell schiebt sie mit dem Fuß ein wenig Schnee über den verräterischen Fleck.

»Was machst du da?«

»Nichts, wieso?«

»Komm mit! Weiter!«

Er packt sie hart am Ellbogen und zieht sie mit sich. Er ist groß, mindestens einen Kopf größer als sie, und er bewegt sich mit einer selbstverständlichen Leichtigkeit, die zeigt, dass er durchtrainiert ist.

Das hier ist nicht der Mann vom letzten Mal.

Er trägt nur dieselbe Maske. Sie weiß nicht, wie sie darauf kommt, vielleicht weil der andere Mann nicht wie jemand aus der Gegend gesprochen hat. Der ihr jetzt gerade zu trinken gegeben und sie nach draußen gebracht hat, klingt wie jemand von hier. Auch wenn er sich bemüht, Hochdeutsch zu reden, aber sie hat es dennoch gehört.

»Hock dich da an die Tanne!«, befiehlt er ihr. »Mach einfach. Ich seh auch nicht hin.«

Seine Stimme erinnert sie an niemanden. Aber das muss nichts bedeuten. Die Maske verändert die Stimme so, dass sie unmöglich zu erkennen ist.
Und wieder machen die drei Hörner ihr mehr Angst als das Messer.

5. KAPITEL, 29. DEZEMBER

Freundschaft

Wenn der Schmerz für Sekunden verstummt

Jetzt war es bald so weit, gegen Mittag würde er da sein. Moretti. Max Gruber. Lisa war sich mittlerweile schon wieder nicht mehr sicher, ob es wirklich eine gute Entscheidung war, ihn ins Vertrauen zu ziehen. Andererseits wusste sie nicht, was dagegen sprechen würde. Außer der zwangsläufigen Nähe zu ihm, wenn sie es schaffte, ihn davon zu überzeugen, auch im Fall der verschwundenen Katharina zu ermitteln.

Der Gedanke an diese Nähe machte ihr Angst. Als könnte das ihre Probleme nur noch größer werden lassen. Als würde es sich nicht gehören, ausgerechnet hier, wo sie mal zu Hause gewesen war, jemanden zu treffen, der so gar nichts von ihrer Vergangenheit wusste. Während alle Welt im Dorf jeden ihrer Schritte misstrauisch beäugen würde – und sofort die naheliegenden Rückschlüsse ziehen, wenn sie nur einmal gemeinsam mit dem Polizisten auftauchte.

Ganz zu schweigen davon, dass sie immer noch nicht beim Toni gewesen war! Auch das würde sicher nicht einfacher, wenn der Dorftratsch ihm bereits zugetragen hatte, dass seine Ex hier mit einem Polizisten verbandelt war. Ganz gleich wie ihre Beziehung zu Max nun war oder werden würde, für die Leute aus dem Dorf würde es keinen Zweifel geben, ebenso gut könnte sie ihn auch gleich zur Begrüßung auf offener Straße mit innigen Küssen empfangen. Was sie ganz bestimmt nicht vorhatte. Weder auf der Straße noch in seinem Hotelzimmer.

Und auch nicht in ihrem. Sie hatte am Abend zuvor noch im »Enzian« ein Zimmer reserviert. Die Großeltern hatten ihren Umzug mit einem Schulterzucken zur Kenntnis genommen, nur die Oma hatte beim Abschied plötzlich leise aufgeschluchzt und Lisas Hand umklammert: »Es tut mir so leid, es tut mir alles so leid …«

»Mir auch. Passt auf euch auf! Ich bin ja noch ein paar Tage da, vielleicht komme ich noch mal rüber. Ich melde mich!«

Ihr Handy klingelte. Diesmal stand tatsächlich »Moni« auf dem Display! Endlich! Als Lisa das Gespräch annahm, spürte sie, wie ihr Herz schneller schlug. Eine von ihnen hatte den Anfang machen müssen, Lisa hatte ein schlechtes Gewissen und war gleichzeitig glücklich, dass Moni ihr zuvorgekommen war.

»Spinnst du jetzt komplett?«, redete Moni anstelle irgendeiner Form von Begrüßung los. »Du kannst doch nicht ins Hotel gehen, nur weil du es bei den Großeltern nicht mehr aushältst. Du kommst gefälligst zu mir, ist das klar? Ich hab ein schönes Zimmer für dich mit Ausblick auf das Spa vom neuen Wellness-Resort. Du kannst direkt in den Raum hinüberschauen, wo ein paar schmucke Mannsbilder mit nicht weniger schmucken Madeln …«

»Woher weißt du, dass ich ins Hotel gezogen bin?«, unterbrach Lisa Monis Beschreibung, bevor es noch detaillierter wurde. »Ich hab ja gerade erst vor einer Stunde eingecheckt.«

»Die Vevi von der Rezeption im ›Enzian‹ ist halt jemand, die weiß, wen was interessieren könnte. Und sie hat sich erinnert, dass wir beide Freundinnen sind, also hat sie mich angerufen, um mir zu sagen, dass eine gewisse Lisa …«

Wieder unterbrach Lisa Moni mitten im Satz. »Sind wir das denn noch, Moni?«

»Was? Was sind wir noch?«

»Freundinnen?«

Für eine Weile blieb es still im Hörer. Dann folgte eine schier endlose Aufzählung an Beschimpfungen, von denen »du damische Almöhi-Geiß« noch die harmloseste Bezeichnung war.

Als Moni kurz Luft holen musste, nutzte Lisa die Gelegenheit, um schnell zu sagen: »Ist gut, ich hab's kapiert. Ich liebe dich auch!«

»Das wollte ich hören«, erwiderte Moni. »Und daran denkst du bitte auch, falls ich mal wieder dummes Zeug reden sollte oder mich sonst irgendwie daneben benehme. Ich weiß ja auch nicht, was gestern mit mir los war, manchmal geht mir einfach alles hier maßlos auf die Nerven! Glaub mir, es ist nicht leicht, in diesem Kuhkaff leben zu müssen. Und wenn dann noch lauter merkwürdige Dinge um dich herum passieren, dann kannst du schon mal die Contenance verlieren. Das war alles, es tut mir leid, dass du es abbekommen hast, ich gelobe Besserung, versprochen!«

Als wollte sie mich beschwören, ihre Erklärung zu akzeptieren, dachte Lisa. Aber irgendwas verheimlicht sie mir, es muss da noch etwas anderes geben, weshalb sie gestern so ausgeflippt ist ...

»Entschuldigung angenommen?«, hörte sie Monis Stimme wie aus weiter Ferne.

»Bleibt mir denn etwas anderes übrig?«, fragte Lisa zurück und hoffte, dass ihre Stimme nicht ihre Zweifel an Monis Sätzen verriet. »Ich freu mich, Moni. Wann soll ich umziehen, gleich morgen?«

»Morgen? Muss ich schon wieder zu schimpfen anfangen? Jetzt sofort natürlich. Du bleibst mir keine Stunde länger im ›Enzian‹! Das ist nichts für dich, du bist schließlich eine von uns und keine Touristentussi. Im Übrigen muss jeden Moment der Josef bei dir klopfen, der Hoteldiener, um deine Koffer zu mir zu bringen. Ich bin den ganzen Tag im Geschäft, aber heut' Abend sehen wir uns, und dann reden wir! Und so lange machst du nichts, was ich nicht auch machen würde!«

Irgendwas stimmt nicht, dachte Lisa wieder. Sie ist viel zu überdreht. Als wollte sie unbedingt von dem ablenken, worum es eigentlich geht. Was immer das sein mag.

Wie aufs Stichwort klopfte der Hoteldiener, kaum dass Lisa ihr Gespräch mit Moni beendet hatte. Als Lisa dann unten an der Rezeption bezahlen wollte, schüttelte die blond gelockte Frau hinter ihrem Computer nur den Kopf. »Passt schon! Für eine Freundin von der Moni machen wir hier kein langes Gerede. Hab noch eine gute Zeit bei ihr. Die nächsten Tage soll es Kaiserwetter geben, genieß es!«

Der Hoteldiener lud ihren Koffer in den Volvo, Lisa musste ihm mehrmals versichern, dass er nicht mit ihr zu Monis Wohnung zu fahren brauchte. »Das schaff ich alleine, wirklich, aber vielen Dank.«

»Der Schlüssel liegt auf dem Fensterbrett, hinter dem Vogelfutterhaus. Hat mir die Moni noch extra gesagt«, setzte er schnell hinzu, während ihm bereits die Röte vom Hals in die Wangen stieg. Ganz bestimmt hat die Moni dir das gesagt, dachte Lisa, aber nicht heute, nicht gerade eben erst. Moni, Moni, pass bloß auf, dass du es nicht übertreibst, der Bub ist doch höchstens Mitte zwanzig ...

Sie hatte gerade erst den Volvo gestartet, als sich Max meldete.

»Ich bin schon beim Neuwirt. Muss jetzt zur Polizeistation und mit dem Revierleiter reden, dann mit dem

Arzt und so weiter. Keine Ahnung, wie lange es dauern wird, aber hast du am Nachmittag Zeit für mich?«

Sie verabredeten sich für halb fünf. Im Café am Marktplatz.

Als Lisa eintraf, war sie abgehetzt. Und so durcheinander, dass sie die Tür zum Café aufzudrücken versuchte, obwohl das Schild »ZIEHEN« nicht zu übersehen war. Sie strich sich noch einmal über die Haare und warf wie zufällig einen Blick zurück über die Schulter zum Marktplatz. Da war er wieder! An der Bude mit den gerösteten Maronen, sie war sich sicher, auch wenn er gleich darauf in der dunklen Gasse zum Fluss hinunter verschwand. Aber er war dagewesen, für eine Sekunde hatte sie die Maske ganz deutlich zwischen den Köpfen der Leute auf dem Platz gesehen.

Lisa holte tief Luft und zog die Tür auf. Max Gruber saß bereits vor einem Stück Apfelstrudel mit heißer Vanillesauce. Die polnische Bedienung begrüßte Lisa mit der knappen Frage: »Wieder Kamillentee?«

Lisa konnte nicht einschätzen, ob die Frage einfach nur nett gemeint war oder eine kleine Spitze sein sollte, das spöttische Lächeln in den Augen der Frau deutete eher auf Letzteres hin. Wer weiß, für was sie mich hält, dachte Lisa, bestimmt glaubt sie, dass ich die Nächte im Club unter dem ›Enzian‹ durchfeiere und Max jetzt eine meiner Bekanntschaften ist …

Und so wie Max mich anstrahlt, kann ich ihr die Schlussfolgerung noch nicht mal verdenken, setzte sie im Stillen für sich hinzu, während sie ebenfalls den Apfelstrudel bestellte, »und eine Melange, bitte!«

»Passt«, sagte die Bedienung und schob sich hüftenschwingend in Richtung Küche davon. Max bemerkte es noch nicht mal, er ließ Lisa nicht aus den Augen.

Sie musste sich Mühe geben, nicht schon wieder zum Fenster zu blicken, um zu überprüfen, ob der Mann, der sie verfolgt hatte, wirklich verschwunden war.

»He!« Sie griff über den Tisch hinweg nach Max' Hand und drückte sie kurz. »Ich freu mich auch, dich zu sehen, aber kannst du bitte nicht ganz so tun, als ob du mein heimlicher Liebhaber wärst, der nur darauf wartet, mit mir ins Hotel hinüberzuhuschen?« Lisa bemühte sich um einen leichten Tonfall, merkte aber selber, wie verkrampft sie klang. Und Max' Blick ließ keinen Zweifel daran, dass er zumindest irritiert war, womöglich weniger über ihre Bitte als über ihren Atem, der immer noch viel zu schnell war, und die verschwitzten Haare.

»Bist du hierher gerannt, nur um mir das zu sagen?«

»Nein«, Lisa versuchte, seine Frage mit einem Lachen abzutun, »es ist nur ... Es ist mir ein bisschen peinlich, weißt du? Und vielleicht sollten wir das auch gleich von vornherein klären! Wir fangen jetzt nicht noch mal was miteinander an, okay? Ich helfe dir bei deinen Ermittlungen, und es gibt da auch noch etwas, wo ich deine Hilfe brauchen kann, womöglich existiert ein Zusammenhang. Aber mehr läuft nicht mit uns, kannst du das akzeptieren?«

Was redest du da, dachte sie gleichzeitig, warum sagst du ihm nicht einfach, was los ist? Und wahrscheinlich war es auch nicht gerade schlau, ihn gleich als Erstes damit zu konfrontieren, dass er sich keine Hoffnungen machen soll, was uns beide angeht! Vielleicht hätte ich ihn lieber noch ein wenig hinhalten sollen, damit er auch wirklich … motiviert ist. Ich kenne ihn ja gar nicht richtig, ich habe keine Ahnung, wie er tickt. Ich kann nur hoffen, dass er jetzt nicht beleidigt ist und …

»Okay, akzeptiert«, sagte Max in ihre Gedanken hinein. Lisa konnte deutlich die steile Falte zwischen seinen Augenbrauen sehen und das Bedauern in seinem Blick, es fiel ihm ganz sicher nicht leicht, sich auf ihre Bedingungen einzulassen. Und wenn sie ehrlich war, fiel es ihr selber ja auch nicht so ganz leicht. Aber es war besser so.

Max willigte ein. »Wir vertrauen uns als alte Freunde, aber machen nicht miteinander rum, so schade es auch ist. Aber um das gleich noch vorweg zu sagen: Ich habe dich ganz offiziell als Beraterin angefordert, dringend benötigte Fachkenntnisse zur Abklärung des Hintergrunds in einem Todesfall mit möglicher Fremdeinwirkung. Du bist damit also direkt in die Ermittlungen eingebunden, sonst dürfte ich im Übrigen auch gar nicht mit dir darüber reden. Du hast keinerlei Befugnisse, aber du kannst hinterher eine Rechnung stellen. Sonderbezüge nach was auch immer für einem Paragraphen, weiß ich jetzt gerade nicht, aber ich kümmere mich drum, versprochen. Geht das in Ordnung für dich?«

»Ich habe es noch nicht ganz verstanden«, gab Lisa zu. »*Wozu* brauchst du mich? Du weißt doch selbst genug über die …«

Max schüttelte den Kopf. »Darum geht es nicht, das ist nur die offizielle Begründung. Ich brauche jemanden, der mir hier im Dorf ein paar Türen öffnet!«

»Ich weiß nicht, ob ich dafür die Richtige bin! Nachdem ich so lange weg war, sehen sie mich doch inzwischen auch mehr oder weniger als Fremde.«

»Bitte, sag einfach ja! Ich habe keine Lust, gegen jede Wand zu rennen, die es gibt. Und ohne dich wird genau das passieren!«

»Das geht mir gerade zu schnell, Max. Ich … überleg es mir, okay?«

Im gleichen Moment kam die Bedienung mit Lisas Apfelstrudel zurück. Ihr irritierter Blick ließ keinen Zweifel daran, dass sie den letzten Satz gehört haben musste.

»Passt schon«, erklärte Lisa. »Alles in Ordnung.«

Der Apfelstrudel war viel zu süß. Auch als Lisa mit dem Löffel den Puderzucker abgekratzt hatte, schien ihr jeder Bissen die Zähne zu verkleben. Sie nutzte die Gelegenheit, in dem sie den Teller beiseiteschob, um an Max vorbei zum Fenster zu blicken. Draußen stapfte gerade eine Gruppe Touristen auf dem Weg zur Schneeschuhwanderung vorüber. Die Schneeschuhe, die sie auf den Rücken geschnallt oder unter dem Arm trugen, waren aus grellorange leuchtendem Kunststoff, auf jedem prangte ein Aufkleber von Monis Konkurrenz.

Der Mann mit dem zotteligen Schaffell stand zwischen den Leuten am offenen Feuer für die gegrillten Fleischspieße. Durch die Rauschschwaden hindurch sah die Maske mit den drei Hörnern so unwirklich aus, dass Lisa zweifelte, ob sie sich den furchterregenden Krampus nicht nur einbildete. Als sich der Rauch ganz verzog, war auch der Mann mit der Maske wieder verschwunden.

Max musste Lisas Blick bemerkt haben, als er sich jetzt ebenfalls zum Fenster drehte, sagte sie schnell: »Alles okay, Max! Ich dachte, ich hätte jemanden gesehen, den ich kenne, aber ... ich habe mich geirrt. – Erzähl mir, was du Neues weißt!«

Viel war es nicht, was Max herausgefunden hatte. Wie es zu erwarten gewesen war, hatte Alois zwar vorgegeben, zu jeder Zusammenarbeit bereit und sogar dankbar für die kollegiale Unterstützung zu sein, aber eigentlich hatte er Max mehr oder weniger abgewimmelt.

»Das ganze Revier ist ein einziger Saustall. Er hat noch nicht mal die Spurensicherung angefordert. Bei so einem Fall! Angeblich weil der Arzt ja sofort seine Unfalltheorie bestätigt hätte, ›Irrtum ausgeschlossen‹. Aber es kommt noch schlimmer, die Maske ist nämlich verschwunden! Der Depp von Dorfpolizist glaubt, dass sie in den Fluss gerutscht sein muss, als sie die Leiche abtransportiert haben. Das Ganze ist eine unglaubliche Schlamperei, und ich werde das auch melden, so geht es nicht! Jedenfalls haben wir jetzt erst mal nur noch die Fotos, die der Assistent vom

Alois immerhin von der Wunde mit dem Horn gemacht hat.«

Max hatte auch mit dem Arzt gesprochen, der die Leiche vor Ort untersucht hatte. Der Arzt hatte die Hypothese der Polizei mehr oder weniger bestätigt, berichtete Max mit der gleichen Empörung weiter, der Tote war inzwischen in der Gerichtsmedizin in St. Josef, der Bericht der Pathologie stand noch aus.

»Was soll ich jetzt machen? Ich überlege gerade allen Ernstes, ob ich den Fluss nach der Maske absuchen lasse. Vielleicht ist sie an irgendeinem Wehr hängen geblieben. Dann wüsste ich wenigstens, ob an der Maskengeschichte überhaupt was dran ist.«

Für einen kurzen Moment hatte Lisa den Sack vor Augen, den ihr Großvater vor Ewigkeiten in den Fluss geworfen hatte. Als sie noch ein kleines Mädchen gewesen war und er sie gezwungen hatte zuzusehen, wie er den unwillkommenen Wurf neugeborener Kätzchen ertränkte. Damit sie lernte, dass das Leben auch böse sein konnte. Lisa hatte einzig den Großvater böse gefunden und ihn für einige Zeit aufrichtig gehasst.

»Aber ich denke, erst mal werde ich mit den Fotos vom Ziegenhorn zu diesem Maskenschnitzer hier marschieren«, murmelte Max, als würde er nur mit sich selbst reden. »Vielleicht kann er was dazu sagen! Ob sich das Horn einer bestimmten Maske zuordnen lässt, ob er mir vielleicht irgendwas zu dem Mann erzählen kann, dem er die Maske verkauft hat, so was.«

»*Wir* marschieren zum Xaver«, sagte Lisa. »Ich komme mit! Dafür wolltest du mich doch, oder? Dir wird er gar nichts sagen, aber … mich kennt er ja. Den Versuch ist es zumindest wert.«

Max sah aus, als wollte er ihr um den Hals fallen.

»Danke! Ich weiß es zu schätzen, glaub mir.«

Lisa schluckte und presste die Lippen aufeinander. Hoffentlich werde ich das nicht bereuen, dachte sie. Es war lange her, dass sie den Vater vom Toni gesehen hatte. Und sie war sich nicht sicher, ob sie ihn eigentlich jemals gemocht hatte. Oder er sie.

Unwillkürlich wanderte ihr Blick wieder zum Fenster. Und diesmal reagierte Max schneller, als sie ihre Unruhe verbergen konnte.

»Was ist los, Lisa? Was ist da draußen?«

»Ein Typ mit einer Maske, der mich verfolgt, seit ich vorhin bei ein paar Leuten war, weil ich … Ich wollte was wissen. Und als ich nach der ersten Adresse wieder aus dem Haus kam, stand er plötzlich da, als hätte er auf mich gewartet. Leider so weit entfernt, dass ich nur gesehen habe, dass er wie ein Percht oder Krampus verkleidet war, mit Fell und Maske.«

»Und du bist dir sicher, dass er wegen dir da stand?«

»Beim nächsten Haus war es dasselbe! Aber als ich mich umgedreht habe, um ihn zur Rede zu stellen, ist er weggerannt. Nur um dann am Marktplatz plötzlich doch wieder aufzutauchen. Kurz bevor ich hier zu dir reingekommen bin.«

»Du hast keine Ahnung, wer es sein könnte?«

»Nein«, erwiderte Lisa ausweichend. »Irgendjemand aus dem Dorf. Jemand, der mich beobachtet, weil er wissen will, was ich mache. Oder er will mir Angst einjagen, warum auch immer.«

»Immer wieder diese Masken«, setzte Max kopfschüttelnd an. »Aber sag mal, kommt das eigentlich nur mir irgendwie komisch vor, dass hier mitten in den Rauhnächten ein Unfall passiert, bei dem jemand mit dem Horn einer Krampusmaske ... Ich meine ...« Er hob hilflos die Hände. »Ich war ja vor ein paar Jahren schon mal wegen eines Unfalls hier, bei dem nie wirklich genau geklärt wurde, was da eigentlich passiert ist.«

»Es gab noch mehr solcher Unglücksfälle«, erwiderte Lisa. »Tödliche Unfälle. Und alle in den Rauhnächten, oder fast alle jedenfalls. Aber da ist noch was, Max!«

Lisa berichtete ihm so kurz wie möglich von den verschwundenen Frauen, die nach den Rauhnächten wieder auftauchten und sich an nichts erinnern konnten.

»Und diesmal ist es ein Mädchen, das weg ist«, sagte sie dann. »Die Tochter von deinen Hotelbesitzern, gerade mal sechzehn. Aber es scheint niemanden hier zu interessieren, verstehst du? Sie nehmen das einfach so hin und ... nichts weiter.«

Max starrte sie mit offenem Mund an. »Was? Wieso? Das gibt's doch gar nicht, das kann nicht ...«

»Doch«, unterbrach ihn Lisa. »Es ist so. Sie reden einfach nicht drüber. Als hätten sie vor irgendwas Angst. Als würden sie alle etwas wissen, aber lieber nichts sagen. Oder so tun, als gäbe es diese Vorfälle gar nicht. Und bei der Katharina vom Neuwirt ist es wieder dasselbe! Sie behaupten einfach, es würde sich schon alles aufklären, Katharina wäre bestimmt nur bei einer Freundin. Oder schlimmstenfalls mit irgendeinem Jungen durchgebrannt! Lauter idiotische Geschichten, an die sie unmöglich selber glauben können. Aber etwas anderes kriege ich nicht raus, egal wen ich frage.«

Lisa suchte Max' Blick, als wollte sie ihn beschwören, sie nicht einfach für hysterisch zu halten. Oder als wollte sie verhindern, dass er die Frage stellte, die sie noch viel mehr fürchtete: Warum sie sich eigentlich so sehr für den Fall von Katharina interessierte ...

»Es ist, als würde jeder Versuch von mir, etwas herauszufinden, in einer Sackgasse enden«, redete sie schnell weiter.

Es ging darum, Max auf ihre Seite zu ziehen, sie brauchte seine Hilfe. Dringender als alles andere!

»Ich war vorhin bei dem Freund von der Katharina, aber der liegt mit einer Magen-Darm-Grippe im Bett. Genauso wie die meisten anderen aus Katharinas Klasse, jedenfalls die, die bei der Party am Heiligabend im Club unten im Keller von der Alten Post dabei waren. Anscheinend haben sich alle gegenseitig angesteckt, ich hab auch mit dem Wirt gesprochen, ich kenne ihn von früher, er hat mir die Telefonnummer von der Band gegeben, die an dem Abend da gespielt hat. Weil er meint, dass er die

Katharina in der Pause mit dem Sänger von denen gesehen hat. Im Gang zu den Toiletten, knutschend. Sie kommen aus St. Josef, die Band, meine ich, ›Die Spaßvögel‹, so heißen sie. Ich hab schon mit dem Sänger telefoniert, und ja, er hätte ein bisschen mit der Katharina rumgemacht, aber hinterher, nach dem Konzert, soll sie ziemlich schnell abgehauen sein. Das deckt sich mit der Aussage von ihrer Freundin, die mit ihr zusammen nach Hause gegangen ist. Oder zumindest bis zum Marktplatz, kurz vorm Hotel haben sie sich voneinander verabschiedet. Und von da an fehlt jede Spur.«

Max schüttelte nur den Kopf, als würde er noch versuchen, aus Lisas Geschichte schlau zu werden. »Und du glaubst …?«

»Ich … ich bin mir nicht sicher, ob es etwas mit dem Verschwinden der anderen Frauen zu tun hat, aber wenn, dann … ist sie noch am Leben, und wir müssen sie finden, *ich* muss sie finden, verstehst du, Max?«

»Was meintest du vorhin damit, dass es einen Zusammenhang mit den Unfällen geben könnte?«, fragte Max zurück, ohne sie aus den Augen zu lassen.

Als sie nicht antwortete, griff er nach ihrer Hand. »Lisa! Selbst wenn es nur Mutmaßungen sind, egal. Erzähl es mir, sonst kann ich dir nicht helfen.«

Lisa musste versuchen, sich ausschließlich auf die Frauen zu konzentrieren, von denen die Moni gesprochen hatte. Die Frauen aus den letzten Jahren. Alles andere war zu weit hergeholt. Der Zeitraum dazwischen war zu lang.

Da konnte es keine Verbindung geben, ebenso wenig wie bei dem Unfall vom Sepp. Viel zu lange her.

Dumpf läuteten die Glocken vom Kirchturm zum Jahresabschluss-Gottesdienst. Vor den Fenstern des Cafés war es mittlerweile zu dunkel, um erkennen zu können, ob der Mann mit der dreigehörnten Maske wieder da war.

»Was willst du?«, wiederholt sie und merkt, wie ihre Stimme zittert.

»Du bekommst nur diese eine Chance«, erwidert er.

Er greift nach einem Bündel, das auf dem Motorschlitten festgeschnallt ist, und wirft es ihr zu.

»Zieh das hier an. Und beeil dich!«

Ein Fellkostüm. Ähnlich wie seins. Was immer das soll, aber alles ist besser als die beißende Kälte. Das Ding ist wie ein Overall geschnitten und ihr viel zu groß. Mit steifen Fingern zerrt sie das Fell über ihre Kleidung, ihre Füße sind so gefühllos, dass sie es kaum schafft, sie durch die Beinöffnungen zu schieben. Als er ihr eine Maske überstülpt, bekommt sie kurz keine Luft mehr. Sie tastet mit den Händen nach ihrem Kopf. Wieder kann sie Fell fühlen, eine Art Schnauze, zwei Ohren. Ein Tierkopf, denkt sie.

»Und jetzt lauf!«, befiehlt er ihr.

»Wohin?«

»Such es dir aus!«

Sie hört, wie er lacht. Es klingt, als würde er gleichzeitig voller Vorfreude mit den Lippen schmatzen.

Als sie die erste Fackel zwischen den Bäumen aufleuchten

sieht, weiß sie, was er meint. Sie müssen schon länger versteckt hinter den tief hängenden Zweigen der Tannen gewartet und erst jetzt die Fackeln angezündet haben. Der flackernde Lichtschein wirft gespenstische Schatten auf den Schnee, ihre Masken scheinen mit jedem Schritt, den die Männer sich nähern, lebendiger, grauenvoller, gieriger …

»Sei ein gutes Reh«, flüstert er dicht an ihrem Ohr. »Lauf!«

6. KAPITEL, 30. DEZEMBER

Loslassen

Wenn alle Türen verschlossen sind

Natürlich hatte es die Moni am Abend vorher schon gewusst. Dass der fesche Polizist aus Salzburg wieder da war. Und dass er beim Neuwirt abgestiegen war und mit Lisa im Café gegenüber äußerst heimlich getan hatte. Woraus Moni folgerichtig ableitete, dass Lisa den Polizisten kannte: »Und zwar besser als nur so eine Zufallsbekanntschaft. Geht das schon länger zwischen euch?«

Erst nachdem Lisa mit ein paar zögerlichen Informationen über das Wie und Woher herausgerückt war, hatte Moni dann wissen wollen, wie viel Lisa »diesem Hallodri« erzählt hätte.

»Wegen der anderen Unfälle und so. Und dass es vielleicht einen Zusammenhang mit den verschwundenen Frauen gibt.« Nur um gleich darauf hinzuzusetzen: »Aber du passt auf, dass er sich nicht in Dinge einmischt, die ihn nichts angehen, ja? Denk dran, dass er keiner von uns ist, *alles* muss er nicht wissen.«

Auf Lisas »Wie meinst du das?« hatte Moni keine Antwort gegeben. Und jetzt beim Frühstück kam sie auch nur noch einmal auf das Thema zurück: »Dass wir uns richtig verstehen, Lisa! Du bringst ihn bitte nicht mit hierher. Ich will keine Männer im Haus, die vielleicht herumschnüffeln.«

Lisa war sich nicht sicher, was sie von Monis Sätzen halten sollte, wieder schien es ihr, als wollte Moni eigentlich etwas ganz anderes sagen.

»Ruf mich an, wenn du mich brauchst«, verabschiedete sich Moni von ihr. »Ich bin bis zum Abend im Geschäft, die Touristen rennen uns die Bude ein wegen dem Gratis-Ski-Service. Und die Helme mit den blinkenden LED-Leuchten sind der Renner dieses Jahr, ich hab schon zweimal nachbestellen müssen.«

Der Parkplatz vor der Talstation vom Lift war bereits gerammelt voll, als Lisa zum Marktplatz lief. Auch vor dem Tourismusbüro stand trotz der frühen Stunde schon eine Gruppe von Touristen, die offensichtlich an der »Fitness-Wanderung« teilnehmen wollten: *Die ideale Vorbereitung auf den Bergurlaub*, wie das Plakat an der Tür versprach, *Mindestalter 10 Jahre, die Mitnahme von Hunden ist nicht möglich.*

Lisa hatte sich mit Max beim alten Holzschnitzer verabredet. Sie war kaum überrascht, dass Xavers Laden unverändert aussah, selbst die Dekoration im Schaufenster schien die alte zu sein. Allerlei Tiere waren da hinter der Scheibe angeordnet, vor allem Steinböcke in verschiedenen Größen und so naturgetreu, dass Lisa fasziniert auf die Figuren starrte, die vor ihren Augen fast lebendig wirkten. Im Mittelpunkt des Fensters stand die lebensgroße Figur des heiligen Christophorus mit dem Jesuskind auf dem Arm, auch hier war jedes Detail perfekt aus dem Holz herausgearbeitet, in den Gesichtszügen des Babys meinte Lisa eine Ähnlichkeit mit Toni zu entdecken, wie sie ihn von früher in Erinnerung hatte.

Der Raum dahinter lag im Halbdunkel, undeutlich konnte sie die Werkbank mit einem erst halb behauenen Stück Holz ausmachen, bei dem noch nicht genau zu erkennen war, was es mal werden sollte. Womöglich ein Mann mit einem Glas Wein in der Hand, ein dicker Mann, der Lisa an einen Mönch denken ließ.

Die berühmten Masken hingen an der rückwärtigen Wand, eine entsetzlicher als die andere, die aufgerissenen Münder und die leeren Augenhöhlen wirkten wie schwarze Löcher im Dämmerlicht.

Aber der Schemel an der Werkbank war leer, das Licht ausgeschaltet. An der Tür hing ein handgeschriebenes Schild: GESCHLOSSEN. Irgendeine Information über die Öffnungszeiten gab es nicht.

»Ärgerlich«, stellte Max fest, nachdem er sich bei Lisa für seine leichte Verspätung entschuldigt hatte. »Ich hätte gerne mit ihm gesprochen.« Er hielt die durchsichtige Plastiktüte mit dem Aufdruck BEWEISMITTEL und dem abgebrochenen Horn in die Höhe, um zu zeigen, was er von dem alten Holzschnitzer wissen wollte.

Lisa fragte sich, wann er das Horn aus der Pathologie in St. Josef bekommen hatte, sagte aber nur: »Er wohnt oben über der Werkstatt. Die Tür zum Stiegenhaus ist hinten, auf der Rückseite.«

Max lächelte. »Gut, dass du dabei bist. Aufi, gehen wir!«

Lisa musste sich zusammenreißen, um Max durch den schmalen Gang an der Hauswand entlangzuführen, wie oft war sie hier heimlich zur Hintertür geschlichen, während der Alte vorn in der Werkstatt saß und nichts von ihren Besuchen beim Toni mitbekommen durfte.

Wie bei den meisten alten Häusern im Dorf gab es keine Klingel, Lisa klopfte. Das Herz schlug ihr plötzlich bis zum Hals, es wäre einfacher gewesen, den alten Xaver in seiner Werkstatt zu treffen als hier in dem düsteren Aufgang zur Wohnung. Sie überlegte noch fieberhaft, wie sie ihn überhaupt begrüßen sollte, als Max schon feststellte: »Niemand zu Hause, oder?« Laut rief er »Hallo?«, dann streckte er die Hand aus und drückte die Klinke. »Nichts. Abgeschlossen. Da müssen wir später noch mal wiederkommen.«

Lisa war fast erleichtert über den Aufschub, sagte aber nichts. Als sie sich umwandten, um zu gehen, meinte sie, einen Mann am anderen Ende des Durchgangs zu sehen, nur für eine Sekunde und nur als vagen Schatten, dann war er verschwunden.

»Da war eben jemand, oder?«, fragte Max. »Dein Verfolger von gestern, nehme ich an. Aber ohne die Maske. Hast du ihn diesmal erkannt?«

»Nein«, stieß Lisa so schnell hervor, dass Max sie überrascht anblickte. »Nein«, wiederholte sie. »Keine Ahnung. Der alte Xaver war es jedenfalls nicht.«

Aber sein Sohn, dachte sie im Stillen. Sie würde ihn immer an der Art erkennen, wie er die Schultern beim Laufen hochzog, auch nach so vielen Jahren noch. Es war Toni gewesen! Natürlich hatte er längst gehört, dass sie im Dorf war. Wenn das auch ganz sicher kein Grund war, heimlich hinter ihr herzuschleichen. Aber es war klar, dass kein Weg mehr daran vorbeiführte, sich mit ihm zu treffen. Und das musste sie alleine tun, ohne Max.

Eine halbe Stunde später saßen sie bei Laetitia in der Wohnstube. Laetitia Kreuzer, geborene Ercolano aus Sorrento bei Neapel.

Max hatte zunächst gezögert, sie zu besuchen, es war nur zu deutlich gewesen, dass er einen eigenen Plan hatte, nach dem er vorgehen wollte. Und da wären die Männer im Hotel die nächsten gewesen, die er befragen wollte. Die Freunde des Toten auf der Brücke, ein Politiker, Landeshauptmann in Graz, ein Immobilienmakler, ein IT-Spezialist, beide aus Wien. Ein Zahnarzt aus Innsbruck gehörte auch noch dazu, sollte aber erst am nächsten Tag eintreffen. Max hatte sich ihre persönlichen Daten von den Meldeformularen besorgt, die als Datei im Computer des Tourismusbüros hinterlegt waren. Alle vier Männer waren so alt wie der Tote.

Lisa war selbst überrascht, dass Max schließlich doch

einwilligte, sie zu begleiten. Aber offensichtlich war ihm klargeworden, wie viel Lisa daran lag, irgendeine Spur zu finden, die sie vielleicht zu Katharina führen konnte. Und natürlich war seine berufliche Neugier ohnehin geweckt, nachdem Lisa ihm am Tag zuvor von den anderen Unfällen in den Rauhnächten erzählt hatte. Zur selben Zeit also, zu der auch mehrere Frauen aus dem Dorf tagelang verschwunden waren. Und Laetitia war eine von ihnen …

»Man muss lernen loszulassen.«

Es schien, als hätte Laetitia vergessen, dass sie nicht alleine war. Sie stand mit der Stirn an die Scheibe gepresst, regungslos, mit eingefallenen Schultern, den Blick auf den tosenden Wasserfall gerichtet, der nur wenige Meter vom Hof entfernt in die Tiefe stürzte.

Auf dem Fenster waren deutlich die Tropfen zu erkennen, die der Wind herübergetragen hatte. Lisa fragte sich, wie es jemand in der ständigen Feuchtigkeit hier überhaupt aushalten konnte. Das ganze Haus schien nichts als Kälte und Nässe auszuatmen, und obwohl die Holzscheite im Ofen hell loderten, fühlte sich der Stoffbezug des Sofas, auf dem Lisa und Max saßen, klamm an. Vom Dielenboden kroch mit eisigen Fingern die Zugluft herauf und ließ Lisa frösteln.

»Es ist schwer. Und manchmal denkt man, es wird einem nicht gelingen. Aber dann geht es doch wieder weiter.«

Laetitia reihte ihre Worte aneinander, als würde sie den Rosenkranz beten, ohne jede Regung, wie ein Mantra, um sich selbst davon zu überzeugen, dass alles in Ordnung war. Dass das Schicksal es so gewollt hatte und man sich fügen musste.

Wie mag es überhaupt für sie sein, dachte Lisa, als Italienerin in Oberalmdorf, als Fremde mit drei Kindern in einem Haus ganz am Talende, mit einem Mann, der vorhin zur Begrüßung kaum genickt, geschweige denn etwas gesagt hatte und gleich wieder verschwunden war. Und mit dieser Geschichte, dass sie fast ein Dreivierteljahr lang in der Klinik gewesen war. Weil man ihr etwas angetan hatte, womit sie nicht fertigwurde.

Max räusperte sich. »Ich möchte Ihnen nicht zu nahe treten, aber ich *muss* Ihnen ein paar Fragen stellen. Sie wissen, weshalb. Es geht uns vor allem um das, was Sie damals gesagt haben, gleich nachdem Sie zurück waren.« Max räusperte sich erneut, bevor er weitersprach. »Also, ich meine, wegen der ›Wilden Jagd‹. Sie haben erzählt, dass Sie glauben, die ›Wilde Jagd‹ gesehen zu haben. Also wenn aus dem geöffneten Totenreich die Toten kommen und in einer langen Reihe vorüberziehen und alle Frauen ... verschleppen, die sich nicht rechtzeitig in Sicherheit bringen können ...«

Lisa griff nach Max' Arm. »Die Laetitia weiß, worum es bei der ›Wilden Jagd‹ geht«, sagte sie halblaut. »Jeder hier weiß das.«

»Ja, natürlich, Entschuldigung, aber es ist ganz wichtig für mich, dass Sie mir noch mal genau erzählen, was da passiert ist. Wissen Sie noch, wo das war? Und könnte es auch sein, dass es ... so was wie Trugbilder waren, weil ja alle Welt hier von diesem Zug der Toten erzählt? Könnten es auch ... ganz normale Männer gewesen sein, die sich vielleicht verkleidet hatten? Männer aus dem Dorf?« Er stellte seine letzte Frage so leise, als wollte er Laetitia zu verstehen geben, dass er alles akzeptieren würde, was sie sagte.

Es war ein Schuss ins Blaue, der auch Lisa überraschte. Und die Frage war reichlich suggestiv, fand sie, in Fernsehkrimis sagen sie doch immer, dass das nicht erlaubt ist ...

Laetitia fuhr so schnell herum, dass ihre langen Haare für einen kurzen Moment um ihren Kopf herum zu schweben schienen. Sie ist immer noch eine imposante Frau, dachte Lisa, trotz des Kummers, der sich in ihrem Gesicht für immer eingegraben hat. Aber ihre Augen strahlen eine Kraft aus, gegen die alles andere verblasst.

»Ich war in der Anstalt«, erklärte Laetitia. Sie stand leicht vorgebeugt, wie bereit zum Sprung. Ihr Blick war jetzt wachsam. »Sie haben mir gesagt, dass ich mir das alles nur eingebildet habe. Dass sie mich verrückt gemacht haben hier mit ihren Spukgeschichten von den Rauhnächten. Es gibt keine ›Wilde Jagd‹. Und was es nicht gibt, das kann dir auch nichts tun. Das weiß ich jetzt, ich habe meine Lektion gelernt.« Ihr Blick wanderte zu Lisa. »Deine Mutter war die Einzige im Dorf, die mir zugehört und mich nicht ausgelacht hat. Sie war eine gute Frau.«

Lisa war überrascht, sie hatte nichts davon gesagt, dass ihre Mutter Laetitia gekannt hatte. Sie hatte vorhin an der

Tür nur ihren Namen genannt und erwähnt, dass sie vor langer Zeit mal im Dorf gewohnt hatte. Mehr nicht.

»Danke, dass du das sagst. Ich erinnere mich, dass meine Mutter gern zu dir gegangen ist, nicht nur weil du so gut schneidern konntest.«

»Als ich aus der Anstalt wieder draußen war, war sie schon tot. Es war der falsche Weg, sich umzubringen.«

Mit einem Mal schien das Gespräch eine unerwartete Wendung zu nehmen.

»Wie meinst du das?«, fragte Lisa zurück und spürte, wie ihr eine Gänsehaut über den Rücken lief. »Weißt du irgendwas darüber, weshalb meine Mutter … Wir haben es alle nie verstanden, aber ich war eben auch nicht hier, ich war schon lange weg, als es passiert ist.«

»Du hast mich falsch verstanden. Ich meinte nur, es ist immer falsch, sich mit eigener Hand das Leben zu nehmen. Egal, was passiert ist, es ist keine Lösung.«

Lisa hatte das deutliche Gefühl, dass Laetitia ihr plötzlich auswich. Aber bevor sie noch eine weitere Frage stellen konnte, flog krachend die Tür auf. Drei Kinder kamen hereingestürmt, ein großes Mädchen, das der Mutter wie aus dem Gesicht geschnitten war, ein ebenfalls dunkelhaariger Junge und ein vielleicht Fünfjähriger mit Sommersprossen und einer hellen Haut, die fast wächsern wirkte. Alle drei bauten sich vor dem Sofa auf, um die Gäste zu mustern.

»Ist das dein Auto draußen?«, fragte der Kleine mit Blick auf Max.

»Volvos sind gute Autos«, erklärte sein großer Bruder. »Aus Schweden, da gibt es auch Schnee und Berge. Und solche Wasserfälle wie unseren. Und Ziegen, aber keine Gämsen.«

»Ihr seid aus München?«, fragte das Mädchen.

»Ich bin aus Salzburg«, erwiderte Max. »Das Auto gehört meiner Freundin hier.« Er deutete mit dem Kopf zu Lisa.

»Freundin?«, fragte das Mädchen prompt. »Wollt ihr heiraten? Und was wollt ihr von unserer Mama?«

»Es reicht«, ermahnte ihre Mutter sie. »Benehmt euch gefälligst. Ich erkläre euch alles später, aber jetzt lasst uns bitte in Ruhe weiterreden! Guckt mal, ob ihr draußen dem Papa vielleicht etwas helfen könnt.«

Alle drei zogen einen Flunsch, drehten sich dann aber tatsächlich um und verschwanden.

»Tür zu!«, rief Laetitia hinter ihnen her, um sich dann wieder zu Lisa und Max zu wenden. »Den kleinen Tobi hab ich bekommen, als ich noch in der Anstalt war«, erklärte sie.

Und er ist nicht vom selben Papa wie die beiden anderen, setzte Lisa im Stillen hinzu. »Wie alt sind die anderen beiden?«

»Vierzehn und zwölf.«

Lisa schloss ganz kurz die Augen. Jetzt oder nie, dachte sie, ich muss wenigstens noch einen Versuch machen.

»Die Tochter vom Neuwirt ist nur zwei Jahre älter als dein Mädchen.«

»Ich weiß. Aber ich weiß nicht, was das mit mir zu tun hat.« Laetitias Tonfall war jetzt schlagartig brüsk, sie deutete zur Tür und wedelte gleichzeitig mit den Händen. »Ich hab zu arbeiten. Und der Mann sieht es auch nicht gerne, wenn ich … mit Leuten rede.«

Als sie wieder vor der Tür standen, hob Max hilflos die Schultern. »Ich glaube ihr nicht. Sie weiß irgendwas.«

»Aber sie wird es uns nicht sagen. Ich würde nur gern wissen, was sie meinte, als sie da am Fenster gestanden und nach draußen gestarrt hat, dieser Satz von ihr mit dem ›Loslassen‹, wovon hat sie da geredet?«

»Loslassen, Reinigung, Ordnung machen und so weiter, das sind doch alles Begriffe, die mit den Rauhnächten zusammenhängen, richtig?«

Lisa bejahte. »Zurückschauen, wünschen, die Zeichen deuten, in die Zukunft blicken. Ebenso wie Schatten, Geister, Geheimnis, aber auch Ankunft oder Neuanfang. Vage Begriffe, die völlig unterschiedlich interpretiert werden, manche beziehen sich auch auf bestimmte Rituale wie den Perchtenlauf, aber das wechselt von Region zu Region, manchmal schon von einem Tal zum nächsten …« Sie schüttelte den Kopf. »Und Laetitia meinte etwas anderes, da bin ich mir fast sicher. – Sie beobachtet uns«, setzte sie leiser hinzu. »Hinter der Gardine. Komm, lass uns hier verschwinden, mir ist auch die ganze Zeit schon kalt.«

»Kein Wunder«, bestätigte Max. »Muss hart sein, hier zu leben.« Er deutete auf die Felswand, die wie eine graue

Mauer zum Himmel hinaufragte, schroff und abweisend. Mit dem gischtenden Wasserfall als ständige Erinnerung, wie klein und unbedeutend der Mensch ist, dachte Lisa.

Auf halber Höhe erkannte sie ein paar Gämsen, die aufmerksam zu ihnen herabäugten, bereit, jede Sekunde zu flüchten.

Sie hatte gerade erst den Wagen gewendet, als vor ihnen eine Ziege direkt über den Weg preschte. Eine große weiße Ziege mit einem Reiter auf dem Rücken.

»Der kleine Tobi«, stellte Max fest.

Im nächsten Moment knallten kurz hintereinander zwei Schneebälle auf die Windschutzscheibe.

Ein neuer Schneeball zerplatzte auf der Heckklappe, dann wühlte sich der Volvo durch die tiefen Treckerspuren auf der Zufahrt zurück auf die Landstraße.

»Bloß weg hier«, meinte Max. »Bevor sie noch anfangen, mit Steinen zu schmeißen.«

Im Rückspiegel sah Lisa die beiden größeren Kinder hinter ihnen herblicken, als dann plötzlich der Vater zu ihnen trat und sie an sich zog, zweifelte sie nicht mehr daran, wer den letzten Schneeball geworfen hatte.

Nicht weit entfernt war der Parkplatz für die Wanderer, von dem aus ein schmaler Weg zu den Klettersteigen führte. Um diese Jahreszeit waren die meisten Touristen hier am Talende allerdings Skilangläufer, vier oder fünf Autos standen dicht neben der frisch gespurten Loipe.

»Ich muss mal pinkeln«, erklärte Max. »Eigentlich musste ich schon im Haus, aber da wollte ich nicht fragen, ob ich …« Er ließ den Rest des Satzes offen, Lisa wusste auch so, was er meinte. Ihr war es genauso gegangen, der Hof von Laetitia und ihrer Familie hatte etwas Unheimliches ausgestrahlt, als würde eine unbestimmte Bedrohung zwischen den Wänden lauern.

Sie lenkte den Volvo an den Straßenrand, Max verschwand hinter dem hölzernen Gestell mit der Wanderkarte.

Während sie auf ihn wartete, griff sie nach ihrem Notizbuch mit der Namensliste, die sie am Abend zuvor gemeinsam mit der Moni aufgeschrieben hatte.

Max kam zurück, bevor er einstieg, klopfte er sich sorgfältig den Schnee von den Hosenbeinen.

»Wohin jetzt?«, fragte er. Als wäre es selbstverständlich, dass zumindest für den Moment die Frage nach dem merkwürdigen Verschwinden der Frauen aus dem Dorf Vorrang vor allem anderen hatte.

Lisa wusste seine Entscheidung, ihr die Führung zu überlassen, sehr zu schätzen. Er schien jedenfalls zu ahnen, wie sehr sie die Sorge um Katharina beschäftigte, auch wenn er kein Wort darüber verlor.

»Pass auf.« Sie tippte auf die Liste in ihrem Notizbuch. »Wir haben fünf Frauen, die in den letzten Jahren während der Rauhnächte verschwunden waren. Vroni Neuhauser, hat sich im Sommer danach umgebracht. Sie ist vom Felsen an der Passstraße nach St. Josef in die Schlucht gesprungen, der Felsen heißt nicht von ungefähr ›Jungfernsprung‹, und tatsächlich war auch die Vroni schwanger, ohne dass sie verlobt oder verheiratet war oder einen festen Freund hatte. Sie war aber eben auch im Winter davor verschwunden, deshalb habe ich sie mit dazugeschrieben. Dann haben wir Laetitia, die danach in die Klinik eingewiesen wurde. Für zehn Monate! Und ebenfalls schwanger.«

»Apropos Tobi. Ist dir aufgefallen …«

»Ja. Es ist ziemlich deutlich, oder?«

»Weiter!«, sagte Max. »Irgendwelche Rückschlüsse können wir später noch ziehen.«.

Lisa blickte wieder auf ihre Liste. »Nach Laetitia gibt es ein Jahr Pause, da scheint nichts passiert zu sein – oder zumindest hat Moni nichts von einer Frau gewusst, die da verschwunden gewesen wäre. Aber zwei Jahre nach Laetitia geht es wieder weiter: Maria Spechtenhauser, verschwunden und später dann weggezogen. Und nach ihr ist dasselbe mit Johanna Huber passiert, erst verschwunden, dann weggezogen. Die Moni ist sich nicht ganz sicher, aber sie glaubt, dass Johanna inzwischen gestorben ist, an Hepatitis B. Passiert selten, dass es da einen schweren Verlauf gibt, aber passiert. Der Auslöser für die Krankheit ist übrigens meistens eine Virusübertragung beim Geschlechtsverkehr …«

Max zeigte mit keiner Reaktion, dass er Lisas Gedankengang folgte. Obwohl er ja derjenige war, der Laetitia die Frage nach der Wilden Jagd gestellt hatte. Ob es möglich sein könnte, dass die »Toten« Männer aus dem Dorf gewesen waren. Ein Perchtenumzug, den sie gesehen und der sie in Panik versetzt hatte.

»Okay«, sagte Lisa, »bleibt noch eine weitere Maria, Maria Fronlechner, im letzten Jahr. Und die wohnt noch hier. Sie hat eine Pension im Seitental nach Gossling hinüber. Zwanzig Minuten von hier, halbe Stunde höchstens.«

Sie blickte fragend zu Max.

»Also los«, sagte er. »Vielleicht erzählt *sie* wenigstens mal was, das uns weiterhilft.«

Die Straße ins Seitental schlängelte sich von Kurve zu Kurve höher hinauf und war nicht geräumt. Lisa hatte Mühe, den Volvo in der Spur zu halten, mehrmals drehten in den Spitzkehren die Antriebsräder durch, bevor das Stollenprofil wieder griff.

»Puh«, stöhnte Max, während er sich am Haltegriff über der Tür festklammerte, »ich bin echt froh, dass wir deinen Wagen genommen haben.«

»Volvo kommt aus Schweden, da gibt es auch Berge und Schnee«, wiederholte Lisa den Satz des größeren Jungen von Laetitia, während sie im Stillen dachte: Noch ein Punkt für Max! Kaum einer der Männer, die sie kannte, hätte zugegeben, dass er bei Eis und Schnee lieber Lisa fahren lassen würde. Heute Vormittag im Dorf hatte er etwas davon gemurmelt, dass sein Dienstwagen noch neu und er noch nicht wirklich an ihn gewöhnt war, jetzt machte er keinen Hehl mehr daraus, dass er seinen fahrerischen Fähigkeiten nicht unbedingt traute.

»Wenn du hier in den Tälern deinen Führerschein gemacht hast, schreckt dich so schnell nichts mehr. Obwohl das nicht heißt, dass es nicht manchmal auch schiefgeht.« Bei ihrem Satz musste sie wieder an den Sepp denken. Und da war die Straße geräumt gewesen, als er in der Kurve geradeaus durch die Leitplanke gerast war.

»Pass auf!«, stieß Max hervor, als sie den Volvo schlingernd in die Auffahrt zur Pension hinauf lenkte. Um ihn dann mit angezogener Handbremse in eine halbe Drehung zu zwingen und direkt vor den Stufen zur Haustür zum Stehen zu bringen.

»Hab ich lange nicht mehr gemacht«, sagte sie lächelnd, »ich hoffe, es hat dir gefallen. Früher hätte ich es wahrscheinlich mit einer ganzen Drehung hingekriegt. Aber ich bin ein bisschen aus der Übung.«

»Angeberin.« Max grinste, ohne dass er die offene Bewunderung in seinem Blick verbergen konnte. Lisa beugte sich vor und hauchte ihm einen Kuss auf die Wange.

An der Tür wurden sie von einer jungen Frau in Jeans und mit einem Kapuzenpulli empfangen, die nach einem Blick auf das Nummernschild des Volvos fragte: »Wollen Sie ein Zimmer? Wir sind eigentlich ausgebucht, aber heute Morgen hat jemand abgesagt, jetzt könnte ich ihnen das ›Wolferl‹ anbieten, klein aber mit Balkon. Und natürlich WLAN und alles. Frühstück ist im Preis inbegriffen …«

Sie hielt irritiert inne, als Lisa den Kopf schüttelte. »Nein, danke, sehr freundlich, aber wir sind nur hier, weil wir die Maria sprechen müssten, Maria Fronlechner.« Sie blickte die junge Frau fragend an, während sie gleichzeitig dachte: Ist sie das tatsächlich? Wie alt mag sie sein? Noch keine zwanzig, wenn überhaupt, vielleicht ist das ein gutes Zeichen, vielleicht haben wir jetzt endlich ein bisschen Glück, sie muss sich an etwas erinnern, was uns hilft, die Katharina zu finden …

»Meine Mutter und ich, wir heißen beide Maria.«

Max beugte sich vor. »Das wussten wir nicht. Ich bin von der Landeskriminalpolizei in Salzburg, Max Gruber.« Er zückte seinen Ausweis und nickte kurz zu Lisa hinüber. »Meine Kollegin und ich haben einige Fragen …«

»Weil meine Mutter letztes Jahr verschwunden war, schon klar«, brachte die junge Frau seinen Satz zu Ende. Die Tochter also. Aber noch bevor sie weiterredete, konnte Lisa an ihrer veränderten Haltung ablesen, dass sie wieder in eine Sackgasse geraten waren. Was immer jetzt kommt, dachte sie, es wird uns nicht weiterhelfen.

»Es geht ihr gerade einigermaßen gut, ich will nicht, dass Sie sie jetzt mit Ihren Fragen wieder durcheinanderbringen. Antworten werden sie ohnehin nicht von ihr bekommen, glauben Sie mir.«

Max warf Lisa einen Blick zu, als wollte er sich vergewissern, dass sie ihn nicht davon abhalten würde, die Mutter sehen zu wollen.

»Ich weiß es nicht«, erwiderte Lisa fast tonlos. »Entscheide du.«

»Es tut mir leid«, wandte sich Max wieder an die junge Maria. »Aber ich muss … Es geht nicht anders, bitte, es ist wichtig.«

Maria presste die Lippen aufeinander. Sie erinnerte Lisa jetzt an ein Raubtier, das sich in die Enge getrieben fühlte und jeden Augenblick zum Sprung ansetzen würde, um sich zu verteidigen. Ohne ein Wort zu sagen, winkte sie Lisa und Max mit dem Kopf, ihr zu folgen.

Mit raschen Schritten eilte sie vor ihnen her über einen dunklen Flur, vorbei an der Treppe, die ins obere Stockwerk führte, bis zu einer Tür mit der Aufschrift PRIVAT.

Sie zögerte kurz, bevor sie die Klinke drückte und die Tür aufstieß. Als sie zur Seite trat, gab sie den Blick frei auf eine Frau, die mit dem Rücken zu ihnen in einem Rollstuhl am Fenster saß. Eine Frau mit schlohweißen langen Haaren, die knochigen Schultern nach vorn gekrümmt, die Hände um die Armlehnen geklammert.

»Sie spricht seit der Sache nicht mehr«, sagte ihre Tochter leise. »Seit wir sie im Wald gefunden haben. Mit zerrissener Kleidung und halbnackt. Ein paar Stunden später und sie wäre erfroren. Sie redet mit niemandem, auch mit mir nicht. Sie lebt in einer anderen Welt, von der wir nichts wissen.«

Auf dem kleinen Tisch neben der Frau im Rollstuhl brannte eine Leselampe, als Lisa einen Schritt in den Raum trat, konnte sie das Spiegelbild der Frau in der Fensterscheibe erkennen. Ihr Gesicht war vollkommen ausdruckslos, die Augen weit aufgerissen, als würde sie etwas sehen, was so entsetzlich war, dass es jeden Muskel lähmte.

Max musste das Spiegelbild ebenfalls gesehen haben,

er griff zaghaft nach Lisas Arm und zog sie mit sich aus dem Zimmer. Die junge Maria schloss die Tür hinter ihnen, ihre Mutter hatte sich keinen Zentimeter gerührt.

»Genug gesehen?«, fragte Maria mit gepresster Stimme.

»Ist sie ...?«, setzte Max an.

»Ein Pflegefall, ja, vierundzwanzig Stunden, 365 Tage, der Arzt kommt einmal in der Woche, um nach ihr zu sehen.« Sie schluchzte kurz auf, bevor sie sich wieder fing. »Gestern war ihr vierzigster Geburtstag. Aber ich möchte nicht weiter darüber reden, ich kann Ihnen auch nichts sagen, ich weiß nicht mehr als Sie, glauben Sie mir. Und jetzt gehen Sie bitte wieder!«

Erst als Lisa den Volvo vorsichtig die steile Bergstraße hinunterlenkte, sagte Max leise: »Eine Frau hat sich umgebracht, zwei sind weggezogen, eine ist gestorben, eine redet nicht mehr. Und diese Laetitia, bei der wir waren, hat doch auch irgendwas, also ich meine, nicht nur dass sie in der Klinik war, und mal ganz abgesehen von dem Jungen mit den Sommersprossen, aber da stimmt noch irgendwas anderes nicht, so wie sie sich benimmt.«

Er fuhr sich unwillig durch die Haare. »Ich werde versuchen, die Adresse der Frau rauszubekommen, die weggezogen ist.«

Lisa schaltete zurück und atmete tief durch. »Ich werde das Bild von der Mutter eben nicht los. Und ganz ehrlich, Max, wenn du das als Tochter jeden Tag hilflos mitansehen musst, ich meine ...« Sie zögerte.

»Du denkst, dass das ein Grund wäre, um sich an denen zu rächen, die der Mutter das angetan haben«, brachte er ihren Satz zu Ende, ohne im Geringsten irritiert zu wirken. »Es wäre tatsächlich ein Motiv für die sogenannten Unfälle! Immer vorausgesetzt, unsere Hypothese stimmt, dass da irgendwas nicht mit rechten Dingen zugeht.«

Plötzlich hatte Lisa wieder den Moment vor Augen, als die junge Maria ihr vorgekommen war wie ein Raubtier, das zum Angriff ansetzte. »Verdammt, Max«, stieß sie hervor, »wenn das wirklich so ist, dann ... Ich weiß gerade überhaupt nichts mehr, sei mir nicht böse, aber was ich jetzt brauche, ist ein heißes Bad und irgendwas zu essen. Und ich möchte alleine sein. Ich muss über ein paar Dinge nachdenken, bevor ich ... bevor wir ...«

Max nickte nur. »Alles gut, Lisa. Bring mich zurück zu meinem Hotel, ja? Sag einfach Bescheid, wenn du so weit bist, dass du weitermachen willst. Und ... wir behalten das Motiv mit der Rache im Kopf, aber ohne uns zu sehr darauf zu versteifen. Für den Augenblick jedenfalls, okay? Ich mache jetzt das, was sowieso der nächste Schritt gewesen wäre, und nehme mir diese Freunde im Hotel vor. Mal sehen, vielleicht hilft uns ja auch ein Zufall weiter, ich melde mich auf jeden Fall bei dir, sowie ich etwas Neues habe.«

Nachdem sie Max beim Neuwirt abgesetzt hatte, fuhr Lisa direkt zur Pizzeria. Max war großartig, und doch kam es Lisa wie eine Befreiung vor, nicht immer wieder überlegen zu müssen, wie viel sie ihm sagen sollte. Wie weit ihn ihre Geheimnisse etwas angingen. Wie weit sie ihm trauen konnte! Wie weit sie sich überhaupt selbst trauen konnte. Es stimmte, was sie gesagt hatte: Sie selbst musste sich erst mal über ein paar Dinge klar werden. Sie musste entscheiden, ob es bereits der richtige Zeitpunkt war, um die Mauern einzureißen, hinter denen sie sich schon seit so vielen Jahren versteckte …

Die Pizzeria war im Haus der früheren Dorfschlachterei. Der Gastraum war gut gefüllt, Lisa fragte sich, ob die Gäste wohl noch genauso vergnügt vor ihren Tellern sitzen würden, wenn sie wüssten, dass hier früher die Rinderhälften zum Ausbluten gehangen hatten, genau da, wo jetzt als Blickfang der große Pizzaofen stand. Von den Schweineköpfen im Schaufenster ganz zu schweigen.

Lisa entschied sich für eine Pizza Diavolo, mit viel Knoblauch und noch mehr Chilischoten, als würde sie hoffen, damit alle nächtlichen Vampire vertreiben zu können.

Der Pizzabäcker am Ofen ließ den ausgerollten Teigfladen vor ihren Augen durch die Luft wirbeln, als sie nicht beeindruckt reagierte, strafte er sie für den Rest der Wartezeit mit mürrischer Missachtung. Als Lisa ihre Pizza dann bei Moni zu Hause aus dem Karton nahm, war ihr klar, dass sie sich sowohl den äußerst sparsamen Belag als auch den angebrannten Rand selbst zuzuschreiben hatte.

Dennoch schlang sie die Pizza noch in der Küche im Stehen hinunter, bevor sie überhaupt aus den dicken Winterstiefeln gestiegen war. Dazu genehmigte sie sich zwei Gläser eiskalten Veltliner.

Moni hatte einen Zettel auf den Tisch gelegt: *Nimm dir zu essen, was du magst. Oder bestell dir was, am besten im Felsenkeller, der Mario macht noch immer seine berühmten Kasnocken, bestimmt schickt er dir einen seiner Jungs mit dem Essen rüber.* Und eine Telefonnummer dazu.

Zu spät, dachte Lisa. Sie erinnerte sich vage an Mario, seine Familie war eine der ersten im Dorf, die aus Italien gekommen waren. Als die »Spaghettis« den Felsenkeller übernahmen, bedeutete das für viele Dörfler den Anfang vom Ende. Bis sich herausstellte, dass die Mama vom Mario besseres Essen kochte als jede andere Wirtschaft. Und da sie auch die traditionellen Gerichte auf der Speisekarte nicht veränderte, vergaßen die Leute erstaunlich schnell, dass da keine Einheimische in der Küche stand.

Lisas Gedanken schweiften zu Laetitia ab, noch eine »Fremde« aus Italien, die es geschafft hatte, mit ihrer Nähstube im Dorf heimisch zu werden. Einfach war es bestimmt nicht gewesen, dachte Lisa. Nicht nur dass sie sich einen der Männer hier geangelt hatte, schlimmer noch war ganz sicher ihre Einweisung in die Psychiatrie. Einer aus der »Irrenanstalt« würde man hier auch heute noch zweifellos nur mit Argwohn begegnen, die Tatsache, dass auch die Nähstube nicht mehr existierte, sprach wahrscheinlich für sich.

Und jetzt saß Laetitia da am Talende fest, mit einem mürrischen Ziegenbauern als Mann, der mit Schneebällen hinter Fremden herwarf. Als hätte sie nur das eine Gefängnis mit dem anderen vertauscht …

Laetitia mit ihren merkwürdigen Sätzen, aus denen weder Lisa noch Max schlau geworden waren. Und die stumme Maria mit ihren schlohweißen Haaren und dem starren Blick. Eine weitere Frau, die sich umgebracht hatte. Eine, die weggezogen war. Lisa hieb sich mit der Faust in die offene Handfläche, immer wieder und wieder, bis es schmerzte. Als sie an Katharina dachte, spürte sie, wie ihr erneut eine Gänsehaut über den Rücken lief.

Kurz entschlossen klappte sie ihr Laptop auf und gab den Namen des Gymnasiums in St. Josef ein. Katharinas Klassenlehrerin war eine Andrea Hofer, die sich wider Erwarten schon nach dem ersten Klingelton meldete.

»Andrea.«

»Entschuldigung, dass ich störe, mein Name ist Lisa, ich bin aus Oberalmdorf und … es geht um die Katharina.«

»Ich habe es gehört, ja. Die Polizei hat mich schon angerufen. Aber ich habe auch keine Ahnung, ich bin noch nicht lange Katharinas Lehrerin, ich kenne sie zu wenig, um wirklich etwas sagen zu können. Ich habe die Klasse ja erst nach dem Sommer übernommen.«

»Ist sie beliebt? Die Katharina, meine ich.«

»Nun, ja, sie ist lustig und … aber vielleicht manchmal auch ein wenig provokant.«

»Und das heißt?«

»Sie lässt sich nicht alles gefallen. Sie hat ihren eigenen

Kopf, und sie hält mit ihrer Meinung nicht zurück. Ich persönlich mag das, aber …«

»Hatte sie mit jemandem Schwierigkeiten? Mit einem Lehrer oder auch einem Mitschüler, wissen Sie da was?«

»Ach wo, so weit geht es nicht, sie nervt vielleicht manchmal den einen oder anderen Kollegen ein wenig, aber da ist sie ja nicht die Einzige. Das kennen wir, das gehört zu unserem Beruf!«

»Noch mal anders gefragt: Würde Katharina sich bei Ihnen oder einem Ihrer Kollegen melden, wenn sie Hilfe braucht? Also wenn es irgendetwas gibt, womit sie sich nicht zu ihren Eltern traut?«

Die Lehrerin lachte. Es klang nicht fröhlich. »Nein, das ganz bestimmt nicht.«

Einen Augenblick schien es, als wollte die Lehrerin noch etwas hinzufügen, aber Lisa wartete vergeblich. Sie hörte Andrea Hofer atmen, dann klang es, als würde sie sich etwas zu trinken einschenken.

»Was glauben Sie, wo Katharina ist?«, fragte Lisa.

»Ich weiß es nicht. Ich hoffe, ihr ist nichts passiert. Jugendliche in dem Alter sind leichtsinnig, das geht schnell, dass sie etwas machen, was dann schiefgeht.«

Der letzte Satz von Andrea Hofer ließ Lisa scharf nach Luft schnappen, die Erinnerung an ihre kleine Schwester war wie ein stechender Schmerz, der durch ihren Körper zuckte. Sie beeilte sich, das Gespräch zu beenden, mehr würde sie aus der Lehrerin ohnehin nicht herausbekommen.

Sie steckten in einer Sackgasse, nichts ergab einen Sinn. Wie bei einem Puzzle, bei dem jemand aus lauter Böswilligkeit ein paar Teile ausgetauscht hatte.

Sie musste noch mal mit Moni reden. Sie wollte schon wieder die Hand nach ihrem Handy ausstrecken, zögerte dann aber. Moni hatte nicht gesagt, wo sie war oder wann sie wiederkommen würde. Und das konnte nur bedeuten, dass Lisa es auch nicht wissen sollte.

Lisa schenkte sich ein weiteres Glas Weißwein ein und nahm es mit ins Badezimmer, um heißes Wasser in die Wanne laufen zu lassen. Sie gönnte sich eine großzügig bemessene Menge von Monis Kiefernnadelöl, der Duft ließ sie mehrmals tief einatmen, dann streifte sie ihre Sachen ab und stieg ins Wasser.

Als sie nach einer Weile mit dem Kopf untertauchte, kam es ihr vor, als würden damit auch alle Fragen und Zweifel verschwinden, allerdings nur, um danach umso stärker und drängender auf sie einzustürmen. Auch der Weißwein konnte das nicht ändern.

In Monis Bademantel gehüllt kauerte sich Lisa mit untergeschlagenen Beinen auf das Sofa vor den Fernseher und zappte wahllos durch die Programme, ohne sich für eine der Sendungen zu interessieren.

Sie war kurz davor wegzudämmern, mehrmals war ihr Kopf jetzt schon nach vorn gesackt, sie konnte kaum noch die Augen offen halten. Als ihr Handy klingelte, hatte sie Mühe, sich auf Max' Stimme zu konzentrieren, keine Minute später war sie hellwach.

»Hör zu, Lisa, ich hab was Neues, ich war gerade noch mal in der Werkstatt von diesem alten Holzschnitzer. Und diesmal war er auch da! Und jetzt rate mal, woher er die Hörner für seine Masken bekommt!« Max wartete ihre Antwort gar nicht erst ab. »Vom einzigen Ziegenbauern hier, vom Mann von der …«

»Laetitia.«

»Exakt. Aber es kommt noch besser: Ich habe ihm das abgebrochene Horn gezeigt, das von dem Toten auf der Brücke. Er hat es sofort erkannt, wegen der Klebstoffreste an den Stellen, wo es weggesplittert ist – es gehört zu einer Maske, die von ihm ist. Er hat sogar ein Foto davon. Und den Namen des Käufers dazu, macht er immer so, sagt er. Jede Maske, die er verkauft, hat eine Nummer, unter der er Namen und Adresse notiert. Peter Kurz. Passt! Ist identisch mit dem Toten. Peter Kurz, fünfunddreißig Jahre, Architekt aus Zell am See. Und das heißt …« Max machte eine Pause.

»Dass die Geschichte sogar stimmen könnte, die sich der Alois da zusammengereimt hat?«, brachte Lisa seinen Satz zu Ende.

»Es sieht verdammt so aus, ja. Obwohl es natürlich nach wie vor ein Unding ist, wie schlampig das hier alles abläuft! Von der verschwundenen Maske will ich gar nicht erst wieder anfangen, aber euer Dorfpolizist könnte mit seiner Hauruck-Theorie tatsächlich richtig liegen. Der Tote hat hier jedes Jahr am traditionellen Perchtenlauf am 6. Januar teilgenommen, genau wie seine Freunde. Die nämlich alle so eine Xaver-Maske haben, jeder von ihnen. Und Peter Kurz war am Abend, bevor er gefunden wurde, beim Xaver, um etwas an seiner Maske reparieren zu lassen, eine kleine Stelle, an der die Farbe abgekratzt war, sagt der Holzschnitzer. Er hat das sofort ausgebessert und noch eine Weile mit dem Typen geredet, bis die neue Farbe vollständig getrocknet war. Sie haben auch noch ein ›Schnapserl‹ zusammen getrunken, hat der Alte erzählt. Vielleicht auch zwei oder drei. Dann ist der Architekt zufrieden weg. Und das war wahrscheinlich das letzte Mal, dass ihn jemand lebend gesehen hat. Er ist auf dem Weg zurück in sein Hotel auf der Brücke gestolpert und hat dann da gelegen, bis ihn am Morgen der Briefträger steif gefroren gefunden hat.«

Lisas Gedanken rasten. Sie war nicht in der Lage, eines der vielen losen Enden zu fassen zu bekommen.

»Wenn es also wirklich ein Unfall war …«

»Dann waren es vielleicht alles nur Unfälle! So viel dazu, wie schnell man sich in irgendwas verrennen kann. Egal wie absurd das Ganze ist, aber zumindest bei dem Toten auf der Brücke sieht es tatsächlich nicht nach einem Fremdverschulden aus. Vogelbeerschnaps plus Glatteis plus Dunkelheit und dazu noch eine Maske mit spitzen Hörnern unterm Arm ist jedenfalls keine gute Kombination. Ich bin gespannt, was die Gerichtsmedizin in St. Josef dazu sagen wird, ich bekomme morgen den Bericht, heute war da niemand mehr zu erreichen. Aber wenn sie nichts anderes gefunden haben, dann können wir auch den Gedanken mit dem Rachemotiv vergessen, und dir ist klar, was das bedeutet, oder? Also ich meine, wenn es wirklich immer Unfälle waren, dann wird auch ein möglicher Zusammenhang zu den verschwundenen Frauen immer unwahrscheinlicher. Aber trotzdem, warte«, setzte Max noch hastig hinzu, als würde er fürchten, Lisa zu schnell überzeugt zu haben, »da ist mir immer noch zu viel Zufall im Spiel. Können wir uns morgen sehen, um darüber zu reden ...?«

Hinterher lag Lisa noch lange mit offenen Augen im Bett und verfolgte die Lichtstreifen auf der Wand, wenn draußen ein Auto vorüberfuhr. Und sie war gerade weggedämmert, als sie schon wieder aus dem Schlaf hochschreckte. Moni war zurück, sie konnte hören, wie sie auf dem Flur die Stiefel auszog, dann klapperte ein Schlüsselbund auf den Boden. Moni fluchte unterdrückt, bevor sie ins Bad ging und bei offener Tür pinkelte. Als der Klodeckel auf die Brille knallte, war klar, dass Moni zu viel getrunken hatte.

Dann musste Lisa noch mal kurz eingeschlafen sein, das nächste Mal wurde sie von ohrenbetäubender Musik geweckt. Die Bässe und das Schlagzeug hämmerten durch die Wände vom Wohnzimmer, als die Stimme des Sängers den Refrain kreischte, erkannte Lisa auch den Song: »Highway to Hell«, das hatten sie schon zu Schulzeiten in der Dorfdisco gehört ...

Auf Zehenspitzen tappte sie im Dunkeln zur Tür und

dann weiter durch den Flur, bis sie ins Wohnzimmer blicken konnte. Alle Lampen waren eingeschaltet, der Tisch und die Stühle waren beiseitegerückt, Moni tanzte mit geschlossenen Augen. Ihr Make-up war verschmiert, die Haare hingen ihr strähnig ins Gesicht, sie trug nur ihre Unterwäsche.

Lisa hatte nicht gewusst, dass sich ihre Freundin ein Tattoo hatte stechen lassen, das fast ihren ganzen Rücken bedeckte. Ein in Originalgröße und bis ins kleinste Detail ausgearbeitetes Abbild einer Perchtenmaske, die bei jeder Bewegung der Muskeln ihre Fratze zu verändern schien. Fast als wäre sie lebendig.

Erst jetzt erkannte Lisa auch das gezackte Loch in der Stirn der tätowierten Maske.

Wie ein Einschussloch.

Genau zwischen den Augen.

Nach oben sind nur die schroffen Felsspitzen. Auf dem schmalen Grat, der bis zum Gipfel führt, liegt der Schnee meterhoch. Sie kann mehrere Schneebretter ausmachen, die weit über den Abgrund ragen. Ein falscher Tritt, und sie wird in die Tiefe stürzen.

Sie muss eine Entscheidung treffen. Die Männer kommen Schritt für Schritt näher. Sie laufen jetzt in einer langen Reihe nebeneinander, die hell lodernden Fackeln lassen die fürchterlichen Masken zucken und tanzen. Es gibt keine Möglichkeit, an ihnen vorbeizukommen, selbst wenn sie es schaffen würde, wäre da immer noch der Mann mit dem

Motorschlitten. Der sie verfolgen würde, sie unerbittlich durch den Schnee jagen. Dem sie nicht entkommen konnte. Und dann wird es nicht nur dieser eine Mann mit der Krampusmaske sein, denkt sie. Dieser eine, der sie eben noch »Reh« genannt hat. Oder der andere, der ihr die Pilze gegeben hat. Sie ist sich sicher, dass es Pilze gewesen sein müssen. Sie hat davon gehört, was passiert, wenn man Magic Mushrooms isst. Die Jungen haben das mal ausprobiert und damit angegeben. Es ist eine Droge, die sie nie nehmen würde, egal ob die anderen über sie lachen und sie für feige halten. Oder spießig! Aber sie hat zu viel Angst davor, die Kontrolle zu verlieren. Und sie hat auch immer noch Halluzinationen, grelle Lichtblitze, die sie für Sekunden Dinge sehen lassen, die es gar nicht gibt. Obwohl sie doch das Zeug beim letzten Mal so schnell wie möglich wieder ausgespuckt hat!

Aber die Toten, die da über das gleißende Schneefeld auf sie zukommen, sind wirklich da. Und sie weiß genau, was sie ihr antun werden. Nicht nur die beiden, wie bisher, sondern sie alle zusammen. Immer wieder und wieder, bis sie nicht mal mehr wimmern kann.

Auf dem Motorschlitten klemmt hinten ein Snowboard. Sie zerrt es so schnell von dem Gepäckträger, dass der widerliche Greis gerade erst begriffen hat, was sie tut, als sie sich schon bäuchlings auf das Brett wirft. Der Aufprall reicht, um sie direkt auf die vereiste Kante zuschießen zu lassen. Sie presst ihren Körper auf das Brett, ihre Hände krallen sich an den Rand. Sie steuert nur, indem sie ihr Gewicht verlagert,

wie beim Surfen, denkt sie noch, wenn du hochkommen musst, bevor die Welle über dir zusammenschlägt.
Dann wird sie in einer Schneewolke über die Kante hinauskatapultiert. Wenn sie Glück hat, wird sie nicht geradewegs in eine Spalte stürzen. Oder gegen eine Felswand geworfen werden. Wenn sie sehr viel Glück hat.

7. KAPITEL, 31. DEZEMBER

Vorbereitung

Wenn die Tiere zu reden beginnen

»Der Toni war hier, er wollte dich sprechen.« Der Vorwurf war nicht zu überhören, die Stimme der Großmutter klang, als hätte Lisa ein Verbrechen begangen.

»Und? Habt ihr euch gut verstanden? Ihr werdet euch doch zumindest einig gewesen sein, dass mein Benehmen nicht ganz normal ist, oder? Wer tut so was schon, ins Hotel ziehen, statt bei den Großeltern im Haus zu wohnen?«

Lisa bedauerte ihren Entschluss vom Vormittag schon wieder. Als sie gedacht hatte, dass sie wenigstens kurz bei den Großeltern vorbeigehen sollte, um ihnen einen guten Rutsch zu wünschen. Bei aller Empörung und Enttäuschung über ihre ewigen Vorhaltungen taten sie ihr doch auch wieder leid, sie konnten nicht aus ihrer Haut – und die beiden waren zu alt, um sie noch ändern zu können. So alt, dass es sie wahrscheinlich nicht mehr lange geben würde. Und darum ging es vor allem, Lisa wollte sich hinterher keine Vorwürfe machen müssen!

So wie nach dem Tod ihrer Mutter, als sie immer nur daran gedacht hatte, dass die letzten Worte, die sie gewechselt hatten, von Ärger und Missverständnissen geprägt gewesen waren. Sie hätten viel mehr miteinander reden müssen, aber dazu waren sie zu feige gewesen. Beide! Und das sollte sich nicht wiederholen, wenigstens wollte Lisa nicht im Bösen mit den Großeltern auseinandergehen.

Als sie dann kurz vorm Zirbenhof den Großvater quer über den verschneiten Berghang zum Wald hinaufstapfen sah, hatte sie noch gedacht, dass es ein gutes Omen war – mit ihrer Oma alleine würde es leichter sein, sich wieder anzunähern. Ohne sich zu viel davon zu versprechen, nur um ihr Gewissen zu beruhigen.

Aber dann jetzt gleich, kaum dass sie in der Küche standen, dieser Überfall! Und Lisa brauchte nur Tonis Namen zu hören, um sofort auf Gegenwehr zu gehen ...

Wobei der nächste Satz ihrer Oma sie trotz allem verblüffte.

»Du bist ja gar nicht mehr im Hotel. Sondern bei dieser ... Person vom Skigeschäft.«

»Warte mal, warte mal, Oma! Jetzt aber ganz langsam. Du kennst Moni fast genauso lange wie mich, und du weißt, dass wir Freundinnen waren und immer noch sind, was hast du für ein Problem mit ihr?«

»Ich weiß, was ich weiß«, erwiderte die alte Frau kryptisch. Um gleich darauf hinzuzusetzen: »Und sie hat dir nicht gutgetan damals. Ohne sie wäre vielleicht alles anders gekommen. Deshalb hab ich Angst, dass sie dir auch jetzt nicht guttut, verstehst du das nicht?«

»Nein, das verstehe ich nicht. Ich weiß auch wirklich nicht, was du meinst.«

»Es ist besser, manche Sachen nicht laut auszusprechen. Es werden sowieso zu viele Worte um alles Mögliche gemacht.«

»Na, was immer du nun damit sagen willst, aber …« Lisa hob in einer hilflosen Geste die Hände, ohne ihren Satz zu beenden. Sie war drauf und dran, sich umzudrehen und einfach zu gehen, als ihre Großmutter mit der nächsten Überraschung aufwartete: »Die Pracht hat mich im Laden angehalten. Beim Regal mit den Rätselzeitschriften, die ich immer für den Opa kaufe. Ich mag ja keine Kreuzworträtsel, weil sie da so viele Sachen wissen wollen, die ich nicht kenne, aber der Opa hat sogar schon mal etwas gewonnen! Der Hauptgewinn war ein funkelnagelneues Auto, ein kleiner BMW, der war es leider nicht, aber dafür eine Goldmünze mit dem Bild von Mozart darauf. Ich kann sie dir zeigen, es ist echtes Gold, wir haben sie drüben in der Schublade von der Anrichte …«

»Was war denn nun mit der Pracht, Oma?«

»Ach, sonst redet sie ja nicht mit mir, sondern tut immer so, als wäre sie etwas Besseres, aber das macht sie mit allen hier im Dorf. Nur weil sie früher das Internat geleitet hat. Aber ihr Haus lässt sie nicht renovieren, sie hat immer noch ein Plumpsklo, stell dir das mal vor! Wie vor hundert Jahren. Da sollte sie lieber erst mal …«

»Oma! Was hat sie von dir gewollt?«, unterbrach Lisa.

»Sie wollte wissen, weshalb du hier bist.« Die Augen der Großmutter funkelten Lisa so böse an, als wäre sie alleine Schuld daran, dass die alte Pracht ihre Oma behelligt hatte. Was ja wohl auch den Tatsachen entsprach.

»Und was hast du ihr geantwortet?«

»Dass sie das nichts angeht.«

»Gut gemacht, Oma«, erwiderte Lisa, während sie versuchte, einen Grund für die Frage der Pracht zu finden. Sie hatten nie etwas miteinander zu tun gehabt, Lisa hatte ihre Matura am Gymnasium in St. Josef gemacht, das Internat im Wald war nur für Jungen gewesen. Es war auch nur eine Handvoll »Externer« gewesen, die dort zur Schule gingen. Lisa erinnerte sich eigentlich nur an die Jungen aus der Clique, zu der auch Toni gehört hatte. Alle anderen Internatsschüler waren aus Salzburg gekommen oder noch weiter weg, Innsbruck, sogar Wien, hatte Toni damals erzählt.

»Ich würde es aber auch gerne wissen«, drang die Stimme ihrer Großmutter wie aus weiter Ferne an ihr Ohr. Lisa schüttelte irritiert den Kopf, bevor sie die Frage verstand.

»Warum ich hier bin?«

Die Großmutter nickte.

»Wegen euch«, antwortete Lisa. »Aber das war ja wohl eher keine so gute Idee, so wie ihr ... Lassen wir das, Oma! Ich werde noch einige Tage im Dorf bleiben, um ein paar Dinge zu klären. Aber das muss euch nicht weiter interessieren. Eben bin ich nur vorbeigekommen, um euch einen guten Rutsch zu wünschen, das war alles.«

»Soso …«

»Guten Rutsch also! Kommt gut rein. Was macht ihr heut Abend? Guckt ihr euch eine Fernsehsendung an, oder spielt ihr Karten, so wie früher manchmal?«

Lisa hatte einen Plauderton angeschlagen, um deutlich zu machen, dass sie es nicht darauf anlegte, in den letzten Stunden des alten Jahres noch einen Streit vom Zaun zu brechen.

Die Antwort ihrer Großmutter war ebenso unwirsch wie verständnislos.

»In die Kirche gehen wir, wie immer.«

»Natürlich, dumm von mir, entschuldige, dass ich gefragt habe.«

Lisa drückte der alten Frau einen Kuss auf die Wange. »Grüß den Opa, sag ihm auch alles Gute.«

Sie war schon an der Tür zum Flur, als die Großmutter ihr folgte und nach ihrem Ellbogen griff. »Jetzt setzt dich mal dorthin, ich hab dir was zu sagen.« Sie deutete auf die Eckbank und stellte einen Teller mit übrig gebliebenen Plätzchen auf den Tisch. »Bedien dich. Magst du einen Kaffee dazu?«

Was wird das?, dachte Lisa, will sie mir jetzt von noch mehr Leuten erzählen, die sich nach mir erkundigt haben? Oder fängt sie ganz und gar wieder von Toni an? Nein, es muss etwas anderes sein, ihre Hände zittern ja!

Deutlich sah sie die Ader am Hals der alten Frau klopfen. »Oma? Was hast du? Geht es dir nicht gut?«

»Es ist nichts.« Die Großmutter setzte den Wasserkessel auf die Herdplatte. Nur mit Mühe gelang es ihr, das Kaffeepulver in die Filtertüte zu füllen.

Lisa graute jetzt schon vor dem Gebräu, sie sagte aber nichts.

Schwer atmend zog sich ihre Großmutter den Stuhl an die Stirnseite des Tisches heran und setzte sich. Das war der Platz des Großvaters, niemand sonst durfte dort sitzen.

»Oma? Ist wirklich alles in Ordnung?«

Der Blick der Großmutter flackerte. Aber sie gab keine Antwort. Einer von ihnen ist krank und wird sterben, dachte Lisa, darum wird es gehen.

Der Wasserkessel begann zu pfeifen. Als sich ihre Großmutter nicht rührte, ging Lisa zum Herd und goss Wasser auf. Im selben Moment fing die Großmutter in ihrem Rücken zu reden an.

»Das letzte Mal warst du hier, als wir deine Mutter beerdigt haben. Weil sie sich das Leben genommen hat! Vor den Zug geworfen hat sie sich, das dumme Madel. Und wir wissen bis heute nicht, weshalb. Kein Brief, nichts. Sie hätte zu uns kommen können. Wir hatten ja keine Ahnung, was sie überhaupt bedrückte. Niemand wusste es, sie hatte schon früh ihren Mann verloren, sicher, aber so was passiert, genauso wie später dann das Unglück mit der Kathi. Der Herr hat's gegeben, der Herr wird's auch nehmen, so ist das eben, daran kann niemand etwas ändern. Und alle haben ja auch gedacht, die Leni wäre längst darüber hinweg. Ein neuer Mann hat ihr gefehlt, natürlich, aber sie hätte wieder heiraten können, es gab genug anständige Mannsleute, die sie genommen hätten. Schon gleich damals, als sie Witwe geworden war. Und obwohl sie euch kleine Mädchen hatte, die versorgt werden mussten. Der Alois hätte gut zu ihr gepasst, der hat euch auch gemocht, die Kathi und dich! Und dem Opa und mir hätte er gefallen als Schwiegersohn.«

Lisa trat zu ihr und legte ihr die Hand auf die Schulter. In der anderen Hand hielt sie immer noch den Wasserkessel.

»Vielleicht wollte sie nicht, Oma. Vielleicht gefiel ihr der Alois auch nicht ganz so gut wie euch. Vielleicht wollte sie wirklich keinen neuen Mann mehr, nachdem ...«

»Niemand will alleine sein, das gehört sich nicht. Da kommen die Leute doch nur auf dumme Gedanken, wenn man so ohne jeden Schutz ist. Eine Frau braucht einen Mann, der auf sie aufpasst. Damit alle anderen wissen, da ist jemand, der nimmt auch das Gewehr, um zu verteidigen, was ihm gehört. Der Opa würde das tun, das hab ich immer gewusst.«

»Was um alles in der Welt erzählst du denn da, Oma?« Lisa stellte den Kessel zurück auf den Herd, ohne noch mal Wasser nachzugießen. Als sie sich gegenüber ihrer Großmutter an den Tisch setzte, war ihre Kehle so trocken, dass sie mehrmals schlucken musste, bevor sie fragte: »Worauf willst du raus? Es gibt da noch etwas, richtig? Was weißt du von meiner Mutter, von der Leni?«

Die Großmutter griff nach einem Keks und zerkrümelte ihn zwischen den Fingern. »Der Opa darf nie erfahren, dass ich es dir gesagt habe.«

»Ja, sicher.«

»Alle haben uns das damals einfach geglaubt. Obwohl sie es besser hätten wissen müssen!«

Lisa runzelte die Stirn, wagte es aber nicht, die Großmutter noch mal zu unterbrechen. Gleichzeitig spürte sie ein Kribbeln auf der Kopfhaut, das fast schmerzhaft war. Was jetzt kam, würde vielleicht endlich eine der vielen Fragen beantworten, die sie noch nie gestellt hatte. Weil sie sich zu sehr vor den Antworten fürchtete ...

»Die Geschichte, die wir ihnen erzählt haben, war eigentlich viel zu sehr an den Haaren herbeigezogen. Jeder, der deine Mutter kannte, hätte es bemerken müssen. Aber dem Großvater und mir ist nichts Besseres eingefallen. Und es musste ja auch schnell gehen, wir hatten gar keine Zeit, uns was anderes auszudenken. Es musste schnell gehen, und es durfte nicht zu überprüfen sein. Deshalb war die Geschichte, die wir erfunden haben, vielleicht doch gar nicht so dumm! Und vermutlich wollten die Leute es ja auch einfach glauben. Weil es doch sonst alles nur wieder aufgewühlt hätte, woran keiner von uns mehr erinnert werden wollte ... Warte!« Sie stoppte Lisa mit einer resoluten Handbewegung, bevor sie noch den Mund aufmachen konnte. Ihre Apfelbäckchen leuchteten jetzt wieder rot, als hätte sie eine Entscheidung getroffen, die ihr neues Leben einhauchte.

»Lass es mich zu Ende bringen, Lisa. Du wirst gleich verstehen, warum es wichtig ist, dass ich dir alles erzähle. Wir haben also behauptet, dass die Leni so ein Preisrätsel gewonnen hätte. Die Leute wussten ja, wie sehr der Opa seine Kreuzworträtsel liebt und dass er immer das Lösungswort an die Zeitung schickt. Da war es doch gut möglich, dass die Leni es auch mal versucht hat – und dann aber gleich den ersten Preis gewonnen hat, den Hauptgewinn, eine Reise nach Venedig, stell dir das vor! Wir haben es allen ganz stolz erzählt, zwölf Tage Venedig in einem schicken Hotel direkt am Canale Grande. Weil ich ja von Venedig viele Prospekte hatte, da konnten wir immer beschreiben, wovon sie uns angeblich am Telefon vorgeschwärmt hatte, von der Seufzerbrücke und dem Markusdom, den Museen und den schicken Restaurants.«

Sie machte eine kurze Pause, bevor sie hinzusetzte: »Und als die Leni wieder da war, haben wir es ihr ganz genauso erklärt, damit sie sich bloß nicht verplappert und etwas anderes erzählt. Aber sie hat sowieso nichts gesagt. Genau wie die beiden Frauen vor ihr. Und dann ist sie mit dem Bus nach St. Josef gefahren, zu der Brücke. So, nun weißt du es.«

Die Großmutter biss sich auf die Lippen und griff nach Lisas Händen. Ihre Finger waren eiskalt. Und ihr Gesicht war wieder so kreidebleich wie vor ihrer Beichte.

»Ich verstehe es noch nicht ganz«, flüsterte Lisa heiser.

»Willst du sagen, sie war ... sie war nie in Venedig, das habt ihr euch nur ausgedacht? Aber sie war verschwunden. Zwölf Tage lang?«

»Weihnachten vor sechs Jahren ... Und dann hat sie sich vor den Zug geworfen.«

Lisa bemühte sich verzweifelt, einen klaren Gedanken zu fassen. Sie atmete heftig ein und aus, sie hatte das Gefühl, keine Luft mehr zu bekommen. Wieso hatte das niemand erwähnt, auch die Moni nicht? Ihre Mutter war in den Rauhnächten verschwunden – und kurz danach hatte sie sich umgebracht! Offensichtlich hatte auch niemand gefragt, ob denn auf dieser Venedig-Reise irgendetwas passiert sein könnte, weshalb Lisas Mutter nach ihrer Rückkehr Selbstmord begangen hatte.

Es gab nur eine Erklärung, dachte Lisa, sie haben alle Bescheid gewusst, sie haben ganz genau begriffen, was geschehen war – aber sie wollten es nicht wahrhaben! Sie wollten alle nichts davon wissen, sie hatten Angst. Furchtbare Angst. Und sie wollten sich dem Schrecken nicht stellen. Weil das bedeutet hätte, etwas tun zu müssen. Und weil man besser keine Fragen stellte, wenn es um die Dinge ging, die in den Rauhnächten passieren ...

Dann war es also jedes Jahr passiert! Es hatte mit der Vroni Neuhauser begonnen, die vom Felsen gesprungen war, im Jahr darauf war es die schöne Laetitia gewesen, die in eine Nervenklinik eingewiesen werden musste. Und wieder ein Jahr später Lisas eigene Mutter.

Dann Maria Spechtenhauser, dann Johanna Huber,

dann Maria Fronlechner. Sechs Frauen also. Sechs Frauen in sechs Jahren. Und jetzt die junge Katharina!

Aber vielleicht hatte es alles schon vorher begonnen, schon lange bevor die Vroni gesprungen war. Zehn Jahre vorher war schon mal eine junge Frau verschwunden. Und dann weggezogen aus Oberalmdorf. Um nie wiederzukommen und alles zu vergessen …

»Lisa, du sagst nichts dem Opa, ja? Versprich mir das!«

»Wenn es immer so einfach wäre, Oma.« Lisa starrte auf eine Spinne, die sich von der Lampe in Richtung Tischplatte abseilte. Auch ihre Oma hatte die Spinne gesehen. Sie hob die Hand und zerdrückte die Spinne zwischen ihren Fingern. Es ging so schnell, dass Lisa kurz daran zweifelte, ob es wirklich geschehen war. Aber die Spinne war verschwunden. Und die Oma wischte sich flüchtig die Finger an der Kittelschürze ab, während sie fragte: »Wie meinst du das, was du da eben gesagt hast?«

»Nichts sagen, nichts hören, nichts sehen … wie die drei Affen.«

»Ich hätte es dir nicht erzählen sollen, oder? Jetzt bist du böse auf mich und den Opa.«

»Ich bin nicht böse, im Gegenteil, ich danke dir.«

Lisa griff sich eine Handvoll Kekse und stopfte sie sich in den Mund, ohne eigentlich zu wissen, was sie tat. Als ihr übel wurde, sprang sie auf und schaffte es gerade noch bis zur Toilette am Ende des Flurs.

Hinterher wusste sie nicht mehr, wie sie eigentlich aus dem Haus gekommen war. Aber sie hatte noch ihren

Parka und ihre Mütze gegriffen, dann musste sie weggerannt sein, ohne sich um das Jammern der Großmutter zu kümmern. Quer über das Schneefeld. Im selben Moment, in dem sie die Fußspur ihres Großvaters erkannte, die zum Wald hinaufführte, änderte sie die Richtung. Sie lief jetzt parallel zu den Tannen, die mit ihren dichten Zweigen wie eine undurchdringliche Mauer wirkten.

Der Schnee war so tief, dass sie mehrmals bis zu den Knien einsank, einmal stolperte sie und schlug der Länge nach hin. Mit dem Gesicht voran in den nassen Schnee, der ihr die Wimpern verklebte und nach etwas schmeckte, was sie nicht einordnen konnte. Vielleicht war es auch nur die Kälte, die sich wie ein Schock in ihrem Mund ausbreitete und ihre Zähne schmerzen ließ.

Kurz darauf bog Lisa plötzlich nochmals ab und lief in schräger Linie zurück zum Kuhstall des Nachbarhofes. Als würde jemand ihre Schritte lenken, ohne dass sie sich dagegen wehren konnte.

Es war warm im Stall. Die Kühe hoben die Köpfe und muhten dumpf. Lisa schob sich an der langen Reihe der Boxen entlang und streichelte die weichen Mäuler, es war wie in ihrer Kindheit, wenn sie der Bäuerin beim Melken zusah und allzu aufdringliche Fliegen aus den Augen der Kühe wischte.

Der Geruch nach Heu und Stroh hüllte sie ein wie ein Vorhang, der alles andere um sie herum ausschloss. Die Welt da draußen war weit weg, und es gab nur noch den Stall und die Tiere. Lisa fühlte sich in vollkommener

Sicherheit, geborgen und beschützt. Es war so friedlich, dass sie fürchtete, alles wäre nur ein Traum, der jeden Augenblick vorüber sein würde.

Unwillkürlich musste sie an die Bilder von der Jesuskrippe denken, der ärmliche Stall mit der Kuh, dem Ochsen, den Schafen und dem Esel. So war es zumindest oben in der Kirche auf dem Hügel dargestellt. Lisa war froh, dass es hier bei ihr weder die Heiligen Drei Könige noch Maria und Josef gab, auch auf das halbnackte Baby konnte sie gut verzichten.

Aber ein Esel war da und verlangte nach ihrer Aufmerksamkeit, indem er unruhig mit den Hufen scharrte und einen heiseren Schrei ausstieß.

»Ist ja gut, ich bin ja schon da!«, beruhigte ihn Lisa und kraulte ihn hinter den langen Ohren. Er drängte sich an die Boxentür und legte seinen Kopf auf ihre Schulter, eine Geste, die so vertrauensvoll war, dass Lisa schlucken musste. Als er ihr seinen warmen Atem gegen den Hals blies, fing sie an zu weinen.

Die Tränen liefen ihr übers Gesicht, ohne dass sie es verhindern konnte. Und es tat gut, einfach loszulassen. Es war niemand da außer den Tieren, niemand sonst konnte sie sehen und ihr Schluchzen hören, und die Tiere verstanden sie, sie brauchte ihre Verzweiflung und ihre Ängste nicht länger zu verstecken.

Wie blind tastete sie nach dem Riegel, dann schob sie sich durch die Tür, der Esel wich ihr nicht von der Seite, sie warf ihm die Arme um den Hals und drückte ihr Gesicht in das struppige Fell. Ihre Tränen liefen unaufhaltsam, der Esel schnaubte beruhigend und rieb sein Maul an ihrem Rücken.

Als sie sich langsam auf das Stroh sinken ließ, legte er sich neben sie. Erst mit dem Hinterteil, dann knickte er auch die Vorderbeine ein und landete mit den Schultern und dem Kopf neben ihr. So dicht, dass sie jeden seiner Atemzüge spürte. Ihre Finger spielten mit seiner Mähne, deutlich hörte sie, wie nebenan die Kühe das Heu aus den Raufen zupften, schmatzend die Halme zerkauten, mit ihren Schweifen nach den Fliegen schlugen. Ab und an klatschte ein Flatschen Kuhscheiße auf den Boden.

Als ihre Lider immer schwerer wurden und sie kaum noch die Arme bewegen konnte, drückte sie ihren Kopf ins Stroh und schloss die Augen. Sie merkte nicht, wie der Esel sich vorsichtig erhob, aber sie meinte, plötzlich das leise Muhen der Kühe zu verstehen: Rede mit ihr. Jetzt mach schon, sie ist zu dir gekommen, sie wird tun, was du ihr sagst …

Es stimmt also wirklich, was die Leute behaupten, dachte Lisa. Was in den alten Geschichten steht: In den Rauhnächten beginnen die Tiere zu reden. Ich habe es nie geglaubt, aber es passiert! Ich verstehe, was sie sagen!

Nein, das kann nicht sein! Ich bin Wissenschaftlerin, ich glaube nur an Fakten, an nüchterne Zahlen, an Dinge, die sich empirisch beweisen lassen. Die Wahrheit besteht aus einer langen Kette einzelner Glieder, von denen jedes zigmal überprüft worden ist, bevor es einen Platz gefunden hat. Und für alles gibt es eine Erklärung. Es existieren keine Anderswelten, kein Spuk, keine Tiere, die plötzlich sprechen können. Ich habe Halluzinationen, das muss es sein, irgendjemand hat mir Drogen verabreicht, ich bin auf einem Trip!

Gleich darauf krümmte sie sich wie ein Baby im Mutterleib zusammen und presste die Hände auf ihre Ohren, nein, es durfte nicht sein, wer die Tiere verstand, wenn sie redeten, der musste sterben! »Ich will nicht«, flüsterte sie, »hört auf damit, lasst mich in Ruhe!«

Der Esel senkte den Kopf und zupfte mit den Lippen an ihrem Parka, wieder spürte sie seinen warmen Atem.

»Sei ruhig, bleib ruhig«, meinte Lisa, seine Stimme zu vernehmen, »es ist nichts, alles ist gut. Aber du darfst nicht länger schweigen, du musst erzählen, was geschehen ist. Wenn du nichts sagst, wird es immer wieder passieren. Und nichts wird sich ändern, es wird immer schlimmer werden, und du allein trägst die Schuld. Von dir hängt es ab und von niemandem sonst, sprich endlich, erzähl deine Geschichte ...«

Und dann schien es, als würde der Esel seine Gestalt verändern, plötzlich trug er Hörner, einen langen Bart, seine Augen lagen tief in den Höhlen, seine Lippen umschlossen ein dunkles Loch, das wie zum Schrei geöffnet war.

Es war eine Fratze, die ihr da entgegenstarrte, ein menschliches Gesicht – und doch so unmenschlich, dass Lisa leise wimmerte vor Schrecken. Sie wollte zurückweichen, aber die Fratze folgte ihr, und vor ihr war nur der Abgrund, jetzt flammten grelle Lichter auf, hell lodernde Fackeln, die gespenstische Schatten warfen, heisere Stimmen, die von allen Seiten auf sie eindrangen, ihr die Kleider vom Leib reißen wollten, sie zerfetzen, verstümmeln, für immer zum Schweigen bringen.

Gleich darauf waren die glühenden Augen der Taschenlampen da, die ihr Versteck aus der Dunkelheit rissen, sie schutzlos und wie nackt daliegen ließen, ohne eine Möglichkeit, ihnen zu entkommen. Und dann laute Rufe, ein wirres Durcheinander an Satzfetzen und Wörtern: »Da bist du ja! Lisa! Lisa! Hörst du mich? Wir suchen dich, wir waren schon überall, wir haben Angst um dich gehabt! Was ist los, was tust du hier …«

»Lisa! Ich bin's, sieh mich an!« Moni hielt Lisas Kopf zwischen ihren Händen und bedeckte ihr Gesicht mit kleinen, schnellen Küssen. »So sag doch endlich was! Kannst du mich verstehen? Hörst du mich? Antworte mir, Lisa!«

»Lisa?« Die Stimme war tiefer, eine Männerstimme. Unwillkürlich versuchte Lisa, sich nach hinten zu schieben, ein Schluchzen drang aus ihrer Kehle, sie wollte aufspringen und wegrennen, nur weg, egal wohin. Aber ihre Füße scharrten vergeblich über den Boden, sie fand keinen Halt – und Moni drückte sie zurück und hielt sie fest.

Wieder hörte sie die Männerstimme. »Ganz ruhig, Lisa, wir sind es. Du musst keine Angst haben, alles ist gut.«

Erst als sie Max' Gesicht neben Moni erkannte, entspannte sie sich ein wenig, aber ihr Herz raste immer noch, ihre Hände zitterten, sie spürte, dass ihr Unterhemd schweißnass auf der Haut klebte.

»Ihr ... Was macht ihr hier? Wo bin ich?«

Moni und Max richteten sie vorsichtig auf, so dass sie sich mit dem Rücken an die Wand hinter sich lehnen konnte. Sie hatte Mühe, ihren Blick auf irgendetwas zu fixieren, das Stroh auf dem Boden, die geöffnete Boxentür, die Beine der Leute hinter Moni und Max, die in der Stallgasse standen ...

Jetzt wusste sie wieder, wo sie war.

»Wo ist der Esel?«, stieß sie hervor.

»Hier«, antwortete Moni. »Direkt neben dir, sieh hin.«

Jemand leuchtete mit einer Taschenlampe, der Esel stand in die Ecke gedrängt, den Kopf störrisch gesenkt, fast sah es aus, als würde er einen Buckel machen. Seine Augen waren starr auf die Bretterwand gerichtet.

Er hatte Angst, das konnte Lisa mehr spüren als wirklich sehen. Sie streckte den Arm aus, um ihn zu berühren – und tatsächlich machte er einen Schritt auf sie zu, bis sie über seine warmen Nüstern streichen konnte.

Das Rauschen in Lisas Ohren war so laut, dass es das Gemurmel der Leute übertönte. Moni strich ihr immer wieder über die Wange, ohne etwas zu sagen, dann beugte sich Max zu ihr. »Lisa, Lisa, was machst du bloß? Komm, wir bringen dich zur Moni. Kannst du aufstehen? Kannst du laufen? Warte, ich halte dich. So. Und Moni von der anderen Seite, dann wird es gehen. Vielleicht schaffen wir es ja noch, bis zu Moni nach Hause zu kommen, bevor die Knallerei losgeht.«

Lisas Gedanken rasten. Was meinte er? Wovon redete er bloß?

Moni musste ihren verständnislosen Blick bemerkt haben. »Es ist Silvester!«, flüsterte sie. »Und es ist gleich Mitternacht!«

»Mitternacht?«, echote Lisa. »Dann hab ich die ganze Zeit ... Das kann nicht sein, Moni! Es können nur ein paar Minuten gewesen sein.«

»Das glaubst aber auch nur du«, erwiderte Moni trocken. »Wir suchen dich seit Stunden, während du lieber mit deinem neuen Freund da redest als mit uns.« Als sie auf den Esel zeigte, sah es so aus, als hätte er die langen Ohren zu ihnen gedreht, um nur ja kein Wort zu verpassen.

»Er hat wirklich etwas zu mir gesagt«, flüsterte Lisa jetzt, während sich ihre Hand in Monis Jacke krallte. »Es stimmt! Er hat mir mit geredet, er hat ...«

»Pscht!«, machte Moni schnell und legte ihr den Finger auf die Lippen. »Später!«

»Komm!« Max fasste sie mit festem Griff unter den Achseln. Ihre Knie waren noch wacklig, aber sie zwang sich, den fragenden Gesichtern, die ihr entgegenblickten, zuzunicken.

»Danke, dass ihr alle nach mir gesucht habt. Ich weiß nicht, wie ich hier gelandet bin. Tut mir leid. Habt noch einen guten Rutsch.«

Die Leute aus dem Suchtrupp verabschiedeten sich,

um eilig nach Hause zu hasten. Ein paar von ihnen erkannte Lisa im Licht der Stallbeleuchtung, ihre Großeltern waren nicht dabei. Für eine Sekunde meinte sie, ganz hinten an der Stalltür Toni auszumachen, aber noch bevor sie sich vergewissern konnte, wurde die Dunkelheit draußen von den ersten Silvesterraketen zerrissen. Vom Kirchturm herüber läuteten die Glocken zum Jahreswechsel. Die Kühe muhten laut und stampften unruhig mit den Hufen, einmal brüllte der Esel, dann war nur noch der Lärm des Feuerwerks zu hören. Hoch über ihnen zerbarsten blaue, rote, grüne Lichtkugeln, in langen Schweifen regneten glitzernde und knisternde Sterne herab, zischend schlängelten sich immer wieder neue Raketen zum Nachthimmel hinauf.

»Ein frohes neues Jahr!«, rief Max und nahm Lisa fest in die Arme. »Alles wird gut, Lisa, glaub mir!«

»Ich …« Lisa schluchzte. »Sie haben nicht aufgepasst«, flüsterte sie. »Sie haben einen von ihnen beim Namen genannt.« Im gleichen Moment hörte sie wieder ganz deutlich die Stimme: Jetzt bist du dran, Flo! Immer nur zugucken gilt nicht, zeig der Schlampe, was wir mit einer wie ihr machen!

»Was?«, fragte Max. »Was hast du gesagt? Ich hab dich nicht verstanden, sag noch mal.«

»Nichts. Es ist nichts. Ich hab …«

»Lass sie«, drängte sich Moni zwischen sie. »Denk immer dran: Ich hab dich lieb, Lisa. Vergiss das nie! Ein frohes neues Jahr wünsche ich dir!«

Lisas Atem ging keuchend, als sie dicht an Monis Ohr erwiderte: »Es war auf einer Hütte, Moni. Es ist eine Hütte, nach der wir suchen müssen. Eine Hütte hoch oben direkt an einem Kar, nicht weit vom Gipfel. Da finden wir die Katharina.«

2. BUCH

Die meisten Menschen haben vor der Wahrheit
mehr Angst als vor einer Lüge.
Deshalb darfst du nur denen vertrauen,
denen du wichtiger bist, als sie es sich selbst sind.

8. KAPITEL, 1. JANUAR

Neubeginn

Wenn die Wahrheit ohne Hoffnung ist

Als sie gerade erst angekommen waren und Max noch auf dem Balkon stand, um die letzten Silvesterraketen zu bewundern, hatte Moni mit einer Stimme, die keinen Widerspruch duldete, erklärt: »Vergiss das mit der Hütte! Wir kennen alle Hütten hier, so eine Hütte, wie du sie gesehen haben willst, gibt es nicht. Du hast geträumt! Genau wie bei dem anderen Blödsinn von den Tieren, die mit dir geredet hätten. Erzähl das bloß niemandem, sonst halten sie dich für komplett übergeschnappt. Es reicht schon, dass du da im Stall warst, darüber werden sich morgen ohnehin alle das Maul zerreißen. Und du kannst noch froh sein, wenn sie mir glauben, dass du nur zu betrunken warst, um nach Hause zu finden. Also, kein Wort darüber, was du mir erzählt hast. Auch nicht zu dem Max, versprich mir das! Wir reden in Ruhe über alles, aber nicht jetzt. Jetzt trinken wir! Ich hab Sekt im Kühlschrank, etwas ganz Feines, einen Spumante von Ricci Curbastro aus

Chardonnay-Trauben, echt italienisch, hat mir der Mario vom Felsenkeller besorgt ...«

Noch während sie die erste Flasche öffnete und den Korken gegen die Decke knallen ließ, rief sie zu Max hinüber: »Bitte keine Fragen an die Zeugin, Herr Major! Das kann alles warten, es ist Silvester, und ich will nicht diskutieren, sondern feiern. Und da ich die Lisa länger kenne als du, hab ich auch ein Recht darauf zu bestimmen, was wir machen. Capito, Commissario?«

Max wirkte zwar reichlich irritiert, vergewisserte sich aber nur bei Lisa: »Ist das okay für dich? Ich meine, fühlst du dich überhaupt fit genug, um zu feiern?«

»Alles okay ... Ein bisschen feiern tut mir vielleicht wirklich gut.«

Es kam Lisa vor wie eine Gnadenfrist, ein unverhoffter Aufschub, bevor sie sich entscheiden musste. Sie hatte die Stimmen der Tiere noch deutlich im Ohr, die von ihr verlangt hatten, jetzt endlich die Wahrheit zu sagen. Und sie würde es tun. Zumindest das, was sie von der Wahrheit kannte. Vielleicht würde sie ein oder zwei kleine Umwege wählen, die es ihr leichter machen würden. Aber ja, sie würde reden! Und vielleicht war es ihr ganz lieb, dass da noch manches tief in ihren Erinnerungen vergraben lag, aber sie würde zumindest einen Anfang machen.

Aber jetzt in der Nacht konnte sie ohnehin nichts mehr unternehmen. Sie nicht und der Max auch nicht. Und nachdem sie rasch geduscht, sich umgezogen und sich mit Heißhunger über die Pizza hergemacht hatte, die

Moni noch vor der ersten Flasche Sekt servierte, hielt sie auch problemlos mit den beiden andern mit, der leicht herbe Spumante verursachte einen angenehmen Schwindel. Und als sie dann die Möbel zur Seite rückten und tanzten, gelang es Lisa tatsächlich, für einen Moment alles zu vergessen.

So gegen drei, halb vier am Morgen schob Moni wieder »Highway to Hell« in den CD-Player, wollte aber nicht mehr weitertanzen.

»Ich brauche eine Pause, Leute, ich bin ja auch nicht mehr so jung, wie ich mal war.«

Wenig später war sie irgendwie vom Sofa gerutscht und halb unter dem gläsernen Couchtisch gelandet. Von wo dann ab und zu ihre Hand mit dem Sektglas auftauchte: »Prosit Neujahr! Kriege ich noch mehr von dem leckeren Zeug? Ich hab's verdient! Ich hab schließlich die Spur von der Lisa im Schnee entdeckt, vom Wald direkt rüber zum Kuhstall. Auf der Suche nach einer Herberge, wie seinerzeit die unbefleckte Jungfrau Maria!«

Und noch mehr merkwürdige Sätze, die im Zusammenhang mit der Heiligen Familie im Stall von Bethlehem ganz sicher nicht für die Ohren eines Pfarrers bestimmt gewesen wären. Aber es war ja auch kein Pfarrer da. Nur sie drei, Moni, Max und Lisa …

Max tauschte AC / DC gegen Sting aus, bei »I'm an Alien« tanzten Lisa und er eng aneinandergeschmiegt. Bis Moni sich hochrappelte und in Richtung Schlafzimmer wankte, nicht ohne vorher noch ihren Zeigefinger wie eine Pistole auf Lisa zu richten und etwas zu nuscheln, was mit einiger Mühe als »Der Kommissar, geht um, bummbumm« zu verstehen war.

Als Lisa darauf bestand, Max durch die eisige Winternacht zu seinem Hotel zu bringen, war ihr selber noch nicht ganz klar, worauf das hinauslaufen sollte. Erst oben in seinem Zimmer dachte sie, dass es eine willkommene Möglichkeit wäre, das große Vergessen in Max' Armen noch ein wenig zu verlängern. Und dass es außerdem ihrer ja nicht unbedingt stabilen psychischen Verfassung ganz bestimmt zuträglicher war, als jetzt durch Schnee und Kälte zurück zur schnarchenden Moni zu laufen. Im Übrigen hatte sie da beim Tanzen mit Max deutlich etwas gespürt, was darauf hindeutete, dass sie nicht alleine mit ihren Wünschen war.

Früher in ihrer Küche gab es einen gerahmten Sinnspruch an der Wand: *Wer feig des einen Tages Glück versäumt, der holt's nicht ein, und wenn ihn Blitze trügen.* Ihrer Mutter hatte der Satz weiß Gott kein Glück gebracht, aber sie würde sich jetzt daran halten, egal, ob es nun ein Fehler war oder nicht, darüber konnte sie am nächsten Tag noch nachdenken.

Nur dass sie dann, nachdem sie kurz im Bad verschwunden war, einen tief und fest schlafenden Max vorfand. Quer über das Kingsize-Bett hingestreckt, in Hemd und Hose und noch mit den Winterschuhen an den Füßen. Schnarchend und röchelnd. Und ganz sicher zu nichts von all dem zu gebrauchen, was Lisa sich eben noch vorgestellt hatte.

Lisa zog ihm die Schuhe aus und drehte ihn zur Sicherheit noch in eine stabile Seitenlage, deckte ihn dann mit seinem Mantel zu und verkroch sich selber mit der Bettdecke auf die Schlafcouch. In einer Stimmung, die zwischen belustigt und frustriert schwankte – es war jedenfalls das erste Mal, dass ein Typ, der mit ihr im Bett landete, einfach einschlief. Vielleicht fand Max es einfach nicht besonders antörnend, die Nacht mit einer Frau zu verbringen, die die Tiere reden hören konnte, dachte sie. Und die auch sonst dazu neigte, sich merkwürdig zu verhalten. Ein Gedanke, der sie wiederum so sehr ärgerte, dass sie sich schwor, ab sofort keine Rücksicht mehr auf irgendjemanden zu nehmen.

Mit diesem Gedanken dämmerte sie schließlich weg, erst spät am Morgen wurde sie wach, weil jemand laut und deutlich »Katharina« gerufen hatte. Aber da war niemand im Zimmer außer dem immer noch tief und fest schlafendem Max auf seinem Bett.

Die Heizung lief auf vollen Touren, es war so warm, dass Lisa nackt zum Fenster tappte, um es zu öffnen. Die Bergluft nahm ihr den Atem, dann drückte sie den Schnee auf dem Fensterbrett zu einer festen Kugel zusammen und zielte auf die lebensgroßen Krippenfiguren, die unten auf dem Marktplatz aufgestellt waren. Sie erwischte einen der Heiligen Drei Könige genau im Gesicht, es war sicher kein Zufall, dass es die Figur war, die ganz deutlich die Züge vom Toni trug. Das Krippenbild war eine Arbeit vom

Xaver, die er angefertigt hatte, als sein Sohn kurz vor der Matura gewesen sein musste. Genau wie der Sepp, dem die zweite Figur ähnelte, auch wenn sie als Melchior natürlich schwarz angemalt war. Lisa wusste noch, wie sie damals alle ihre Witze über den schwarzen Sepp gemacht hatten. Und dass Sepp so sauer auf den Holzschnitzer gewesen war, dass er ihm eine tote Ratte in den Schornstein zur Werkstatt gehängt hatte, wo sie langsam verweste.

Lisa erinnerte sich auch, dass der dritte der prächtig gekleideten Könige ebenfalls einem Jungen aus Tonis Clique nachgebildet war, aber ihr wollte beim besten Willen der Name nicht einfallen, als würde ihr Gehirn jegliche Hilfe verweigern. Dabei hatte sie das deutliche Gefühl, dass sie erst vor kurzem in irgendeinem Zusammenhang über genau diesen Namen gestolpert war …

»Kalt«, meldete sich Max hinter ihr zu Wort. Als Lisa das Fenster schloss und sich zu ihm umdrehte, riss er die Augen auf und starrte sie mit offenem Mund an.

»Ich bin's, Lisa! Nur falls du dich nicht mehr erinnern kannst.«

»Schwarzes Loch«, stammelte Max. »Tut mir leid, aber haben wir … Ich meine, also wir beide, waren wir …«

Lisa griff nach ihrem Slip und ihrem Unterhemd. »Nein, waren wir nicht. Haben wir auch nicht.« Sie lachte leise. »Keine Chance, Max, du bist aufs Bett gefallen und warst schon weg, bevor auch nur irgendwas passieren konnte.«

»Was? Heißt das, ich … ich bin eingeschlafen?«

»Immerhin nicht mittendrin, sondern schon vorher.«

Max schien erst jetzt zu bemerken, dass er immer noch Hemd und Hose anhatte – und es machte ihn sichtlich verlegen.

»Mit allen Klamotten? Mann, ist das peinlich, das tut mir leid, wirklich, ich weiß nicht, was … Ich mache es wieder gut, versprochen«, murmelte er.

»Aber nicht jetzt, Max.« Aus irgendeinem Grund war Lisa plötzlich froh, dass es anders gekommen war, als sie erwartet hatte. Vielleicht war es besser so! Und auf keinen Fall würde jetzt der Versuch angebracht sein, das Versäumte nachzuholen. Schon gar nicht bei Tageslicht, mit einem schlimmen Kater und laut knurrendem Magen.

Außerdem war die Zeit des Aufschubs unwiderruflich vorbei – sie hatte nicht vergessen, was sie tun musste. Auch wenn sich alles in ihr dagegen sträubte …

»Jetzt frühstücken wir und dann …« Lisa suchte nach einer Formulierung, die ihr vielleicht doch noch eine Hintertür offenließ. »Und dann müssen wir dringend reden! Ich muss dir von gestern erzählen. Und natürlich will ich wissen, was du aus der Pathologie gehört hast! Außerdem brauchen wir einen Plan, wie wir jetzt weitermachen.«

»Ich hab's verbockt«, murmelte Max leise, während er Lisa einen unsicheren Blick zuwarf.

»Frühstück«, sagte Lisa. »Geh du duschen, ich lass uns was aufs Zimmer kommen.«

Das Frühstück brachte der Neuwirt selber herauf. Der Leopold, an seinen Namen erinnerte sie sich ohne Mühe.

Unrasiert und mit tiefen Ringen unter den Augen. Das weiße Hemd, das er zur speckig glänzenden Hirschlederhose trug, sah aus, als wäre Max nicht der Einzige gewesen, der die Nacht halb angezogen verbracht hatte.

Wenn Lisa sich nicht täuschte, wusste der Neuwirt bereits, dass sich der »Kriminale« aus Salzburg in der Silvesternacht mit einem Betthaserl vergnügt hatte. Oder das Betthaserl mit ihm! Als er jetzt den Servierwagen ins Zimmer schob, wanderte sein Blick von Max' Mantel auf dem Bett zu der Decke und dem Kopfkissen auf dem Schlafsofa. Die Irritation war ihm deutlich anzumerken, Lisa verzichtete darauf, ihn aufzuklären.

Stattdessen fragte sie rundheraus nach seiner Tochter. Seine Reaktion war die nahezu wortgleiche Wiederholung ihres Gesprächs in der Küchentür. Er wusste nichts. Er hatte keine Ahnung, wo seine Tochter sein könnte. Er war besorgt, ja, natürlich, aber so war das eben mit einer Sechzehnjährigen im Haus. Es würde sich schon noch alles aufklären.

Lisa hatte sich also geirrt, als sie bei ihrer ersten Begegnung glaubte, er wollte ihr etwas anvertrauen, was seine Frau nicht wissen durfte. Umso überraschter war sie, als er dann gänzlich unerwartet sagte: »Die Zeit ist noch nicht rum. Es sind erst sechs Tage, seit sie weg ist.«

Im gleichen Augenblick kam Max aus dem Bad, mit noch nassen Haaren und mit blauschwarzen Bartstoppeln auf Kinn und Wangen. Zusammen mit der enganliegenden Skiunterwäsche, die deutlich seine Muskeln zeigte, ließ ihn das recht beeindruckend wirken. Falls James Bond nicht demnächst von einer Frau gespielt werden würde, wäre auch Max keine schlechte Besetzung, dachte Lisa.

Auch seine Stimme passte zur Rolle eines Agenten mit der Lizenz zum Töten, es klang, als hätte er bis gerade eben noch mit dem Whiskeyglas in der Hand am Roulette-Tisch gesessen. Allerdings schwang ein gefährlicher Unterton mit, als er den Neuwirt mit der Feststellung überraschte: »Interessant. Das hat der Polizist hier im Dorf ebenfalls gesagt, als ich gestern bei ihm war. Mit denselben Worten: Die Zeit ist noch nicht rum.«

Max griff nach seiner Hose und zerrte einen Pullover aus dem Koffer, der halb geöffnet vor dem Schrank stand. Er hatte noch kaum den Reißverschluss seiner Jeans hochgezogen, als er unerwartet losbrüllte.

»Die Zeit ist noch nicht rum? Verdammt nochmal, was soll das heißen? Was glaubt ihr eigentlich, was das hier ist? Irgendein lustiges Rätselraten? Mann, Ihre Tochter ist verschwunden, das ist doch kein Witz! Und nur mal so am Rande ...«

Er senkte die Stimme, als wollte er dem Neuwirt klarmachen, dass alles bisher nur Vorgeplänkel gewesen war, einschließlich seiner Brüllerei. »Ich bin Major der Kriminalpolizei. Es kostet mich einen Anruf, ein Fingerschnippsen, und ich mache euch hier das ganze Hotel dicht, wenn ich nicht sofort die Antworten bekomme, die ich haben will. Also, was geht hier vor sich, was bedeutet das, wenn alle sagen, die Zeit wäre noch nicht rum? Na los, ich höre!«

Lisa war überrascht, sie hatte Max ja bislang nur als zwar hartnäckigen, aber doch eher zurückhaltenden Kriminalpolizisten erlebt. Jemand, der seine Arbeit mochte und sich nicht mit jeder Antwort zufriedengab. Diese neue Seite an ihm war ihr vollkommen fremd, die Schärfe, mit der er den Neuwirt anging, sein ganzes Verhalten, aus dem deutlich wurde, wie sehr ihm dieser Fall zu schaffen machte – und dass er inzwischen ganz offensichtlich auch die Prioritäten anders setzte, der Tote von der Brücke stand nicht mehr an erster Stelle, es ging Max jetzt darum, vor allem Katharina zu finden.

Und Lisa merkte, wie dankbar sie ihm für diese Entscheidung war. Dennoch zweifelte sie keinen Augenblick daran, dass Max nichts aus dem Neuwirt herausbekommen würde, ein Fremder und noch dazu einer aus der Landeshauptstadt würde gar nichts erfahren.

Umso überraschter war sie, als der Neuwirt sich Max' Fragen und die kaum versteckte Anschuldigung, mehr zu wissen, nicht schlichtweg verbat. Sondern stattdessen nur nickte, bevor er die Tür hinter sich leise ins Schloss drückte und ein Päckchen Zigaretten aus der Hemdtasche zog.

»Darf ich? Dann lässt sich's leichter reden.« Ohne eine Antwort abzuwarten, ging er quer durchs Zimmer und öffnete das Fenster. Als er sein Zippo zückte, sah Lisa, dass seine Hände zitterten. Und ganz sicher nicht vor Kälte.

Er brauchte mehrere Anläufe, bis die Zigarette brannte,

dann nahm er rasch hintereinander zwei heftige Züge und blickte dem Rauch hinterher. Als hätte er vergessen, was er eigentlich wollte.

Max griff nach seinem Mantel und warf ihn sich über die Schultern, dann stellte er sich neben den Neuwirt. »Darf ich auch eine? Hab meine gestern aufgeraucht.«

Wortlos hielt ihm der Neuwirt die Schachtel hin. Während Lisa in ihren dicken Parka schlüpfte, dachte sie, dass Max seine Sache für einen ehemaligen Raucher gar nicht schlecht machte – er hustete noch nicht mal, obwohl er nicht nur paffte, sondern den Rauch tief in die Lunge zog. Die Zigarette hielt er zwischen Daumen und Zeigefinger, als wollte er sie jederzeit in der hohlen Hand verschwinden lassen. Wie ein Halbwüchsiger, dachte Lisa, er hat ganz bestimmt schon heimlich geraucht, als seine Eltern es ihm noch verboten haben. Daher kommt diese Geste, die er automatisch macht, ohne es selbst zu merken!

Sie goss sich einen Becher Kaffee aus der Warmhaltekanne auf dem Servierwagen ein. Kurz überlegte sie, ob sie den beiden Männern ebenfalls einen Kaffee anbieten sollte. Aber es gab nur zwei Becher auf dem Tablett. Und sie wollte sich auch lieber im Hintergrund halten, es schien ihr, als würde da gerade so etwas wie eine stille Übereinkunft zwischen Max und dem Neuwirt entstehen.

Die beiden Männer sprachen nicht miteinander, sie rauchten nur. Dann zündete der Neuwirt eine neue Zigarette am Stummel der alten an und schnippte die Kippe nach unten auf die Straße. Als er anfing zu reden, blieb seine Miene vollkommen ausdruckslos. Wie eine Puppe, die einen auswendig gelernten Text aufsagte.

»Ich hab Angst. Meine Frau ebenso. Die Katharina macht nicht immer, was sie soll. Aber es ist auch nicht einfach, in einem Hotel groß zu werden. Zu viele unschöne Dinge, die man da mitbekommt. Vor allem für ein Mädchen, das noch ... ganz unschuldig in vielem ist. Und wir haben auch nicht genug Zeit für sie, wir hätten uns viel mehr um sie kümmern müssen, das wissen wir. Aber wir lieben sie natürlich, und wir machen uns ständig Sorgen um sie. Ob es in der Schule gut läuft, was sie für Freunde hat, wie lange wir ihr erlauben sollen, abends wegzubleiben. Und dann diese Sache da im Sprachurlaub, als sie im Sommer in England war. Viel hat sie nicht darüber gesagt, wir wissen auch gar nicht, ob da irgendwas passiert ist, was sie besser nicht getan hätte, aber es haben sich sowieso alle das Maul darüber zerrissen hier im Dorf ...«

Der Neuwirt machte eine lange Pause, als würde er noch nach den richtigen Worten suchen.

Max blickte zum Himmel hinauf, ohne ein Zeichen von Ungeduld zu zeigen. Die qualmende Zigarette hielt er nach wie vor in der Hand, rauchte aber nicht mehr.

»Kennen Sie die Geschichten, die man sich über die Rauhnächte erzählt?«, fragte der Neuwirt und blickte Max zum ersten Mal ins Gesicht.

Max nickte, sagte aber immer noch nichts.

»Es ist die Silvesternacht, von der es heißt, dass die

Toten uns da am nächsten sind. Und die Wilde Jagd! Wenn sie ...« Er brach mitten im Satz ab und starrte verzweifelt auf seine Schuhspitzen.

Lisa sah, wie ihm eine Träne übers Gesicht lief.

»Wenn die Männer aus dem Totenreich die Frauen jagen«, übernahm es Max, den Satz zu vollenden. »Wenn sie sich alle holen, die sich nicht rechtzeitig in Sicherheit bringen konnten.«

Seine Stimme war fast tonlos, Lisa konnte seine Worte eher ahnen als wirklich hören. Aber der Neuwirt wusste ja auch so, was Max nur noch mal bestätigte.

»Wir haben Angst, meine Frau und ich. Der Alois sagt nein, aber was ist, wenn es doch die Katharina erwischt hat?«

»Warum? Warum sollte gerade die Katharina ein Opfer der Wilden Jagd geworden sein?«

Max' Frage kam so rasch, dass der Neuwirt antwortete, ohne erst zu überlegen.

»Sie hat so einen Ruf, deshalb. Sie ist ja unsere Tochter, und ich weiß, dass man so nicht über sein eigenes Kind spricht, aber es geht doch immer um Frauen, die ... es nicht so genau nehmen. Sie wissen schon, was ich meine.«

»Nein, weiß ich nicht. Erklären Sie es mir.«

Als der Neuwirt antwortete, musste er sich mehrmals die Tränen aus den Augen wischen. »Es stimmt nicht ganz, was ich gesagt habe. Sie ist erst sechzehn, ja, aber sie hat schon ... ihre Erfahrungen. Und das war nicht nur dieser Junge, den sie in den Sprachferien kennengelernt hat, sondern auch hier schon, mit zwei oder drei von den Jungen aus ihrer Schule. Sie hatte Angst, vielleicht schwanger zu sein, da hat sie es meiner Frau gebeichtet.«

Lisa machte einen Schritt auf den Neuwirt zu. »Die Wilde Jagd bestraft also vor allem Frauen, die sich nicht … anständig benehmen, wollen Sie das sagen?«

»Natürlich, liederliche Frauensleute, das war bei ihnen allen so, da können Sie nehmen, wen Sie wollen, das weiß jeder hier. Und hinterher stimmte was nicht mehr mit ihnen, wenn sie zurückkamen, waren sie …« Er wischte sich mit der Hand vor dem Gesicht hin und her. Dann schluchzte er plötzlich auf: »Wenn das mit der Katharina auch passiert, dann weiß ich nicht, was wir tun sollen. Aber meine Frau hat recht«, setzte er hastig hinzu. »Wir dürfen nicht darüber reden, über die Wilde Jagd und das alles. – Ich muss wieder runter, ich hätte gar nicht …«

»Warten Sie!« Max hielt ihn am Arm fest. »Die Frauen, die in den letzten Jahren verschwunden sind, hatten alle einen … lockeren Lebenswandel? Trifft es das?«

Der Neuwirt schüttelte den Kopf und machte sich los. »Wir dürfen nicht darüber reden«, wiederholte er. »Es bringt Unglück, von der Wilden Jagd zu sprechen. – Sie wird wiederkommen, die Katharina. Sie hat nichts mit diesen Dingen zu tun, alles wird gut.«

Er stürmte ohne Gruß aus dem Zimmer. Lisa und Max hörten deutlich, wie er auf dem Flur erneut aufschluchzte, bevor der Fahrstuhl ihn nach unten brachte.

»Interessante Theorie«, erklärte Max, nachdem er zunächst wortlos eine dick mit Butter bestrichene Brezel und eine ordentliche Portion Rührei mehr oder weniger hinuntergeschlungen hatte. Während Lisa vor ihrem Müsli saß und jede Rosine und jede Nuss einzeln aus dem Joghurt fischte, bevor sie sie in den Mund schob.

»Die Wilde Jagd ist nicht nur einfach so hinter allen Frauen her, sondern bestraft nur Frauen mit einem liederlichen Lebenswandel«, machte Max weiter. »Glaubst du, dass an dem Geschwätz etwas dran ist, Lisa? Oder ist es reiner Aberglaube, den sie sich so zurechtbiegen, wie es gerade passt? Ich meine, sie haben Angst, das ist klar, und sie suchen nach einer Erklärung für die Vorfälle hier, aber was soll das mit der Wilden Jagd? Es gibt keine Nacht, in der die Toten aus ihrem Reich gekrochen kommen! Kannst du das als Wissenschaftlerin bitte mal bestätigen? Wir reden doch hier nur von … Mythen und Sagen, die absolut nichts mit der realen Welt zu tun haben.« Er blickte zu Lisa. »Oder was?«

»Es ist komplizierter. Die Leute glauben daran, und damit sind solche Bilder und Geschichten eben auch fester Bestandteil ihres Alltags, zumindest in der Zeit der Rauhnächte. Der Krampus kommt aus den Nikolausspielen, als der strafende Begleiter des heiligen Nikolaus. Der Nikolaus belohnt die, die zu Reue und Buße bereit sind und … sich anständig benehmen, der kettenrasselnde Krampus bestraft alle anderen, denk an Knecht Ruprecht mit seiner Rute. Da hast du dieselbe Idee mit der Bestrafung von

Ungehorsam oder nicht angepasstem Verhalten. Und du kannst das nicht einfach als Geschwätz abtun. Es geht immer darum, bestimmte Tabus aufrechtzuerhalten, und jede Verletzung von Tabus wird mit Strafen geahndet. Das soll die Leute davon abhalten, sich gegen die Regeln aufzulehnen, indem sie sich einfach nicht an das halten, was als anständig oder normal gilt. So wie Frauen oder auch Mädchen, ›die mit Männern rummachen‹. Alles klar?«

Max zuckte mit der Schulter. »Ich bin Polizist, für mich darf nichts anderes zählen als ... Fakten, Tatsachen. Und mal ehrlich, du glaubst doch auch nicht an so was. Du forschst darüber, klar, aber du kannst doch immer noch unterscheiden zwischen Aberglauben und dem, was wirklich passiert! Außerdem ...« Er hob den Finger, als wollte er seinen nächsten Worten mehr Nachdruck verleihen, »außerdem würde diese Sache mit der Wilden Jagd bedeuten, dass es dann schon früher hätte passieren müssen, praktisch immer schon, aber soweit wir wissen, hat es ja erst vor ein paar Jahren überhaupt begonnen, mit der Frau, die hinterher vom Felsen gesprungen ist. Und danach gab es noch mal eine Pause, zwischen Laetitia und der Frau, die weggezogen ist ...«

»Maria Spechtenhauser.«

»Die meine ich, genau. Aber im Jahr davor war nichts. Wie willst du das erklären? War da die Wilde Jagd gerade unpässlich oder hatte was Besseres zu tun? – Was ist? Was hast du?« Max beugte sich über den Tisch und griff nach Lisas Hand. »Stimmt irgendwas nicht? Du bist gerade kreidebleich geworden.«

»Ich weiß es erst seit gestern, meine Oma hat es mir erzählt. Bevor ich dann durch den Schnee gestolpert und irgendwie in diesem Kuhstall gelandet bin. Mit dem Esel und allem anderen, woran ich mich nicht richtig erinnern kann.«

»Was? Was weißt du? Was hat deine Oma dir erzählt?«

»Es gab keine Pause zwischen den beiden Frauen, von denen du gerade geredet hast, auch in dem Winter dazwischen ist eine Frau verschwunden. Die sich dann hinterher umgebracht hat, indem sie vor einen Zug gesprungen ist. Von der Fußgängerbrücke am Bahnhof in St. Josef.«

»Und ... wer war das?«

»Meine Mutter.«

»Was?« Max fuhr so ruckartig zurück, dass er mit der Hand gegen den Kaffeebecher stieß. Ohne die schwarzbraune Brühe zu beachten, die sich über das weiße Tischtuch ergoss, stieß er hervor: »Deine Mutter? Sie hat Selbstmord begangen? Das wusste ich nicht, das tut mir leid. Und du hast gestern erst erfahren, dass sie vorher ebenfalls ...«

»Verschwunden war, ja. Meine Großeltern haben sich eine Geschichte ausgedacht, als Erklärung, dass meine Mutter während der Zeit der Rauhnächte nicht hier war. Und ich war ja schon lange weg, das Verhältnis zwischen mir und meiner Mutter war nicht das beste, wir haben kaum miteinander gesprochen.«

Lisa erzählte in ein paar kurzen Sätzen, was sie von ihrer Großmutter erfahren hatte.

Max unterbrach sie nicht, erst als sie sagte: »Mehr weiß ich auch nicht«, stellte er zögernd die Frage, die ihr bereits ebenfalls durch den Kopf gegangen war. Nachdem der Neuwirt vom liederlichen Lebenswandel der verschwundenen Frauen gesprochen hatte.

»Und deine Mutter ... Nimm es mir nicht krumm, aber sie war ... verwitwet, richtig? Du hast erzählt, dass sie dich und deine Schwester alleine großgezogen hat. Und gab es nach dem Tod deines Vaters wieder jemanden, mit dem sie vielleicht so was wie ein Verhältnis hatte?«

»Ich weiß es nicht, wirklich. Nicht solange ich noch im Dorf war, glaube ich jedenfalls nicht, das hätte ich ja bemerkt. Und danach – wie gesagt, wir hatten nicht mehr viel Kontakt.«

»Wir müssen in Erfahrung bringen, was da mit den anderen Frauen war. Ob es wirklich so was wie eine Gemeinsamkeit gab, beziehungsweise ob *das* die Gemeinsamkeit sein könnte. Das könnte ja tatsächlich ein Motiv sein für ... Ich weiß es nicht. Also, begonnen hat alles mit dieser ... Vroni? Aber warum erst da? Was sollte der Auslöser gewesen sein, den es vorher nicht gab?«

Lisa schloss die Augen und legte den Kopf in den Nacken. Sie zögerte, bevor sie sagte: »Es gibt noch einen Fall.« Ihre Stimme klang rau, Max runzelte die Stirn und musterte sie forschend, wartete aber, bis sie von alleine weitersprach. »Vielleicht, ich bin mir nicht ganz sicher, aber es könnte passen. Obwohl es zehn Jahre vorher war! Eine Freundin von mir …«

Lisa redete jetzt so schnell, als wollte sie unbedingt vermeiden, dass Max sie mit einer Zwischenfrage unterbrechen könnte. »Eine junge Frau, nur zwei Jahre älter als Katharina, um genau zu sein. Sie war auch verschwunden, und auch mit Beginn der Rauhnächte. Aber nicht die ganze Zeit, sie ist Silvester zurückgekommen. Oder Neujahr, also Neujahr haben sie sie gefunden. Nicht hier, sondern im Nachbartal drüben.«

Lisa merkte, wie sie kurz davor war, sich hoffnungslos zu verheddern. Aber es war egal, sie musste es zu Ende bringen. »Sie hatte sich im Schnee eingegraben, dicht neben einem Lawinenabgang, niemand weiß, wie viele Stunden sie da schon gelegen hatte, sie war unterkühlt, und sie hatte ein paar Knochenbrüche. Sie haben sie gleich ins Krankenhaus gebracht, nach St. Josef.«

Max wartete, erst als Lisa keinerlei Anzeichen machte, weiterzusprechen, fragte er: »Und?«

»Nichts und. Sie konnte sich an nichts erinnern.«

»Oder sie wollte sich nicht erinnern«, murmelte Max. »Sie wollte nicht darüber sprechen.«

Am Ende des Satzes ging seine Stimme ein wenig nach oben, es klang wie eine Frage. Als würde er mir einen Vorschlag machen, dachte Lisa. Ein Angebot, das ich ebenso gut annehmen wie ablehnen kann …

Sie zuckte mit den Schultern. »Kann sein. Ich weiß es nicht.«

»Was ist aus ihr geworden? Lebt sie noch? Könnten wir sie vielleicht befragen?«

»Sie ist weggezogen. Kurz danach. Ich habe keine Adresse«, setzte sie noch schnell hinzu.

Max nickte, als hätte er die Antwort erwartet. »Zehn Jahre zwischen … deiner Freundin und der nächsten Frau. Wieso? Und wieso von da an jedes Jahr?« Er schob seinen Stuhl zurück und fing an, im Zimmer auf und ab zu laufen. Immer fünf Schritte vom Fenster bis zur Tür und zurück. Wie ein Raubtier in einem Käfig, dachte Lisa.

Sie war überrascht, als er unvermittelt das Thema wechselte und sagte: »Der Pathologe hat keine Anzeichen von Fremdeinwirkung am Leichnam gefunden. Immer mit der Einschränkung, dass der Mann ja diese dicke Daunenjacke trug, also ein Stoß oder auch ein harter Griff nicht unbedingt Spuren hinterlassen musste. Sicher ist nur, dass das Horn präzise zwischen der dritten und vierten Rippe ins Herz gedrungen ist. Das *kann* bei einem Unfall passiert sein, er *kann* tatsächlich ausgerutscht und gestolpert sein, dabei hat er die Maske, die er in der Hand oder unter dem Arm trug, fallen lassen. Das Ding lag mit den Hörnern nach oben – und er ist dämlicherweise genau draufgeknallt. Ungefähr so exakt, wie sich ein Samurai sein Schwert in den Bauch stößt.«

»Du glaubst die Geschichte nicht?«

»Wenn wir wenigstens die Maske hätten …«, erwiderte

Max anstelle einer Antwort. »Vielleicht könnte man dann noch irgendeinen Hinweis finden, der die Theorie mit dem Unfall bestätigt. Oder definitiv widerlegt!«

»Was wäre die Alternative? Wenn es kein Unfall war, meine ich.«

»Jemand hat ihm die Maske genommen und sie ihm mit dem Horn direkt von vorn ins Herz gerammt«, erklärte Max, ohne zu zögern. Es war klar, dass er die Idee schon länger im Kopf hatte. Und sie auch auf ihre Wahrscheinlichkeit hin überprüft hatte, wie sein nächster Satz zeigte: »Wir haben es durchgespielt, der Pathologe und ich. Es hätte einiges an Kraft gebraucht, vor allem wegen der dicken Jacke, und den richtigen Winkel natürlich! Ein medizinisches Grundwissen wäre sicher hilfreich gewesen, um das Horn an der richtigen Stelle zwischen den Rippen durchzustoßen, ohne dass es vom Knochen abrutscht, aber ja, es wäre durchaus möglich. Genauso allerdings der Sturz, da hätte dann die Wucht des Aufpralls für die notwendige Kraft gesorgt, um Jacke und Fleisch zu durchdringen, wobei die Wahrscheinlichkeit, exakt die richtige Stelle zwischen den beiden Rippen zu treffen, bei eins zu zehn liegt. Wenn überhaupt!«

»Und wer?«

»Was meinst du?«

»Wenn es kein Unfall war. Wer könnte es gewesen sein? Jemand mit medizinischem Wissen – ein Arzt vielleicht? Eine Krankenschwester? Ein Rettungssanitäter …«

»Muss nicht sein! Selbst so was kannst du heute im

Netz finden, wahrscheinlich sogar als mehr oder weniger exakte Anleitung, wie du es am besten machst. Nein, aber wir brauchen auf jeden Fall jemanden mit genug Kraft, um das Horn aus kurzer Distanz durch die Jacke zu stoßen. Und …«

»Jemanden, der oder die das Opfer kannte, oder? Wäre das nicht die Voraussetzung dafür, dass Peter Kurz keine Gegenwehr geleistet hat? Ja oder nein?«

Max zog die Augenbrauen zusammen. »Du meinst, es kommt einer oder eine, den oder die er kennt, und ruft: ›He, Peter, darf ich mal deine Maske sehen? Oh, die Hörner sind aber wirklich schön spitz! Bleib mal bitte ganz ruhig stehen, damit ich auch die richtige Stelle treffe, wo dein Herz sitzt!‹ – So ungefähr?« Sein Sarkasmus machte deutlich, für wie unwahrscheinlich er selber eine solche Situation hielt.

»Nicht wirklich überzeugend«, stimmte ihm Lisa zu.

»Eben. Er musste den Täter nicht kennen, nicht zwangsläufig. Das ist wie mit dem medizinischen Wissen, könnte hilfreich gewesen sein, war aber nicht unbedingt nötig. Das bringt uns nicht weiter, aber vielleicht übersehen wir auch irgendwas! Dadurch, dass euer Dorfpolizist die Spurensicherung nicht dazu geholt hat, können wir ja noch nicht mal mit Sicherheit sagen, ob – im Falle eines Tötungsdeliktes – der Fundort der Leiche überhaupt mit dem Tatort identisch ist! Andererseits …« Max wiegte den Kopf hin und her, als hätte er noch eine Trumpfkarte im Ärmel. »Andererseits könnte ein Mord mit einer Krampusmaske auch auf ein Motiv hindeuten, das uns bei den anderen ... Unfällen fehlt. Und damit hätten wir hier womöglich einen konkreten Zusammenhang zu dem Verschwinden der Frauen, zumindest für den Zeitraum der letzten fünf Jahre. Die Krampusmaske, die Rauhnächte ...«

»Du meinst ...«

»Unser Gedanke mit der Rache, ja! Aber so lange wir nicht wissen ...« Max blieb abrupt stehen und ließ Lisa nicht aus den Augen, als er unvermittelt fragte: »Deine Freundin, von der du gesprochen hast: Wie eng wart ihr befreundet?«

»Was? Warum fragst du?«

»Gib mir einfach nur eine Antwort, bitte!«

»Gut. Na ja, Schulfreundinnen eben, wir waren in derselben Klasse kurz vor der Matura.«

»Aber sie hat dir nichts davon erzählt, was mit ihr passiert war? Ich meine, du hast sie doch bestimmt gefragt?«

»Wie ich gesagt habe, sie konnte sich nicht erinnern. – Ja, okay, vielleicht *wollte* sie auch nicht darüber reden.« Lisa biss sich auf die Unterlippe und wandte den Blick ab.

»Glaubst du, dass sie sich vielleicht ihrer Mutter anvertraut hat, zum Beispiel?«

»Kann sein, ja.«

»Aber die hat ihr nicht geglaubt!« Max hieb sich die Faust in die offene Hand. »Und es gab auch niemanden sonst, der ihr geglaubt hätte. Das gilt für deine Freundin wie für die anderen Frauen, die verschwunden waren! Ich fange langsam an, die Strukturen hier im Dorf zu verstehen, was der Neuwirt vorhin gesagt hat, erklärt ja einiges: Es ist besser, nicht darüber zu reden! Mit anderen Worten: Was nicht sein darf, ist auch nicht passiert. *Deshalb* redet hier niemand. Deshalb bringen sich die Frauen lieber um! Oder retten sich in einen Stupor oder ziehen weg und brechen alle Verbindungen ab. Weil es niemanden gibt, der ihnen zuhören würde, der bereit ist, ihnen zu helfen.«

Mit zwei schnellen Schritten war er bei Lisa und kniete sich vor sie. Seine Hände lagen fest auf ihren Knien, er zwang sie, ihn anzublicken. »Aber *ich* höre dir zu, Lisa! Und es geht um Katharina, wenn wir sie noch finden wollen, bevor es zu spät ist, dann rede mit mir. Jetzt! Erzähl mir alles!«

»Ich ... ich weiß nicht, wovon du sprichst, was soll das?«, stammelte Lisa. Sie warf den Kopf zurück und wand sich auf ihrem Stuhl, als wollte sie aufspringen und davonlaufen.

Ebenso unerwartet, wie er sie festgehalten hatte, gab er sie wieder frei und trat ein Stück zurück, bevor er ganz ruhig sagte: »Da am Wendelstein habe ich deine Narben gesehen, der doppelte Knöchelbruch, die lange Narbe am Knie. Skiunfall, hast du gesagt. Mehr wolltest du darüber nicht erzählen, aber ich habe es nicht vergessen. Und du warst achtzehn, als du das Dorf verlassen und jeden Kontakt mit deiner Mutter abgebrochen hast. Dein Fachgebiet an der Uni sind die Mythen der Rauhnächte. Mensch, Lisa, ich bin Polizist, aber auch jeder andere könnte eins und eins zusammenzählen. Du selber bist diese Freundin.

Und es gibt nur einen einzigen Grund, aus dem du zurückgekommen bist!«

Für einen Moment dachte sie wirklich, er würde sie verdächtigen. Max würde glauben, dass sie es gewesen war, die dem Mann auf der Brücke das Horn durchs Herz gestoßen hatte. Max war überzeugt, dass sie diesen Peter Kurz aus Zell am See gekannt hatte. Und dass das Motiv für den Mord Rache gewesen war!

Erst dann setzte das Begreifen ein. Es war ... noch viel schlimmer: Max wusste jetzt, was mit ihr geschehen war! Er kannte ihr Geheimnis, das sie all die Jahre so sorgsam gehütet hatte. Oder zumindest wusste er, dass sie eine der Frauen war, die Unaussprechliches erlebt hatten. Und denen niemand geglaubt hatte, nicht einmal die eigene Mutter.

»Max! Hör mir zu, bitte! Ich habe noch nie mit jemandem ... Ich weiß nicht, ob ich es jetzt kann. Ich wollte das alles für immer vergessen, aber es geht nicht. Und gleichzeitig ist da irgendetwas in meinem Kopf, was verhindert, dass ich ... mich wirklich erinnere. Ich kann es nicht anders erklären, aber es ist so, du musst mir glauben.«

»Es ist okay, Lisa. Lass dir Zeit. Ich werde dich nicht drängen. Trotzdem müssen wir ein paar Dinge klären ...«

»Du denkst doch nicht ernsthaft, dass ich ... etwas mit dem Toten auf der Brücke zu tun habe, oder?«

»Nein, tue ich nicht. Aber ich bin mir sicher, dass der Tod dieses Mannes auf irgendeine Weise mit den verschwundenen Frauen zusammenhängt. Sein Tod ebenso wie die anderen Unfälle. Wir müssen also nach Gemeinsamkeiten suchen.«

Aber sosehr sie sich auch die Köpfe zerbrachen, sie kamen immer wieder nur bis zu den Punkten, die sie ohnehin schon kannten: Die angeblichen Unfälle waren in den Rauhnächten passiert, die Männer waren alle gleich alt, der Schreiner aus dem Dorf passte nicht so richtig ins Bild, er war als Einziger kein Tourist, die anderen drei kamen zwar aus verschiedenen Städten, galten aber alle als Stammgäste, die seit sechs Jahren immer im Alpenhof abstiegen.

Zusammen mit den übrigen vier Männern, die Max bisher nur kurz gesprochen hatte, wie er jetzt erzählte. Wobei sie nicht sonderlich mitteilsam gewesen waren, das Gespräch hatte kaum mehr ergeben, als dass sie am Unfalltag gemeinsam mit Peter Kurz zum Skilaufen im Nachbartal gewesen waren. Und dass er abends nach dem Essen im Hotel noch einen Spaziergang hatte machen wollen. Sie hatten vergeblich in der Bar auf ihn gewartet, dann aber angenommen, »dass er vielleicht eine Touristin aufgegabelt und abgeschleppt hat«.

Von der Maske mit dem Kratzer wussten sie angeblich nichts, sie trugen ihre Masken ja auch nur zum traditionellen Perchtenlauf am Dreikönigstag und nicht schon vorher. Max hatte sie nochmals zu einer offiziellen Zeugenvernehmung aufs Revier laden lassen, den anberaumten Termin dann aber selber nicht einhalten können, als

Moni sich vollkommen aufgelöst bei ihm meldete, weil Lisa verschwunden war …

»Aber damit ist die Sache noch nicht vorbei für die Herrschaften, im Gegenteil, *jetzt* habe ich ein paar verdammt konkrete Fragen, die sie mir beantworten müssen! Sie waren immer zur selben Zeit im Hotel, aber woher kannten sie sich überhaupt? Haben sie sich beim ersten Mal durch Zufall getroffen, war das der Anfang? Oder kannten sie sich schon vorher? Waren sie also vielleicht mehr als nur Urlaubsfreunde? Und wir müssen herausfinden, ob es da womöglich noch andere Gäste gibt, denen sie aufgefallen sind, weshalb auch immer! Vielleicht weiß einer der Angestellten aus dem Hotel etwas, ich meine, wir reden immerhin von sieben Männern, von denen jetzt schon der dritte hier im Dorf tödlich verunglückt ist. Da müssen sich doch auch noch andere langsam mal anfangen zu fragen, was eigentlich los ist. Die Typen selber übrigens auch! Würde mir jedenfalls so gehen, ich weiß nicht, ob ich wirklich noch hierherkommen würde – oder nicht lieber darauf verzichten, als Nächster im Leichensack aus dem Weihnachtsurlaub zurückgeschickt zu werden.«

»Ich rufe Moni an, ob sie jemanden im Alpenhof kennt, der uns vielleicht ein paar Fragen beantwortet, Diskretion hin oder her. Wenn uns da jemand eine Tür öffnen kann, dann Moni!«

Max nickte. Aber Moni nahm das Gespräch nicht an. »Der Gesprächsteilnehmer ist zur Zeit nicht erreichbar.« Auch im Laden wusste niemand, wo sie war oder wann sie wiederkommen würde. Nur dass sie den Motorschlitten genommen hatte: »Wir haben ja oben am Gipfel noch ein kleines Geschäft, erst dieses Jahr eröffnet. Heute ist ordentlich was los, vielleicht will die Chefin sehen, ob alles passt.«

Lisa rief im Laden an der Bergstation an. »Ja, sie war hier«, bestätigte einer der Snowboard-Lehrer. Nach seinem Akzent zu urteilen bestimmt ein Holländer. Lisa war sich nicht sicher, ob sie ihn richtig verstand, als er hinzufügte: »Sie ist aber gleich weitergefahren mit dem Sneeuw-Scooter, wie auch in den letzten Tagen. Sie hat vielleicht einen Freund im anderen Tal.«

Als er »im anderen Tal« sagte, blitzte eine vage Erinnerung bei Lisa auf, sie bekam den Gedanken aber nicht richtig zu fassen.

Auch als sie ihr Handy noch mal checkte, gab es keine Nachrichten von Moni.

Max fing wieder an, im Zimmer auf und ab zu laufen. Sie kamen nicht weiter, sie steckten fest, nichts wollte zusammenpassen. Und Lisas Verstand weigerte sich, mehr preiszugeben als ein paar spärliche Erinnerungsfetzen: Sie war entführt worden, auf einer abgelegenen Berghütte gefangen gehalten, unter Drogen gesetzt. Sie wusste weder von wem entführt, noch wo diese Hütte gewesen war. Sie erinnerte sich auch an keine Details. Ihr war klar, dass ihr Verstand sie auf diese Weise vor etwas schützen wollte, was nicht mehr umkehrbar zu machen wäre.

Aber gleichzeitig spürte sie, dass es nur einen winzigen

Anstoß brauchen würde, um alles ans Tageslicht zu bringen. Es gab einen Unterschied zwischen ihr und den anderen Frauen – was immer vorher mit ihr geschehen war, sie hatte fliehen können, bevor ihre Qualen noch schlimmer geworden wären. Sie musste versuchen, ihre Geschichte von Ende her aufzurollen. Sie war entkommen, die Ausläufer einer Lawine hatten sie unter sich begraben, sie hatte eine Nacht im Schnee gelegen, bis sie gefunden worden war. Im Nachbartal! Das war es! Das war vielleicht der entscheidende Hinweis! Die Hütte, die neulich schon in ihrem Albtraum aufgetaucht war und an die sie sich seit den Stunden im Stall wieder deutlich erinnerte. An den Tisch, der von einem Hackklotz gestützt wurde, die Stühle, das schmutzige Laken. Diese Hütte musste also – auf der anderen Seite vom Berg liegen …

»Max!«

Aber noch bevor sie weiterreden konnte, griff er hart nach ihrem Arm und zog sie ans Fenster. »Da! Da unten, der Junge! Siehst du ihn? Zwischen den beiden Holzhütten mit Glühwein …« Max zeigte auf einen Jungen, der schreiend durch die Menge auf dem Marktplatz rannte und die Leute erschreckte. »Siehst du die Maske, die er aufhat? Das ist sie, das ist die Maske, die wir suchen, mit nur einem Horn! Beeil dich, bevor er verschwindet!«

Dann ging alles so schnell, dass es Lisa fast unwirklich vorkam. Als würde sie sich selbst in einem Film sehen, der im Zeitraffer über den Fernsehschirm rast – wie sie sich ihre Jacke greift, in die Stiefel steigt, hinter Max her die Treppe hinunterhastet, weil der Fahrstuhl im Erdgeschoss ist und viel zu lange bis zu ihnen hinauf braucht. Unten kommt ihnen die Neuwirtin mit einem voll beladenen Tablett entgegen, sie kann gerade noch zurückweichen, als Max an ihr vorbeistürmt, »'tschuldigung!«, ruft Lisa, dann sind sie an der Tür. Der Marktplatz liegt links, vor ihnen reihen sich die Buden und Stände an der Gasse entlang, auf einer Feuerschale werden Maronen geröstet, der Rauch zieht wie eine Wolke an den geschnitzten Fassaden der Häuser vorüber.

Es sind viele Leute unterwegs, die meisten sind Touristen, nur auf dem Platz vor dem Kaffeestand stehen ein paar Einheimische und tauschen Neuigkeiten aus. Die Touristen umlagern eher die Glühweinbuden, obwohl es gerade erst Mittag ist. In dem Trubel um sie herum fällt es schwer, sich zu orientieren, vor allem ein Kind zwischen den sich drängenden Menschen zu entdecken. Vom Fenster aus war das einfacher. Als Max abrupt stoppt, muss sich Lisa an seinem Arm festhalten, um nicht zu stolpern. »Was ist?«

Er wirbelt herum. »Da drüben, dort!«

Max ist größer als sie, er kann über die Köpfe hinwegblicken, ihr bleibt nichts anderes übrig, als ihm blindlings zu folgen. Sie schieben sich durch das dichte Gedränge am Glühweinstand vor ihnen. Als Lisa aus Versehen einen jungen Mann mit einem Elchgeweih aus pinkfarbenem Plüsch an der Mütze anrempelt, beschwert er sich lautstark, noch bevor sie sich entschuldigen kann, und Max zieht sie eilig weiter, jetzt erst begreift sie, wo er hinwill – gleich darauf entdeckt auch sie den Jungen, den sie von oben gesehen haben. Er ist am Kinderkarussell und will eben in den Feuerwehrwagen steigen, das kleine Mädchen, das da bereits auf der Bank hinter dem Lenkrad sitzt, fängt an zu weinen, seine Mutter schimpft mit dem Jungen, sie deutet immer wieder auf die Maske, die er trägt, er soll verschwinden.

Tatsächlich wirkt er furchterregend mit der hässlichen Fratze, den langen zotteligen Haaren, den buschigen Augenbrauen über den dunklen Höhlen und dem einzelnen Horn, das wie ein spitzer Dorn aus der zerfurchten Stirn ragt. Und die Maske ist dem Jungen viel zu groß, sein Körper scheint dagegen fast gnomenhaft, die dünnen Beine lassen ihn wie ein Streichholzmännchen aussehen. Als er über den Rand des Feuerwehrautos klettert, fängt das Mädchen an zu schreien, der Junge rückt mit Absicht so dicht neben sie, dass sie noch mehr Angst bekommt, die Mutter versucht vergeblich, ihn wieder aus dem Wagen zu zerren, das Karussell setzt sich langsam in Bewegung, die Lampen am oberen Rand blinken bunt, aus einem Lautsprecher klingt schrill und verzerrt ein Kinderlied.

»Halt! Stopp!«, ruft Max. »Halten Sie das Karussell an!« Der Mann am Steuerpult hinter dem Glasfenster hebt nur die Hand, als wollte er signalisieren: Alles gut, kein Problem.

»Sofort anhalten!«, brüllt Max wieder gegen den Lärm auf dem Markplatz an. Gleichzeitig springt er auch schon auf die feste Umrandung des Karussells und zeigt mit dem Finger auf den Jungen. »He, du da! Mit der Maske! Ich will mit dir reden!«

Als der Junge begreift, dass er gemeint ist, klettert er flink wie ein Wiesel aus dem Wagen und turnt im Inneren der sich drehenden Scheibe zur gegenüberliegenden Seite des Karussells hinüber.

»Lauf du da lang!«, ruft Max Lisa zu, »ich schneide ihm den Weg ab!«

Aber als sie hinter dem Karussell wieder zusammentreffen, ist der Junge verschwunden. Ratlos blicken sie sich um. Das Kinderkarussell steht am Rand des Markplatzes, von hier aus geht es nur in die dunklen Gassen des alten Dorfkerns.

»Da!« Lisa zeigt auf eine Fußspur im Schnee, die Abdrücke sind kaum halb so groß wie die der anderen Spuren. Und die Kanten sind scharf umrissen, gerade eben erst in den frischen Schnee gedrückt. Max und Lisa nicken sich zu, die Spur führt direkt in eine der Gassen, dicht an den Hauswänden entlang, bis zu einem Müllcontainer aus Metall. Der Neuschnee ist von dem halbrunden Deckel gerutscht, wie immer der Junge es geschafft hat, da hinauf und in das Behältnis hineinzukommen, war er doch nicht so schlau, wie er dachte. Die Spuren im Schnee verraten sein Versteck! Max und Lisa brauchen einen Moment, um wieder zu Atem zu kommen.

»Ganz ruhig, Junge«, sagt Max. »Wir tun dir nichts. Ich will nur wissen, woher du die Maske hast.«

Er streckt die Hand aus und will eben den schweren Deckel aufschieben, als der Container mit einem plötzlichen Ruck auf sie zugestoßen wird. So unerwartet, dass Max zurückstolpert und Mühe hat, nicht das Gleichgewicht zu verlieren. »He, was …«

Wie ein Blitz kommt der Junge hinter dem Container hervor, immer noch mit der Maske vor dem Gesicht, stößt Lisa beiseite und will sich an ihr vorbeidrängen, ohne zu überlegen, streckt sie ihr Bein vor. Als er lang hinschlägt, ist Max auch schon über ihm und drückt ihm die Hand zwischen die Schulterblätter.

»Ganz ruhig«, keucht er. »Ich bin von der Polizei, hörst du? Ich will nur über die Maske mit dir reden. Versprichst du, nicht wieder wegzurennen, wenn ich dich loslasse?«

Der Junge gibt keine Antwort, aber er hört auf, mit den Armen wild um sich zu schlagen und mit den Beinen nach Max zu treten. Max packt ihn am Ellbogen und zieht ihn hoch, dann nimmt er ihm die Maske ab.

Lisa ist überrascht, sie hatte einen Halbwüchsigen erwartet, aber der Junge vor ihnen kann höchstens zehn oder elf Jahre alt sein. Und sein Gesicht erinnert sie an jemanden, die Nase und der Mund mit den vollen Lippen. Aber sie kommt nicht darauf, wem der Junge ähnelt.

Seine Augen jagen wie wild zwischen Lisa und Max hin und her. »Gebt mir die Maske wieder«, stößt er wütend hervor, »das ist meine!«

Max schüttelt den Kopf. »Ist sie nicht, und das weißt du auch. Sie gehört einem Mann, der tot aufgefunden worden ist, hier im Dorf, vor ein paar Tagen. Sag mir bitte, woher du die Maske hast. Hast du sie irgendwo gefunden oder …«

»Quatsch«, unterbricht ihn der Junge. »Mein Vater hat sie mir geschenkt. Und wenn ich sie nicht wiederkriege, hole ich ihn, und er verhaftet euch.«

Im selben Moment weiß Lisa, woher sie die Gesichtszüge des Jungen kennt. »Du bist der Sohn vom Alois?«

»Was?«, entfährt es Max. »Von dem Dorfpolizisten?«

Der Junge beachtet ihn gar nicht mehr. Aber er starrt Lisa hasserfüllt an: »Ich kenne dich auch. Du bist die doofe Kuh, die sich in alles einmischt. Mein Vater sagt, du solltest besser wieder abhauen, du gehörst nicht hierher.«

Wie aufs Stichwort biegt ein Streifenwagen vom Marktplatz her in die schmale Gasse ein. Das Blaulicht zuckt grell durch das Schneetreiben, der Fahrer lässt einmal kurz die Sirene aufheulen, dann kommt der Wagen keine zwei Meter vor ihnen zum Stehen.

Alois steigt aus. Er ist allein. Als er auf sie zugeht, hat er die Hand am Pistolenhalfter.

»Hab ich doch gesagt«, meint der Junge zufrieden. »Jetzt seid ihr dran.«

Es war nicht mehr der brummig-gutmütige Alois, wie ihn Lisa noch an der Brücke erlebt hatte. Auch Max schien überrascht von dem Mann, der unmissverständlich deutlich machte, dass er hier im Dorf die Sachen so regelte, wie er es für richtig hielt. Egal ob das nun mit den gängigen Vorschriften vereinbar war oder nicht. Und jedenfalls würde er sich ganz bestimmt nicht von einem dahergelaufenen Sesselpupser aus Salzburg in die Suppe spucken lassen, wie er es formulierte.

Die Angelegenheit selber war recht schnell geklärt. An dem Tag, an dem sie den Toten an der Brücke gefunden hatten, hatte der Sohn vom Alois im Streifenwagen gesessen. Alois nahm ihn öfter mal mit auf die Dienststelle, wenn Valentins Mutter keine Zeit für ihn hatte. Weil sie ja schließlich auch arbeiten musste. Im Frisiersalon gleich neben dem Supermarkt. Und weil Valentin ja auch gerade Ferien hatte.

Aber natürlich hatte Alois den Jungen dazu verdonnert, an diesem Tag schön brav im Auto sitzen zu bleiben. »Weil er ja nicht unbedingt eine tote Leich zu sehen brauchte, noch dazu in aller Herrgottsfrühe.« Nur dass es dem kleinen Valentin irgendwann langweilig geworden war. Und als die Männer mit dem Abtransport des Toten beschäftigt waren, hatte er sich hinter ihrem Rücken zur Brücke geschlichen. Hatte die Maske entdeckt, die im zertrampelten Schnee lag, und sie schnell in der Kiste mit dem Streusand versteckt. Wo sie niemand vermutete, weil sie ja unmöglich von alleine dort hineingelangt sein konnte.

Als Alois und sein Kollege vom Rettungswagen zurückkamen und sie nicht mehr finden konnten, war deshalb die einzig logische Schlussfolgerung, dass sie wahrscheinlich bei dem ganzen Durcheinander in den Fluss gerutscht sein musste. Genau wie es der Alois dann auch in seinem Protokoll geschrieben hatte.

Valentin hatte sich die Maske am Nachmittag heimlich geholt und mit nach Hause genommen. Und Alois hatte ihn erst zwei Tage später beim Spielen mit dem Ding zufällig erwischt. Was sollte er da tun? Etwa das Protokoll noch mal neu schreiben? Oder vor dem Wichtigtuer aus Salzburg eingestehen, dass er schlampige Arbeit geleistet hatte? Und womöglich noch riskieren, dass der die ganze Geschichte bei der vorgesetzten Dienststelle meldete?

»Ist doch unnötig, da einen Zirkus draus zu machen. Wir wissen ja, was passiert ist. Es war ein Unfall, der Herr Kurz hat sich mit seiner eigenen Maske aufgespießt. Das abgebrochene Horn hat ja noch dringesteckt, da brauchten wir die Maske gar nicht, um den Fall zu klären. Und natürlich hab ich dem Bub verboten, damit in der Gegend rumzurennen und die Leute zu erschrecken, aber er hat sich nicht dran gehalten. Ihr habt ja wohl keine Kinder, da wisst ihr nicht, wie schwierig es mit so einem Zehnjährigen ist. Einen Sack Flöhe zu hüten, ist einfacher, glaubt's mir!«

»Elf, Papa, ich bin schon elf«, korrigierte der hoffnungsvolle Sprössling seinen Vater.

Ohne auf die von Alois vorgebrachten Einwände auch nur mit einem einzigen Satz zu reagieren, nahm Max dem Jungen die Maske ab, um damit nach Salzburg ins Kriminaltechnische Labor zu fahren.

Lisa wollte ihn gern begleiten, aber das lehnte er brüsk

ab. Als wollte jetzt wenigstens *er* alle Vorschriften beachten und ausschließlich nach Dienstanweisung handeln. Oder Alois zumindest keinen Anlass zu einer Retourkutsche bieten, indem er dienstliche und private Angelegenheiten allzu offensichtlich vermischte.

Lisa war verärgert. Und vor allem vollkommen ratlos, was sie tun sollte. Sie hatte gerade erst angefangen, Max tatsächlich zu vertrauen, er wusste jetzt etwas über sie, was sie noch keinem erzählt hatte. Und es kam ihr vor, als würde er sie im Stich lassen. Auch wenn sie wusste, dass sie maßlos übertrieb, war es ein Gefühl, als würde er sie plötzlich von sich stoßen und sie von allem ausschließen, was sie gemeinsam begonnen hatten.

Kaum dass Lisa wieder zu Hause bei Moni war, warf sie sich aufs Sofa und schob eine CD in den Player. Während sie in ohrenbetäubender Lautstärke U2 hörte, starrte sie unentwegt an die Decke. Als müssten sich dort irgendwann die Antworten auf alle ungeklärten Fragen abzeichnen, wenn sie es nur schaffte, diesen Wasserfleck über dem Fenster lange genug zu fixieren, der aussah wie eine Landkarte. Ein Tier. Ein Monster mit spitzen Zähnen und weit aus dem Maul hängender Zunge …

Eine halbe Stunde später kam Moni und legte sich zu ihr. Hielt sie lange einfach nur fest, bis sie schließlich flüsterte: »Du bist nicht alleine! Alles wird gut, glaub mir. Es wird ein Neubeginn für uns mit Gold und Licht und Segen, genau wie die alten Geschichten aus den Rauhnächten es vorhersagen.«

Noch später guckten sie sich einen Film im Fernsehen an und tranken dabei einen schweren Wein aus dem Burgenland. Lisa sah den Film, ohne auch nur die leiseste Ahnung zu haben, worum es ging. Mitten in eine Verfolgungsjagd hinein meldete ihr Handy eine SMS von Max. Er wollte über Nacht in Salzburg bleiben, weil die Ergebnisse aus dem Labor erst am nächsten Tag vorliegen würden. Es klang nicht so, als würde er es wirklich bedauern.

»Männer«, war Monis einziger Kommentar.

Als der Film zu Ende war, blieben sie noch eine Zeitlang dicht nebeneinander auf dem Sofa sitzen.

»Wo warst du eigentlich den ganzen Tag?«, fragte Lisa wie nebenbei. »Im Laden haben sie gesagt …«

»Pscht!«, flüsterte Moni und legte Lisa den Finger auf die Lippen. »Du musst nicht alles wissen. Lass mir ein paar Geheimnisse. Ich frage dich auch nicht nach Dingen, die nur dich etwas angehen.«

9. KAPITEL. 2. JANUAR

Gold, Licht, Segen.

Wenn der nächste Sturm schon heraufzieht

Lisa war überzeugt, dass Moni ihr irgendetwas in den Wein getan haben musste. Mindestens ein oder zwei Schlaftabletten! Es war die einzige Erklärung dafür, dass sie wie betäubt bis weit in den Vormittag hinein geschlafen hatte. Und sich auch jetzt fühlte, als wäre ihr Kopf in Watte gepackt.

Moni war schon wieder verschwunden, *Pass auf dich auf!*, stand auf dem Zettel, den sie unter den Karton mit den Schokopops geschoben hatte. Gleich neben Lisas Müslischüssel. *Pass auf dich auf!* und ein Herz daneben.

Lisas Handy meldete eine Nachricht:

Ich habe die Laborergebnisse. Ich bin auf dem Weg zurück zu dir. Unternimm nichts. Warte auf mich! Wir müssen reden.

Lisa hatte kaum zu Ende gelesen, als sie auch schon die Rückruftaste drückte. Er meldete sich sofort, seine Stimme war überlagert von Rauschen und Knacken.

»Ich fahre gerade ... Tunnel ... Kannst du mich hören?«

»Schlecht. Die Verbindung ist immer wieder weg.«

»... bist du? ... deiner Freundin?«

»Ja, bei Moni.«

»... da!«

»Was? Max? Bist du noch da?«

Für einen Moment hatte Lisa nur ein dumpfes Brummen im Ohr. Dann war Max' Stimme wieder klar und deutlich.

»So, jetzt sollte es besser sein, ich bin raus aus dem Tunnel. – Ist Moni zu Hause?«

»Ich bin eben erst wach geworden, sie ist schon zur Arbeit. Glaube ich jedenfalls.«

»Gut.«

»Was soll das heißen, Max? Was ist los?«

Die Fahrgeräusche waren jetzt wieder lauter. Wie ein auf- und abschwellendes Rauschen, unterbrochen von einer Hupe. Gleich darauf hörte sie Max unterdrückt fluchen.

»Die fahren, als gäbe es kein verdammtes Schneetreiben. Dabei sehen die doch genauso wenig wie ich! Und dann auch noch irgendwelche Touristen dazwischen, die garantiert schon seit Stunden hinterm Lenkrad hocken und auf den letzten Kilometern unbedingt noch mal Sebastian Vettel spielen müssen ... Entschuldige, was hast du gefragt?«

»Was hat das Labor herausgefunden?«

»Jede Menge Fingerabdrücke, vor allem natürlich von

dem Toten selber. Und von dem Jungen, Valentin. Außerdem von zwei weiteren Personen, der Größe nach ebenfalls Männer, ich tippe auf Alois und euren Holzschnitzer im Dorf, wir wissen ja, dass der da noch einen Schaden an der Maske ausgebessert hat. – Warte mal, da kommt wieder ein Tunnel! Das hat keinen Zweck, wir reden gleich weiter, wenn ich …«

Die Verbindung brach ab. Lisa wartete darauf, dass Max wieder anrufen würde, aber ihr Handy klingelte nicht, auch nicht, nachdem er längst wieder aus dem Tunnel raus sein musste.

Als fünf Minuten vergangen waren, rief sie seine Nummer erneut auf. Max nahm das Gespräch nicht an. Lisa wusste, dass er eine Freisprechanlange im Auto hatte. Es ging nicht um das schlechte Wetter, oder dass er beim Fahren nicht abgelenkt werden wollte, es musste einen anderen Grund dafür geben, dass er nicht reagierte …

Er ist noch nicht fertig gewesen mit seiner Aufzählung, dachte sie. Das Labor hat noch irgendetwas anderes entdeckt! Und wieso hat er überhaupt nach Moni gefragt?

Ihre Unruhe wurde immer stärker, je länger sie versuchte, irgendeine Antwort zu finden. Alle paar Minuten blickte sie auf die Uhr, als könnte sie die Zeiger zwingen, sich schneller zu bewegen.

Als sie Max' Dienstwagen endlich vor Monis Haus halten sah, hatte sie bereits die zweite Kanne Espresso getrunken. Sie ließ Max kaum Zeit für eine Begrüßung, stattdessen überfiel sie ihn sofort mit ihren Fragen.

Max schüttelte den Kopf. »Eine Sache erst mal vorweg, Lisa, damit du da Bescheid weißt. Wegen Katharina!« Lisa spürte, wie ihr Herzschlag aussetzte, aber Max redete schon weiter. »Ich war eben noch beim Neuwirt, deshalb habe ich so lange gebraucht. Aber ich habe jetzt sein Einverständnis, wir lassen Katharina offiziell suchen! Er wollte erst nicht, ich glaube, er hat Angst vor seiner Frau, dass die etwas dagegen hat, warum auch immer. Egal! Alle Polizeidienststellen werden umgehend benachrichtigt, jeder Streifenwagen bekommt Katharinas Foto.«

»Danke, Max«, stammelte Lisa erleichtert. »Das ist bestimmt richtig, vielleicht haben wir Glück, und irgendjemand hat sie gesehen oder …«

Max nickte nur kurz. »Hoffen wir mal. Und jetzt zu deinen anderen Fragen. Kommst du kurz mit? Du brauchst dir nichts überzuziehen, es dauert nicht lange.« Er trat vor ihr auf den kleinen Balkon von Monis Wohnung. Lisa verstand gar nichts mehr. »Drück deine Hand mal bitte in den Schnee.«

»Was?«

»Deine Hand! Streck die Finger aus und drück sie in den Schnee. Bitte! Ich will nur etwas sehen.«

Lisa bückte sich und folgte seiner Anweisung. Irritiert beobachtete sie, wie er ein Metallband mit Zentimetermarken aus der Tasche zog und die Länge vom Mittelfinger bis zum Handballen maß.

»Du hast große Hände für eine Frau«, erwiderte er auf ihren fragenden Blick. Aber sein ganzes Gesicht schien jetzt etwas auszustrahlen, was vorher nicht da gewesen war. Eine Genugtuung, als hätte die Größe ihrer Hand etwas bestätigt, was er schon angenommen hatte. Oder zumindest gehofft!

»Erklärst du mir vielleicht mal, was das Ganze soll?« Lisa war so gereizt, dass sie Max den Weg verstellte, als er an ihr vorbei zurück in die Wohnung wollte.

»Entschuldige, ich musste nur erst absolut sicher sein. Das Labor hat weitere Abdrücke entdeckt, aber von Handschuhen, Skihandschuhe, wahrscheinlich diese dünnen Dinger, zum Unterziehen, du weißt schon, und zwar vor allem am Rand und auf der Rückseite der Maske, direkt unter dem abgebrochenen Horn. Als hätte da jemand mit aller Kraft gegen die Maske gedrückt.«

»Ja und?«

»Nach der Größe sind es die Finger einer Frau. Kleiner als deine.«

Fünf Minuten später hatte Max auch einen der beiden Innenhandschuhe von Moni ausgemessen, die auf dem Schuhregal im Flur lagen. Lisa hatte es erst bemerkt, als sie schon im Wohnzimmer war und er ihr nicht folgte. Sie war verärgert, dass er sich den Handschuh hinter ihrem Rücken einfach genommen hatte, ohne sie zu fragen – und gleichzeitig erleichtert, weil auch Monis Hand nicht zu den Abdrücken auf der Maske passte.

»Immer mit der Einschränkung, dass sie natürlich andere Handschuhe getragen haben kann und so weiter, die Größe ist ziemlich ähnlich, aber die Abdrücke stammen von einer schmaleren Hand. Schmaler und mit einem deutlich längeren Daumen.«

»Du hast doch wohl nicht im Ernst geglaubt, dass die Moni den Mann auf der Brücke umgebracht hat!«, fuhr ihn Lisa an. »Warum hätte sie das tun sollen? Sie kannte ihn doch noch nicht mal!«

»Wieso bist du dir da so sicher?«

Lisa hatte wieder Monis Stimme im Ohr, als sie zusammen auf dem Sofa gelegen hatten: Du musst nicht alles wissen, lass mir meine Geheimnisse! Verdammt, dachte sie, was ist hier los, was übersehe ich?

Ohne eine Erklärung für Max rief sie Moni an. Sie ließ es so lange klingeln, bis sich die Mailbox einschaltete. Und sie wollte den Anruf gerade beenden, als sich Moni doch noch meldete. »Ja? Was ist? Ist alles in Ordnung mit dir? Ich hoffe, du hast keinen Brummschädel von gestern ...«

»Deshalb rufe ich dich an. Ich habe geschlafen wie tot. Hast du mir irgendwas in den Wein getan, ein Schlafmittel oder so?«

Die Pause war so lang, dass Monis Schweigen nur die Bestätigung für ihren Verdacht sein konnte. Aber die Antwort, die dann doch noch folgte, ließ Lisa heftig schlucken.

»Sag mal, spinnst du jetzt völlig? *Du* hast mich doch gefragt, ob ich dir eine Tablette geben kann! Du warst total durch den Wind und hast im Schlaf um Hilfe gerufen, weißt du das nicht mehr? Ja, ich hab dir was gegeben, damit du ohne noch einen Albtraum durch die Nacht kommst.«

»Ich erinnere mich nicht, es tut mir leid, entschuldige.«

Moni unterbrach die Verbindung ohne einen Abschiedsgruß.

Ihre Stimme war laut genug gewesen, so dass Max jedes Wort gehört hatte.

»Und? Glaubst du ihr?«, fragte Max.

»Hör auf, Max. Es wird albern! Lass Moni aus dem Spiel.«

»Gut. Vorschlag! Sind da Eier im Kühlschrank? Und Käse? Dann mache ich uns jetzt was zu essen, und dann reden wir.«

Während er sich in Monis Küche zu schaffen machte, verschwand Lisa unter der Dusche. Und nachdem sie das scharf gewürzte Rührei, das Max ihr servierte, restlos aufgegessen hatte, fühlte sie sich besser. Allerdings kreisten ihre Gedanken immer noch um die Frage, ob es wirklich stimmen konnte, was Moni behauptet hatte. Dass sie selber nach einem Schlafmittel gefragt hatte. Und sich nicht mehr daran erinnern konnte ...

»Okay?«, fragte Max. »Können wir reden? – Pass auf, ich kann es nicht erklären, aber ich glaube, dass das, was dir damals passiert ist, wovon du nur noch Bruchstücke weißt, dass du irgendwo gefangen gehalten worden bist, unter Drogen gesetzt und ... Also, was immer da mit dir geschehen ist, bevor du fliehen konntest, ich denke, dass den anderen Frauen, die verschwunden sind, etwas Ähnliches passiert ist. Deshalb sind sie weggezogen, haben sich umgebracht, sind in einer Nervenklinik gelandet oder für immer verstummt. Und du hast es verdrängt, dein Verstand will nicht zulassen, dass du dich erinnerst. Das reicht mir eigentlich, um anzunehmen, dass wir von einem identischen Hintergrund ausgehen können. Und damit bleibt die Frage nach der zeitlichen Lücke, die wir da haben, diese zehn Jahre, die zwischen dir und der nächsten Frau liegen. Aber stimmt das überhaupt, Lisa?«

»Ob was stimmt? Was meinst du?«

»Wann wolltest du es mir sagen? Jetzt komm schon, wir müssen darüber reden, es geht nicht anders. Es gibt keine Lücke von zehn Jahren! Es ist auch in der Zeit dazwischen passiert, einen Namen habe ich schon, den du auch kennst, besser als die meisten anderen.«

»Ich verstehe nicht ...«

»Doch, Lisa, du verstehst mich sogar sehr gut. Ich rede von deiner Schwester! War sie auch verschwunden? Gehe ich richtig in der Annahme, dass sie dasselbe erlebt hat wie du?«

»Woher weißt du das?«, stieß Lisa hervor. Sie hatte das Gefühl, keine Luft mehr zu bekommen. »Wer hat dir das erzählt, Max? Wer ...«

»Der Assistent vom Alois ist nicht so dumm, wie er ausschaut. Er sagt, du hättest da ein persönliches Problem, weil deiner jüngeren Schwester ebenfalls ... etwas zugestoßen ist, sie ist von einem Felsen gestürzt, sagt er, angeblich ein Unfall. Als sie sechzehn war! Kathi, richtig? Katharina, wie die Tochter vom ...«

»Nein!« Lisa hielt sich die geballte Faust vor den Mund.

»Nein, Max!« Ihre Stimme überschlug sich. »Ich meine, sie ist gestorben, ja, verunglückt. Aber es war nicht dasselbe, sie ist wirklich abgestürzt, sie ist nicht gesprungen. Und sie war auch nicht verschwunden. Hör auf, mich so anzusehen, du kannst mir glauben.«

Lisa schloss kurz die Augen, bevor sie weitersprach. »Die Kathi … sie war verschossen in einen Jungen aus der Klasse über ihr. Und der hat in der Schule damit geprahlt, dass er und sein Freund in den Ferien eine Gipfeltour machen würden, free climbing, also ohne Seile und Haken. Und sie würden noch einen dritten Mann brauchen können, falls sich einer trauen würde, sich zu melden.« Lisa schüttelte unbewusst den Kopf. »Meine Schwester, die dumme Nuss, hat sich beworben. Sie konnte echt klettern, ohne Frage, sie war gut, sie wollte später mal dasselbe machen wie unser Vater, Bergführer! Aber der Typ, auf den sie so stand, hat sie nur ausgelacht, eine solche Tour wäre nichts für Mädchen und die ganzen dämlichen Sprüche, die so zum Machogehabe dazugehören. Also wollte Kathi ihm beweisen, dass sie sogar mehr drauf hat als er! Und ist alleine und ohne jemandem etwas zu sagen an der Nordseite der Karspitze aufgestiegen, was fast unmöglich ist, das Gestein ist viel zu brüchig da, aber sie hat es trotzdem versucht – und ist abgestürzt. Die Bergrettung hat sie erst drei Tage später gefunden. Eingeklemmt in einer scheiß Felsspalte. Und das Handy hat ihr auch nichts mehr geholfen, das lag weiter unten, das letzte Foto war das Selfie von ihr, wie sie in der Wand hing.«

Max wollte etwas sagen, aber Lisa ließ ihn nicht zu Wort kommen. »Moment, Max. Wenn wir schon mal dabei sind, dann kann ich dir auch gleich noch erzählen, wie das mit meinem Vater war.«

»Aber was hat dein Vater mit ...«

»Nichts. Ich will einfach nur, dass du verstehst, was es eigentlich heißt, in einem Bergdorf zu leben! Also, hörst du zu?«

»Ich ... ja, erzähl!«

»Mein Vater, Bergführer im Sommer, Skilehrer im Winter. Und einer der Ersten hier, die überhaupt so was wie Skitouren für Touristen angeboten haben. Dabei ist es auch passiert, bei einer solchen Tour. Er hat eine Gruppe von vier Leuten über das Kar geführt, er hat immer genau gewusst, was er tut, er war vorsichtig, sehr vorsichtig! Es gab an dem Tag keine Warnstufe, nichts, aber trotzdem, durch irgendwas ist weiter oben eine Lawine ausgelöst worden. Und es war klar, dass sich die Gruppe von meinem Vater genau in der Bahn befand, die die Lawine nehmen würde. Du kannst einer Lawine nicht entkommen, aber du kannst ihre Richtung ändern. Und das hat er auch getan, er ist schräg vor ihr abgefahren und hat sie auf seine Spur gelenkt. Die Touristen sind mit dem Schrecken davongekommen, mein Vater ist unter den Schneemassen begraben worden.«

»Scheiße«, sagte Max leise. Er trat einen Schritt auf Lisa zu, als er sie an sich zog, ließ sie es willenlos geschehen.

»Halt mich ganz fest, bitte, lass nicht los«, flüsterte Lisa.

Sie standen lange, ohne etwas zu sagen, Lisas Augen brannten, aber es kamen keine Tränen. Nur ihr Hals kratzte, als hätte sie ihren letzten Satz nicht geflüstert, sondern herausgeschrien.

Als sie sich vorsichtig von ihm löste, murmelte Max: »Sorry, Lisa, es tut mir leid, wirklich.«

Sie strich sich eine Haarsträhne aus dem Gesicht. »Ist okay. Holst du mir ein Glas Wasser? Dann können wir da weitermachen, wo wir vorhin waren.«

Er ging wortlos zur Küchenspüle und ließ ein Glas volllaufen. Erst nachdem sie getrunken hatte, fragte er: »Ist das dein Ernst? Wirklich?«

»Wirklich.«

»Gut.« Max holte tief Luft. Lisa konnte sehen, dass er nicht wusste, wie er am besten beginnen sollte. Trotzdem war sein erster Satz dann mehr als irritierend. »Pass auf, Lisa, auch wenn es dir jetzt vielleicht komisch vorkommt, aber ich würde gern mehr darüber wissen, wie es so war hier für ... ein Mädchen, eine junge Frau. Du warst damals achtzehn, hast du gesagt?«

Lisa hatte nicht die geringste Ahnung, worauf er hinauswollte. Vielleicht ging es ihm auch nur darum, das Thema zu wechseln. Aber sie fühlte sich fast erleichtert, gerade war ihr alles lieber, als weiter an ihre Schwester denken zu müssen. An die Kathi. Und an den Vater, den sie gar nicht richtig gekannt hatte, weil er viel zu früh gestorben war.

»Noch nicht ganz«, antwortete sie auf Max' Frage, »ich bin erst im Mai achtzehn geworden, kurz bevor ich Matura gemacht habe.«

»Hier im Dorf? Die Matura, meine ich.«

»Nein, wir hatten hier früher nur eine Volks- und Mittelschule. Ich bin jeden Tag mit dem Bus nach St. Josef zum Gymnasium gefahren. Genau wie die Moni und noch ein oder zwei andere Mädchen aus dem Ort.«

»Nur Mädchen? Keine Jungen auf dem Gymnasium?«

»Ja, klar, aber nicht von hier. Die paar Jungen in unserem Alter, die aufs Gymnasium gegangen sind, waren als Externe im Internat. Internat Greifenfels, ganz hinten am Talende, mitten im Wald, ein ehemaliges Jagdschlösschen, noch aus der Zeit von Sissi. Angeblich soll sie sogar mal dagewesen sein. Es steht jetzt aber schon seit etlichen Jahren leer, weil es niemand kaufen wollte, nachdem das Internat geschlossen wurde.«

Max zog die Augenbrauen zusammen. »Geschlossen? Warum?«

»Ganz genau weiß es niemand. Offiziell hieß es immer, es würde sich nicht mehr rechnen, aber es gab auch Gerüchte, dass die damalige Leiterin irgendwelche Gelder unterschlagen hätte. Ich glaube allerdings, das war eher vorgeschoben, in Wirklichkeit sind da ganz andere Sachen passiert, so was wie Missbrauch. Ich habe keine Ahnung, wie weit das wirklich ging, aber der Toni hat ein paarmal von körperlichen Züchtigungen erzählt, es gab fürchterliche Strafen, wenn sie bei etwas erwischt wurden, was verboten war. Nicht so sehr für die Externen, betroffen waren vor allem die, die da auch gewohnt haben.«

»Toni?«, hakte Max nach.

»Der Sohn vom Xaver. Toni ist auch Holzschnitzer, er hat eine eigene Werkstatt hier im Dorf.«

Als Max sie weiter forschend anblickte, erklärte sie: »Ich war mal mit ihm zusammen, er war mein erster fester Freund. Fast ein Jahr lang, bis zur Matura. Und er war als Externer auf Greifenfels«, sprach sie schnell weiter, um zu vermeiden, dass ihre Geschichte mit Toni zu viel Gewicht bekam.

»Ich war auch einmal mit ihm da«, setzte sie dann aber doch noch hinzu, »bei einer Silvesterfeier, zu der sie alle jemanden mitbringen durften. Es war furchtbar, wie in einem Spukschloss, das ganze Haus war düster und kalt und roch so muffig, als würde nie ein Fenster aufgemacht, ich fand, es roch nach Angst und ...«

»Was ist?«, fragte Max, als Lisa stockte und sich dann die Hand vor den Mund schlug. Ihre Lippen zitterten, als sie fast unhörbar flüsterte: »Es war in dem Jahr, in dem sie mich ... O Gott!«

Lisa griff nach Max' Hand und drückte seine Finger so fest zusammen, dass er vor Schmerz das Gesicht verzog. »'tschuldigung, das wollte ich nicht. Aber ich weiß jetzt, was genau zehn Jahre später war! Die Pause von zehn Jahren zwischen mir und der Vroni Neuhauser, es gibt vielleicht eine Erklärung dafür, Max!«

»Ich verstehe noch nicht ...«

»Warte! Bevor Greifenfels geschlossen wurde, gab es noch mal ein großes Jubiläumstreffen: Zehn Jahre, nachdem der Toni und seine Freunde da Matura gemacht haben, waren sie alle noch mal da! Meine Großeltern haben mir den Zeitungsartikel geschickt. Und die Feier war zwischen Weihnachten und Silvester, keine Ahnung warum, vielleicht weil sie da alle nicht arbeiten mussten. Aber es könnte sein, dass auch diese Stammgäste, wie der Tote von der Brücke, die hier jedes Jahr herkommen, dass die …«

»Auch auf diesem Internat waren?«

Lisa nickte. »Ja! Ist das vielleicht die Verbindung?« Sie blickte fragend zu Max, der an ihr vorbei ins Leere starrte. »Ich meine, weil der Tote von der Brücke genauso alt ist wie Toni, also vielleicht zusammen mit ihm auf Greifenfels Matura gemacht hat! Das müsste sich doch ganz einfach rauskriegen lassen, ob sie alle auf dem Internat waren oder nicht. Aber es macht keinen Sinn, oder? Warum sollten irgendwelche ehemaligen Internatsschüler …«

»Verdammt!« Max hieb mit der Faust auf den Tisch. »Als ich den Holzschnitzer vernommen hab, da hat er was davon gesagt, dass er den Toten schon ewig kennt, ich hab's wieder im Ohr, ›Noch aus der Zeit, als der Bub im Internat war‹. Ich bin nur nicht drauf gekommen, dass es ein Internat hier im Tal war, ich habe einfach gedacht, irgendwo, völlig egal wo! Der Alte wollte nur sagen, dass er den Mann schon kannte, als der noch ein Schüler war, mehr nicht. Deshalb habe ich es auch gleich wieder vergessen, es war nicht weiter wichtig.«

Max schob seinen Stuhl zurück. »Gehen wir. Besuchen wir die Herren im Hotel und lassen sie mal ein bisschen was erzählen. Die guten Freunde vom Internat! Mensch, Lisa, wenn das stimmt, wenn die sich alle von da kennen, dann …« Er stutzte. »Wer aus dem Dorf war noch als Externer da, außer Toni?«

»Fast alle aus Tonis Clique. Sein bester Freund Sepp, der Carlo vom Taxibetrieb, der Flachhuber Florian aus der Schreinerei.«

»Augenblick, ist das nicht der, der auch einen Unfall hatte?«

»Ja, stimmt, aber …«

»Er hat bisher nicht ins Bild gepasst, weil er nicht zu den Stammgästen aus dem Hotel gehörte, sondern einer aus dem Dorf war. Jetzt gibt es plötzlich eine ganz andere Gemeinsamkeit, wenn wir uns nicht irren.«

Lisa schluckte, bevor sie mit rauer Stimme sagte: »Der Sepp, Tonis Freund, ist auch tödlich verunglückt! Oben auf der Passstraße. Das war schon in dem Jahr, bevor … das mit mir passiert ist.«

Max war so bleich, dass die Schatten unter seinen Augen wie dunkle Ringe wirkten. Lisa konnte deutlich sehen, wie angespannt seine Körperhaltung war, als er eine Art vorläufiges Fazit zog: »Wenn es stimmt, wenn die Männer aus dem Hotel ebenfalls auf diesem Internat waren, dann haben wir … drei tote ehemalige Internatszöglinge, plus womöglich noch zwei Externe vom Dorf. Erscheint mir ein bisschen zu viel, um daraus kein Muster abzuleiten. Also los, Lisa, holen wir uns ein paar Antworten.«

Sie liefen zu Fuß zum Alpenhof hinüber, Lisa nahm den Weg am Fluss entlang, zum rückwärtigen Eingang über die Sonnenterrasse des Hotels.

Max folgte ihr schweigend. Jeder war mit seinen eigenen Gedanken beschäftigt.

Der Schnee wirbelte fast waagerecht vom Berg herüber, die Gondeln vom Skilift waren nur verschwommene Flecken. Lisa erkannte die Frau, die ihnen auf dem schmalen Pfad entgegenkam, erst, als sie nur noch ein paar Meter voneinander entfernt waren.

»Du, Großmutter? Was machst du hier? Und was ist das für ein Hund?«

»Ist nicht meiner, ich führ ihn nur aus.«

Die Großmutter verlor kein Wort darüber, dass sie ja mehr oder weniger im Bösen auseinandergegangen waren, im Gegenteil, sie ließ es sich nicht nehmen, Lisa jetzt zur Begrüßung überschwänglich in die Arme zu schließen.

»Ich wünsche dir ein gutes neues Jahr, mein liebes Kind!«

Kein Wort davon, dass die Leute, die nach Lisa gesucht hatten, ja als Erstes bei ihr gewesen waren. Und dass sie natürlich schon längst über Lisas Silvesternacht im Stall bestens informiert war!

»Und Ihnen natürlich auch alles Gute«, wandte sie sich

stattdessen an Max, der ihre eindeutig gespielte Herzlichkeit stirnrunzelnd beobachtet hatte. »Sie sind ein ... Freund von der Lisa?«

Max lächelte, ohne die Frage zu beantworten. »Max. Max Gruber aus Salzburg. Major bei der Landeskriminalpolizei.«

»Ach du je, von der Polizei. Und gleich auch noch ein Major!« Die Großmutter schlug sich die Hand vor den Mund. »Aber Sie wollten doch wohl nicht die Lisa verhaften?« Sie drohte Max mit dem Zeigefinger. »Da bekommen Sie es nämlich mit mir zu tun, Herr Major!«

»Keine Sorge«, lachte Max sie jetzt ganz offen an. »Ich verhafte grundsätzlich nur Leute, die etwas ausgefressen haben. Die Lisa hab ich schon überprüft. Aber wie ist es mit Ihnen? Haben Sie vielleicht ein Geständnis abzulegen?«

Die Situation war bizarr, ein plötzlicher Windstoß riss Max die Worte aus dem Mund, kaum dass er sie gesagt hatte. Gleich darauf schien es, als hätte der Wind genug gewütet, der Schnee rieselte jetzt wieder senkrecht vom Himmel, wie in einem Bilderbuch.

Die Großmutter war eindeutig irritiert von Max' Erwiderung.

»Was? Wie meinen Sie das, ob ich ein Geständnis ... Nein, ich habe Ihnen nichts zu sagen, gar nichts.« Ihr Mund schloss sich zu einem schmalen Strich, hastig zog sie den Hund dichter an sich, als bestünde die Gefahr, dass Max ihn ihr abnehmen wollte.

Der Hund zitterte und zerrte an der Leine. Lisa kannte sich mit Rassen nicht besonders gut aus, sie nahm an, dass der kleine Kerl irgendein Mischling war. Als sie sich zu ihm bückte, leckte er eifrig ihre Hand ab.

»Wie heißt er?«

»Amadeus.«

»Amadeus! Schöner Name für einen kleinen Hund«, erklärte Max, ohne eine Miene zu verziehen, während er fröstelnd den Kragen seiner Jacke hochschlug. »Wie der Mozart, was?«

»Zu dem Namen kann ich nichts.«

»Sag dem Großvater einen schönen Gruß, ja?«, beendete Lisa das merkwürdige Aufeinandertreffen. Inzwischen war sie sich nicht mehr sicher, ob es wirklich nur ein Zufall gewesen war.

Max musste etwas Ähnliches gedacht haben, sie hatten sich kaum verabschiedet, als er sein Gesicht dicht an die Kapuze ihres Parkas schob und fragte: »Glaubst du, sie hat uns aufgelauert? Sie wollte doch etwas ganz Bestimmtes von uns wissen, oder täusche ich mich da?«

»Zumindest habe ich noch nie gehört, dass sie den Nachbarshund ausführt. Sie mag keine Hunde, das weiß ich. Und klar, das halbe Dorf wird inzwischen schon darüber diskutieren, was das mit uns beiden wohl ist. Trotzdem konnte sie unmöglich ahnen, wo sie uns zu welcher Zeit erwischt, und bei dem Wetter wird sie auch nicht länger als nötig draußen rumrennen.«

Lisa blickte in die Richtung, in der die Großmutter sich

entfernt hatte. Sie hatte den Hund jetzt hochgenommen und stapfte quer über die Schneefläche zur Straße hinüber.

»Mit fällt gerade noch was ein, Max. Meine Oma hat neulich auch erzählt, dass sich eine Frau aus dem Dorf nach mir erkundigt hat, was ich hier eigentlich machen würde. Die ehemalige Leiterin von Greifenfels, Frau Pracht … Aber ich hatte nie etwas mit ihr zu tun, deshalb ist das doch merkwürdig, oder? Ich meine, dass sie nach mir fragt.«

»Interessant.« Max hob den Zeigefinger. »Pass auf, wir nehmen uns jetzt erst die Männer vom Hotel vor. Und danach diese Frau vom Internat. Weißt du, wo sie wohnt? Natürlich weißt du das, dumme Frage von mir.«

An der Rezeption in der Hotellobby empfing sie der Jüngling, der Lisa und Moni drei Tage vorher bedient hatte. Er erkannte Lisa auf Anhieb und versuchte, seine Verlegenheit mit umso größerer Forschheit zu überspielen, während ihm schon wieder die Röte ins Gesicht stieg.

Max schob seinen Ausweis über den Tresen.

»Es geht noch mal um den Stammgast von Ihnen, der Weihnachten tot aufgefunden wurde. Wir haben ein paar Fragen an die Herren, die ich in dem Zusammenhang neulich bereits als Zeugen vernommen habe.« Er zog einen Computerausdruck aus seiner Jackentasche und legte ihn ebenfalls auf die polierte Holzplatte des Empfangstresens. »Erich Bretschneider, Chris Neuhofer, Thomas Kreiner. Und Heinz Schaffsky, falls der inzwischen eingetroffen ist, neulich hieß es, er würde erst ein paar Tage später kommen. Könnten Sie bitte sehen, ob vielleicht einer der Herren auf seinem Zimmer ist oder im Spa oder ... was weiß ich, aber bei dem Sauwetter sind sie ja wahrscheinlich nicht unbedingt auf den Berg gefahren.«

Der junge Mann warf einen flüchtigen Blick auf die Liste der Namen, bevor er großspurig sagte: »Dachte ich mir schon. Da muss ich nicht nachsehen.«

»Bitte was?«

»Das darf ich Ihnen eigentlich gar nicht sagen, Diskretion, Sie verstehen? Aber in Ordnung, weil Sie die Polizei sind, mache ich eine Ausnahme ...« Sein Blick flackerte zu Lisa hinüber, als wollte er von ihr bestätigt haben, dass er gerade keinen Fehler machte. Und dass Max wirklich ein Polizist war!

»Ich warte«, kam es von Max. Als hätte er Mühe, sich noch länger zu beherrschen.

»Ausgescheckt, alle drei. Und der Herr Schaffsky wird nicht mehr kommen, hat telefonisch abgesagt.«

»Wann?«

»Die telefonische Absage oder ...« Der junge Mann hob die Hände. »Ist ja schon gut, die Herren haben heute Morgen ausgescheckt. Und die Absage von dem Herrn Schaffsky kam praktisch parallel. Die anderen drei Herren hatten es übrigens sehr eilig, wenn ich das mal so formulieren darf! Normalerweise gibt es in solchen Fällen ja immer eine Diskussion, weil die Gäste dann nicht für den gesamten Zeitraum zahlen wollen und ...«

»Was soll das heißen?«, unterbrach ihn Max.

»Nun, das ist nicht so schwierig. Die Herren hatten ja alle bis einschließlich 6. Jänner gebucht. Aber nun sind sie eher abgereist, haben allerdings anstandslos auch für die noch verbleibenden Tage mitgezahlt. Wie gesagt, es schien ihnen wichtig zu sein, uns möglichst schnell zu verlassen. Ich weiß nicht, ob ich das jetzt überhaupt sagen darf, aber ...« Er senkte seine Stimme und sah sich demonstrativ um, ob sie wirklich alleine an der Rezeption waren. »Ich glaube nicht, dass die Herren nach Hause gefahren sind. Sie haben sich nämlich von mir gestern die Namen von Hotels im Nachbartal nennen lassen, natürlich alles nur Häuser von vergleichbarer Qualität. Mehr weiß ich allerdings nicht, außer ...« Erneut warf er einen unsicheren Blick zu Lisa. »Ihre Freundin, also ich meine die Chefin vom Skigeschäft drüben, mit der Sie neulich hier waren ...«

»Ja?«, fragte Lisa. »Was ist mit ihr?«

»Die war noch mal da, auch gestern! Und da hat sie ebenfalls nach den Herrschaften gefragt. Ich war selber an der Rezeption, so wie heute. Und ich weiß noch, dass ich es ... merkwürdig fand, weil sie die Namen der Herren gar nicht kannte, sie hat nur gefragt, ob ich wüsste, wer von unseren männlichen Gästen zu den Ehemaligen aus dem Internat gehört. ›Männliche Gäste‹, genau so hat sie gesagt, ›alleine, ohne Frau oder Familie, wahrscheinlich miteinander befreundet‹. Also ich wusste noch nicht mal, dass es hier überhaupt ein Internat gegeben hat! Aber der

Tote, der war da wohl gewesen und die anderen vielleicht auch, die kannten sich nämlich alle. Haben auch am selben Tisch im Speisesaal gesessen und abends immer zusammen in der Bar gehockt.«

»Haben Sie das auch der Chefin vom Laden gesagt? Und ihr die Namen verraten?«

Der junge Mann wand sich sichtlich. »Na ja, also nicht so direkt. Es kann aber sein, dass ich die Buchungsliste im Computer aufgerufen habe, und da kann sie natürlich auch die Namen gesehen haben. Also, weil, sie stand ziemlich dicht neben mir und ... äh ...«

»Hat sie denn dann mit den Männern gesprochen?«

»Also gestern jedenfalls nicht, da waren die alle noch auf dem Berg zum Skilaufen. Aber als sie zurückkamen, hab ich sie natürlich informiert, dass nach ihnen gefragt worden ist. Ein bisschen später ist dann einer von ihnen zu mir gekommen, um sich nach den Hotels im Nachbartal zu erkundigen.« Er tippte sich an die Nase. »Ich schätze mal, dass die Herren das dann miteinander besprochen haben und entschieden abzureisen. Aber bittschön, das mit den anderen Hotels wissen Sie jetzt nicht von mir, darf ich mich da auf Sie verlassen?«

10. KAPITEL, 3. JANUAR

Verbindung mit dem Göttlichen.

Wenn Dinge geschehen, die niemand vorhersehen kann

Es war bereits nach Mitternacht, als Lisa Monis Schlüssel im Schloss hörte.

Lisa hockte auf dem Fußboden im Wohnzimmer inmitten der Notizzettel, die sie vor und neben sich ausgebreitet hatte. Und die kein Muster erkennen lassen wollten, egal wie oft Lisa sie hin- und herschob oder ein Blatt gegen ein anderes austauschte, einen Namen ausstrich, einen anderen hinzusetzte, neue Pfeile oder Kringel malte, mit denen sie für ein paar Minuten glaubte, endlich einen Zusammenhang hergestellt zu haben.

Und dann war es jedes Mal doch wieder nur eine neue Sackgasse, die nicht weiterführte. Vor allem deutete nichts auf eine Spur hin, die zu Katharina führen könnte! Es schien keinerlei Verbindungen zu geben, weder zu den anderen Frauen, die in den letzten Jahren verschwunden waren, noch zu den ehemaligen Internatsschülern, die jetzt als gestandene Männer immer noch zu den Rauhnächten anreisten, um am traditionellen Perchtenlauf im Dorf teilzunehmen. In der »Nacht der Wunder«, vom fünften auf den sechsten Januar, wenn sich der lange Zug der verkleideten Gestalten im Licht der Fackeln durch die Gassen schob.

Kurz nach ihrem Besuch im Hotel hatten Max und Lisa eher durch Zufall die Fotos im Netz entdeckt, mit denen der Tourismusverein für das alljährliche Rauhnächte-Spektakel warb. Fremdartige, in Tierfelle gehüllte Wesen mit Masken, ein furchterregender Krampus mit einer Kette am Bein, der mit einer langen Peitsche den Zug anführte, ein zotteliger Ziegenbock mit zwei Köpfen, und immer wieder Masken, eine angsteinflößender als die andere. Und dann plötzlich die Großaufnahme einer Maske, die sie sofort erkannten! Die Maske, mit der der Junge vom Dorfpolizisten die Leute auf dem Markt erschreckt hatte, noch mit beiden Hörnern, noch bevor der kleine Valentin sie sich heimlich genommen hatte.

Der Leiter des Tourismusbüros war überrascht gewesen, als sie bei ihm im Laden auftauchten und wissen wollten, ob es eine Möglichkeit gäbe, mehr zu den Teilnehmern vom Perchtenlauf zu erfahren. »Wir brauchen Namen!«, erklärte Max. »Kriegen wir irgendwie raus, wer hinter den Masken steckt?«

»Alles Leute vom Heimatverein hier, der das Ganze auch organisiert. Und natürlich unsere ›Greifenfelser‹, wie wir sie nennen, das ist eine Gruppe von Männern, die früher auf dem Internat am Talende waren und die jedes

Jahr extra nur für den Umzug anreisen, von Graz, Innsbruck, Wien. Aber ihr habt's mehr Glück als Verstand«, setzte er dann triumphierend hinzu, »ich kann sie euch zeigen, mit Namen sogar!«

»Sie haben die Namen?«

»Sie lassen jedes Jahr zum Schluss von unserem Fotografen noch ein Gruppenfoto von sich machen, ohne die Masken, das wir ihnen dann zur Erinnerung schicken müssen. Machen wir aber gerne, weil sie ja auch alle eine der berühmten Xaver-Masken haben, das ist schon etwas Besonderes, wenn die da im Zug mitlaufen. Und es sind ja auch alles hochgestellte Persönlichkeiten, das kommt noch hinzu! Da schaut's, einen Abzug habe ich hier noch herumliegen, der Fotograf hat hinten drauf die Namen notiert, von links nach rechts, denke ich mal ...«

Die Namen waren identisch mit den Männern aus dem Hotel. Da das Foto bereits vor zwei Jahren aufgenommen war, gehörten noch ein Georg Zitterbart und natürlich Peter Kurz zu der Gruppe. Der Richter aus Wien, der dann erfroren im Wald gefunden worden war, und der Architekt aus Zell am See mit dem Ziegenhorn im Herzen, der jetzt in der Pathologie in St. Joseph lag ...

Moni brachte einen Schwall kalter und feuchter Luft mit ins Zimmer. Lisa meinte, vage den Geruch nach Benzin wahrzunehmen – so hatte auch der Großvater immer gerochen, wenn er mit der Motorsäge gearbeitet hatte. Wobei Moni wahrscheinlich eher mit dem Schneescooter unterwegs gewesen war.

»Bin ich auch irgendwo dabei?«, war Monis einziger Kommentar zu Lisas Zettelsammlung, als sie grußlos hinter Lisa vorbei in die Küche lief.

Lisa hörte, wie sie die Flasche aus dem Kühlschrank nahm und sich ein Glas Sekt einschenkte. Das sie offensichtlich auch sofort leerte, gleich darauf schenkte sie sich noch mal nach, dann klappte wieder die Kühlschranktür, Moni kam zurück ins Zimmer und ließ sich aufs Sofa fallen.

Lisa deutete auf den Zettel neben dem Blatt mit den Namen der Ehemaligen aus dem Internat. MONI stand da in Großbuchstaben. Und ein Fragezeichen dahinter.

»Du und die Ehemaligen vom Internat«, sagte Lisa leise. »Gibt es da eine Verbindung? Du hast immerhin nach ihnen gefragt.«

Moni ließ sich Zeit mit ihrer Antwort. In kleinen Schlucken schlürfte sie ihren Sekt, ohne sich auch nur einmal vorzubeugen, um einen Blick auf Lisas Notizen zu werfen.

»Sagt wer?«, wollte sie dann wissen.

»Der junge Mann an der Rezeption. Er behauptet, du warst im Alpenhof und hast nach den Typen gefragt. Und das Internat erwähnt. Also wusstest du ...«

»Falsch.« Moni setzte ihr Glas so heftig auf den Couchtisch, dass ein paar Sektspritzer auf der Oberfläche landeten. »Ich bin darauf gekommen, weil ich ... Ist ja auch egal, spielt keine Rolle. Ihr seid offensichtlich auf dieselbe Idee gekommen, du und dein Detektivgspusi! Dann kannst du mir auch gleich mal erzählen, was die Herren so zu sagen hatten. Die waren nämlich gerade am Berg oben zum Skilaufen, als ich nach ihnen gefragt habe ...«

»Und bei uns hatten sie bereits ausgecheckt«, erwiderte Lisa, während sie Moni aufmerksam musterte.

»Was? Die sind weg? Aber wieso? Das kann nicht sein!«

Monis Reaktion war so heftig, dass es unmöglich gespielt sein konnte. Sie hat es noch nicht gewusst, dachte Lisa.

»Ist aber so. Und wenn der Typ von der Rezeption sich nicht irrt, haben sie sich entschieden abzureisen, nachdem er ihnen erzählt hatte, dass du nach ihnen gefragt hast. – Was wolltest du überhaupt von ihnen?«

Moni zuckte mit den Schultern.

»Dieses Scheißinternat«, sagte sie dann. Lisa sah, wie sie sich kurz die Hand vor den Mund presste, bevor sie weiterredete.

»Weißt du eigentlich, was damals los war auf Greifenfels? Der Scheiß, der da gelaufen ist zwischen den Externen von uns aus dem Dorf und den blasierten Söhnchen irgendwelcher reichen Eltern, die ihre Zöglinge da untergebracht hatten, um ihnen gleich die richtigen Kontakte für später mit auf den Weg zu geben ...«

»Ich verstehe nicht ganz, was du meinst, Moni. Ich weiß, dass sie verprügelt worden sind, das hat der Toni mal erzählt, es muss teilweise schlimm gewesen sein, mit drakonischen Strafen, manchmal nur für Kleinigkeiten wie rennen auf den Gängen oder beim Essen reden. Und wenn jemand abgeschrieben hat sowieso, oder seine Hausaufgaben nicht gemacht hatte ...«

»So, das hat dir also der Toni erzählt, ja? Und sonst noch irgendwas? Zum Beispiel, *wer* dann die Übeltäter bestraft hat?«

Lisa zuckte mit der Schulter. »Die Lehrer doch wahrscheinlich, oder? Oder der Hausmeister, den sie da hatten, vor dem hatte Toni jedenfalls immer Angst, daran erinnere ich mich.«

»Du hast echt keine Ahnung«, stellte Moni fest. Ihr Gesichtsausdruck zeigte eine Mischung aus Unverständnis und Mitleid, als wäre bei Lisa jeder Versuch, ihr die Welt zu erklären, von vornherein zum Scheitern verurteilt.

»Nein, Lisa, es waren nicht die Lehrer. Auch nicht der Hausmeister, den sie alle nur Quasimodo genannt haben. Es war viel perfider! Die Schüler mussten sich gegenseitig bestrafen, es wurde ausgelost, wer die Stockschläge auf den nackten Hintern des Mitschülers verabreichen sollte. Manchmal haben sie auch eine nasse Wäscheleine genommen, bis die Haut aufgeplatzt ist. Aber warte!« Moni hob die Hand, als sie sah, dass Lisa etwas erwidern wollte. »Das war noch nicht alles. Die Externen, die Jungen aus dem Dorf, Sepp, Toni, Florian, Carlo, die wurden nie geschlagen, vielleicht weil sie ja jeden Nachmittag nach Hause sind und die Eltern dann womöglich Fragen gestellt hätten. Aber verstehst du, sie waren mit dabei, wenn per Los bestimmt wurde, wer die Bestrafung auszuführen hatte, nur dass ihnen selber nichts passierte, egal welche Regel sie übertreten hatten. Das hat dir dein Toni lieber nicht erzählt, was?«

»Aber was sollte das? Ich meine, wieso ...?«

»Wieso? Teile und herrsche, wie bei Cäsar, genau danach hat die Hexe von Greifenfels gehandelt. Es ist doch klar, wie die Internatszöglinge unsere Jungen gehasst haben müssen und was sich unsere alles haben einfallen lassen, um nicht allzu sehr unter ihren Schikanen zu leiden.«

Moni stand auf. Fast schien es, als wollte sie zu Lisa kommen, die Arme um sie legen, sich an ihr festhalten. Doch dann drückte sie nur das Kreuz durch und sagte: »Ich habe nie rausgefunden, wie das da genau abgelaufen ist. Aber ich glaube, die alte Pracht hat sich geirrt. Da sind ein paar Sachen passiert, mit denen sie nicht gerechnet hatte.«

»Was? Was meinst du genau?«

Moni schüttelte unwillig den Kopf. »Ich gehe duschen und dann ins Bett.« Ohne ein weiteres Wort schob sie sich an Lisa vorbei und ging ins Badezimmer.

Lisa war so perplex, dass sie einen Moment brauchte, bevor sie ihr folgte. Moni stand bereits in der Dusche, das Wasser lief, die Glasscheibe war beschlagen.

Lisa klappte den Klodeckel hoch. »Ich muss noch mal pinkeln, tut mir leid.« Sie hatte keine Ahnung, ob Moni sie überhaupt verstand. Lauter setzte sie hinzu: »Übrigens haben wir schon rausgefunden, wo diese Männer jetzt sind. Die Stammgäste aus dem Hotel, meine ich, die ausgecheckt haben, du weißt schon. Sie sind tatsächlich im Nachbartal, und sie haben sich auch unter ihren richtigen Namen angemeldet, allerdings in drei verschiedenen Hotels, obwohl keins der Häuser ausgebucht ist! Sie hätten also auch ohne weiteres zusammen ... Sag mal, hörst du überhaupt zu?«

Erst nachdem sie die Spülung gedrückt hatte, antwortete Moni. »Gut. Sie haben also Angst bekommen. Geschieht ihnen recht! Und sie wollen nicht auffallen, ist doch klar. Aber jetzt wäre ich gern in meinem Bad alleine.«

Lisa hatte keine Ahnung, wie sie reagieren sollte. Kurz überlegte sie, ob sie sich einfach anziehen und zu Max ins Hotel rüberlaufen sollte. Sie war sich fast sicher, dass er auch noch nicht schlief, und spürte plötzlich ein Verlangen nach seiner Nähe, das ihr selber nicht geheuer war. Als wollte sie sich schutzsuchend in seine Arme flüchten, um alles andere zu vergessen, während sie doch gleichzeitig wusste, dass es nicht funktionieren würde. Außerdem wäre es unfair Max gegenüber. Sie würde ihm etwas vormachen, was sie in Wirklichkeit gar nicht fühlte. Nicht gerade jetzt jedenfalls.

Es half nichts. Morgen früh würde sie Moni zur Rede stellen, bis sie die Antworten bekam, die sie brauchte. Und bis dahin musste sie versuchen, wenigstens ein paar Stunden zu schlafen.

Sie hatte eben die Bettdecke über sich gezogen, als sie

meinte, das Tappen von Monis nackten Füßen vor ihrer Zimmertür zu hören. Gleich darauf fiel ganz kurz ein Lichtstrahl vom Wohnzimmer durch die Öffnung, dann war Moni bei ihr.

»Rück mal, mir ist kalt.«

Was dann passierte, kam so unerwartet, dass Lisa Mühe hatte zu entscheiden, ob es überhaupt wirklich geschah oder ob sie schon in irgendeinem wirren Traum gefangen war.

Monis Haare waren noch feucht vom Duschen, und ihre Haut war kühl und glatt. Entweder benutzte sie die gleiche Bodylotion wie Lisa, oder sie hatte sich aus Lisas Flasche bedient, der Duft nach Sandelholz war eindeutig. Moni trug nur einen Slip und ein kurzes Hemd, und sie drängte sich mit dem Rücken so dicht an Lisa, dass es fast den Anschein hatte, als wollte sie in Lisa hineinkriechen wie ein ängstliches Kind.

Als Lisa ihren Arm um die Freundin legte, spürte sie, wie Moni zitterte. Und sie wimmerte leise. Lisa strich ihr beruhigend über die Wange, Monis Gesicht war tränenüberströmt.

»Ich habe deine Bodylotion genommen, es tut mir leid, ich wollte etwas von dir ... an mir spüren. Bist du mir jetzt böse?«

Lisa wusste nicht, was sie mehr irritierte, Monis Schluchzen oder diese merkwürdige Beichte.

»Natürlich nicht, ich schenk dir die Flasche, wenn du willst.«

»Darf ich dich was fragen?«

»Alles, ja.«

Ihr Flüstern kam Lisa vor wie eine Rückblende in eine Zeit, in der sie sich nahezu alles erzählt hatten, auch ihre intimsten Gedanken. Und immer mit dem Kitzel des Verbotenen, als würde das Risiko, dass sich eine von ihnen mal nicht an das versprochene Schweigen hielt, ihre Freundschaft nur umso reizvoller machen. Bis Moni dann von einem Tag auf den anderen gar nichts mehr von sich preisgegeben hatte.

»Wenn ich dir ein Geheimnis anvertraue, versprichst du mir, dass du niemandem etwas sagst? So wie früher, versprich es mir! Und auch der Max darf nicht erfahren, wo du das herhast, was ich dir jetzt erzähle.«

»Gut. Versprochen.«

Danach folgte eine Weile nichts mehr, kein Wort. Moni zitterte nicht mehr, aber ihre Finger hatten nach Lisas Hand gegriffen und drückten sie so fest zusammen, dass es schmerzte. Es schien Lisa wie eine Rückversicherung, als brauchte Moni die Gewissheit, nicht alleine zu sein.

Als sie anfing zu reden, hatte ihre Stimme einen eigenartigen Klang, sachlich und ... unbeteiligt, dachte Lisa, wie jemand, der nur Fakten benennt, ohne zu urteilen. Und es gab auch kein Zögern mehr, die Sätze kamen klar und deutlich, als hätte Moni sie schon seit langem vorbereitet.

»Die Dreckschweine haben mich vergewaltigt. Damals, ein Jahr vor der Matura. Ich habe mich so geschämt, es war so widerlich und ... Ich habe euch alle nur noch gehasst, als wärt ihr mitschuldig gewesen, weil ihr es nicht verhindert habt. Du vor allem, du warst meine beste Freundin, aber du hast mich nicht beschützt! Und hinterher hast du einfach weiter mit ihnen geredet, ihr seid noch in derselben Woche auf eine Party gegangen, du hast mit ihnen getanzt und mit Toni rumgeknutscht und was weiß ich noch alles gemacht, als wäre nichts gewesen.«

»Aber ...«

»Ich weiß, ja, meine Schuld. Ich habe ja nichts gesagt, dir nicht und auch niemandem sonst, ich konnte einfach nicht. Ich dachte nur immer, ihr alle müsstet es doch merken, ihr müsstet etwas tun, es ungeschehen machen! Es darf nicht passiert sein, nicht mir. Es sind doch meine Freunde gewesen, denen ich vertraut habe, wie soll ich jetzt jemals wieder irgendjemandem ...«

»Stopp, Moni!« Lisa spürte, wie ihr eine Gänsehaut über den Rücken lief und sie plötzlich Mühe hatte zu atmen. »Von wem redest du? Sag mir, wer hat dir das angetan?«

Moni warf sich herum und presste ihr Gesicht in Lisas Halsgrube. Als sie laut aufschluchzte, schien sich ihr ganzer Körper zu verkrampfen. Jetzt stieß sie ihre Sätze hervor, als wollte sie es möglichst schnell hinter sich bringen.

»Da war was mit einem Skilehrer, das stimmt schon, aber nur einmal. Oben auf der Hütte, der Typ war aus Rumänien, der war nur über Weihnachten und Silvester da, als Aushilfe, und ist am nächsten Tag nach Hause gefahren. Ich hatte zu viel getrunken! Das ist keine Entschuldigung, ich weiß, und ich fand mich scheiße hinterher, irgendwie nuttig. Es war ja auch gar keine Nacht, es waren … fünf Minuten im Schuppen draußen hinter der Hütte, richtig widerlich! Deshalb habe ich auch zu dir nichts gesagt. Aber ich hab's dem Sepp gebeichtet. Und mich entschuldigt und geschworen, dass ich so was nie wieder machen würde und …«

»Und?«

»Ich weiß es nicht wirklich. Aber er hat es im Internat erzählt. Vielleicht nur weil er … echt fertig war, vielleicht wollte er aber auch bei den anderen Typen da erreichen, dass er was gut hatte bei ihnen und so. Ich weiß nicht, wer genau die Idee hatte, aber sie haben sich etwas ausgedacht, wie sie mich bestrafen können. Und wahrscheinlich haben sie ja sowieso geglaubt, dass ich so was wie Freiwild wäre, eine Schlampe, über die jeder mal rüber darf.«

»Und der Sepp …«

»Der Sepp war dabei, ja. Ich habe ihn erkannt. Obwohl er eine Maske trug. Sie hatten alle Masken auf, sie waren … fünf oder sechs, und sie hatten alle Masken auf.«

Lisa fragte sich nicht für eine Sekunde, ob Moni sich nicht vielleicht doch irren könnte. Oder einfach etwas erfand! Nein, sie zweifelte nicht daran, dass Moni die Wahrheit erzählte.

»War der Toni …« Lisa schaffte es nicht, ihre Frage zu Ende zu bringen.

»Nein. Nur der Sepp, sonst keiner aus seiner Clique. Die anderen waren vom Internat.«

»Bist du dir da sicher?«

Moni gab keine Antwort. Stattdessen fing sie haltlos an zu schluchzen.

Lisa hielt sie fest umarmt, bis der Weinkrampf allmählich nachließ und Moni endlich eingeschlafen war.

Sie selbst träumte in wirren Bildern von Männern mit gehörnten Masken, die sich geifernd auf sie stürzten. Als sie mit einem Aufschrei aus dem Albtraum aufschreckte, war sie schweißgebadet.

Moni war nicht wach geworden. Lisa drehte ihr den Rücken zu und weinte lautlos in ihr Kissen, bis sie wieder einschlief.

Am nächsten Morgen war Moni verschwunden. Auf dem Tisch lag ein Notizzettel mit den hastig hingekritzelten Sätzen: *Danke! PS. Ich bin den ganzen Tag unterwegs. Pass auf dich auf. Moni*

Sie traf Max am späten Vormittag. Er hatte entschieden, trotz der schlechten Straßenverhältnisse ins Nachbartal hinüberzufahren.

»Ich nehme mir jeden dieser Typen persönlich vor! Das ist besser, als wenn ich erst lang und breit versuchen muss, den Kollegen vor Ort zu erklären, was ich wissen will. Und in Salzburg ist schon jemand dran, alles über dieses Internat rauszusuchen, einschließlich der Namen von Schülern und Lehrkräften aus der Zeit, um die es uns geht. Was ist, was hast du, Lisa?«

Er hat was gemerkt, dachte Lisa. Irgendeine Reaktion muss mich verraten haben. Eine unbedachte Geste, vielleicht nur ein Blick … Aber ich habe Moni ein Versprechen gegeben, ich darf ihm nicht erzählen, was ich von ihr weiß!

»Was ist mit dem vierten Mann?«, fragte sie, um Max abzulenken. »Mit diesem Schaffsky, der telefonisch abgesagt hat? Vielleicht hatte er nicht genug Zeit, um sich mit den anderen genauer abzusprechen, und …«

»Ich hatte den gleichen Gedanken. Zahnarzt in Innsbruck, ich habe heute Morgen mit seiner Frau gesprochen. Angeblich musste er absagen, weil er eine Grippe bekommen hat und jetzt mit Fieber im Bett liegt.« Max grinste kurz. »Eine Kollegin vom zuständigen Kriminalamt dort ist schon informiert, sie wird ihm heute noch einen unangemeldeten Krankenbesuch abstatten.«

Sie haben Angst, dachte Lisa. Von dem Moment an, in dem Moni nach ihnen gefragt hat. Aber warum nicht schon vorher? Warum nicht gleich, nachdem ihr Freund auf der Brücke tot aufgefunden worden war?

Lisa presste die Lippen fest zusammen. Dann hatte sie ihren Entschluss gefasst: Monis Vergewaltigung hatte nichts mit den offensichtlichen Missständen im Internat zu tun. Oder zumindest war die Geschichte mit den Bestrafungen nichts, womit sie Monis Geheimnis verraten würde.

Sie holte tief Luft. »Da ist noch etwas, was deine Kollegin in Innsbruck vielleicht wissen sollte, genauso wie du, bevor ihr mit diesen Männern redet.«

In ein paar knappen Sätzen gab sie wieder, was Moni damals vom Sepp gehört hatte. Die Sache mit den Schülern aus dem Dorf, die ihre Klassenkameraden bestrafen mussten.

Nachdem sie geendet hatte, war Max wie abwesend. Plötzlich zog er Lisa unerwartet an sich, als wollte er ihr versichern, dass er immer da wäre, um sie zu schützen. »Alles wird gut«, murmelte er leise. Es klang, als wollte er sich selbst beruhigen. Gleich darauf schob er sie von sich und war wieder ganz der professionelle Ermittler.

»Entschuldige, aber ich muss dich das jetzt noch mal fragen: Auf diesem Internat war nicht nur dein damaliger Freund, sondern auch der Freund von Moni, dieser Sepp, der mit dem Auto tödlich verunglückt ist, richtig?«

Natürlich, schoss es Lisa durch den Kopf, das ist die einzig logische Schlussfolgerung! Darauf hätte sie schon in der Nacht kommen müssen. Moni hatte Sepp erkannt, sie wusste also, dass er einer ihrer Vergewaltiger war. Und dass die anderen überhaupt nur über sie hergefallen waren, weil Sepp ihnen von Monis Seitensprung erzählt hatte. Wie sie gesagt hatte: Es war eine Bestrafung gewesen! Und wenn Moni dann ...

Nein, das konnte nicht sein. Das war unmöglich. Moni war keine Mörderin. Andererseits hatte Moni vor ein paar Tagen mehr als merkwürdig reagiert, als die Sprache auf diesen Unfall von Sepp gekommen war. Und Monis Onkel hatte damals die einzige Autowerkstatt im Dorf gehabt, Lisa erinnerte sich an ihre Freundin ebenso im Minirock wie im ölverschmierten Overall. Moni kannte sich jedenfalls besser als die meisten Jungen mit Autos aus, mit Motoren, mit Mechanik, mit Bremsen!

Lisa musste heftig schlucken. Nur mit Gewalt konnte sie das Bild von Moni als unerbittlicher Rächerin von sich schieben, während gleichzeitig ein neuer Gedanke alles andere überlagerte. Eine plötzliche Erinnerung, die sie so schwindlig werden ließ, dass sie sich an Max' Arm festklammern musste.

»Was ist los mit dir, Lisa? Du zitterst ja! Hat es was mit meiner Frage nach diesem Sepp zu tun? Oder mit ... deinem Toni?«

Lisa schüttelte den Kopf, gleich darauf nickte sie.

»Ja, nein, ich weiß es nicht. Es ist nur ... Die Katharina vom Neuwirt war zu Sprachferien in England, und sie hat dort jemanden kennengelernt. Einen Jungen! Obwohl sie diesen Freund im Dorf hat, dessen Eltern sie schon so gut wie als Schwiegertochter sehen. Vielleicht ist das das Puzzleteil, nach dem wir suchen. Katharina ist eine ›Schlampe‹, verstehst du? Weil man so was nicht tut, man macht nicht mit anderen rum, das würde auch zu den Frauen passen, die über die Jahre immer wieder verschwunden sind. Ja, auch zu meiner Mutter, ich erinnere mich dunkel, dass da doch mal was war, mit einem Urlauber, der bei uns ein Zimmer gemietet hatte. Aber meine

Mutter war eine Witwe, da gehörte es sich nicht, noch mal etwas mit einem Mann zu haben! Wir müssen überprüfen, ob etwas Ähnliches für die anderen Frauen gilt, ob auch sie ... Du verstehst schon, liederliche Frauenzimmer!« Die bestraft gehören, setzte sie für sich hinzu. Genau wie die Moni damals. Und genau wie ...

Max musterte sie, als würde er nur auf das kleinste Anzeichen warten, das ihm bestätigte, was fast schon zu nahe lag. »Du warst fast zwei Jahre mit Toni zusammen, hast du erzählt. Weshalb habt ihr euch getrennt?«

»Ich hatte ... Ich war im Sommer in Frankreich am Atlantik, bei Biarritz, in einem Surfcamp. Ich wollte dahin, allein, ohne Toni.« Plötzlich war es ganz einfach, die Worte kamen wie von alleine. »Ich hatte das Gefühl, in dieser ... Kiste mit Toni zu ersticken. Das war mir alles zu eng, zu festgelegt, als wären wir schon verheiratet, als gäbe es nichts mehr, was ich ohne ihn machen könnte. Ich war noch nicht mal achtzehn, Max, ich hatte Angst, etwas zu verpassen, was ich hinterher bereuen würde. Ich war mir ja noch nicht mal sicher, ob der Toni überhaupt der Richtige ist, mein Traumprinz, mein Ritter in der goldenen Rüstung und so.«

»Und da im Surfcamp ...?«

»... waren eine Menge guter Typen, ist doch klar. Vor allem bei den Surflehrern! Und ich konnte Snowboard fahren, ich war die Beste im Dorf, deswegen fiel mir auch Surfen nicht besonders schwer. Es hat nicht lange gedauert, bis ich einem von den ganz coolen Typen da aufgefallen bin, ich, die Kleine aus dem gottverlassenen Tal in Österreich. Na ja, also haben wir was miteinander gehabt.«

»Und als du wieder hier warst, hast du es deinem Toni gebeichtet?«

Lisa zögerte. Sie wusste, dass die nächste Frage von Max unausweichlich war. Ebenso wie ihr nicht erst nach Monis Geständnis klargeworden war, was damals passiert war. Sie hatte nur immer geglaubt, dass das eine nichts mit dem anderen zu tun gehabt hätte. Falsch! Sie hatte genau das glauben wollen, obwohl sie tief in ihrem Inneren immer daran gezweifelt hatte, dass es »nur so« passiert war. Ein unseliger Zufall, ein Unglück, das täglich Tausenden von Frauen widerfährt, nicht mehr und nicht weniger.

»Nicht gleich, erst ein bisschen später, aber ich habe es ihm gesagt, ja.«

»Und dann?«

»Toni wollte nichts mehr von mir wissen, wir haben uns getrennt. Nicht im Guten, sondern mit viel Schreierei und ... widerlichen Vorwürfen und Anschuldigungen. Deshalb bin ich ja dann auch weg, weil es kein Ende nahm, weil er immer wieder angefangen hat.«

»Das war alles? Ich meine, versteh mich nicht falsch, aber ... Er hat dich beschimpft, er hat dich schlecht gemacht, alles schlimm genug. Aber hat er dich auch geschlagen? Oder auf andere Weise versucht, dich ... zu bestrafen?«

»Nein. Zwischendurch hat er sogar um Entschuldigung gebeten und behauptet, er würde mich immer noch lieben. Und er würde alles tun, um mich zurückzubekommen! Vielleicht bin ich auch nur deshalb mit ihm auf diese Jubiläumsfeier im Internat. Ich wollte da nicht hin, aber Toni hat mich überredet. Und dann einen Streit vom Zaun gebrochen, mitten beim Festessen, und wieder mit den üblichen Anschuldigungen. Er war betrunken! Sie haben ihn in ein Taxi gesetzt und nach Hause geschickt. Und ich bin dann auch nach Hause. Irgendwelche Freunde von Toni werden mich gefahren haben, ich weiß es nicht mehr genau. Aber mit Toni habe ich mich danach nicht mehr getroffen, kein einziges Mal. Und es war klar, dass ich nur noch warten musste, bis ich achtzehn war und die Schule beendet hatte, bevor ich ... Du weißt es ja, ich bin dann gleich nach der Matura abgehauen. Für immer.«

Max stellte weiter keine Fragen. Er machte sich ein paar Notizen in der Kladde, die er auch schon bei den Befragungen benutzt hatte. Als er hochblickte, hatte Lisa den Eindruck, er würde darauf warten, dass sie noch etwas sagte. Aber jeder weitere Satz würde unweigerlich dazu führen, dass sie auch Monis Geheimnis preisgeben müsste. Und das ging nicht. Das durfte sie nicht.

Sie zuckte nur mit den Schultern, als wäre das Antwort genug auf seine unausgesprochene Frage.

Max zog die Augenbrauen hoch, drängte sie aber nicht weiter. »Gut. Ich fahre ins Nachbartal. Ruf mich an, wenn irgendwas ist.«

Er war kaum aus der Tür, als Lisa ihre Stiefel anzog und die Jacke vom Haken nahm. Sie war überzeugt, dass Max in die gleiche Richtung gedacht hatte wie sie. Und das hieß, dass kein Weg mehr daran vorbeiführte, sie musste mit Toni reden! Sie musste ihn treffen und mit ihm sprechen. Jetzt! Sie war es nicht nur sich selbst schuldig, sondern auch der jungen Katharina, die immer noch irgendwo da draußen auf Hilfe wartete. Und Moni, die ihr etwas anvertraut hatte, was alles in ein neues Licht rückte.

Bei dem Gedanken lief ihr wieder eine Gänsehaut über den Rücken. Moni und dieser Unfall von Sepp! Und die anderen ungeklärten Unfälle. Die Männer aus dem Internat, die immer im Ort gewesen waren, wenn Frauen verschwanden. Liederliche Frauenzimmer, die sich nicht an die Spielregeln gehalten hatten.

Es schneite wieder. Der Schnee fiel in dicken, schweren Flocken und lag bereits fußhoch auf den Gehsteigen. Ein Räumfahrzeug schob sich mit rasselnden Schneeketten an Lisa vorüber, dicht dahinter folgte ein schwarzes SUV mit deutschem Kennzeichen. Und mit schwarz getönten Scheiben und einer Gepäckbox auf dem Dach! Genauso ein Auto wollte die Mitschülerin von Katharina gesehen haben, als sie aus dem Club unter der Alten Post gekommen waren.

»Stuttgart, HD 619«, murmelte Lisa das Kennzeichen vor sich hin, um es sich einzuprägen. Obwohl sie sich klar darüber war, dass sie nur auf den Parkplatz an der Talstation zu gehen brauchte, um wahrscheinlich mehrere nahezu identische SUVs zu entdecken. Ebenso wie in der Tiefgarage unterm Alpenhof oder vor jedem anderen großen Hotel. Deshalb war auch die Erinnerung von Katharinas Mitschülerin kein Hinweis gewesen, dem sie hatten nachgehen können. Zumal das Mädchen auch die Automarke nicht erkannt hatte. Mercedes, BMW, Audi, Volvo, sie wusste es nicht: »Einfach nur groß und schwarz.«

Als der Wagen direkt neben ihr verlangsamte und das Fenster an der Seitentür heruntergelassen wurde, war Lisas erste Reaktion, so zu tun, als wäre sie in Gedanken ganz woanders. Sie zog sogar ihr Smartphone aus der Tasche und gab vor, gerade einen Anruf bekommen zu haben.

Aus dem offenen Fenster dröhnten die Bässe irgendeines Popsongs. Eher Elektro als Helene Fischer.

»Hallo! Sie da, junge Frau!«

Der Wagen stoppte. Lisa wandte sich mit verärgerter Miene dem Mann zu, der sich vom Fahrersitz herüberbeugte, während er die Musik leiser stellte. Als Lisa ins Wageninnere blickte, meinte sie, auf dem Rücksitz eine weitere Person zu erkennen, ebenfalls ein Mann. Zwei Männer, dachte sie, keine Familienkutsche. Und wieso sitzt der andere hinten? Fast rechnete sie damit, dass gleich die Beifahrertür aufschwingen würde, dass plötzlich ein dritter Mann auftauchen und sie ins Auto stoßen würde. Als sie sich nervös umblickte, lag die Straße leer und verlassen im Schneetreiben, es gab keinen dritten Mann, nur die beiden Typen im Mercedes …

»Meinen Sie mich?«, fragte Lisa und tippte gleichzeitig mit dem Daumen das Kennzeichen in ihr Smartphone, S-HD 619.

»Nur eine Frage! Gibt es hier irgendwo ein Spa oder so was, wo wir die Zeit totschlagen können, bis es beim Spanier oben im Dorf was zu essen gibt? Bei dem Sauwetter kann ja niemand Ski laufen! Überhaupt, wie ist der Spanier so? Oder sollen wir lieber woandershin gehen, was würden Sie sagen?«

»Schon was vor heute Abend?«, kam fast gleichzeitig die Stimme von der Rückbank. »Haben Sie nicht Lust, uns zu begleiten? Erst Spa, dann Spanier!« Sein Lachen klang anzüglich, unangenehm, fast schon aggressiv.

»Zu Ihrer ersten Frage«, erwiderte Lisa jetzt völlig gelassen. Diese Art von Anmache kannte sie zur Genüge, das war nichts Neues. Eine Frau alleine auf der Straße schienen bestimmte Typen grundsätzlich als Aufforderung für dumme Sprüche zu verstehen. Und im Zweifelsfall blieb es nicht bei dummen Sprüchen, auch das hatte Lisa schon oft genug erlebt. München war zum Oktoberfest nicht gerade ein Ort ausgesuchten Respekts gegenüber Frauen ...

»Nein, wir haben hier nur ein paar hoteleigene Spas, da muss ich Sie leider enttäuschen. Frage zwei, der Spanier ist ganz okay, immer vorausgesetzt, Sie stehen auf Stierhoden mit viel Knoblauch. Und Frage drei ...« Sie konnte die Verunsicherung der beiden Männer deutlich spüren, sie wussten nicht mehr, was sie von Lisa halten sollten, erst als sie sahen, wie sie ihr Handy hochnahm und einen Schritt zurücktrat, um ein Foto zu machen, reagierten sie: »He, was soll das? Spinnst du? Lass das, hör auf, hier Fotos zu machen!«

»Und Frage drei«, brachte Lisa ihre Antwort zu Ende, »ja, ich habe schon was vor, heute Abend ist nämlich Party im Swingerclub, ich bin gerade auf dem Weg dahin, ist aber nur für geladene Gäste, tut mir leid.«

Der Mercedes fuhr schlingernd und mit aufheulendem Motor an, Lisa hob die Hand und zeigte dem Fahrer den ausgestreckten Mittelfinger. Nur für den Fall, dass er noch mal in den Rückspiegel gucken würde.

So ähnlich könnte es auch bei der Katharina gewesen sein, dachte Lisa, während sie weiterlief. Ein Wagen ist den Mädchen gefolgt, als sie von ihrer Feier zurückkamen. Der Fahrer hat gewartet, bis sich die anderen verabschiedet hatten und Katharina alleine war. Hat neben ihr gehalten und nach dem Weg gefragt. Kein Anlass für Katharina, irgendetwas merkwürdig zu finden. Ein Touristenauto mit einer Dachbox, irgendwelche Winterurlauber, die sich im Ort nicht auskannten. Also hat sie sich vorgebeugt, um Auskunft zu geben. Immer höflich zu den Gästen sein, von denen der Ort ja schließlich lebte. Das kannte sie als Kind eines Hotelbetriebs nur zu gut, das war eine automatische Reaktion, ohne jedes Nachdenken, ohne jeden Verdacht, dass etwas nicht stimmen würde.

Außerdem war sie bestimmt angetrunken, das hat ihre Reaktionen verlangsamt, als die hintere Tür aufging, als da plötzlich ein zweiter Mann war, der sie mit Gewalt in den Wagen zog. Ihr ein Tuch auf Mund und Nase presste, das mit einem Betäubungsmittel getränkt war. Alles eine Sache von wenigen Sekunden, wie ein Spuk, dann war der Wagen schon wieder in der Nacht verschwunden. Niemandem war etwas aufgefallen, niemand hatte etwas bemerkt. Ein Touristenauto, Urlauber, die ihr Quartier suchten, mehr nicht.

Hinterm Kreisverkehr bog Lisa in die schmalen Gassen ein. Ein alter Mann schippte Schnee. Als sie ihn flüchtig grüßte, hielt er mitten in der Bewegung inne und starrte sie mit offenem Mund an, bevor er eilig nickte.

Lisa konnte an seinen Augen sehen, dass er sie erkannt hatte. Oder zumindest überlegte, ob sie es sein könnte. Die »Frau Professor«, die dem Dorf den Rücken gekehrt hatte und sich jetzt in Dinge einmischte, die sie nichts angingen. Dinge, über die man besser weiterhin schweigen sollte, weil alles andere nur Unheil heraufbeschwören würde. Als würde man den Krampus herausfordern, den Höllenknecht, den Leibhaftigen, den Ungläubigen persönlich ...

Zwei Kinder mit einem Dackel an der Leine kamen ihr entgegen. Der Dackel hüpfte in komischen Sprüngen durch den tiefen Schnee auf dem Fußweg, nach jedem Sprung versank er bis zum Bauch. Es war lange her, dass Lisa selber mit einem Hund im Schnee spazieren gelaufen war. Die Leica war eine hochbeinige Eskimohündin gewesen, die Lisas Vater immer auf seinen Skitouren begleitete. Auch auf der letzten Tour war sie dabei gewesen, die Bergrettung hatte sie erst lange nach dem Vater gefunden, ebenso wie er von den Schneemassen der Lawine begraben.

Als Lisa auf den Marktplatz hinaustrat, sah sie vor dem Neuwirt das schwarze SUV mit der Gepäckbox auf dem Dach. Sie war sich sicher, dass es derselbe Wagen war, der da mit laufendem Motor und aufgeblendeten Scheinwerfern stand. Fast wünschte sie sich, dass die beiden Männer ihr folgen würden. Bis zur Werkstatt von Toni!

Für eine Sekunde malte sie sich aus, wie Toni vor die Tür treten würde. Er war immer schon groß gewesen, aber als sie überzeugt gewesen war, dass er sie verfolgte, hatte sie ihn gegoogelt, und auf den Bildern wirkte er breitschultriger als früher, stämmiger, kräftiger. Er war nicht mehr der schlaksige Junge mit den halblangen Haaren und der blonden Strähne, die ihm immer wieder in die Stirn fiel, sondern ein Mann, der aussah, als würde er keiner Wirtshausschlägerei aus dem Weg gehen. Oder sie sogar womöglich noch provozieren, nur um seinen Spaß zu haben! Und so würden ihn wohl auch diese Stuttgarter Typen einschätzen, ohne dass er auch nur den Mund aufzumachen brauchte. Wobei der scharfe Beitel in seiner Hand, mit dem er eben noch ein Stück Holz bearbeitet hatte, ein Übriges tun und die beiden Machos endgültig in die Flucht schlagen würde. Eine schöne Vorstellung, die ihr gefiel.

Das SUV folgte ihr nicht. Toni begrüßte sie in Jeans und einem verwaschenen Kapuzenshirt mit einer Werbung für Fischer-Ski: WENN DIE ABFAHRT DAS ZIEL IST.

Er hielt keinen Beitel in der Hand, aber das Shirt war bedeckt von feinen, sich ringelnden Holzspänen. Er hatte also tatsächlich gerade gearbeitet. Und er schien in keiner Weise überrascht, Lisa zu sehen, fast als hätte er sie erwartet.

Sein Gesicht war kantiger als früher, der blonde Vollbart stand ihm gut, um die Augen herum hatte er Lachfältchen, die ihn älter erscheinen ließen, als er war. Aber er war so bleich, als würde er nur in seiner Werkstatt hocken.

Lisa war kaum über die Schwelle getreten, als er mit einem schnellen Griff das Schild mit der Aufschrift GESCHLOSSEN in die Ladentür hängte und den Schlüssel umdrehte.

»Willst du einen Tee? Oder irgendwas anderes? Komm, gehen wir nach hinten, es muss uns ja nicht jeder gleich durchs Fenster sehen können.«

Während Lisa ihm folgte, ließ sie ihren Blick durch den Laden wandern. Toni schien sich viel mehr als sein Vater auf den Geschmack der Touristen eingestellt zu haben, die Figuren auf den umlaufenden Regalen waren sicherlich gut verkäuflich: Kleine Skiläufer in verschiedenen Ausführungen, eine Futterkrippe mit Reh und Hirschen, eine ganze Reihe von Steinböcken, alle möglichen anderen Tiere. Vor allem die Wildschweine schienen so lebendig, als würden sie jeden Moment grunzend durch den Laden laufen wollen! Toni war zweifellos gut, er verstand sich auf sein Handwerk. Alles war bis ins kleinste Detail ausgearbeitet, aber unbemalt, ohne irgendwelche Farben, nur das nackte Holz, was auch den ganz besonderen Charme seiner Schnitzkunst ausmachte.

Bei den deutlich größeren Figuren, die Lisa dann im Halbschatten hinter dem Tresen entdeckte, war sie sich allerdings gerade angesichts der Details nicht mehr so sicher, ob es wirklich Urlauber geben würde, die es wagten, sich Tonis geschnitzte Phantasien zu Hause ins Bücherregal zu stellen. Vielleicht eher noch ins Schlafzimmer, dachte sie, als kleine Anregung, was im Bett alles möglich war. Das Schild *Handwerkskunst und Leidenschaft* hatte jedenfalls durchaus seine Berechtigung – und es passte zu Toni, er hatte solche Zweideutigkeiten schon früher geliebt.

Toni hatte ihren Blick bemerkt. »Du würdest dich wundern, wie viele ich davon verkaufe! Und zwar nie hier im Laden, sondern immer erst hinterher, wenn die Leute wieder zu Hause sind. Als Online-Bestellungen. Ein paarmal hatte ich sogar schon Anfragen, ob ich auch nach Fotos etwas schnitzen würde, also von meinen Motiven da, aber mit den Gesichtern der Kunden!«

»Ach komm, das stimmt nicht, das hast du dir eben ausgedacht.«

»Nein, es ist wahr. Ich kann dir in der Werkstatt ein paar Fotos zeigen.«

»Das heißt ... du machst das auch?«

»Wenn sie meinen Preis bezahlen – klar. Warum nicht? Schockiert?«

Toni grinste. Ohne eine Antwort abzuwarten, winkte er Lisa weiter in den Flur hinter den Laden. Links führte eine Tür in die Werkstatt, die Lampe über dem Tisch war ausgeschaltet, Lisa konnte nicht erkennen, woran Toni gerade noch gearbeitet haben musste.

»Hier lang!« Tonis Wohnung war gleich hinter dem Laden, damit hatte Lisa nicht gerechnet. Er führte sie direkt in eine Küche mit einem großen Kachelofen und der typischen Sitzecke, allerdings waren Bank, Tisch, Stühle hier eindeutig selbstgezimmert, die Arm- und Rückenlehnen zeigten wunderliche Tierköpfe zwischen ineinander verschlungenen Ranken und Blüten. Jedes einzelne Möbelstück war ein Meisterwerk!

Als Toni den Wasserkocher füllte, wurde ihr bewusst, dass sie sich beide benahmen, als hätten sie nicht seit Jahren kein Wort mehr miteinander gewechselt, sondern sich erst gestern gesehen. Und als wäre sie nur kurz mal vorbeigekommen, um einen Tee mit ihm zu trinken.

Die selbstverständliche Vertrautheit zwischen ihnen irritierte Lisa und machte sie wütend. Was bildete sich Toni überhaupt ein, dass er offensichtlich glaubte, sie wären immer noch ... Freunde? Wie konnte er ernsthaft denken, dass er nur ein wenig Smalltalk machen musste, und alles, was zwischen ihnen stand, wäre vergessen?

Aber was viel schlimmer ist, dachte sie im nächsten Augenblick – ich finde es ja auch noch gut! Ich bin wütend auf mich selbst, weil es mir gefällt! Und es ist mehr als Smalltalk, ich fühle mich wohl hier in seiner Küche, es ist, als ob ich nach langer Zeit wieder nach Hause gekommen wäre, als ob … ich genau hierher gehören würde.

Unsinn, hörte sie eine Stimme ganz hinten in ihrem Kopf, mach dir doch nichts vor, du belügst dich nur selbst, weil du feige bist. Weil du dich vor dem Treffen mit ihm gefürchtet hast. Du dachtest, dass es gleich wieder Streit geben würde, und du hast Angst vor den Fragen, die du ihm stellen musst. Mehr Angst vor deinen Fragen als vor seinen Antworten.

»Bist du neulich hinter mir hergelaufen?«, fragte Lisa, um es gar nicht erst so weit kommen zu lassen, dass sie sich allzu wohl in Tonis Gegenwart fühlte. »Auf dem Markt, da war jemand mit einer Maske, und dann noch mal in der Gasse bei deinem Vater. Warst du das?«

Toni runzelte die Stirn. Sein Gesichtsausdruck zeigte deutlich, dass er ihre Frage nicht wirklich ernst nahm.

»Warum sollte ich?«

»Sag du es mir! Hast du mich beobachtet? Wolltest du wissen, mit wem ich ins Café gehe? War es das, ja?«

Toni zuckte mit den Schultern. Sein Lächeln war spöttisch. »Lisa, komm, was soll das? Ich bin kein eifersüchtiger Bub mehr, das ist lange vorbei.«

Seine ganze Haltung zeigte deutlich, dass er ihre Fragen einfach nur albern fand. Vielleicht war er es wirklich nicht, dachte Lisa. Es scheint ja eher so, als würde ihn noch nicht mal interessieren, was mit mir und Max ist! Sonst hätte er doch eben die Gelegenheit genutzt, um sich genauer zu erkundigen …

»Keinen Zucker zum Tee, ist das immer noch so?«

»Bitte was? Äh, ach so, ja, nein ...«

Jetzt lachte er sie geradewegs aus für ihr Gestammel, aber es klang nicht böse.

»Jetzt komm mal wieder runter, Lisa, alles ist gut. Also, Zucker ja oder nein?«

»Nein, danke, immer noch nicht.« Sie blickte hoch. »Entschuldige meine ... blöden Fragen von eben, tut mir leid. Woran arbeitest du gerade?«

Feige!, rief die Stimme in ihrem Hinterkopf.

Toni nahm ihren Themenwechsel wie selbstverständlich. »Dies und das, nichts Besonderes weiter. Skihaserl und kleine, dicke Kinder auf Rodelschlitten«, antwortete er bereitwillig, während er den dampfenden Becher vor sie hinstellte.

»Keine ... Auftragsarbeiten?«

Feige! Jetzt machst du dich wirklich lächerlich, hör auf damit! Das ist kein Kaffeeklatsch, du bist nicht zum Spaß hier ...

»Keine Auftragsarbeiten. Mir fehlt auch das richtige Modell für gewisse Sachen.«

Was sollte das jetzt? Wollte er sie anmachen? Aber er verzog keine Miene. Er stellte nur einen Teller Kekse auf den Tisch, ganz der aufmerksame Gastgeber. Ziemlich sicher selbst gebackene Kekse, Vanillekipferl und Biberle mit Marzipan.

Herrgott im Himmel, hilf!, dachte Lisa. Lass ihn jetzt nicht auch noch selber Kekse backen können, es reicht schon, dass es in seiner Küche so aussieht, als würde man sich gern von ihm bekochen lassen.

Hör auf, du spinnst! Er hat recht, komm mal wieder runter!

»Hast du eine Freundin?«, fragte sie so direkt, dass es ihr im gleichen Moment übergriffig vorkam. »Ich meine, wegen der Kekse«, versuchte sie, die Frage abzumildern.

»Die Nachbarin«, erwiderte er.

»Was? Kekse oder Freundin? Oder beides?«

Toni verdrehte die Augen, ohne eine Antwort zu geben. Stattdessen fragte er: »Und du? Was ist das mit dir und dem Kriminalen aus Salzburg? Oder sollte ich lieber fragen, mit dir und der Moni und dem ... Gruber Max?«

»W... was?«, stammelte Lisa. In ihrem Kopf schrillten alle Alarmglocken. Wieso kannte er Max' Namen? Und hatte sie ihn eben richtig verstanden? Wollte er etwa andeuten ...

Für eine Sekunde war das gerade wieder der Toni gewesen, an den sie sich *nicht* mehr erinnern wollte.

Aber er lachte nur und zog sich einen Stuhl an den Tisch, um sich ihr gegenüber hinzusetzen. »He, jetzt guck nicht so entgeistert! Das sollte nur ein Witz sein. Es geht mich nichts an, was du machst, was oder mit wem. Aber du weißt doch, wie es hier im Dorf ist, da sind die Gerüchte schneller, als du denkst.«

»Wieso? Was ... was hast du gehört?«

»Nicht viel, aber das wenige reicht schon vollkommen. Sei vorsichtig, Mädchen. Es ist nicht nötig, dass sie sich alle das Maul über dich zerreißen.« Er beugte sich vor und wollte nach ihrer Hand greifen.

»He! Lass das!«

»Sorry. Es ist nur einfach so, dass ich ... Ich freue mich, dich hier in meiner Küche zu haben. Seit ich weiß, dass du hier bist, wollte ich dich die ganze Zeit schon einladen, ich habe mich nur nicht getraut. Und nein, ich bin nicht heimlich hinter dir hergelaufen, schon gar nicht mit einer Maske. Glaub mir oder glaub mir nicht, deine Sache. Aber ganz ehrlich, du musst hier nicht sitzen, es zwingt dich niemand, mit mir Tee zu trinken, du kannst ebenso gut auch wieder gehen. Du weißt, wie du rauskommst, der Schlüssel steckt in der Tür!«

Spiel sein Spiel mit, wieg ihn in Sicherheit. Und dann nagel ihn fest. Die Gelegenheit ist günstig, er rechnet nicht damit ...

»Ich glaube dir, Toni. Außerdem wärt du als Spion eine ziemliche Niete«, versuchte sie, ihre letzten Skrupel einfach wegzulachen. »Aber wir müssen miteinander reden, deshalb bin ich hier! Wir haben es viel zu lange vermieden, aber jetzt ...«

»Ich weiß, was du meinst«, unterbrach er sie. »Und du hast recht. Schluss mit dem Drumrumgerede, das haben wir beide nicht nötig, dafür kannten wir uns mal viel zu gut. – Warte, sag nichts, lass mich erst zu Ende reden! Vielleicht ist es ja genau das, wir ... kennen uns gar nicht mehr, es hat sich halt so viel verändert, für uns beide. Und ich weiß ja praktisch gar nichts mehr von dir! Ist es wirklich wahr, was deine Großmutter gesagt hat? Dass du jetzt fest an der Uni in München angestellt bist?« Als er die Hände hob und grinste, sah er wieder aus wie der blonde Junge, in den sich Lisa vor Ewigkeiten verliebt hatte. »Okay, okay, Lisa, ein bisschen was weiß ich ja doch über dich, ich hab dich gegoogelt! Wissenschaftliche Mitarbeiterin am Lehrstuhl für Ethnologie. So was wie Völkerkunde, oder?«

Tonis Interesse schien echt zu sein. Und irgendwie gefiel es Lisa sogar, dass er ihren Namen gegoogelt hatte. Es kam ihr nicht vor, als hätte er sie gestalkt, sondern es war eher wie ein ... Kompliment! Er wollte wissen, was aus ihr geworden war.

»Und was dann folgt, ist eine Professur, oder?«, kam schon die nächste Frage von Toni. »Dann bist du ›Frau Professor‹, cool! Also kenne ich dann eine echte Professorin!«

Lisa musste über Tonis Begeisterung lächeln. »Mal sehen, ja, es ist gut möglich.«

»Erzähl mir noch mehr, was genau ist deine Arbeit da?«

Und natürlich wusste Toni eine Menge über die Masken, mit denen sein Vater so berühmt geworden war. Natürlich kannte er auch alle Mythen und Geschichten dazu. Natürlich war es ... großartig, mit jemandem über ihr Thema reden zu können, der so viel wusste.

Aber gerade als Lisa konkreter auf die Geschehnisse zu den Rauhnächten in Oberalmdorf kommen wollte, nahm das Gespräch eine andere Wendung. Fast ohne dass sie es bemerkte, redeten sie auf einmal über alles Mögliche, nur nicht mehr über die Mythen, die sich hinter den Masken verbargen …

Plötzlich sprachen sie auch über die Großeltern. Toni erzählte, dass er den Großvater früher einfach für einen zwar wortkargen, aber nicht unfreundlichen Waldbauern gehalten hatte.

»Inzwischen weiß ich es besser. Er ist rechthaberisch und streitsüchtig, ich hab ihn ein paarmal im Wirtshaus erlebt, wie er die anderen versucht hat aufzuwiegeln, wenn es um irgendwelche Neuerungen im Dorf ging, die ihm nicht passten. Sinnvolle Sachen wie ein Wasserkraftwerk am Ende des Tals, das uns alle mit Strom versorgen könnte. Aber das Vorhaben ist an der Sturköpfigkeit der alten Männer gescheitert, die dem Bürgermeister ordentlich Druck gemacht haben. Und dein Großvater hat am lautesten von allen gebrüllt und gewettert gegen die spinnerten Ideen von irgendwelchen ›Grünen‹, wie er sie nennt.«

Toni zögerte kurz, als wollte er sehen, ob Lisa ihm widersprechen würde und den Großvater verteidigen, sein schroffes Urteil abmildern. Als sie dann nur nickte, sagte er leiser: »Wenn ich schon mal dabei bin, Lisa, ich habe neulich mit deiner Großmutter geredet. Und ich trau ihr nicht! Sei mir nicht böse, aber ich halte sie für falsch. Ich kann es nicht erklären, aber sie ist nicht nur die nette Oma mit den Apfelbäckchen, ich glaube, dahinter versteckt sich eine böse Alte, die ihrem Mann viel mehr ähnelt, als man denkt.«

Lisa war ihm nicht böse. Im Gegenteil, es tat ihr gut zu hören, was er über ihre Großeltern dachte. Es war wie eine Rechtfertigung für ihre eigene Haltung, die ihr ja ein schlechtes Gewissen bereitete, das sie nicht haben wollte. Natürlich hatte auch Moni schon etwas Ähnliches gesagt, aber es vom Toni bestätigt zu bekommen, war noch mal etwas ganz anderes ...

Toni konnte gut erzählen, seine Stimme war tiefer und männlicher als früher. Wie ein Radiosprecher, dachte Lisa. Oder jemand, der eine Geschichte für ein Hörbuch liest. Ein richtiger Schauspieler, der einen nur mit dem Klang seiner Stimme ... besoffen reden konnte.

Sie musste über ihren eigenen Gedanken lächeln, sie fühlte sich mit einem Mal leicht und beschwingt, als gäbe es nichts Böses auf der Welt, nur diese Küche mit Toni und ihr, der sie vor allem Unheil schützte.

Als ihr Handy eine SMS von Max meldete, drückte sie die Nachricht weg, ohne auch nur eine Sekunde zu zögern.

Gleich darauf schoss ihr der Gedanke durch den Kopf, dass ihre gute Laune vielleicht von den selbst gebackenen Keksen herrührte. Aber das war natürlich Unsinn! Warum sollte der Toni ihr etwas in die Kekse gemischt haben? Er hatte ja gar nicht wissen können, dass sie ihn besuchen würde! Und ihre gute Laune hing einzig und allein damit zusammen, dass es wirklich lustig war, was er da erzählte.

Wie er manchmal kurz davor war, die Nerven zu verlieren, wenn die Touristen in seinem Laden allzu dämliche Fragen stellten. Und wie er im letzten Sommer auf dem Jägerhochsitz am Weg zur Moosalm ein Pärchen überrascht hatte, das dann splitterfasernackt vor ihm in den Wald geflüchtet war.

»Ich hab ihre Sachen genommen und einzeln versteckt, einen Schuh hier, eine Unterhose da, ein Hemdchen über einen Ast gehängt und so weiter. Sie werden ganz schön gesucht haben, bis sie alles wieder zusammen hatten.«

Der Toni war immer noch ein großer Junge, der den Kopf voller dummer Ideen hatte.

»Apropos Sommer, Lisa – ich war letztes Jahr in Portugal, und du kommst nicht drauf, was ich da gemacht habe. Ich war surfen! Ich kapiere jetzt auch, was die Leute daran so gut finden. Es stimmt, dass es so ähnlich wie Snowboarden ist, wenn du auf dem Brett stehst und es sich anfühlt, als ... wärst du völlig schwerelos!«

»Habe ich dir ja damals schon zu erklären versucht.«

»Du meinst, als du ... als wir ...«

»Ja«, bestätigte Lisa. Es war okay, jetzt darüber zu sprechen. Es war lange her und ... »als wir uns nur noch gestritten haben«, brachte sie seinen Satz zu Ende, »weil du vor lauter Eifersucht fast durchgedreht bist.«

»Weil du mich betrogen hast, meinst du. Natürlich war ich eifersüchtig, kein Mann lässt sich gerne Hörner aufsetzen. Und ich weiß auch nicht, wie ich heute reagieren würde, wenn mir … so was noch mal passieren sollte.« Tonis Blick hatte sich verändert. Sein Gesichtsausdruck hatte jetzt etwas Lauerndes, ein Jäger, der darauf wartet, dass seine Beute eine unbedachte Bewegung macht, dachte Lisa. Doch im nächsten Moment lächelte er schon wieder und hob entschuldigend die Schultern. »Albern, ich weiß.«

Halt!, meldete sich die Stimme in ihrem Hinterkopf wieder. *Der letzte große Streit von uns, das war auf der Feier im Internat! Und du wolltest mit Toni über Greifenfels reden. Über seine Freunde, vor allem über die, die nicht aus dem Dorf waren, und was immer da gelaufen ist zwischen euch. Deshalb bist du doch hier, vergiss das nicht!*

Toni richtete seinen ausgestreckten Zeigefinger auf Lisa. »A penny for your thoughts! Aber das hast du schon früher draufgehabt, als würdest du mitten im Satz plötzlich … ganz woanders sein.«

»Nein, ich wollte nur gerade …«

»Sag es nicht. – Lass uns was essen! Ich habe nämlich Hunger. Was ist mit dir? Hilfst du mir beim Kochen?«

Zu spät, jetzt hast du die Gelegenheit schon wieder verpasst. Was ist los mit dir? Sei vorsichtig, lass dich nicht von ihm einwickeln, irgendwas passiert hier gerade, was du lieber stoppen solltest. Bevor es zu spät ist!

Sie hatten noch nie zusammen gekocht. Natürlich nicht, damals waren sie beide ja noch keine achtzehn gewesen und hatten noch zu Hause gewohnt. Lisa mit ihrer Mutter im Haus der Großeltern, wohin sie nach Kathis

Tod gezogen waren, Toni in der winzigen Kammer über der Werkstatt des Vaters. Und wenn sie mit Freunden eine Party gefeiert hatten, war immer Mario dabei, der alle mit Pizza versorgte.

Aber offensichtlich konnte Toni kochen, von wem auch immer er das gelernt hatte. »Ich habe hier was in der Röhre, habe ich gestern erst über vier Stunden bei niedrigster Temperatur schmoren lassen. Der Förster versorgt mich manchmal mit einem guten Stück Wild, wenn er mit einem der Jagdpächter auf der Pirsch war.«

Als Lisa fast entschuldigend sagte: »Aber ich esse kein Fleisch«, stellte Toni den Wildschweinbraten zurück, ohne auch nur im Geringsten verärgert oder irritiert zu sein. »Gut, was machen wir dann? Kasnocken? Spinatknödel? Röstgemüse mit Dips?«

Während Lisa das Gemüse schnippelte und Toni die verschiedenen Dips anrührte, öffneten sie die erste Flasche Rotwein.

Sie ließen sich viel Zeit beim Essen. Sie redeten und lachten. Und redeten wieder. Und nach dem Dessert war dann plötzlich auch die zweite Flasche Wein fast leer.

Lisa stand vom Tisch auf und suchte sich im Schein der Kerzen leicht schwankend ihren Weg ins Badezimmer. Grünblaue Kacheln, eine Regendusche, eine freistehende Badewanne mit goldenen Löwenfüßen. Nachdem Lisa gepinkelt und sich frisch gemacht hatte, hörte sie die Glocken vom Kirchturm läuten. Und wenn sie die Schläge richtig gezählt hatte, war es bereits Mitternacht! Sie hatte die ganzen Stunden seit dem frühen Nachmittag mit dem Toni verbracht, ohne überhaupt zu bemerken, wie die Zeit verging.

Als Lisa aus dem Bad zurück auf den Flur kam, wartete Toni auf sie. Wortlos breitete er die Arme aus und zog sie zu sich.

Sie erwiderte seinen zärtlichen Kuss mit weit offenem Mund, als sich ihre Zungen trafen, fühlte sie, wie ihre Knie nachgeben wollten, sie schlang Toni die Arme um den Hals und presste sich an ihn.

Es ist alles gut, es ist richtig, was wir tun, dachte Lisa. Warum haben wir bloß solange gewartet? Wozu so viel Zeit verschwendet?

Und dann flüsterte Toni dicht an ihrem Ohr die verhängnisvollen Worte, die schlagartig alles veränderten.

Bevor Lisa noch wirklich wusste, was sie tat, stieß sie ihn von sich und rammte ihm gleichzeitig ihr Knie zwischen die Beine, so dass er sich vor Schmerzen zusammenkrümmte. Hastig riss sie ihre Jacke an sich, erst als sie schon an der Tür war, fielen ihr die Stiefel ein, die noch vor dem Ofen standen. Sie konnte nicht barfuß in den Schnee und die Kälte hinaus, sie brauchte die Schuhe!

Es dauerte viel zu lange, ihre Finger zitterten und hatten Mühe mit den Reißverschlüssen, sie rechnete jede Sekunde damit, dass Toni über sie herfallen, sie zurückreißen würde, um sie daran zu hindern, ihm noch einmal zu entkommen. Schon griff sie nach dem Feuerhaken, entschlossen, sich zu wehren, und sie würde nicht davor zurückschrecken zuzuschlagen. Es gab jetzt nur noch sie oder Toni, und es war keine Zeit mehr für … Erbarmen.

Aber Toni starrte sie die ganze Zeit nur entgeistert an, sie konnte sein Gesicht als hellen Fleck im Halbdunkel des Flurs erkennen. Er rührte sich nicht, er kam nicht näher, nur sein Atem ging stoßweise, keuchend, als würde er im nächsten Augenblick kollabieren.

Lisa hastete durch den dunklen Laden, die Straßenlaterne draußen auf dem Platz ließ die geschnitzten Pärchen hinter dem Tresen wie zum Hohn hell schimmern, dann war sie aus der Tür und rannte die Straße hinunter. Nur weg, egal wohin. Weg vom Toni. Weg von allem. Und nein, nicht zum Max, sie konnte jetzt nicht … reden.

Ihre Erinnerung war wieder da! Als wäre ein Knoten geplatzt. Endlich. Lisa erinnerte sich an jede Einzelheit. So deutlich als wäre es gerade erst passiert.

Die Feier im Internat, der Streit mit Toni. Seine wüsten Beschimpfungen, seine Anschuldigungen. Dann haben die anderen ihn mit einem Taxi zurück ins Dorf geschickt. Sie hat ebenfalls nach Hause gewollt, aber nicht im selben Taxi wie er! Ein Mitschüler von Toni hat angeboten, sie zu fahren. Keiner aus dem Dorf, einer von den Internatsschülern. Er war mit dem Mercedes seines Vaters zur Feier gekommen, das Auto war riesig und hatte hinten eine Bar! Und Vorhänge an den Fenstern. Zwei Freunde sind noch mitgefahren, damit der Fahrer dann nicht alleine zurück musste. Ebenfalls Interne.

Sie haben sie getröstet, weil Toni so gemein zu ihr gewesen war. Sie haben gesagt, sie soll den Toni einfach vergessen, es gäbe schließlich genug andere Männer.

Es war genau um Mitternacht, als sie in diesem Mercedes unterwegs waren. Und es war ja Silvester! Lisa erinnerte sich an die bunten Kaskaden der Feuerwerkskörper, die in den Nachthimmel über dem Tal hinaufstiegen. Und der Fahrer hat angehalten, damit sie aussteigen konnten und miteinander auf das neue Jahr anstoßen ...

Aber sie sind nie im Dorf angekommen! Ihre Mutter hat später erzählt, dass sie gedacht hatte, Lisa würde wohl bei Toni übernachten. Sie hätten sich wieder versöhnt und wären nach der Feier zu ihm nach Hause in das kleine Zimmer unterm Dach. Aber Toni war ja schon vor ihr mit dem Taxi zurückgebracht worden. Hoffnungslos betrunken und laut krakeelend. Weshalb sie froh gewesen war, dass seine Freunde so nett zu ihr waren. Sie hatten ja wegen ihr sogar darauf verzichtet, auf der Feier im Internat zu bleiben.

»Wir brauchen die anderen nicht«, hatten sie gesagt. »Wir können es uns auch alleine schön machen, was?«

Black.

Sie kommt erst wieder zu sich, als sie auf dem Fußboden in irgendeiner Hütte liegt. An Händen und Füßen gefesselt, zitternd vor Angst und Kälte. Sie weiß nicht, wo sie ist oder wie sie dahin gekommen ist.

Sie hat Durst, ihr Mund ist vollkommen trocken. Ihr Unterleib schmerzt. Sie hat das Gefühl, dass sie dringend pinkeln muss, aber sie ahnt, dass der brennende Schmerz zwischen ihren Beinen einen anderen Grund hat. Sie erinnert sich an Hände und Münder, an ... gemeine Worte, Stöhnen und Keuchen. Aber es sind nur Bruchstücke von Bildern, wie Schnappschüsse, grelle Lichtblitze, unscharf und verwackelt.

Black.

Jetzt ist ein anderer Mann da, mit einer widerlichen Greisenmaske. Aber er gibt ihr zu trinken und hilft ihr auf. Ganz vage erinnert er sie an jemanden, ohne dass sie darauf kommt, an wen. Und niemand, den sie kennt, benutzt ein so aufdringliches Herrenparfüm! Auch die Stimme ist fremd, aber das kann an der Maske liegen. Irgendetwas an der Art, wie er sich bewegt, kommt ihr bekannt vor. Erst als noch mehr Männer mit Masken und Fackeln zwischen den Bäumen hervorkommen, begreift sie, dass sie nur eine Möglichkeit hat: Sie muss fliehen. Jetzt, in dieser Sekunde, sonst würde es zu spät sein. Und als sie sich schon auf dem Snowboard in rasender Fahrt auf den Abgrund zubewegt, meint sie noch einmal das heisere Flüstern zu hören: »Hab keine Angst, mein Reh!«

»Hab keine Angst, mein Reh!« Genau dieselben Worte, die Toni eben geflüstert hatte.

Es passte alles. Die Puzzleteile begannen, ein Bild zu ergeben, einen Zusammenhang! Obwohl Lisa gerade nicht wusste, ob es nicht besser gewesen wäre, alles weiterhin im Verborgenen zu lassen, gut verschlossen in einer Kiste, zu der es keinen Schlüssel mehr gab. Aber jetzt war es ohnehin zu spät, um etwas rückgängig zu machen.

Moni war dafür bestraft worden, dass sie dem Sepp untreu gewesen war. Ihre Vergewaltigung hatte ihr zeigen sollen, was mit solchen Schlampen geschah. Sie selber war ebenfalls vergewaltigt worden. Weil sie den Toni betrogen hatte, in den Ferien am Atlantik in Frankreich. Bei Katharina wiederholte es sich, auch die Neuwirts-Tochter hatte eine Ferienliebe gehabt.

Von Moni wusste sie, dass es Jungen aus dem Internat gewesen waren. Sepp. Und noch ein paar andere, wahrscheinlich Interne. Auch bei ihr waren es Internatsschüler. Interne. Und Toni! Der Greis mit dem aufdringlichen Herrenparfüm. Damit sie ihn nicht erkennen würde.

Es erschien logisch, etwas Ähnliches nicht nur für die anderen Frauen anzunehmen, die in den letzten Jahren verschwunden waren, sondern auch für Katharina. Männer mit Krampusmasken, die den liederlichen Weibsbildern gaben, was sie verdient hatten. Und auf der Maske, die zu dem Toten mit dem Ziegenhorn im Herzen gehörte, waren Kratzspuren gewesen. Wie von Fingernägeln, von dem verzweifelten Versuch einer Sechzehnjährigen, sich zu wehren ...

Aber wo war Katharina?

Verdammt, wenn sie nur diese Hütte finden würde, in der die Dreckschweine sie damals gefangen gehalten hatten. Eine Gipfelhütte, dicht bei einem Kar. Die Hütte war kein Trugbild ihrer Phantasie, irgendwo musste sie sein.

Mittlerweile war sie sich auch sicher, was die tödlichen Unfälle anging, diese Unfälle, die ausschließlich ehemaligen Internatsschülern passiert waren. Moni war die Erste gewesen, die Lisa davon erzählt hatte. Genauso wie ein paar Tage später dann von ihrer Vergewaltigung, an der Sepp beteiligt gewesen war! Der kurz darauf mit seinem Wagen die Leitplanke oben am Pass durchbrochen hatte und in den Abgrund gerast war.

Der Zusammenhang schien Lisa plötzlich so naheliegend, dass ihr der Atem stockte. Rache. Und es ging nicht allein um die Sache damals, mit dem Sepp, sondern auch bei den anderen Unfällen deutete alles auf Moni hin! Sie hätte es längst schon erkennen müssen! Monis komisches Verhalten in den letzten Tagen, ihre Ausflüchte, wenn Lisa sie zur Rede stellen wollte, das war deutlich genug. Ebenso wie ihr plötzliches Verschwinden, wenn sie noch nicht mal ihren Leuten im Laden Bescheid sagte, wo sie zu erreichen war.

Ohne es zu bemerken, war Lisa fast die ganze Dorfstraße entlanggelaufen, bis weit über die Talstation vom Lift hinaus. Wie auf der Flucht vor ihren eigenen Gedanken, ohne dass es ihr gelungen war, ihnen zu entkommen. Aber sie musste sich irren, Moni durfte es nicht sein.

Nicht die Moni, nicht meine beste Freundin …

Als sie jetzt umkehrte und schließlich immer noch zitternd zurück in Monis Wohnung kam, schlief die Freundin bereits. Aber Lisa fielen die Fellstiefel und die Skijacke an der Garderobe auf, die dicken Fausthandschuhe auf der Heizung, die Skimaske aus Merinowolle. Alles Sachen, die niemand trug, der im Laden Skier und Skistiefel verkaufte, egal ob im Hauptgeschäft oder an der Gipfelstation der Bergbahn.

Augenblicklich musste sie an den Schneescooter denken, der ihr eben unten neben dem Hauseingang aufgefallen war. Ein Schneescooter, auf dem kein Schnee gelegen hatte, mit dem also gerade erst jemand zurückgekehrt war, nur wenige Minuten vor ihr!

11. KAPITEL, 4. JANUAR

Abschied und Tod

Wenn es zu spät ist, um den Lauf des Schicksals zu verändern

Es war kurz nach eins, gerade hatte wieder die Kirchturmuhr geschlagen. Lisa löschte das Licht und trat ans Fenster, wobei sie sorgfältig darauf achtete, hinter der halb geschlossenen Gardine zu bleiben. Die Straße war menschenleer, nur im Haus gegenüber flackerten noch die Fernsehbilder.

Lisa kam sich selber lächerlich vor, aber es beruhigte sie nicht, dass da niemand war, eher im Gegenteil. Und sie wurde das Gefühl nicht los, dass jemand sie beobachtete!

Im Dunkeln schlich sie sich ins Badezimmer. Erst als sie sich ausgezogen hatte, schaltete sie das Licht an und stieg in die Duschkabine. Sie ließ das heiße Wasser auf ihren Kopf und ihren Körper prasseln, bis ihre Haut brannte. Aber es half nichts, die Bilder vom Abend zuvor in Tonis Küche überlagerten sich mit denen von Moni – Monis Tattoo, Monis tränenüberströmtes Gesicht, Moni in Handschellen, wie sie abgeführt wurde. Und immer wieder meinte sie, diesen letzten Satz von Toni zu hören: »Alles wird gut, hab keine Angst, mein Reh!«

Sie verfluchte sich jetzt selber, dass sie nicht sofort zu Max ins Hotel hinübergelaufen war und ihm alles erzählt hatte. Aber irgendetwas in ihr sträubte sich immer noch, Max zu sagen, dass es damals Toni gewesen war, der sie auf dieser Hütte zusammen mit seinen Freunden aus dem Internat gequält und vergewaltigt hatte. Ihr eigener Freund, den sie schon aus Kindertagen kannte. Als wäre das fast noch schlimmer als alles andere, als dürfte es nicht sein, dass jemand von hier so abgrundtief böse war. So widerlich! Den Internen vom Internat, die von sonst woher kamen, war so was zuzutrauen, aber doch niemandem aus dem Dorf.

Ihre Gedanken waren idiotisch, das wusste sie, sie selber hatte Oberalmdorf ja nicht ohne Grund für immer den Rücken gekehrt. Und trotzdem war es etwas anderes, jetzt mit dem Finger ausgerechnet auf Toni deuten zu müssen. Vor allem nachdem sie fast auch noch im Bett mit ihm gelandet wäre …

Lisa kroch in den Bademantel, der an der Tür hing, dann huschte sie barfuß ins Wohnzimmer hinüber. Sie wickelte sich in eine Wolldecke und hockte sich mit untergeschlagenen Beinen aufs Sofa, bevor sie die Nachrichten auf ihrem Smartphone checkte.

Max hatte mehrmals versucht, sie zu erreichen, und auch mehrere Textnachrichten geschickt. In seiner letzten SMS hatte er geschrieben: *Ich habe eine Vermutung, wer hinter diesen Unfällen stecken könnte. Ich werde es dir morgen früh genauer erklären, aber denk bitte mal darüber nach, ob dir irgendetwas einfällt, was auf Laetitia hindeutet. Bislang fehlen mir noch klare Anhaltspunkte.*

Wie kommt er jetzt plötzlich auf Laetitia?, dachte Lisa. Ist es doch nicht die Moni? Kann das sein?

Ihre Gedanken rasten. Auch Laetitia gehörte zu den Frauen, die verschwunden waren, das passte, sie hatte also ebenfalls ein Motiv. Laetitia war nach ihrem Verschwinden in psychiatrischer Behandlung gewesen, das unterschied sie von den anderen. Der kleine Tobi war womöglich das Kind aus der Vergewaltigung. Und Laetitia war nicht weggezogen, sondern lebte immer noch im Dorf. Als wir bei ihr waren, schien es, als würde sie einigermaßen zurechtkommen ... Trotzdem fanden wir beide, der Max genauso wie ich, dass sie sich irgendwie komisch benommen hat. Als würde sie etwas verheimlichen. Es wäre gut, wenn Laetitia etwas mit diesen Unfällen zu tun hat, war Lisas letzter Gedanke, dann habe ich mich geirrt, dann ist Moni nicht länger verdächtig!

Als sie wieder aufwachte, lag sie ausgestreckt auf dem Sofa. Moni hatte sie ordentlich zugedeckt und ihr ein Kissen unter den Kopf geschoben. Sie meinte, sich jetzt auch daran zu erinnern, dass Moni sie vorsichtig geweckt und geflüstert hatte: »Komm, ich bring dich in dein Bett, da kannst du weiterschlafen.«

Aber offensichtlich war es ihrer Freundin nicht gelungen, sie zum Aufstehen zu bewegen und ins Gästezimmer zu bringen.

Und jetzt war es bereits hell draußen, eine graue, stumpfe Helligkeit, die darauf hindeutete, dass es gegen Morgen wieder geschneit haben musste.

Lisa richtete sich auf. »Moni!«, rief sie mit vom Schlaf noch rauer Stimme. »Bist du da?«

Moni rührte sich nicht. Als Lisa nach ihrem Handy greifen wollte, um die Uhrzeit abzulesen, stutzte sie. Sie war sich sicher, das Handy in der Nacht zurück in die Schutzhülle geschoben zu haben. Sie schob es immer zurück in die Hülle. Aber jetzt lag es daneben. Moni. Moni hatte heimlich ihre Nachrichten gelesen!

Und Moni war nicht da. Wieder klemmte ein Zettel unter der Espressokanne: *Vertrau mir, Lisa! Gib mir noch einen Tag Zeit, ich muss noch eine letzte Sache klären, dann erzähle ich dir alles. Und ich schicke dir nachher noch was! Entscheide du, ob du es deinem Max zeigen willst.*

Wie aufs Stichwort klingelte das Handy. Auf dem Display stand immer noch »Moretti«.

»Ist alles okay bei dir?«, überfiel Max sie mit kaum versteckter Sorge. »Was war denn los? Ich habe zigmal versucht, dich zu erreichen. Ich war sogar da, vor Monis Haus! Hast du gewusst, dass sie nachts mit dem Schneescooter rumkurvt? Ich habe gesehen, wie sie zurückgekommen ist, um halb eins. Gleich danach bist du dann aufgetaucht, so dass ich wenigstens wusste, wo du bist, sonst hätte ich wahrscheinlich ... Keine Ahnung, ist ja auch egal. Aber geht es dir gut?«

»Geht so. Ich bin gerade erst wach geworden.«

»Dann bin ich gleich bei dir und hole dich ab. Ich will noch mal zu dieser Laetitia. Und ich möchte dich dabeihaben! Bitte, Lisa, ich glaube, dann wird sie eher bereit sein zu reden. Alles andere erkläre ich dir auf dem Weg dahin! Viertelstunde, ist das okay?«

Lisa hatte kaum irgendetwas Zustimmendes gemurmelt, da brach Max die Verbindung auch schon ab. Als wollte er unter allen Umständen vermeiden, dass sie es sich noch mal anders überlegte.

Während sie sich die Zähne putzte, fragte sie sich, ob ihr die Besorgnis, die aus Max' Worten deutlich geworden war, eigentlich gefiel. Es war ein gutes Gefühl, dass er sich Sorgen machte, aber dennoch blieb so was wie eine leichte Verunsicherung. Dass er heimlich Monis Wohnung beobachtet hatte, irritierte sie. Und es gefiel ihr ganz und gar nicht! Immerhin wusste sie jetzt, dass ihre Ahnung in der letzten Nacht nicht unbegründet gewesen war. Es war eben nur nicht Toni, der sie beobachtet hatte.

Der nächste Gedanke ließ sie unwillig den Kopf schütteln, konnte es sein, dass Max sie nicht nur vor Monis Haus beobachtet hatte, sondern womöglich schon vorher? Dass er genau wusste, wo sie die halbe Nacht gewesen war? Oder drehte sie langsam vollkommen durch, weil sie keinem Mann mehr etwas glaubte?

Sie schaffte es gerade, ein paarmal von ihrem Apfel abzubeißen und sich schnell noch einen Müsliriegel in die Tasche zu stecken, als Max klingelte. Er sah angespannt und übernächtigt aus, unter seinen Augen lagen tiefe Schatten.

Womit wir schon mal zu zweit sind, dachte Lisa, während sie ins Auto stieg und kurz den Spiegel in der Sonnenblende aufschob. Ein echtes Dreamteam, bei dem alle »Tatort«-Kommissare vor Neid erblassen würden, weil *wir* wirklich verdammt authentisch wirken! Das schafft man allerdings nur, wenn man auch genauso fertig ist wie wir ...

Max war tatsächlich kein besonders routinierter Autofahrer. Seine Hände umklammerten das Lenkrad, in jeder Kurve wirkte er so angespannt, als würde er sich und Lisa schon kopfüber im Graben liegen sehen.

»Fahr ruhig ein bisschen untertourig«, sagte Lisa leise, »je eher du in den nächsten Gang schaltest, umso weniger drehen die Räder durch.«

»Danke.« Er nickte, ohne den Blick von der Straße zu nehmen. Ganz kurz fragte sich Lisa, warum er sie nicht einfach fahren ließ, so wie er es vor ein paar Tagen ja auch getan hatte.

Als sie das Dorf hinter sich gelassen hatten, führte die Landstraße fast nur noch geradeaus, die wenigen Kurven waren langgestreckt und gut einzusehen. Max schien sich ein wenig zu entspannen, schließlich fing er auch an zu reden: »Ich habe zwei von ihnen abgepasst, den Immobilienmakler und den Landeshauptmann, den Politiker, du weißt schon. Ich habe mir übrigens Porträtfotos von ihnen besorgt, auf denen sie besser zu erkennen sind als auf dem Gruppenbild aus dem Tourismusbüro. Findet man alles im Netz, sogar den Zahnarzt aus Innsbruck, der lieber gleich zu Hause geblieben ist. Die Bilder sind im Handschuhfach, wirf doch mal einen Blick darauf …«

Lisa starrte lange auf die Fotos, ohne dass sie einen der Männer wirklich erkannte. Einzig bei dem Politiker verspürte sie ein unangenehmes Kribbeln im Nacken. Aber es war nicht das Gesicht des Landeshauptmannes, es war seine rechte Hand, die auf dem Bild deutlich zu erkennen war. Die Hand mit dem auffälligen Siegelring.

»Der hier vielleicht. Das könnte der Junge gewesen sein, der gefahren ist. Mit dem Mercedes von seinem Vater. Als sie mich von der Feier nach Hause gebracht haben.«

»Von den anderen niemand, wirklich nicht?«

Lisa schüttelte den Kopf. »Sie waren achtzehn oder neunzehn damals, und ich habe sie eigentlich nur in dem Auto gesehen, im schummrigen Licht von dieser angeberischen Bar hinten zwischen den Sitzen. Sie haben mich auch gar nicht interessiert, außerdem war ich … betrunken. Und später …« Hatten sie Masken auf, wollte sie eigentlich sagen. Aber sie konnte es nicht, sie brachte die Worte nicht über ihre Lippen.

Jetzt mach schon, sag es ihm! Erzähl ihm, dass du dich inzwischen wieder erinnerst. – Das geht nicht, dann muss ich ihm auch … von Toni erzählen. – Ja, natürlich musst du das!

Es gibt keinen Grund, Toni zu schützen, oder? – Aber dann wird Max wissen wollen, wie ich darauf gekommen bin, und ...

»Und später?«, fragte Max, nachdem sie so plötzlich aufgehört hatte zu reden.

»Unwichtig«, brachte Lisa heraus. »Aber was haben die Typen denn jetzt gesagt, als du mit ihnen gesprochen hast?«

Max zog die Augenbrauen hoch. »Sie geben natürlich zu, dass sie auf dem Internat waren. Sie erinnern sich auch an Toni, sie würden sich ja immer noch mit ihm treffen, wenn sie hier sind. Wirklich befreundet sind sie nicht, sagen sie, es ist nur um der alten Zeiten willen. Apropos alte Zeiten, von irgendwelchen Bestrafungen oder Schlägen im Internat wollen sie nichts wissen, das war angeblich alles völlig in Ordnung. O-Ton: ›Greifenfels war das Beste, was uns passieren konnte!‹ O-Ton Ende. Und dass es damals auf dieser Silvesterfeier einen Eklat mit Toni gegeben hätte, das können sie sich eigentlich nicht vorstellen. Aber wenn, könnte es nicht allzu schlimm gewesen sein, sonst würden sie sich ja erinnern. Sie wissen natürlich auch nicht mehr, wer dich nach Hause gefahren hat, sie glauben eher, dass du mit Toni zusammen im Taxi ...«

»Nein!«, stieß Lisa zwischen zusammengepressten Lippen hervor. »Ich irre mich nicht! Das weiß ich ganz genau. Und diese Typen wissen es auch! – Was ist mit dem Dritten, mit dem Immobilienmakler?«

»Thomas Kreiner. Den habe ich nicht erwischt, der war Skilaufen.«

»Ohne die beiden anderen? Ich denke, sie machen alles zusammen?«

»Sie waren später mit ihm verabredet, sie wollten sich in einer der Skihütten am Berg treffen. Ich habe sie jetzt alle ganz offiziell zu einer Vernehmung vorgeladen, auch den Vierten von ihnen, den aus Innsbruck. Von wegen Grippe! Die Kollegin dort sagt, er kam gerade vom Joggen zurück, als sie ihn abgepasst hat. Und er hat sich bei ihren Fragen in so viele Widersprüche verwickelt, dass sie darauf wetten würde, er hatte was zu verbergen. Außerdem war sie sich sicher, dass er Angst hatte. Denselben Eindruck hatte ich übrigens bei den anderen beiden auch. Wäre ja auch kein Wunder, überleg mal, sie waren mal zu siebt, drei von ihnen gibt es schon nicht mehr! Allerdings glaube ich, das ist ihnen jetzt erst so richtig klargeworden, seit ihr Freund Peter mit dem Horn im Herzen gefunden wurde. Vielleicht haben sie vorher tatsächlich geglaubt, es wären nur ... bedauerliche Unfälle gewesen.« Max hob vielsagend die Schultern. »Ich habe sie auch noch direkt auf die Frauen angesprochen, weil ich ihre Reaktion sehen wollte, wenn sie die Namen hören.«

»Und?« Lisa beugte sich so weit in ihrem Sitz vor, dass sich der Sicherheitsgurt straffte.

»Nichts und. Entweder sind sie verdammt gute Schauspieler oder ... die Namen haben ihnen wirklich nichts gesagt.«

»Du sagst, du hast sie vorgeladen – gibt es die Möglichkeit ...«

»Einer Gegenüberstellung, meinst du? Ich habe auch schon daran gedacht, aber diese Maria, die weggezogen ist, haben wir immer noch nicht ausfindig gemacht, bei der anderen Maria fürchte ich, dass ihre Tochter das ablehnen wird, ebenso wie der behandelnde Arzt, das kann dauern, bis wir da vom Gericht einen Beschluss bekommen. Damit bliebe also im Moment nur Laetitia.«

»Die du inzwischen verdächtigst! Ich weiß, dass wir den Eindruck hatten, sie würde uns etwas verheimlichen, aber wie kommst du darauf, dass sie ...«

»Die Unfälle haben im gleichen Jahr begonnen, in dem sie aus der Psychiatrischen Klinik entlassen wurde. Wir wissen auch, warum sie eingewiesen worden war! So, und als sie wieder draußen ist, gehen die Unfälle los, immer in den Rauhnächten, wenn die Ehemaligen aus dem Internat hier sind.«

»Nein«, widersprach Lisa, »einmal ist es erst Ostern passiert, der Typ, den sie erfroren im Schnee gefunden haben.«

»Und der vorher nur gerade so eben davongekommen ist, weil ihn zufällig ein paar Snowboarder auf dem Sessellift entdeckt haben, sonst wäre er nämlich schon da erfroren! Du selber hast mir erzählt, dass du die Geschichte von Moni hast. Aber warte, ich habe noch ein echtes Ass im Ärmel ...«

Max war offensichtlich so angespannt, dass er abrupt

abbremste, um seinen Worten Nachdruck zu verleihen. Der Wagen geriet kurz ins Schlingern, dann krochen sie im Schneckentempo weiter, während Max erzählte, was er am Abend zuvor herausgefunden hatte.

»In der Bar vom Hotel! Da saß einer an der Theke, mit dem ich zufällig ins Gespräch gekommen bin. Oder auch nicht ganz so zufällig, ich hatte vorher seine Jacke gesehen, die über der Stuhllehne hing. Mit der Aufschrift BERGBAHNEN auf dem Rücken. Hat mich ein paar Schnäpse gekostet, bis wir fast so was wie beste Freunde waren, dann habe ich ihn auf die Geschichte mit dem Lift angesprochen. Und jetzt halt dich fest: Sie haben da in der Hauptsaison immer mal Aushilfen an den Liftanlagen, Leute aus dem Dorf natürlich. Unter anderem den Kreuzer.«

»Den Mann von Laetitia?«

»Es kommt noch besser! An dem Abend, an dem der Lift abgestellt wurde, obwohl ja noch ein Gast auf dem Weg nach oben war, hätte eigentlich Laetitias Mann da gearbeitet. Hat er aber nicht, weil er mittags irgendwas Falsches gegessen hatte und dauernd aufs Klo rennen musste. Also musste praktisch von jetzt auf gleich eine Vertretung her. Und das war …«

»Nein, das kann nicht sein, oder?«

»Laetitia war schon öfter mal eingesprungen, wenn einer krank war und sonst niemand konnte.«

Schon als sie von der Straße in die Einfahrt zum Hof einbogen, hatte Lisa das Gefühl, dass irgendetwas nicht stimmte. Es war windstill, der Rauch aus dem Schornstein stieg fast senkrecht in den Himmel, nur vereinzelt schwebten noch Schneeflocken herab. Es war einfach zu friedlich.

Max parkte den Wagen neben einem Schneemann, dem der Kopf fehlte. Auf dem dicken Bauch waren Kiefernzapfen als Knöpfe, zwei Tannenzweige dienten als Arme – aber er hatte keinen Kopf. Als Lisa sich umblickte, entdeckte sie noch mehr Schneemänner, alle kopflos. Aber es war noch etwas anderes, was sie viel mehr irritierte. Sie brauchte einen Augenblick, bis ihr klarwurde, dass es die absolute Stille war, die wie eine Glocke über dem Grundstück zu hängen schien.

Fast gleichzeitig sagte Max: »Was ist das? Wieso hört man den Wasserfall nicht? Beim letzten Mal war es doch so laut hier, dass man das ständige Rauschen sogar im Haus noch mitgekriegt hat.«

Lisa wies mit dem Kopf auf die schroffe Felswand, an der die Eiszapfen wie dicke Schnüre hingen. »Es ist in den letzten Nächten so kalt gewesen, dass der Wasserfall gefroren ist.«

Unwillkürlich hatte sie wieder das Bild vor Augen, wie sie an Händen und Füßen gefesselt auf dem blanken Dielenboden der Hütte lag. Gleich darauf war es nicht mehr sie, die da vor Angst und Kälte zitterte, sondern Katharina. Auch als sie die Augen zusammenkniff, wollte das Bild nicht verschwinden.

Der Schnee vor dem Haus war von Reifenspuren zerfurcht, es sah aus, als hätte vor kurzem erst ein Auto gewendet. Eine Fußspur führte vom Stall zum Haus hinüber, in den Abdrücken waren dunkle Flecken zu erkennen, Reste von Mist aus dem Ziegenstall.

Es war auch am Tag immer noch so kalt, dass Lisas Atem wie eine Wolke vor ihrem Mund hing, als sie vor Max her auf die Haustür zuging. An der Wand lehnte ein Paar Skier mit untergeschnallten Steigfellen, die Bindung war eisverkrustet.

Die Tür wurde aufgerissen, noch bevor Lisa und Max die Schwelle erreicht hatten. Laetitias Mann trug einen dunkelblauen Overall, der vor Schmutz starrte, an seinen Gummistiefeln klebte eindeutig noch Ziegenscheiße.

»Was gibt's?« Sein Gesicht war so unwirsch wie sein Tonfall. Seine ganze Haltung drückte aus: Verschwindet, ihr habt hier nichts verloren!

»Entschuldigung«, setzte Max an. »Wir wollten zu Ihrer Frau, es gibt da noch ein paar Fragen.«

»Vorher anrufen ist nicht drin, was? Oder habt ihr noch nie was von Telefonen gehört?« Er beugte sich vor und artikulierte Silbe für Silbe: »Te-le-fon, kapiert? Hier, so was!« Er fischte ein Handy aus der Tasche seines Overalls und wedelte damit vor Max' Gesicht hin und her.

»Ist okay«, sagte Max. »Es reicht. Können wir jetzt bitte Ihre Frau sprechen?«

»Ist nicht da. Ist vorhin weggefahren.«

»Der Jeep steht draußen.«

»Wir haben zwei Autos. Der Jeep gehört mir.«

»Wann kommt sie wieder?«

»Weiß ich nicht. Ist ja schon groß, bin nicht ihr Kindermädchen.«

»Dann wissen Sie auch nicht, wohin sie gefahren ist?«

»Schlaues Kerlchen, gut aufgepasst.«

»Können wir sie vielleicht auf dem Handy erreichen?«, mischte sich Lisa ein.

»Nein.«

Max trat einen Schritt vor. »Und ins Haus lassen Sie uns natürlich auch nicht?«

»Nicht ohne so einen Schrieb vom Amt, dass Sie dazu befugt sind.«

»Schlaues Kerlchen«, zahlte Max es ihm heim.

Der Mann grinste nur und stemmte demonstrativ die Arme links und rechts von sich in den Türrahmen.

»Darf ich wenigstens mal kurz bei Ihnen auf die Toilette?«, fragte Lisa. »Es ist ein bisschen dringend.«

»Geh in den Stall rüber und hock dich da hin, Mädchen. Davon bricht dir kein Zacken aus der Krone.«

»Danke, ich weiß Ihre Freundlichkeit wirklich zu schätzen, aber ... ich hab's nicht so gern, wenn mir zwanzig neugierige Ziegen dabei zusehen.«

»Siebzig«, erwiderte er ungerührt. »Ich hab siebzig Ziegen. Auf Wiedersehen!«

Er wollte ihnen eben die Tür vor der Nase zumachen, als Max schnell den Fuß in den Spalt schob.

»Moment!« Er fischte eine Visitenkarte aus seiner Jacke

und streckte sie dem Mann hin. »Sagen Sie Ihrer Frau bitte, sie soll sich so schnell wie möglich bei mir melden.«

Als Laetitias Mann keine Anstalten machte, die Karte zu nehmen, schob Max sie ihm kurzerhand in die Brusttasche des Overalls. Schon im Umdrehen setzte er dann unvermittelt hinzu: »Sie arbeiten doch manchmal bei den Bergbahnen am Sessellift, passiert es eigentlich öfter, dass da noch jemand auf dem Sessel hockt, wenn der Betrieb eingestellt wird?«

Für den Bruchteil einer Sekunde sah Lisa, wie das Gesicht des Ziegenbauern in sich zusammenzufallen schien, wie bei einem Ballon, aus dem plötzlich die Luft entwich.

»Wir wissen, dass Ihre Frau Sie an dem Nachmittag vertreten hat. Es hat auch eine Untersuchung gegeben, allerdings ohne dass die Sache geklärt werden konnte. Aber die Laetitia darf seitdem nicht mehr am Lift arbeiten, richtig?«

Kreuzer knallte die Tür so heftig zu, dass sich ein Eiszapfen von der Dachkante löste und auf der Stufe dicht neben Lisa und Max zersplitterte.

Als sie bereits wieder im Auto saßen, sagte Max: »Den Versuch war es wert, mit der Toilette, meine ich. Schade, dass es nicht geklappt hat.«

»Ich wollte sehen, ob er wirklich allein im Hause ist. Oder ob ich irgendwas entdecke …«

»Schon klar.« Max drehte den Zündschlüssel und startete den Motor. Als er zurücksetzte, murmelte er: »Vielleicht haben wir sie jetzt aufgeschreckt, und sie machen einen Fehler. Der Typ steckt doch mit seiner Frau unter einer Decke, oder wie siehst du das?«

»Könnte sein, ja. Ich weiß es nicht, Max! Ich weiß überhaupt nichts mehr. Aber ... ich möchte vielleicht auch gar nicht, dass ... Versteh mich nicht falsch, es ist doch klar, was Laetitia passiert ist, genauso wie den anderen Frauen. Sie ... sind alle ...«

Lisa biss die Zähne auf die Unterlippe.

»Sie sind alle vergewaltigt worden«, sagte Max nahezu emotionslos. »Genauso wie du! Aber du hast es geschafft, irgendwie zu fliehen, sie haben dich nach zwei Tagen völlig verwirrt drüben im Nachbartal gefunden, so stark unterkühlt, dass sie dich sofort ins Krankenhaus gebracht haben. Ich habe ein bisschen recherchiert, dein ... Unfall ist in den Akten. Da drüben scheinen sie das genauer zu nehmen als der Alois hier. Und die Täter waren dieselben, davon gehen wir doch aus, oder? Die Jungen aus dem Internat, die dich damals von dieser Silvesterfeier nach Hause gefahren haben. Nur dass du da nie angekommen bist, richtig? Dieselben Männer, die jetzt einer nach dem anderen ...«

»Seit wann weißt du es?«

»Ich habe es schon länger geahnt. Deine Reaktion ist typisch, dein Verstand versucht, dich unter allen Umständen zu schützen, um nichts anderes geht es bei dieser ... Amnesie, unter der du leidest. Und die bricht jetzt stückchenweise zusammen. Aber du erinnerst dich inzwischen an das meiste wieder, oder zumindest an mehr als vorher.

An den Mercedes, und wie sie dich noch betrunkener gemacht haben, als du schon warst, wie sie dich nicht nach Hause gebracht, sondern irgendwo hingeschleppt haben, wo sie dann über dich hergefallen sind.«

Lisa erwiderte nichts, ihr Schweigen war Antwort genug.

Als ihnen ein Linienbus entgegenkam, musste Max an den Straßenrand ausweichen. Der Bus ließ sie in einer Schneewolke zurück, die Wischerblätter hatten Mühe, die Scheibe wieder frei zu bekommen.

»Halt mal an!«, rief Lisa, als sie das Mädchen an der Haltestelle erkannte. »Das ist die Tochter!«

»Wer?«

»Laetitias Älteste, halt mal kurz.«

Das Mädchen schien in keiner Weise überrascht, als wäre ihr vollkommen klar, dass Lisa und Max nur von ihrem Hof kommen konnten. »Ihr habt meine Mutter gesucht, oder?«

»Weißt du, wo wir sie finden können?«

»Die Moni hat schon gemeint, dass ihr fragen werdet.«

»Sag das noch mal! Wer?«

»Die Moni vom Skigeschäft. Sie war da, um meine Mutter zu holen. Heute Morgen, ganz früh schon. Aber mehr weiß ich auch nicht, ich würd's euch sagen, glaubt mir.«

Das Mädchen schien tatsächlich nicht mehr zu wissen. Nur dass die Moni gesagt hatte, ihre Mutter müsse sofort mitkommen. Sie sollten keine Fragen stellen und sich keine Gedanken machen, die Moni würde sich um alles kümmern. Vor allem aber sollten sie niemandem etwas erzählen.

»Wovon erzählen? Was weißt du?«

»Nichts. Aber ich habe Angst, dass die Mutter etwas Dummes gemacht hat. Weil sie manchmal so komisch ist.«

Lisa wusste nicht, was sie erwidern sollte. Auch Max warf ihr nur einen hilflosen Blick zu, dann meinte er: »Es ist ganz schön weit zu laufen von hier. Warum bist du nicht noch eine Haltestelle weitergefahren? Sollen wir dich vielleicht zurück zu eurem Hof bringen?«

»Nein.« Sie zeigte mit dem Kopf zu einer Ansammlung von Häusern hinüber, die sich dicht am Waldrand in den Schnee kauerten. »Mein kleiner Bruder ist da drüben. Ist so was wie ein Kindergarten. Die Mutter bringt ihn morgens hin, und einer von uns anderen holt ihn mittags wieder ab.«

Die letzten Worte hatte sie schon im Umdrehen gesagt.

»Pass auf dich auf!«, rief ihr Lisa hinterher. »Wir melden uns, wenn wir etwas wegen deiner Mutter wissen.«

»Müsst ihr nicht. Die Moni kümmert sich schon drum!« Das Mädchen hob die Hand und winkte, ohne sich noch mal umzusehen.

»Die Moni«, murmelte Max. »Was hat das zu bedeuten? Wieso …«

»Ich glaube, sie hat heimlich die Nachrichten auf meinem Handy gelesen, als ich noch geschlafen habe. Die SMS, die du mir wegen Laetitia geschickt hast.«

»Und jetzt hat sie … Laetitia in Sicherheit gebracht, oder was? Langsam reicht es mir aber! Und was machen wir jetzt, bitteschön? Stecken die da beide mit drin? Lasse ich jetzt beide zur Fahndung ausschreiben? Was? Was starrst du mich so an?«

»Auch Moni ist vergewaltigt worden.« Lisa konnte es nicht länger für sich behalten, es war wichtig, dass Max es wusste, was auch immer er jetzt für Rückschlüsse ziehen würde. »In dem Jahr vor mir, sie hat es mir vorgestern erst gesagt. Ich habe es nicht gewusst, wirklich nicht. Aber sie war nie verschwunden, es ist … in einem Heuschober passiert, auf einer der Almwiesen direkt beim Dorf. Und es war noch vor dem Winter. Nicht während der Rauhnächte.«

»Und weiß sie, wer es gewesen ist?«

»Sie weiß nur, dass der Sepp dabei war. Ihr Freund! Und sie hatte ihn … sie hatte etwas mit einem anderen gehabt.«

»Halt mal! Wieder *der* Sepp, der mit dem Auto … und der ebenfalls als Externer auf diesem Internat war?«

Lisa nickte. »Moni glaubt, dass auch die anderen vom Internat kamen. Aber sie hat keinen von ihnen erkannt, sie hatten Masken auf. Moni ist sich aber sicher, dass aus dem Dorf niemand außer Sepp dabei war.« Lisa schluckte heftig. Und sie musste ihren ganzen Willen zusammennehmen, um hinzuzusetzen:. »Es gibt noch was, was du wissen musst. Ich war gestern die halbe Nacht beim Toni. Und er … er hat sich verraten! Ich weiß jetzt, dass es bei mir ... Ach Scheiße, Max, der Toni war einer von den Jungen, die mich vergewaltigt haben!«

Max starrte sie für eine oder zwei Sekunden an, dann drehte er sich ohne ein Wort um und stieg wieder in den Wagen. Er hatte bereits den Motor angelassen, als Lisa die Tür auf der Beifahrerseite öffnete und auf den Sitz rutschte. Sie war überzeugt, dass er ohne sie losgefahren wäre, wenn sie nur einen Augenblick länger gezögert hätte.

»Was für ein verdammtes Scheißdorf!«, stieß Max hervor. »Wann wolltest du es mir sagen?«

Lisa schnappte nach Luft. »Das ist alles, was dich daran interessiert? Mehr fällt dir dazu nicht ein? Aber klar, warum auch? Dir haben sie ja nicht ihre Schwänze überall reingesteckt! Immer wieder und wieder, bis du vor Schmerzen und Ekel fast krepiert wärst!« Lisas Antwort war viel schärfer ausgefallen, als sie beabsichtigt hatte. Sie ballte die Fäuste und trommelte auf das Armaturenbrett. »Herrgott, Max, begreifst du es denn wirklich nicht? Ich, Moni, Laetitia, wir alle, die Frauen hier im Dorf ...«

Im selben Moment klingelte das Telefon in der Halterung über der Mittelkonsole.

»Warte«, sagte Max, nachdem er einen kurzen Blick auf das Display geworfen hatte. »Gleich, Lisa, es tut mir leid, ich entschuldige mich, aber ...«

Er tippte auf eine Taste, um das Gespräch anzunehmen. »Ja?«

»Wo sind Sie, Mann?«, kam es krächzend aus dem Lautsprecher. »Sie müssen sofort kommen!« Alois' Stimme überschlug sich, es klang, es würde der alte Dorfpolizist nach Atem ringen. »Es geht um den Xaver, ich bin bei ihm in der Werkstatt. Er ist ... tot. Und es sieht so aus, als wäre er ermordet worden. Mit einem Jagdgewehr, aber nicht mit seinem eigenen, das hängt an der Wand. Das Einschussloch ist genau zwischen den Augen, in der Stirn, als wäre er ... hingerichtet worden. Der Nachbar hat den Schuss gehört. Und er hat jemanden weglaufen sehen, aus der Tür raus und in die Gasse. Er schwört, dass es der Toni war. Der Sohn vom Xaver! Ich hab schon jemanden rübergeschickt, aber der Toni ist weg. Sein Auto auch. Soll ich nach ihm fahnden lassen oder ...?«

Keine zehn Minuten später waren sie wieder im Dorf. Lisa lotste Max direkt zur Rückseite von Xavers Haus, die Blaulichter der Einsatzfahrzeuge zerfetzten das neblige Grau des Winternachmittags, im Rettungsfahrzeug brannte grelles Neonlicht. Die beiden Sanitäter waren gerade dabei, ihre Erste-Hilfe-Koffer wieder zu verstauen, für Xaver war jede Hilfe zu spät gekommen, sowie die Spurensicherung dagewesen war, würde seine Leiche abtransportiert werden.

Die Tür zum Stiegenhaus stand offen, ein uniformierter Polizist hielt Wache, sein Gesicht war vollkommen ausdruckslos, als wäre er eine Puppe. Ein durchhängendes Flatterband hielt die Schaulustigen zurück.

Lisa sah vor allem Leute aus dem Dorf, die Touristen auf dem Marktplatz hatten vielleicht gar nicht mitbekommen, was sich in der Gasse auf der Rückseite der Häuser abspielte. Aus den Augenwinkeln erkannte sie ein Gesicht am hinteren Seitenfenster des Polizeiwagens, als sie dem Sohn des Polizisten zuwinkte, streckte er ihr die Zunge raus.

Der Tote lag auf dem Fußboden in seiner Werkstatt, der Arzt kniete mit dem Rücken zu Max und Lisa und schrieb etwas in sein Notizbuch. Er blickte flüchtig hoch. Als er Max erkannte, fasste er automatisch halblaut zusammen: »Tod durch eine Gewehrkugel, die direkt in die Stirn eingedrungen ist. Nach den Wundrändern und den Schmauchspuren zu urteilen, war der Schuss aufgesetzt. Da hat jemand gewollt, dass der Alte auch wirklich mitkriegt, was in der nächsten Sekunde mit ihm passieren wird.« Der Arzt holte tief Luft, als hätte er genau vor Augen, wie Xaver um sein Leben bettelte.

Das Tattoo auf Monis Rücken, dachte Lisa. Das Tattoo mit der Maske und dem Einschussloch in der Stirn! Sie hatte das Gefühl, dass der Boden unter ihr schwankte, das Rauschen in ihren Ohren war so laut, dass sie kaum verstand, was der Arzt noch sagte.

»... keine weiteren Anzeichen von Gewalteinwirkung. Mutmaßlicher Todeszeitpunkt vor mindestens fünf, maximal sieben oder acht Stunden.«

»Sieben!«, unterbrach ihn Alois, »Plus / minus ein paar Minuten. Der Schuss ist gegen acht Uhr heute früh gefallen, das weiß der Kirchlechner Josef deshalb so genau, weil er um die Zeit immer mit dem Wastl rausgeht. Der

Wastl ist der Dackel vom Josef, und der Kirchlechner Josef ist der Nachbar vom Xaver. Xaver ist der Tote, aber das wissen Sie ja«, wandte sich Alois direkt an Max in dem offensichtlichen Bemühen, sich diesmal keinerlei Nachlässigkeiten zu erlauben, die man ihm hinterher zum Vorwurf machen könnte.

»Verstehe ich nicht«, erwiderte Max. »Sie haben mich doch vor höchstens zwanzig Minuten erst angerufen! Aber der Nachbar hat den Schuss schon heute Morgen gehört? Und den Sohn vom Holzschnitzer weglaufen sehen? Das passt hinten und vorne nicht, können Sie mir das erklären?«

Alois verdrehte die Augen, als hätte er schon damit gerechnet, dass es nicht einfach werden würde mit dem Kriminalen aus Salzburg. »Der Josef, also der Kirchlechner Josef, hat erst gedacht, es wäre vielleicht ein Silvesterknaller gewesen. Die Kinder knallen hier ja noch tagelang, wenn was übrig geblieben ist. Obwohl das wegen der Lawinen eigentlich nicht ...«

»Stopp!«, reagierte Max deutlich ungehalten: »Der Zeuge hat gesehen, wie kurz nach dem Schuss oder Knall der Toni weggerannt ist, und das fand er nicht weiter komisch?«

»Sie können ja gleich selber mit ihm reden, ich habe ihn nach Hause geschickt und ihm gesagt, er soll da warten. Aber das passt schon, er hat gedacht, der Toni hätte nur kurz was bei seinem Vater gewollt und wäre dann so schnell aus dem Haus gerannt, weil er es eilig hatte. Und der Wastl hat die ganze Zeit gewinselt, deshalb ist der Josef dann auch erst mal mit ihm los, damit der Wastl nicht in die Stube macht. Der Wastl ist ...«

»Der Dackel, das habe ich kapiert. – Wann hat der Nachbar die Polizei angerufen?«

»Na ja, er läuft immer so zwei, drei Stunden mit dem Wastl, meistens bis zur Wengeralm hinauf und über den alten Kapellenpfad wieder zurück. Der Wastl ist ja auch noch jung, der braucht viel Bewegung ...«

»Es reicht, Mann! Kommen Sie mal wieder zu sich und hören Sie endlich auf, hier herumzureden wie ... wie ein Kasperl im Puppentheater. Also los, ich höre, wann sind Sie geholt worden?«

Lisa zog bei Max' eisiger Stimme die Schultern hoch, aber alles, was sich da vor ihren Augen abspielte, schien ihr so unwirklich, als müsste es ein absurder Traum sein. Moni, dachte sie nur immer wieder, Moni und dieses Tattoo! Kannte Toni das Motiv vielleicht? Wusste er, was sich Moni hatte stechen lassen? Gab es da irgendeinen Zusammenhang mit ... dem Mord an Xaver? Lisas Gedanken wurden abgelenkt, als der Dorfpolizist die Hacken zusammenknallte und demonstrativ die Hand an die Schläfe legte, als würde er salutieren.

»Wie Sie wünschen, Herr Major«, brüllte er jetzt ebenso laut wie Max kurz zuvor. Es war klar, dass er Max provozieren wollte, er sah sich in seiner Rolle als *die* Autoritätsperson des Dorfes gefährdet, aber so wirklich wagte er es dann doch nicht, sich mit Max anzulegen. »Eingang des

Anrufs um kurz nach zwei ... Warten Sie, ich kann das erklären! Als der Josef mit seinem Hund zurückgekommen ist, hat er sich gewundert, dass der Laden vom Xaver noch immer verschlossen war. Und deshalb ist er dann später noch mal rüber, um nachzusehen. Weil immer noch keiner im Laden war, ist er hinten rein, die Tür ist ja nie verschlossen. Und da hat er dann den Xaver auf dem Boden liegen sehen!«

»Das heißt ... Der Nachbar hat ihn gefunden? Und das sagen Sie erst jetzt? Der war hier, Mann, dann könnte auch er der Täter gewesen sein und das mit dem Toni einfach erfunden haben, kapieren Sie das nicht?« Max schlug sich mehrmals mit der Hand vor die Stirn. »Ihr habt doch alle einen an der Waffel, Leute, ihr seid doch hier oben nicht mehr ganz dicht.«

»Das habe ich gehört«, erwiderte Alois störrisch. »Und zwar vor Zeugen! Das wird Ihnen noch leidtun, Herr Major. Das melde ich nämlich, und dann ...«

»Noch ein Wort«, zischte Max, »und ich vergesse mich! Was ist jetzt mit dem Toni? Sie haben gesagt, er ist ...«

»Weg, ja. Hat sich abgesetzt. Mit seinem Auto. Und ans Handy geht er auch nicht, da läuft nur die Mailbox.« Der Dorfpolizist schob sich so dicht an Max heran, als wollte er ihn jeden Moment tätlich angreifen. »Was der Herr Major natürlich nicht wissen kann, der Toni und sein Vater hatten schon öfter Streit miteinander. Das Verhältnis war nicht gut zwischen den beiden. Und es ist nicht besser geworden, seit der Toni seinen eigenen Laden aufgemacht hat. Er hat dem Vater ja regelrecht die Kunden weggeschnappt. Der Xaver hat nur noch seine Masken geschnitzt, für seine Stammkundschaft! Aber die Touristen sind alle zum Toni gerannt. Vielleicht haben sie darüber gestritten und …«

»Ich brauche das Kennzeichen von Tonis Wagen«, unterbrach ihn Max. Er trat hastig einen Schritt zurück, bevor ihn ein neuer Sprühregen aus Alois' Mund erwischen konnte. »Wir geben eine Fahndung raus.«

Er warf Lisa einen raschen Blick zu.

Tatsächlich deutete im Moment alles auf den Toni als Täter hin.

Hör auf, dauernd an dieses Scheiß-Tattoo zu denken, versuchte Lisa, ihre Panik in den Griff zu bekommen. Es muss überhaupt keinen Zusammenhang geben, es ist ebenso gut möglich, dass Moni mit diesem Motiv nur ihre eigene Wut für immer auf ihrer Haut tragen wollte, damit sie nie vergisst, was ihr passiert ist. Und dass sie es nicht noch mal zulassen wird!

Aber jetzt gerade schien alles nur ein einziges Chaos. Der Toni hatte seinen eigenen Vater ermordet und war nach der Tat geflohen, Moni war verschwunden und hatte Laetitia mitgenommen, von Katharina gab es immer noch keine Spur. Und das war vielleicht das Schlimmste von allem! Lisa hatte nichts erreicht, sie hatte Katharina immer noch nicht gefunden, sie hatte … ihr heimliches Versprechen nicht eingelöst.

Max telefonierte mit der Einsatzzentrale in Salzburg.

Erst mit seinem Vorgesetzten, dann mit einem Kollegen. Und er ließ nicht nur Toni landesweit zur Fahndung ausschreiben, sondern gab auch die Namen und Hotels der drei Männer durch, die zusammen mit Toni im Internat gewesen waren. Seine möglichen Mittäter nicht nur bei Lisas Vergewaltigung, sondern aller Wahrscheinlichkeit nach auch bei den anderen Frauen. Die Männer, die es so eilig gehabt hatten, Oberalmdorf zu verlassen, und die Max für später am Tag vorgeladen hatte. Nur dass sich die Situation jetzt grundlegend verändert hatte.

»Es ist gut möglich, dass die drei Männer in Gefahr sind. Es ist mir vollkommen egal, wo oder wie ihr sie auftreibt, Hauptsache, ihr findet sie und bringt sie sofort hierher.«

Lisa sah, wie Alois irritiert die Hände hob und fragend zu ihr blickte. Als Max gleich darauf erst Laetitias und dann auch Monis Namen und Beschreibung angab, um ebenfalls nach ihnen suchen zu lassen, verstand Alois endgültig gar nichts mehr. Er lief nur aufgeregt in der Werkstatt auf und ab, dann tuschelte er mit dem Arzt, der nach seinen kurzen medizinischen Angaben keinen Versuch mehr unternommen hatte, sich in das weitere Geschehen einzumischen. Jetzt allerdings schien er ebenso nervös wie der Dorfpolizist.

Natürlich hatte Alois ganz bewusst versucht, alle zurückliegenden Fälle unter den Teppich zu kehren, die Schlampigkeit, mit der er vorgegangen war, ließ keinen anderen Schluss zu. Und das galt zumindest ansatzweise auch für den Arzt. Dennoch musste sich Lisa eingestehen, dass offensichtlich weder der eine noch der andere wusste, was tatsächlich passiert war. Das sprach allerdings auch nicht für sie, sie hatten es gehalten wie die drei Affen, nichts sehen, nichts hören, nichts sagen. Aber damit waren sie noch lange nicht von einer Mitschuld befreit, vor allem nicht, was die Fälle mit den verschwundenen Frauen anging ...

Wenig später tauchte die Spurensicherung auf. Als Lisa mit Max den Raum verlassen wollte, fiel ihr Blick zufällig auf eine kleine Kammer, die von der Werkstatt abzweigte. Sie benutzte ihr Handy als Taschenlampe, Max blieb dicht hinter ihr, nahezu gleichzeitig schnappten sie beide scharf nach Luft, als wollten sie nicht wahrhaben, was sie bereits nach dem ersten Blick erkannten: Die Wände der Kammer waren ringsum mit Masken behangen. Und jede von ihnen schien den erschreckenden Fratzen zu entsprechen, mit denen der Xaver weit über das Dorf hinaus bekannt geworden war und die ja auch vorn im Laden ausgestellt waren. Aber dennoch gab es einen Unterschied. Diese zum Albtraum gewordenen Gesichter unter den gebogenen Hörnern, mit den wirren Haaren und den langen, zerzausten Bärten, wirkten wie die genauen Abbilder realer Personen.

Sie *waren* genaue Abbilder.

Auf der linken Seite die Gesichter der Männer, deren Fotos Max Lisa noch am Morgen gezeigt hatte. Auch der Tote von der Brücke war unschwer zu erkennen, Max deutete auf drei weitere Masken: »Das ist der, der mit dem Schneebrett in die Tiefe gerissen wurde, der daneben lag halbnackt und erfroren im Schnee, und der hier ...«

»... ist der Florian! Der Schreiner, der zu Tonis Clique gehörte und mit dem Pferdefuhrwerk abgestürzt ist.« Lisa drehte ihr Handy so, dass der Lichtschein die gegenüberliegende Wand beleuchtete. Nahezu tonlos flüsterte sie: »Die Vroni, ich erinnere mich an sie, die Laetitia, die Maria, die weggezogen ist, und die andere Maria, die nicht mehr spricht. Und das hier, das ist ...«, Lisas Hand zitterte so sehr, dass der Lichtkegel hin und her tanzte, »... meine Mama!«

»Leuchte hier drüben noch mal«, forderte Max sie auf. »Hier fehlt doch eine Maske, sieh mal, der Nagel ist noch da, aber ...«

»Die vom Toni«, flüsterte Lisa.

»Sein Vater hat über alles Bescheid gewusst, und der Toni hat ihn erschossen. Und dann hat er die Maske von sich mitgenommen! Er hat das Gruselkabinett seines Vaters gekannt, er hat gewusst, dass er in einer Reihe mit den anderen Tätern hing.«

Das Chaos in den Stunden danach war gewaltig. Immer wieder klingelte Max' Handy. Oder es trafen neue Polizisten ein, besprachen sich kurz mit ihm und verschwanden wieder.

Der tote Holzschnitzer war inzwischen direkt nach St. Josef zur Gerichtsmedizin gebracht worden. Max benutzte jetzt die Dienststube von Alois als Zentrale, auch wenn es kaum mehr als ein spärlich möblierter Büroraum war, der aussah, als wäre er das letzte Mal in den fünfziger Jahren renoviert worden. Aber immerhin gab es eine Übersichtskarte an der Wand, die auch die Berge ringsum und das Nachbartal erfasste.

Max hatte Alois angewiesen, einen möglichst großen Tisch und eine Schultafel im Nebenzimmer aufzustellen, von wo aus er die Einsätze koordinierte. Als Alois sich vor ihm aufbaute und fragte, ob Lisas Anwesenheit überhaupt mit den Vorschriften vereinbar sei, zuckte Max nur mit der Schulter und murmelte: »Rufen Sie doch in Salzburg an, wenn's Ihnen nicht passt. Soll ich Ihnen die Durchwahl vom Polizeidirektor geben?«

Alois zog sich mürrisch zurück, sein Assistent kochte Unmengen Kaffee und holte und zwei- oder dreimal etwas zu essen, belegte Semmeln vom Bäcker, Pizza aus dem Felsenkeller, der näher an der Polizeiwache war als der Spanier oder eines der anderen Restaurants.

Mario ließ es sich allerdings nicht nehmen, die Pizza persönlich zu ihnen herüberzubringen. Lisa hatte den Verdacht, dass er vor allem sehen wollte, wie Alois zur bloßen Randfigur degradiert war. Es hatte da mal einen Zwischenfall gegeben, als Alois im Felsenkeller behauptete, als Polizist des Ortes brauchte er für sein Essen nicht zu zahlen, Marias Familie könnte froh sein, dass er nicht von der Mafia wäre und Schutzgeld verlangen würde. Es war Ewigkeiten her, und Alois war betrunken gewesen, aber Marios Mutter hatte ihm kurzerhand Hausverbot erteilt – auf Lebenszeit! Umso mehr genoss es Mario, jetzt erhobenen Hauptes an Alois vorbeizuspazieren und seine Pizzas mit den Worten »geht selbstverständlich aufs Haus« bei Max und Lisa abzuliefern.

Auch ein Hubschrauber war im Einsatz, außerdem waren die Grenzstationen benachrichtigt worden. Und Max hatte die Fahndung mit der immer noch ergebnislosen Suche nach Katharina verknüpft. Es war keine Frage mehr, dass die Ehemaligen aus dem Internat etwas mit Katharinas Verschwinden zu tun hatten.

»Es tut mir leid, Lisa, aber wir können nicht ausschließen, dass auch Toni etwas weiß.«

»Das ist mir klar.«

»Gut. Je eher wir also diese Typen oder Toni erwischen, umso eher erfahren wir hoffentlich, wo wir Katharina finden.«

Aber bis zum Anbruch der Dunkelheit hatten sie immer noch keine Spur. Nicht den kleinsten Hinweis. Bereits am Nachmittag war die Information von der Polizeiwache im Nachbartal gekommen, dass die drei Männer zu einer gemeinsamen Skitour aufgebrochen seien – ohne Angaben, wohin. Aber auch die umgehend verständigten Mitarbeiter der Bergbahnen hatten sie nicht gesehen, das Gleiche galt für die Bergrettung, die sogar extra eine der ausgewiesenen Skirouten abgefahren war.

Die Männer waren wie vom Erdboden verschluckt. Ebenso wie Toni. Moni und Laetitia. Katharina.

Als hätte es sie alle nie gegeben.

Eine Stunde später wurde ein Anruf für Max durchgestellt. Er brauchte einen Moment, bevor er den Namen einordnen konnte. »Maria Spechtenhauser! Die Maria, die weggezogen ist!«, flüsterte er Lisa dann zu, während er gleichzeitig den Lautsprecher einschaltete und sagte: »Wir versuchen seit Tagen, Sie zu erreichen! Gut, dass Sie sich melden, dann können wir jetzt ...«

»Die Kriminalpolizei aus Salzburg hat mich informiert, dass Sie nach mir suchen.«

Ihre Stimme klang seltsam unbeteiligt, als wäre die Frau weder neugierig, was die Polizei von ihr wollte, noch auf irgendeine Weise ... nervös, dachte Lisa.

»Ja«, bestätigte Max, »es geht um etwas, was schon länger zurückliegt, bevor Sie Oberalmdorf verlassen haben.«

»Ich weiß, worum es geht. Aber ich bin nicht bereit, darüber zu reden. Warum sollte ich? Es wird nichts daran ändern, was passiert ist.«

»Augenblick, ich versichere Ihnen ...«

»Soll das ein Witz sein? *Sie* wollen mir etwas versichern? Wer sind Sie denn? Ein Major bei der Kriminalpolizei in Salzburg, nicht der Bundeskanzler oder was auch immer Sie glauben. Wobei selbst das keinen Unterschied machen würde, da bin ich mir fast sicher.«

Max warf Lisa einen ratlosen Blick zu, sie machte eine Geste, die bedeutete: »Lass sie weiterreden.« Dann griff sie nach einem Zettel und schrieb hastig: *Sie hat nicht angerufen, um gar nichts zu sagen.*

Max nickte. »Es tut mir leid, aber ich verstehe nicht, was Sie meinen«, sagte er laut zu Maria Spechtenhauser.

»Muss ich Ihnen das wirklich erklären? Muss *ich* Ihnen sagen, wie das läuft, wenn es um ganz bestimmte Leute geht, mit denen sich lieber niemand anlegen möchte? Weil es da auch mit ziemlicher Sicherheit noch ein paar gemeinsame Leichen in irgendeinem Keller gibt? Die Dreckschweine werden sowieso davonkommen, und es wird wahrscheinlich noch nicht mal eine Untersuchung geben, man pisst niemandem ans Bein, der einen mit reinreiten kann, so einfach ist das.«

Die anfängliche Distanziertheit der Frau am Telefon war längst einer gespannten Unruhe gewichen, die keinen Zweifel mehr daran ließ, wie aufgewühlt Maria Spechtenhauser in Wirklichkeit war. Als sie schrill auflachte, klang es so verzweifelt, dass Lisa sich zwingen musste, Marias Redefluss nicht mit irgendeinem falschen Wort zu unterbrechen. Die nächsten Sätze würden entscheiden, ob ihre Anschuldigungen mehr waren als nur Behauptungen.

»Die Stützen der ach so feinen Gesellschaft! Wie wir sie aus den Bildern in der Zeitung kennen, wenn sie zum Opernball stolzieren. Der ehrenwerte Richter aus Wien mit dem untrüglichen Gespür, sich medienwirksam zu inszenieren, ist ja nun leider nicht mehr dabei, aber seine alten Parteifreunde vertreten ihn doch durchaus würdig, der Landeshauptmann aus Graz mit der berühmten Schauspielerin an seiner Seite, der Immobilienmakler mit dem Schlösschen am See in Kärnten, der ...«

Marias Stimme brach so plötzlich ab, dass die Stille nur umso lauter wirkte.

»Was?«, fragte Max vorsichtig. Und dann: »Frau Spechtenhauser, sind Sie noch da?«

»Ich bin noch da, ja. Aber geben Sie sich keine Mühe, mehr werden Sie von mir nicht hören. Und glauben Sie bloß nicht, Sie könnten mich noch mal ausfindig machen. Das ist das letzte Gespräch, das ich unter dieser Nummer führe. Auch mein Name wird Ihnen nicht noch mal weiterhelfen.«

»Hören Sie, ich –«

»Namen kann man ändern. Die Vergangenheit leider nicht.«

Bevor Max oder Lisa reagieren konnte, wurde die Verbindung unterbrochen. Als Max die Rückruftaste drückte, kam nur die automatische Ansage, dass der Anschluss nicht erreichbar sei.

»Sie hat die SIM-Karte rausgenommen«, stellte Max fest.

Lisa hatte plötzlich Lust zu rauchen. Oder sich hoffnungslos zu betrinken.

»Aber die Leute, die sie benannt hat, das war eindeutig, auch ohne die Namen«, sagte sie, ohne Max dabei aus den Augen zu lassen. Es war keine Frage, sie stellte nur etwas fest, was nicht mehr zur Diskussion stand. »Und glaubst du … Ich meine, könnte es sein, dass sie …«

»Ja, durchaus möglich.« Max' Antwort kam ohne jedes Zögern, als hätte er gerade den gleichen Gedanken wie

Lisa gehabt. »Ein Motiv hätte sie, ein starkes Motiv sogar. Ihr ist dasselbe angetan worden, wie … dir und den anderen Frauen, aber sie glaubt nicht daran, dass die Täter jemals zur Rechenschaft gezogen werden, also muss *sie* dafür sorgen, dass sie ihre gerechte Strafe bekommen.« Max blickte hoch. »Die Frage ist nur, warum sie mich dann zurückgerufen hat, das ergibt keinen Sinn!«

»Vielleicht irren wir uns, Max! Vielleicht hofft sie trotz allem immer noch, dass etwas passiert. Sie nennt keine Namen, aber ihre Hinweise sind eindeutig genug für den Fall, dass die Polizei noch nicht von selbst darauf gekommen ist. Und sie beschimpft dich, gleich zu Anfang des Gesprächs, quasi stellvertretend für den gesamten Polizeiapparat, sie will deinen Ehrgeiz anstacheln, dich provozieren, damit du etwas unternimmst. Das ist ihre letzte Hoffnung, und das ist auch der Grund für ihren Anruf.«

Diesmal dauerte es, bis Max antwortete. Und dann schien sein Satz eher für ihn selbst bestimmt, als er leise sagte: »Vielleicht wären wir ohne Hoffnung alle besser dran.«

Im selben Moment begriff er, dass Lisa bei seinen Worten natürlich sofort an Katharina denken musste: »Vergiss es, Lisa, das war dumm von mir. Das nehme ich zurück. Und ich denke, dass du wahrscheinlich richtigliegst mit deiner Vermutung, was Maria Spechtenhauser betrifft. Und ohne Hoffnung wird es nicht gehen.« Wobei unklar blieb, auf was sich sein letzter Satz beziehen sollte.

Gegen 22 Uhr entschied Max dann aufgrund der Dunkelheit und der Witterungsverhältnisse, die weitere Suche erst am nächsten Tag fortzusetzen.

Zusammen aßen sie noch etwas von der kalten Pizza, die im Kühlschrank stand, hatten jedoch beide keinen Appetit. Max schlief am Tisch fast ein, Lisa brachte ihn ins Hotel, wo er sofort wie ein Stein aufs Bett fiel. Sie selber lag mit offenen Augen neben ihm, bis ihr Handy eine Nachricht von Moni meldete.

Die SMS war bereits vom frühen Abend des vorherigen Tages, aber jetzt erst eingegangen.

Es gibt diese Hütte, von der du geredet hast!

Mehr nicht. Als hätte Moni keine Zeit gehabt. Oder sie war unterbrochen worden und hatte nur diese beiden Sätze noch abschicken können.

12. KAPITEL, 5. JANUAR

Nacht der Wunder

Wenn sichtbar wird, was unter dem Schnee verborgen war

Die nächste Nachricht kam im Morgengrauen, wieder mit einer Verzögerung von mehreren Stunden.

Wenn man vom Greifenfels aus den Ziehweg zum Gipfel der Gamsspitze hinaufnimmt, dann endet die Fahrstraße an der alten Staumauer vom Fluss. Von da aus führt ein Fußpfad weiter durch den Wald. Ganz oben war früher die Hütte des Jagdaufsehers, als Greifenfels noch ein Jagdschlösschen war. Ich glaube aber, die Hütte gibt es immer noch! Das gehörte nur alles zum Internat, deshalb findest du es auch auf keiner Wanderkarte. Da ist immer nur ein schraffiertes Gebäude eingezeichnet mit dem Hinweis »privat«.

Wieder brach die Nachricht ohne einen Gruß einfach ab.

Lisa hatte Mühe, Max wach zu bekommen, aber sie hatte ihm kaum die SMS vorgelesen, als er aufsprang und sich hastig anzog.

»Ich muss telefonieren! Wir müssen …«

»Warte, Max! Der Streifenwagen, den du gestern zum Internat geschickt hast, – was haben deine Kollegen gesagt?«

»Sie haben alles überprüft, aber da war nichts. Null. Niente. Nada. Das Gebäude ist wegen Einsturzgefahr verbrettert und zugenagelt, da ist schon ewig keiner mehr gewesen, haben die Kollegen berichtet. Aber wenn es tatsächlich noch eine alte Hütte weiter oben am Berg gibt … Hast du eine Vorstellung davon, wo genau das sein müsste?«

»Oberhalb der Baumgrenze. Danach kommt nur noch das Kar zwischen den beiden Zinnen … Scheiße! Das Kar!« Lisa ballte die Fäuste. Das Herz schlug ihr bis zum Hals hinauf.

»Lisa, was ist, was meinst du?«

»Als ich ihnen damals entkommen bin, da … da war ein schmaler Grat, nur Schnee und Eis, und dahinter ging es steil nach unten, sicher fünf, sechs Meter, ein Felsabriss, direkt über dem Kar, in dem regelmäßig die Lawinen abgehen. Es könnte sein, dass …«

»Dass du da runter bist? Auf deiner Flucht?«

»Das würde zumindest dazu passen, dass sie mich im Nachbartal gefunden haben. Und wenn Moni recht hat, ist auch klar, warum ich nicht auf diese Hütte gestoßen bin, egal auf wie vielen Karten ich in den letzten Tagen danach gesucht habe!«

»Kommt man da jetzt hoch? Auf diesem Fußpfad, von dem Moni geredet hat?«

»Schwierig. Im Sommer ja, klar. Jetzt weiß ich nicht. Vielleicht mit Skiern. Oder auch mit einem Scooter, aber ich bin mir nicht sicher.«

»Hubschrauber?«

»Ich glaube nicht. Wenn es wirklich derselbe Ort ist, dann war nur ein schmaler Grat da oben, wie eine Messerkante. Und die Bäume stehen bis fast an den Abgrund.«

Max rief eine Nummer in seinem Handy auf. »Die Zentrale in Salzburg«, raunte er Lisa zu. »Wir müssen wissen, von wo aus Moni dir ihre Nachricht geschickt hat ... Ja, hallo, hier ist Major Gruber, grüß euch, ich brauche eine Verbindung zur Telefongesellschaft. Ja, ich weiß, dass es noch früh ist, aber im Zweifelsfall klingeln Sie den Direktor persönlich raus.«

Zehn Minuten später hatten sie die Antwort. Monis Handy war im Nachbartal eingewählt gewesen, der nächste Sendemast war nicht weit von einem Parkplatz für eine Skiwanderroute entfernt, die zur Zeit allerdings wegen Lawinengefahr gesperrt war.

Der Streifenwagen, den Max unverzüglich dorthin schickte, entdeckte Monis Auto auf Anhieb. Zugeschneit und abgeschlossen und ohne einen Hinweis auf Moni. Der rote Mini war der einzige Wagen, der da stand. Fuß- oder Skispuren waren aufgrund des Schneefalls in der Nacht nicht mehr zu erkennen.

»Könnte sie nicht doch von da drüben auf den Berg gelangt sein?«

Lisa rief eine Karte im Smartphone auf. »Ganz sicher

nicht, nein. Der Parkplatz ist zu weit entfernt. Sie kann unmöglich …«

»Gut. Ich beordere die Hundestaffel. Und ich fahre selber rüber. Jetzt!«

»Soll ich nicht mitkommen?«

»Nein.« Er beugte sich vor und hauchte ihr einen Kuss auf die Wange. Seine Bartstoppeln kratzten. »Ich möchte, dass du hierbleibst. Als Rückendeckung gewissermaßen. Bitte, geh zum Alois und hock dich da hin. Sag einfach, du sollst da warten, bis ich mich bei dir melde. Wenn's was Neues gibt, will ich, dass *du* da bist. Ich trau diesen beiden Vögeln nicht. Wenn dir irgendwas komisch vorkommt, ruf mich sofort an, ja?«

»Aber …«

»Bitte, tu es einfach, mir zuliebe.«

Erst als er schon die Tür hinter sich ins Schloss zog, wurde Lisa klar, was seine Absicht war. Er wollte sie bei Alois auf der Polizeiwache wissen, falls Toni unerwartet auftauchen würde! Max fürchtete allen Ernstes, Toni könne zurückkommen – und sie sich womöglich als Geisel nehmen oder ihr etwas anderes antun. Sie war sich sicher, dass das der Grund war.

Allerdings erschien ihr der Gedanke vollkommen abwegig, wenn Toni wirklich seinen Vater umgebracht hatte, dann war er längst in die Berge hinauf geflüchtet. Sie hatte gestern vor dem Laden gesehen, dass seine Skier hinten im Jeep lagen. Und er hatte sein Gewehr dabei! Alle Jungen aus dem Internat hatten gelernt, wie man im Winter draußen zurechtkommt, auch ohne vernünftige Ausrüstung – eine Art Überlebenstraining, das ganze Männer aus ihnen machen sollte, aber kaum etwas anderes als ein weiterer Machtmissbrauch gewesen war …

Nein, Toni war weg und würde in irgendeinem Versteck abwarten, bis sich die erste Aufregung gelegt hatte. Dann konnte er es riskieren, für immer zu verschwinden, in ein anderes Land, irgendwohin, wo ihn niemand finden würde. Zurückkommen würde er sicher nicht noch mal.

Im gleichen Augenblick fasste sie einen Entschluss. Zumindest den Versuch musste sie unternehmen! Und vielleicht war es alleine sogar besser, alleine würde sie keinen Verdacht erregen, ein einsamer Skiläufer wäre bei weitem nicht so auffällig wie eine lange Reihe von Schneescootern, die sich mit aufheulenden Motoren durch die Stille der Bergwelt fraßen.

Sie wusste immer noch, was man für einen Aufstieg mit Skiern unbedingt dabeihaben sollte, die schnellste Lösung würde sein, sich alles Notwendige bei Moni zusammenzusuchen.

Wo sie dann allerdings keine Viertelstunde später feststellen musste, dass das Chaos in Monis Schubladen schlimmer war als erwartet. Und dass sie die Batterien für die Stirnlampe ausgerechnet im Badezimmer zwischen Taschentüchern und Tampons entdeckte, war bei weitem nicht das Ungewöhnlichste bei ihrer Suchaktion. Dafür passte ihr Monis Thermounterwäsche wie angegossen. Lisa musste lächeln, als sie sich daran erinnerte, wie sie früher manchmal Slips und Bra miteinander getauscht hatten, als wäre das besonders frivol und damit nur umso erregender.

Nachdem sie alles Notwendige in Monis Skirucksack verstaut hatte, lief sie ein letztes Mal von Zimmer zu Zimmer, in der Hoffnung, vielleicht doch noch einen Hinweis zu finden. Aber ihre Suche blieb vergeblich, Lisa spürte, wie sich ihr Magen zusammenzog. Was stimmt nicht mit Moni, dachte sie, wie tief steckt sie da in irgendetwas drin, was ... nicht gut für sie ist? Wo um alles in der Welt bist du, Moni?

Als Lisa in den Volvo stieg, brach für einen Moment die Sonne zwischen den Wolken durch, der Schnee reflektierte das gleißende Licht, das Dorf und die Berghänge wirkten wie verzaubert.

Sofort strömten auch die Touristen zur Talstation der Gondel, sie werden sich wundern, dachte Lisa, die dunkelgraue Wand, die sich schon wieder über den Gipfel des Großkogel schob, ließ nichts Gutes vermuten, ebenso wenig wie die Föhren oben am Skihang, deren Wipfel von starken Windstößen hin- und hergezerrt wurden.

Es konnte nicht mehr lange dauern, bis zumindest der Sessellift oben am Gipfel gesperrt würde. Allerdings waren das auch keine sonderlich guten Aussichten für das, was sie gerade jetzt vorhatte! Zumal die Gamsspitze noch höher lag als der Großkogel, der Aufstieg würde jedenfalls alles von ihr fordern.

Lisa war noch kaum am Kreisverkehr, als ihr der stiebende Schnee, der sich wie ein Schleier über die Windschutzscheibe legte, recht gab. Die Sonne war schlagartig wieder verschwunden, das eintönige Grau ließ die verschneiten Wiesen wie eine einzige Fläche erscheinen, ohne jede Konturen.

Aber die Straße war gut geräumt, auf der fest gefahrenen Schneeschicht hatte Lisa keine Mühe, den Volvo in der Spur zu halten, selbst als sie auf den geraden Strecken deutlich über achtzig fuhr. Es war wenig Verkehr, auf den über zehn Kilometern bis zur Abzweigung kamen ihr nur zwei Wagen entgegen. Und einmal ein Milchlaster, mit einem blinkenden Weihnachtsbaum in der Mitte der Frontscheibe. Offensichtlich war der Fahrer so stolz auf seine Dekoration, dass er sie auch übers Fest hinaus noch präsentieren wollte.

Lisa war irritiert, dass die schmale Nebenstraße nach Greifenfels ebenfalls geräumt war, das machte es zwar einfacher für sie, aber im Stillen hatte sie darauf gehofft, vielleicht doch irgendwelche Autospuren zu entdecken, die den Kollegen von Max entgangen waren.

Der Weg wand sich in engen Serpentinen bis zum Internat hinauf, vor der Einfahrt mit dem schmiedeeisernen Tor hatte das Räumfahrzeug gewendet und einen gut zwei Meter hohen Schneewall zusammengeschoben.

Die Bergspitzen waren bis zur Baumgrenze hinter einer Wolkenwand verborgen. Als Lisa ausstieg, biss sich ein eiskalter Wind in die Haut ihres Gesichts. Sie meinte, eine

Reihe undeutlicher Spuren in dem Schneewall auszumachen, als ob jemand versucht hatte, über den Haufen hinwegzuklettern, sie war sich aber nicht sicher, ebenso konnten es auch Hirsche oder Rehe auf der Suche nach Futter gewesen sein. Oder die Polizisten, die ihre Aufgabe ernst genommen hatten!

Das Tor war mit einer Eisenkette und einem rostigen Vorhängeschloss gesichert, aber selbst aus der Entfernung konnte Lisa erkennen, dass alle Fenster und Türen des alten Internats bis zum Turm hinauf mit Holzplatten vernagelt waren, so wie es die Polizisten ja auch berichtet hatten. Wahrscheinlich dient das baufällige Gebäude noch nicht mal im Sommer als heimlicher Treffpunkt für irgendwelche Jugendlichen, dachte Lisa. Es war zu weit vom Dorf entfernt, um mit dem Moped extra bis hierher zu fahren, und die Heuschober und Schutzhütten an den Wanderwegen beim Dorf boten leichtere Verstecke, um nachts heimlich zu kiffen, sich zu betrinken, rumzuknutschen und zu fummeln.

Hier war jedenfalls länger schon niemand gewesen, auch dass es auf keiner der Mauern irgendwelche Graffiti gab, schien Lisa recht zu geben.

Bei dem Blick auf die gemauerten und teilweise eingestürzten Kamine, die aus dem Dach des Internats aufragten, schoss Lisa der Gedanke durch den Kopf, dass Katharina unmöglich da oben in dieser alten Hütte des Jagdaufsehers sein konnte, irgendjemandem wäre sonst längst der Rauch aus dem Schornstein aufgefallen! Und das galt dann auch für die anderen Frauen in den vergangenen Jahren, ebenso wie für Lisa selbst. Moni musste sich irren, es war zu unwahrscheinlich.

Aber jetzt war sie schon mal hier, und solange es auch nur den Hauch einer Chance gab, dass Moni vielleicht doch recht hatte, musste sie es wissen. Und nicht nur wegen Katharina. Sie musste sich mit eigenen Augen davon überzeugen, ob die Dreckschweine sie damals nur zum Schein zurück zum Dorf gebracht hatten und dann umgekehrt waren, nachdem sie ihr irgendwas ins Glas gekippt hatten. Ob sie sie tatsächlich in direkter Nähe zu diesem Scheißinternat vergewaltigt hatten, ob sie ihnen von dieser Hütte da oben entkommen war.

Es ging jetzt mehr denn je zuvor um sie selbst, sie musste sich Sicherheit verschaffen, um mit diesem Kapitel ihrer Vergangenheit endlich abschließen zu können.

Es musste ihr gelingen, für den Moment alles andere auszublenden. Und weder an das Schicksal von Katharina zu denken noch an Moni oder Laetitia. Max würde sich darum kümmern, sie konnte ohnehin nichts anderes tun, als den Herrgott anzuflehen, Erbarmen mit ihnen allen zu haben.

Erst als sie mit den Skiern schon ihre einsame Spur um das eingezäunte Gelände herum zog, wurde ihr klar, dass sie für die nächsten Stunden völlig auf sich gestellt sein würde. Niemand wusste, wo sie war, und ihr Handy hatte hier oben keinen Empfang, das Internat lag in einem Felseinschnitt, der bis zum Gipfel der Gamsspitze hinauf jede

Verbindung unmöglich machte. Sie ärgerte sich jetzt, dass sie nicht wenigstens von der Landstraße aus noch eine kurze Nachricht an Max geschickt hatte. Nicht nur als Sicherheit für sie selbst, sondern auch für den Fall, dass Max etwas Neues hatte, eine Spur, einen Hinweis, und vergeblich versuchen würde, sie zu erreichen.

Aber es war zu spät, umzukehren und den Fehler zu korrigieren. Und tief in ihrem Inneren war sie auch der festen Überzeugung, dass es ohnehin nur sie etwas anging, was sie gerade tat. Es war *ihre* Vergangenheit, was immer sie herausfinden würde und egal wie schmerzhaft es vielleicht war, sie musste es mit sich selbst ausmachen.

Sie kam gut voran, die Entscheidung, mit Skiern aufzusteigen, war richtig gewesen, im Zickzack arbeitete sie sich Meter um Meter nach oben. Wo immer es möglich war, blieb sie im Schatten der Bäume und mied freie Schneeflächen, ohne dass sie einen konkreten Grund dafür hätte nennen können. Es war mehr ein Gefühl, das sie zur Vorsicht veranlasste, vielleicht trug auch die Ruine des Internats zu der unheimlichen Stimmung bei, die fast gespenstische Stille, die nur vom Geräusch ihrer Skier auf dem hier am Hang teilweise verharschten Schnee durchschnitten wurde, vom krächzenden Ruf eines Eichelhähers, vom plötzlichen Rauschen der Kiefern, wenn ein Windstoß in die Baumwipfel fuhr.

Lisa folgte dem Zaun vom Internatsgelände, um eine Orientierung zu haben. Und dieser Zaun war noch viel unheimlicher als die grauen Mauern und die verwitterten Erker von Greifenfels, gut zwei Meter hohe Eisenstangen, mit spitz zulaufenden Enden und zusätzlich mit Natodraht gesichert – hier war es nie darum gegangen, Unbefugten den Zutritt zu verwehren, dachte Lisa, es war vielmehr ein Gefängnis, aus dem jede Flucht unmöglich gemacht werden sollte. An mehreren Stellen war der Zaun durch eine Mauer unterbrochen, auf dem oberen Rand konnte Lisa die Spitzen von Glasscherben glitzern sehen, die in den Zement eingegossen waren.

Erst an einer steil aufragenden Felswand endete die seitliche Abgrenzung, dafür war der Natodraht in drei, vier Metern Höhe mit Haken quer über den glatten Stein gespannt und verlor sich im diffusen Halbdunkel der Bäume. Lisa war überzeugt, dass er auf der anderen Seite wieder auf einen ähnlichen Zaun wie den vor ihr treffen würde. Sie konnte auch so etwas wie den Eingang zu einer Höhle ausmachen, fast verborgen von Efeu und Brombeergestrüpp.

Sie musste die Felswand jetzt im weiten Bogen umgehen, inzwischen war sie über zwei Stunden unterwegs, ihre Muskeln schmerzten, ihr Atem ging keuchend. Als sie hinter den Bäumen auf ein weites Schneefeld kam, sah sie die beiden Felszinnen, die zum Gipfel der Gamsspitze gehörten und sich wie Nadeln in die tief hängenden Wolken bohrten. Gleich darauf kniff sie die Augen zusammen, da war etwas, fast vergraben im umliegenden Schnee, zwei schräge Flächen wie von einem Dach – die Hütte! Moni hatte also recht gehabt. Und wenn Lisa sich jetzt nicht täuschte, musste die Hütte deutlich größer sein, als sie erwartet hatte!

Lisa kreuzte den Abhang in einem schrägen Winkel, den Blick immer auf das verschneite Dach gerichtet. Je näher sie kam, umso vorsichtiger wurde sie, bei der geringsten Bewegung würde sie sich zur Seite fallen lassen, der Abhang war steil genug, um sie dann vollständig zu verbergen. Aber da rührte sich nichts, die Fläche lag wie ausgestorben vor ihr.

Der Wind trieb ein paar Wolkenfetzen vorüber, dann jagte ein plötzlicher Schneeschauer über den Berg und nahm ihr jede Sicht. Fast wäre sie mit einem Ski in einer verschneiten Schlinge hängen geblieben, die sich heimtückisch vor ihr nach oben bog, als sie die Skispitze zurückzog, rutschte der Schnee herunter und gab den Blick frei auf die rostigen Widerhaken von Natodraht. Unter der Schneedecke war also wieder ein Zaun, der den Zugang zur Hütte zumindest im Sommer versperrte und das Gelände als Privatgrundstück auswies. Wahrscheinlich waren irgendwo unter dem Schnee auch entsprechende Schilder verborgen.

Lisa stieg die letzten Meter im Treppenschritt nach oben, kaum hatte sie den höchsten Punkt erreicht, erfasste der Wind sie mit voller Wucht. Sie befand sich jetzt leicht oberhalb der Hütte, von hier aus konnte sie auch ein Stück der Tür erkennen, immer noch deutete nichts daraufhin, dass irgendeine Menschenseele in der Nähe war. Wenn es hier Spuren von Skiern oder einem Schneescooter gegeben hatte, waren sie längst von Schnee und Wind ausradiert, wie Wellen krochen die Verwehungen an der Stirnseite der Hütte hinauf.

Gerade als Lisa sich abstoßen wollte, um mit einem kurzen Schwung bis an die Tür zu kommen, stoppte sie abrupt. Der Blick über das Dach der Hütte zum Waldrand hinunter ließ sie frösteln, fast glaubte sie, wieder die Gestalten zwischen den Bäumen auszumachen, die Männer mit den Tierfellen und den Fackeln, in deren flackernden Lichtschein die Masken wie lebendig wirkten. Hastig wandte sie sich um, hinter ihr war nur eine Wand aus wirbelndem Schnee, der schmale Grat zu den Zinnen hinüber verlor sich als vage Linie im alles verschluckenden Weiß.

Der Abgrund war nicht zu erkennen, aber da unten war das Kar. Genau hier hatte Lisa sich auf das Snowboard geworfen, verzweifelt genug, um lieber zu sterben, als noch einmal in die Hände der Häscher zu fallen …

Ein Geräusch ließ sie wieder zur Hütte blicken, es klang, als wäre im Inneren etwas umgestürzt. Erst als sie schon aus den Skiern gestiegen war und sie an die Wand lehnte, fiel ihr der dunkle Spalt zwischen Tür und Rahmen auf. Alle anderen Ritzen zwischen den Stämmen waren von Schnee und Eis verkleistert, nur hier um die Tür herum war alles frei. Als würde an dieser Stelle so viel Wärme nach außen dringen, dass der Schnee sofort schmolz und am Holz nach unten tropfte.

Da drinnen gab es ein Feuer, irgendeine Art von Heizung, mit Öl vielleicht oder Benzin.

Obwohl dann irgendwo ein Generator laufen müsste, dachte Lisa, aber da war nichts zu hören außer dem auf- und abschwellenden Heulen der Fallwinde, die vom Gipfel her über die Kuppe kamen.

Lisa war jetzt ganz ruhig. Die Fensterläden neben der Tür waren verschlossen, auf der linken Seite der Hütte schien es einen Anbau zu geben, deshalb hatte die Hütte aus der Entfernung auch so groß gewirkt. Vielleicht ein Holz- oder Geräteschuppen, nahezu quadratisch, soweit Lisa erkennen konnte, und merkwürdigerweise höher als der Dachfirst der eigentlichen Hütte. Lisa konnte weder eine Tür noch ein Fenster sehen, aber das musste nichts bedeuten, der Schnee türmte sich an der Wand bis zum Dach hinauf.

Sie zögerte noch, den schweren Riegel vorn an der Tür zurückzuziehen, plötzlich meinte sie, sich an das Geräusch zu erinnern, wie eine Tür ins Schloss fiel und gleich darauf ein Riegel vorgeschoben wurde. Ein Riegel, der in den rostigen Führungen quietschte. Die Eisenbeschläge vor ihr waren rostig, nur die Kanten glänzten metallisch.

Mit klammen Fingern zog sie ihr Leatherman's Tool aus der Jackentasche und klappte die größte Klinge aus. Es war eher, um sich selbst zu beruhigen. Sie hatte keine Vorstellung, was sie in der Hütte erwarten würde, ging aber auch nicht davon aus, tatsächlich auf einen Angreifer zu treffen. Wenn die Hütte das Versteck der Männer wäre, hätte sie irgendwelche Spuren sehen müssen, Skier, ein Schneemobil, irgendwas, was darauf hindeutete, dass in den letzten Stunden jemand hier gewesen war.

Aber da drinnen gab es einen Ofen, eine Wärmequelle, die den Schnee an den Kanten der Tür schmelzen ließ. Und wer immer in der Hütte sein mochte, konnte ganz sicher nicht von außen den Riegel vorgeschoben haben! Womit nur eine Möglichkeit blieb ...

All ihre Sinne waren bis aufs Äußerste gespannt, im gleichen Moment hörte sie ein unterdrücktes Husten.

»Katharina? Bist du das da drinnen?«

»Lisa?«

Noch bevor Lisa überhaupt begriff, wessen Stimme sie gerade gehört hatte, zerrte sie schon mit aller Kraft den Riegel zurück und riss die Tür auf. Die trockene Wärme schlug ihr wie eine Wand entgegen, aus den Augenwinkeln sah sie den Heizstrahler mit dem roten Schlauch, der zu der Gasflasche führte. Natürlich, schoss es ihr durch den Kopf, eine Gasheizung, deshalb ist kein Rauch über dem Schornstein zu sehen! Und es war auch damals eine Gasheizung, ich hatte Angst, wie lange es wohl dauern würde, bis die Flasche leer war ...

Während sie auf das zerwühlte Bett zustürzte, hörte sie das Fauchen der Gasflamme, fast konnte sie wieder das Klebeband an ihren Handgelenken spüren, und da war der Tisch, die beiden Stühle, die Kommode mit der Waschschüssel, all das kannte sie, auch den Spiegel mit dem goldenen Rahmen, nur das Bett war neu, damals war es ein schmales Eisenbett gewesen, und die Matratze hatte auf dem Boden davor gelegen. Aber die Flecken auf dem Bettlaken waren dieselben, die weit aufgerissenen Augen, die ihr entgegenstarrten, waren ihre eigenen, und während sie unentwegt »Moni, Moni« murmelte, sah sie sich selbst dort liegen, während sie Monis Fesseln mit dem Messer durchtrennte, war sie es, die verzweifelt darauf gehofft hatte, dass jemand kommen und sie befreien würde, bevor die Männer zurück waren.

Sie half Moni, sich aufzurichten, eine kurze Zeitlang klammerten sich die beiden Frauen aneinander, Lisa spürte Monis Hand, die sich in ihre Haare krallte, während sie schniefte: »Wir müssen hier weg, Lisa!«

»Ich bringe dich runter vom Berg, das Auto steht am Internat, irgendwie müssen wir dahin kommen.«

»Bist du mit Skiern aufgestiegen?«

»Mit Skiern, ja.«

Als Kinder hatten sie das versucht, zu zweit auf einem Paar Skier, es war ein großer Spaß gewesen, so über die fest gefahrene Piste zu rutschen, aber im Tiefschnee würde es nicht funktionieren ... Und das wusste Moni ebenso gut wie sie!

»Wo ist Max? Weiß er, dass du hier hoch bist?«

»Er ist drüben im Tal, wo sie dein Auto gefunden haben, die Polizei sucht dich schon seit gestern! Deine SMS habe ich erst heute bekommen, deshalb ... O Gott, Moni, was ist denn nur passiert? Stimmt es, dass du Laetitia bei ihr zu

Hause weggeholt hast? Und Katharina, wo ist Katharina, weißt du das?«

Moni schob Lisa ein Stück zurück, bis sie ihr ins Gesicht blicken konnte. Die Haut auf ihren Wangen wirkte wächsern, in ihren Pupillen spiegelte sich das bläuliche Licht der Gasflammen.

»Genau das wollen sie ja von mir wissen«, stieß sie hervor. »Deshalb bin ich hier! Sie haben mich in eine Falle gelockt. Aber ich habe nichts erzählt ...«

»Wo? Sag es mir!«

»In Sicherheit! Beide sind in Sicherheit, mehr musst du nicht wissen. – Ich brauche meine Schuhe, die müssen hier irgendwo sein, ohne die Schuhe kann ich nicht ...«

Moni begann, hektisch den Raum abzusuchen.

»Da, unterm Bett, warte, ich ...«

»Was ist das? Hörst du das?«

Das Heulen des Motorschlittens war unverkennbar, weder Lisa noch Moni zweifelten daran, dass es nicht die Polizei sein würde, die da über die Kuppe auf die Hütte zugerast kam.

»Scheiße! Was machen wir jetzt?«

»Meine Skier stehen draußen, die sehen sie sofort.«

»Vielleicht ist es nur einer von ihnen, und wir sind zu zweit!« Moni zeigte mit dem Kopf zu der dunklen Ecke neben der Tür. »Versteck dich da, ich lenke ihn ab. Du musst ihn von hinten ...«

Ihre letzten Worte gingen im Jaulen des Motors unter, als das Schneemobil vor der Hütte stoppte.

Lisas Hand tastete automatisch nach dem Messer, das sie wieder in die Tasche geschoben hatte. Aber sie würde gar nicht in der Lage sein, jemanden hinterrücks mit einem Messer anzugreifen. Vielleicht um sich zu verteidigen, ja, doch selbst dann war sie sich nicht sicher. Wie in der Situation mit Toni, sie wusste nicht, ob sie wirklich mit dem Feuerhaken zugeschlagen hätte ...

Sie verfluchte ihre eigenen Skrupel, diese Verhaltensmuster, die sie von klein auf eingetrichtert bekommen hatte, Frauen schlagen sich nicht, Frauen verletzten keinen, Frauen tun niemandem weh! Nein, das Messer würde sie nicht benutzen, aber sie zog einen der Stühle zu sich und hob ihn an der Rückenlehne hoch, ein Stuhl als Waffe war eher vorstellbar, sie musste den richtigen Moment abpassen und ihn dann mit aller Kraft nach vorn schmettern ...

Moni rutschte mit angezogenen Knien an das Kopfende des Bettes, als sie den Reißverschluss ihrer enganliegenden Thermojacke aufzog, ahnte Lisa, was die Freundin vorhatte.

Der Motorschlitten blubberte im Leerlauf vor sich hin, dann näherten sich Schritte der Tür, es waren mindestens zwei Männer, nein, drei, der letzte stellte den Motor ab, bevor er den beiden anderen folgte. Die Tür schwang auf, aber sonst passierte nichts. Die Männer waren vorsichtig, sie standen immer noch draußen, der Wind fegte eine Schneewolke in den Raum, dann flammte eine starke Taschenlampe auf.

Es kam Lisa vor wie wirre Filmbilder, die da in rasender

Folge vor ihr abliefen. Ohne dass sie eine Handlung ergaben, wie der Vorspann für eine Netflix-Serie, in dem die spannenden Szenen auf wenige Sekunden verkürzt sind. Und sie konnte sich die ganze Zeit über selber sehen, mit dem Stuhl vor sich, an dessen Lehne sie sich klammerte, ohne in der Lage zu sein, auch nur einen einzigen Muskel zu bewegen ...

Drei Männer in Tierfellen und mit Masken. Drei Männer, die mit dem Motorschlitten auf dem Weg zum Perchtenlauf waren. Zu ihrem Alibi!

Und die nur kurz in eine verschneite Berghütte polterten, um brutal über eine Frau herzufallen. Ihr Opfer anzubrüllen, ihm Angst zu machen, es zu beschimpfen, ihm zu drohen. Allerdings sind sie sich ihrer Sache gerade jetzt nicht so sicher, wie sie vorgeben. Dass da noch jemand die Hütte gefunden hat, gefällt ihnen ganz und gar nicht ...

»Scheiße, wo kommt die zweite Schlampe auf einmal her? Wer bist du? Was machst du hier? Na los, rede! Weiß irgendjemand, dass du hier bist?«

»Ja!« Lisa versuchte, dem grellen Licht der Taschenlampe auszuweichen. Sie trug immer noch die Skimaske, die zumindest ihre Haare verdeckte, je später die Männer sie erkennen würden, umso besser. »Und wenn ich mich nicht melde, werden sie Leute schicken, um mich zu suchen.«

»Wer? Wer wird dich suchen? Von wem sprichst du?«

»Die Polizei! Die Polizei weiß, wo ich bin.«

Für eine Sekunde schien die Zeit stillzustehen. Aber

dann kam die Reaktion, die jede Hoffnung zunichtemachte: »Haha! Sie blufft! Es gibt niemanden, der weiß, wo sie ist, sonst wäre sie nicht alleine hier hoch gekommen. Die Bullen wären längst da, kapiert ihr nicht? Also, kein Problem, wir werden nur umso mehr Spaß haben, wenn wir sie uns eine nach der anderen vornehmen! Oder auch gleichzeitig, wie es uns gefällt ...«

Drei Männer, die den engen Raum bis in den letzten Winkel mit ihren schweren Stiefeln, den in der Wärme vor Nässe dampfenden Fellen, ihren lauten Stimmen und drohenden Bewegungen ausfüllten. Ihre Wut und ihr Hass ließen keinen Platz für so etwas wie Rücksicht. Mitgefühl. Erbarmen.

Schon stieß einer von ihnen Lisa brutal zu Boden, während ein anderer Moni in die Höhe zerrte und ihr brutal in die Haare griff: »Hast du gedacht, wir fallen darauf rein, dass du dir den Reißverschluss aufziehst und uns deine Titten zeigst? Keine Angst, du kriegst noch früh genug, was du haben willst. Aber erst bekommen wir ein paar Antworten von dir! Und du solltest dir alle Mühe geben, uns nicht zu enttäuschen, sonst wird es dir leidtun. Also, wo ist sie? Wo ist diese verdammte Göre? Wo hältst du sie vor uns versteckt? Na los, raus damit!«

Für eine Sekunde sah Lisa den Siegelring an seiner rechten Hand aufblitzen, als er Moni ins Gesicht schlug.

»Ja!«, jubelte einer seiner Kumpane. »Sie will es nicht anders! Zeig ihr, was der Krampus noch mit ihr macht, wenn er verärgert ist!«

Der Schein der Taschenlampe zuckte über die Wände, die Gasflammen flackerten, als wollten sie sich wegducken, es roch nach Schweiß und wildem Tier. Für den Bruchteil einer Sekunde huschte das Licht über den dritten Mann, der bislang breitbeinig und mit verschränkten Armen an der Tür lehnte. Als würde er darauf warten, dass seine Kumpane ihm endlich Platz machten, um sein ganz eigenes Spiel zu beginnen, das keine Tabus mehr kannte. Und zu dem auch die schreckliche Maske gehörte, die er trug.

Es war der Toni, daran bestand kein Zweifel, und die Maske, die sein Gesicht verdeckte, zeigte ihn selbst. Das vom alten Xaver aus Zirbenholz geschnitzte Abbild des verlorenen Sohnes. Die Maske, die in der Reihe der Täter gefehlt hatte.

»Stopp! Hört sofort auf!« Lisa stieß sich von der Wand ab und sprang auf. Ihre Muskeln gehorchten ihr wieder, der erste Schock war überwunden, als sie einen Schritt nach vorn machte, umklammerte ihre rechte Hand das Messer in ihrer Tasche. »Warum? Ich will es wissen, na los!« Ihr Lachen klang selbst in ihren eigenen Ohren verächtlich – und gleichzeitig ohne jede Hoffnung! »Oder seid ihr zu feige? Ist es das? Seid ihr zu feige, um eine einfache Frage zu beantworten?«

»Warum was?«, fragte Toni, als wäre ihm völlig klar, dass Lisas Frage eigentlich nur an ihn gerichtet war.

»Ich weiß, was ihr mit mir gemacht habt! Aber warum … dann später immer wieder, mit den anderen Frauen?«

»Du weißt nichts! Gar nichts!«, schleuderte Toni ihr entgegen. »Warum? Warum? Warum hat man *uns* ständig gequält, geprügelt, für irgendwas bestraft, was wir nie getan hatten? Warum haben sie uns nur im Unterzeug in den Berg hinaufgeschickt und uns gezwungen, Wurzeln und Moos zu fressen wie die Tiere? Warum mussten *wir* immer wieder Dinge tun, die keiner von uns tun wollte? Hast du eine Vorstellung davon, wie es ist, wenn dein Lehrer mit Absicht gegen eine der Regeln verstößt, die er selbst aufgestellt hat? Damit er dann von seinen Schülern verlangen kann, ihn mit Stockschlägen auf den nackten Hintern zu bestrafen, bis er …«

»Das reicht!« Der mit dem Siegelring trat vor und griff nach Tonis Arm. »Komm mal wieder zu dir, ja? Nicht wir haben hier Fragen zu beantworten.« Er drehte sich um und richtete die Taschenlampe auf Lisa. Mit einer schnellen Bewegung riss er ihr die Skimaske vom Kopf. »Du bist das also. Interessant. Du hast es nicht vergessen, was? Und du willst wissen, warum?« Er lachte. »*Warum* wir es tun? – Weil wir es können, ganz einfach! Wir nehmen uns nur, was …«

Im selben Moment meldete sich eine krächzende Stimme, unterbrochen von Rauschen und Knacken. Ein Funkgerät, das er jetzt genervt unter dem Fell hervorholte. »Mach's kurz, wir sind beschäftigt!«

Der dritte Mann von den Stammgästen aus dem Hotel, dachte Lisa. Drei von ihnen sind ins Nachbartal hinüber, aber nur zwei sind mit Toni hier aufgetaucht …

Die Stimme aus dem Funkgerät war so laut, dass jedes Wort deutlich zu verstehen war.

»Die Bullen haben die Spur gefunden, die wir für die Hunde gelegt haben, damit sind sie erst mal abgelenkt. Das gibt uns mehr Zeit. Aber sie scheinen entschlossen, auch im Dunkeln weiterzumachen, sie haben jetzt drei Pistenraupen hier, ich schätze mal, wegen der Scheinwerfer und weil die jede Steigung hochkommen. Der Hubschrauber ist auch wieder da! Deshalb solltet ihr vielleicht ...«

»Noch nicht. Die kleine Schlampe hat noch nicht geredet. Außerdem ist ihre Freundin hier aufgetaucht. Du kennst sie, wir kennen sie alle, sie ist es tatsächlich! Aber wir werden noch etwas brauchen, um sie zu überzeugen, endlich das Maul aufzumachen.«

Lisa warf einen Blick zu Moni hinüber. Dass der Mann keinerlei Anstalten machte, sie am Mithören zu hindern, ließ das Schlimmste befürchten. Aber die Antwort aus dem Funkgerät übertraf selbst noch ihre Befürchtungen ...

»Vergiss die dämlichen Weiber, wir brauchen sie nicht mehr. Hier ist so ein Typ, mit dem ich geredet habe, der hat das Miststück vom Skigeschäft gesehen, wie sie mit dem Motorschlitten vom Berg runterkam. Und zwar jeden Tag, seit die Kleine aus der Hütte weg ist! Und sie fährt jedes Mal zu einem Haus am Dorfrand, so, und jetzt dürft ihr mal raten, wer da wohnt! Ein Verflossener von ihr, hat mal bei ihr im Laden gearbeitet, ist aber schon eine Weile her, sagt der Typ hier. Die wissen echt alles über jeden aus ihren verschissenen Dörfern, aber jetzt kommt's erst: Die hatten nämlich in der ganzen Zeit keinen Kontakt mehr, erst jetzt wieder. Damit ist die Sache klar, oder? Wir brauchen nur noch hin, um die Kleine abzuholen! Aber wir sollten uns beeilen, wie gesagt, die Bullen sind überall und ...«

»Unternimm nichts, bis wir da sind. Wir fahren sofort los. – Und hey, gut gemacht, Mann, das vereinfacht die Sache. Wir schnappen sie uns und dann ...«

»Halleluja!«, erwiderte die Stimme aus dem Tal krächzend, dann knackte das Funkgerät noch einmal, und die Verbindung war beendet.

Der Mann mit dem Siegelring schob sein Gesicht so dicht an Lisas, dass sie seinen Atem auf der Haut spürte. »Schade, dass wir jetzt alle auf ein bisschen Spaß verzichten müssen. Tut mir aufrichtig leid. Aber scheiß drauf!« Als er sich zur Tür drehte, schien es, als hätte er Lisa und Moni bereits vergessen. »Los geht's, Leute, machen wir, dass wir die Sache zu Ende bringen.«

Im selben Augenblick griff Toni nach Lisas Arm. Bevor sie überhaupt noch reagieren konnte, hatte er sie schon gepackt und drückte sie rückwärts gegen die Wand.

»Selber schuld! Damals wie heute! Es hat dich ja niemand zu irgendwas gezwungen, es war alles deine Entscheidung!«

»Fängst du schon wieder an?« Der Anführer der Männer zerrte Toni zurück. »Komm jetzt, Abflug!«

»Und was wird aus uns?« Monis Schrei klang panisch. »Ihr könnt uns doch hier nicht zurücklassen! Wir haben kein Essen, kaum noch was zu trinken, das Gas wird nicht mehr lange reichen ...«

Sie versuchte zur Tür zu kommen. Toni verpasste ihr einen Stoß, dass sie rückwärts aufs Bett fiel.

»Selber schuld«, wiederholte er böse. »Und das gilt für dich genauso wie für die Lisa und alle anderen. Wir brauchen keine Zeugen, das werdet ihr ja wohl einsehen.«

Keine Sekunde später waren sie zur Tür raus. Der Riegel schrappte quietschend unter die Ösen. Der Motorschlitten heulte auf und entfernte sich so schnell, dass gleich darauf wieder nur das Fauchen des Windes zu hören war.

»Scheiße«, stieß Moni hervor. »Ich hoffe, du hast eine Idee, wie wir hier rauskommen. Ich hab keine. Mach irgendwas, sonst war's das mit uns beiden.«

Im blassen Licht der Gasflammen wirkten ihre Augen viel zu groß für das schmale Gesicht. Als sie sich eine Haarsträhne aus der Stirn strich, sah Lisa, dass ihre Hand zitterte.

»Ganz ruhig, Moni.«

»Haha, geht's noch? ›Keine Zeugen‹, der Toni hat's gesagt. Die lassen uns hier einfach verhungern! Verhungern, verdursten, erfrieren, such's dir aus. Ich tippte auf Letzteres. Soll auch gar nicht so schlimm sein, wir werden müde, und dann schlafen wir ein. Bisschen blöd nur, dass wir nicht mehr aufwachen. Dumm gelaufen. Können sie ja hinterher auf unseren Grabstein schreiben, als Warnung: ›Hier liegen zwei, die geglaubt haben, es besser zu wissen. Aber das war wohl nichts!‹ Ausrufezeichen. Nein, besser drei Ausrufezeichen, damit es auch jeder mitkriegt.«

Sie versucht, ihre Panik zu überspielen, dachte Lisa, während ihre Gedanken rasten. Das Leatherman würde ihnen nichts nützen, die Fenster waren von außen zugenagelt, auch die Scharniere der Tür waren auf der anderen Seite. Und es war eine Blockhütte, aus Vollstämmen gebaut, ohne die geringste Möglichkeit, mit einem Taschenmesser etwas auszurichten.

Lisa versuchte, sich den Grundriss der Hütte vorzustellen. Als sie mit ihren Skiern von der Kuppe auf die Tür zukam, war an der linken Seite irgendein Anbau gewesen …

»Es tut mir leid, Lisa!« Moni sprang vom Bett auf und blieb dann vornübergebeugt stehen, ihre Fäuste waren geballt, ihre Stimme klang rau. »Es ist alles meine Schuld. Ich habe dich da mit reingezogen, das wollte ich nicht, das musst du mir glauben! Aber wenn sie jetzt Katharina finden, dann … war alles umsonst! Alles!«

»Sie ist in dem Haus von … jemandem, den du kennst?«

Moni nickte. »Und dem ich vertraue, ja, ich habe sie beide dorthin gebracht, Laetitia auch. Ich habe gedacht, da wären sie in Sicherheit. Ich konnte doch nicht wissen, dass irgend so ein damischer Depp da auf der Lauer liegt und das Haus von seinem Nachbarn beobachtet. Ich war wirklich vorsichtig, ich bin extra … Was ist? Was machst du da?«

Lisa benutzte ihr Handy als Taschenlampe und leuchtete die Wand auf der linken Seite der Hütte ab. Die Baumstämme liefen in einem Stück über die gesamte Länge, es gab keine Tür zu dem Anbau, an den sich Lisa erinnerte. Nur den großen Bauernschrank.

»Hilf mir mal! Wir müssen das Ding beiseiteschieben.«

»Hä? Spinnst du jetzt völlig? Was soll das? Warum …?«

Lisa hielt den Schlüssel hoch, den sie die ganze Zeit in der geballten Faust verborgen hatte. »Den hat mir Toni zugesteckt, als er mich gegen die Wand gedrückt hat. Ich glaube, das Ganze war nur als Ablenkung für die beiden anderen, damit er mir heimlich den Schlüssel geben konnte. – Jetzt hilf schon mit dem Schrank. Ich habe draußen so was wie einen Anbau gesehen, hier, auf dieser Seite. Aber da war keine Tür, verstehst du? Also muss hier irgendwo eine sein, der Schrank dient vielleicht nur als Tarnung! Vielleicht finden wir da in dem Anbau eine Möglichkeit, um hier rauszukommen.«

»Oder der Toni hat dich verarscht«, murmelte Moni. »Wäre ja nicht das erste Mal. Sie sind perverse Dreckschweine, einer wie der andere. Und es hat alles mit diesem Scheißinternat zu tun, das hat sie zu diesen Bestien gemacht!«

»Schieb!«

Sie stemmten sich mit aller Kraft gegen den Schrank, Zentimeter für Zentimeter schafften sie es, ihn einen

Spalt weit von der Wand abzurücken. Als Lisa wieder die Handylampe einschaltete, war deutlich die Tür zu erkennen.

»Eine Eisentür!«, stellte Moni fest. »Mit einem Sicherheitsschloss! Aber es sieht so aus, als ob …«

Der Schlüssel passte. Und ließ sich mühelos drehen, als wäre das Schloss frisch geölt. Noch einmal mussten sie den Schrank ein Stück weiter von der Wand wegrücken, um genug Platz zu schaffen – bis Lisa sich in den Spalt zwängen und die Tür aufstoßen konnte.

Ein Schwall kalter Luft schlug ihnen entgegen, es roch nach nassem Holz und … Moder, dachte Lisa, und Felsgestein! Wie in einem gemauerten Verlies!

Moni drängte sich neben sie. Als Lisa den Schein der Lampe durch den Raum vor ihnen wandern ließ, prallten sie unwillkürlich zurück.

»Was … was ist das?«, stammelte Moni. »Das sieht aus, wie …«

»… ein Förderkorb. Oder wie man so was nennt.«

»Ein verdammter Scheißkäfig, aber du hast recht. Da sind die Seile, die nach unten führen, und an der Decke ist die Führungsrolle. Extra abgestützt mit den Eisenstreben, siehst du?«

Lisa hielt sich mit der Hand am Türrahmen fest und beugte sich vor. »Gib mir mal irgendwas!«

Moni verstand sie sofort. Sie verschwand für ein paar Sekunden im Hauptraum der Hütte, als sie wieder neben Lisa trat, hielt sie ihr ein Sturmfeuerzeug hin.

»Ist schade drum, hab ich schon ewig, aber was Besseres finde ich nicht.«

Lisa bückte sich, um das Zippo durch den Spalt zwischen dem Holzboden des Förderkorbs und der Schwelle hindurchzuschieben.

»Jetzt …«, flüsterte sie und ließ los.

Sie lauschten mit angehaltenem Atem, bis endlich der Aufprall kam. Nur ein leises »Plong«, dann gleich darauf noch mal, noch leiser, nachdem das Feuerzeug durch den Aufprall hochgeschleudert worden war und erneut auf dem Boden landete.

»Zumindest kein Wasser«, stellte Moni fest. »Wie viele Meter, was glaubst du?«

»Zehn, fünfzehn …?«

»Eher das Doppelte! Aber das heißt, da unten muss ein Stollen sein, der in den Berg hineinführt.«

»Und damit auch nach draußen! Ich erinnere mich, als ich neben dem Zaun vom Internatsgelände aufgestiegen bin, kam eine hohe Felswand und so was wie ein Eingang zu einer Höhle. Ich habe mich noch gefragt, ob es vielleicht eine alte Bärenhöhle sein könnte. Zu was immer der Aufzug früher mal gedient hat, jetzt ist es ihr Fluchtweg! Falls sie erwischt werden und schnell verschwinden müssen.«

Moni griff nach Lisas Arm. »Wir müssen da runter, oder? Sag mir, dass das gut geht! Und dass wir es nicht nur schaffen, hier wegzukommen, sondern … Wir sind die Einzigen, die Katharina und Laetitia helfen können, eine andere Chance haben sie nicht.«

»Wir müssen es versuchen.« Lisa zog Moni kurz an sich, als wollte sie ihr Mut machen. Wobei ihr klar war, was auch Moni wusste – sie würden zu spät kommen! Selbst wenn sie es durch den Schacht nach unten und aus dem Stollen herausschafften, waren sie noch lange nicht am Auto. Und da draußen lag der Schnee meterhoch, sie hatten weder Schneeschuhe noch Skier, sie würden bei jedem Schritt bis über die Knie einsinken, und dann war da immer noch der Zaun, der das Gelände zu einem Gefängnis machte, aus dem man weder hinein- noch hinauskam. Der Zaun mit dem Natodraht. Die Mauern mit den Glasscherben. Und ein Seitental, in dem jeder Netzempfang von den umliegenden Berggipfeln gestört wurde.

»Wir müssen rauskriegen, wie das funktioniert.« Moni setzte vorsichtig einen Fuß auf den Boden des Förderkorbs, dann griff sie nach dem Geländer und zog sich ganz hinüber. Der Korb ruckelte und stieß gegen die Holzbohlen am Rand der Schachtöffnung.

»Leuchte mal hier rüber. Hier ist irgendwas, wie eine Winde oder so.«

Das Prinzip war einfach. Zwei Führungsseile, ein Sicherungsseil. Eine Winde, die fest verschraubt am Korb angebracht war und mit einer Handkurbel bedient wurde.

»Hoffen wir mal, dass das Gegengewicht wirklich genau ausgerechnet ist«, murmelte Moni mit zusammengepressten Lippen.

»Wird schon, die Arschlöcher riskieren doch nicht, dass

sie hier in die Tiefe stürzen«, erwiderte Lisa, während sie wie zum Test beide Hände an die Kurbel legte.

Als Moni die Bremsvorrichtung löste, sandte Lisa ein Stoßgebet zum Himmel. Ein paar Sekunden lang tat sich gar nichts, dann spürte sie den Druck auf der Kurbel, ganz langsam setzte sich der Korb in Bewegung. Tatsächlich war die Konstruktion so perfekt, dass Lisa schon nach wenigen Metern herausgefunden hatte, wie sie das Tempo bestimmen konnte, mit dem der Korb an den matt glänzenden Stahlseilen Meter um Meter nach unten ruckte. Das Felsgestein um sie herum schimmerte feucht, von oben tropfte Wasser herunter, es war, als würde die schwarze Tiefe unter ihnen sie verschlucken wollen.

Moni behielt weiter die Hände an der Bremsvorrichtung, um jederzeit den Hebel umlegen zu können, falls sie zu schnell werden würden. Und Moni redete, ohne Pause, atemlos stieß sie einen Satz nach dem anderen hervor, als müsste sie alles loswerden, was noch nicht gesagt war. Als wäre sie es Lisa schuldig, jetzt endlich ihr Versprechen einzulösen, dass sie ihr alles erklären würde ...

»Ich war oben am Gipfel, mit dem Motorschlitten, und bin die Strecke abgefahren, die wir da im letzten Jahr angelegt haben. ›Bergwelt-Abenteuer‹, im Sommer für Mountainbiker, im Winter als Skiwanderroute. Zieht sich über mehrere Kilometer von Kamm zu Kamm. Und ziemlich am Ende habe ich dann im Kar drüben eine Bewegung gesehen, zu weit weg, um wirklich was erkennen zu können, aber es sah verdammt so aus, als ob da irgendein

Idiot mit seinem Schneescooter unterwegs war. Ich wollte ihm den Weg abschneiden, ihm erklären, dass er da nichts zu suchen hat, dass er jederzeit eine Lawine auslösen kann! Als er kapiert hat, dass ich offensichtlich was von ihm will, hat er die Richtung geändert und ist direkt runter ins Tal gerast, ein Wunder, dass er mit dem Schlitten nicht umgestürzt ist. Aber ich bin neugierig gewesen, ich wollte wissen, wo der Irre überhaupt hergekommen war. Also bin ich seiner Spur gefolgt, hoch in Richtung Gamsspitze. Da war anscheinend mal ein alter Ziehweg, den sie schon vor Ewigkeiten aufgegeben haben müssen, wahrscheinlich wegen Erdrutschen und umgestürzten Bäumen und so, aber bei Schnee kommst du in der Schneise hoch, praktisch direkt bis an die beiden Zinnen ran ... Pass auf!«, schrie Moni, als von unten irgendetwas gegen den Förderkorb stieß, so dass er mit einem metallischen Quietschen an der Felswand entlangschrappte, während auf der anderen Seite eine Art Palette mit mehreren Betonklötzen aus der Dunkelheit auftauchte und an ihnen vorbei nach oben rumpelte.

»Das Gegengewicht«, stellte Lisa fest, während sie versuchte, möglichst gleichmäßig zu atmen, um ihren Puls wieder unter Kontrolle zu bringen. »Und die Spur? Red weiter!«

»Die Spur führte zu dieser Hütte über uns, ja. Und da habe ich Katharina gefunden! Auf dem Scheißbett da oben und voll mit Drogen. Keine Ahnung, was bis dahin mit ihr passiert war, ich habe noch kaum mit ihr gesprochen, geschweige denn sie ausgefragt, aber ich weiß inzwischen von Laetitia, wie es abläuft! In den ersten Tagen losen sie aus, wer über die Frauen drübersteigen darf, manchmal kommen sie auch zu zweit oder zu dritt, und ab Silvester spielen sie ihr Spiel, die Wilde Jagd! Sie kriegen dich jedes Mal, und dann …«

»Hör auf!« Lisa wollte es nicht hören, sie wusste es ja ohnehin. Moni verstand sofort.

»Ich hab Katharina drüben ins Tal gebracht. Der Typ da ist okay, ein Holländer, der nicht mehr zurück hinter seine Deiche wollte und hierhergezogen ist. Ja, ist ja gut, *der* Holländer, aber das ist schon lange her, und seine Freundin ist Krankenschwester, sie haben sich um Katharina gekümmert.«

»Aber warum hast du sie nicht … zu ihren Eltern gebracht, ich meine …«

»Verdammt, Lisa, damit die Kerle wieder davonkommen? Damit Alois wieder nichts unternimmt? Damit wieder alles schön totgeschwiegen wird? Damit der Neuwirt und seine Frau ihrer Tochter nicht glauben, weil nicht sein kann, was nicht sein darf, und sich das Dorf hinter vorgehaltener Hand trotzdem das Maul über die ›kleine Schlampe‹ zerreißt, bis sie sich nicht mehr anders zu helfen weiß, als am Pass oder irgendwo sonst vom Felsen zu springen, weil die Scham zu groß ist? Nein, ich wollte, dass das ein für alle Mal beendet wird, dass dieses Scheißdorf endlich mal aufwacht und die widerlichen Typen vom Internat … für immer weggesperrt werden. Ich war mir nicht sicher, ich hatte nur so was wie einen Verdacht, wer die Männer sein könnten, aber keine Beweise. Ich bin wegen der Unfälle drauf gekommen, und irgendwie hatte ich gedacht, gut, dann gibt es da also noch jemanden, der Rache will! Ich habe sogar kurz überlegt, ob du es vielleicht bist, ich habe immer gewusst, was sie mit dir gemacht haben, auch wenn du genauso wenig darüber geredet hast wie ich. An Laetitia habe ich nie gedacht, obwohl es eigentlich naheliegend war, im Nachhinein jedenfalls. Und als ich die Hütte entdeckt hatte, wollte ich es so drehen, dass niemand mehr auf die Idee kommt, diese Unfälle noch mal zu untersuchen, ich wollte nur die Typen drankriegen. Ich habe ihnen eine Falle stellen wollen, deshalb auch mein Auto drüben auf dem Parkplatz. Ich wollte die Dreckschweine noch mal hoch in ihre verfluchte Hütte locken! Und sie dann solange einschließen, bis sie ein Geständnis unterschrieben haben. Aber das ist leider schiefgegangen, ich habe die Typen unterschätzt ...«

Im selben Moment knallte der Förderkorb so hart auf den Boden des Schachts, dass Moni gegen Lisa stieß und sie beide stürzten.

»Scheiße, mein Knie«, jammerte Moni, als sie sich wieder aufrichtete, »ich bin gegen das Geländer gestoßen. Bist du okay?«

»Ja, alles in Ordnung, kannst du laufen?«

»Wird schon gehen ...«

»Warte, ich helfe dir, ich stütze dich.«

Lisa leuchtete den Stollen vor ihnen ab. Das Licht des

Smartphones war deutlich schwächer geworden, die Batteriewarnung blinkte bereits.

»Wir müssen uns beeilen, bevor wir völlig im Dunkeln stehen.«

Sie zog sich Monis Arm über die Schulter, um sie zu stützen, der Stollen war gerade breit genug, dass sie nebeneinander laufen konnten. Der Boden war uneben und feucht, außerdem führte der Stollen schräg nach unten, mehrmals wurden Lisa und Moni so schnell, dass sie aus dem Takt gerieten und stolperten.

Dann kamen sie an eine Abzweigung, geradeaus erreichte der Lichtschein eben noch eine niedrige Tür aus Gitterstangen.

»Der Ausgang!«, keuchte Lisa. »Die Öffnung in dem Felsen, die ich von der anderen Seite für eine Höhle gehalten habe.«

Die Tür war wieder mit einer Kette und einem Vorhängeschloss gesichert.

»Keine Chance«, sagte Moni fest. »Bleibt noch der andere Gang, an dem wir eben vorbei sind.«

»Versuchen wir's.«

Als Moni vor Schmerzen aufstöhnte, stützte Lisa sie wieder. Sie hörte deutlich, wie Moni bei jedem Schritt die Luft anhielt, um nicht laut zu jammern.

Schon nach wenigen Metern öffnete sich der Gang zu einer Art Gewölbe, das in den Felsen geschlagen worden war. An der einen Seite standen mehrere Benzinkanister und eine Transportkiste aus Aluminium. Der Boden war mit Gummimatten ausgelegt, wie es sie auch an den Zugängen zur Gondel oder den Liften gab. »Was ist das? Eine Garage?«

»Für Schneescooter, schätze ich mal, deshalb die Gummimatten. So können sie von hier abhauen.«

»Bloß dass ausgerechnet heute, wo wir so ein Scheißding verdammt gut gebrauchen könnten, keins da ist.«

Lisa leuchtete zur Wand an der Stirnseite, sie konnten eben noch die Doppeltür aus grauem Eisen erkennen, als die Handylampe flackerte und ausging.

Mit ausgestreckten Händen tastete Lisa sich vorwärts, bis sie die Tür erreicht hatte: »Hier ist die Klinke. – Zugesperrt natürlich. Warte mal ... Das ist ein Sicherheitsschloss, wenn ich das richtig fühle. Mit ganz viel Glück ...«

Ohne den Satz zu beenden, zog sie den Schlüssel aus der Tasche, den Toni ihr für die Eisentür in der Hütte zugesteckt hatte. Sie musste eine Weile probieren, bis sich der Schlüssel in den Schließzylinder schieben ließ.

»Jetzt versprich dem Herrgott mal irgendwas«, flüsterte Moni. »Am besten so in der Größenordnung wie ›Wenn der Scheißschlüssel wirklich passt, verzichte ich für den Rest meines Lebens auf Alkohol und Sex‹.«

»Das hast du gesagt ...« Lisa holte tief Luft, dann drehte sie den Schlüssel. Mit einem leichten Klacken schnappte das Schloss auf.

»Warte! Was ist, wenn sie da draußen sind und ...«

»Ich hab das Leatherman! Nimm du den Schlüssel, aufs Gesicht zielen, okay?«

Lisa drückte die Klinke nach unten und stieß die Tür auf.

Wie aufs Stichwort brach der Mond durch die Wolken und tauchte die Umgebung in ein kaltes Licht, das alle Konturen scharf abzeichnete. Es war weit und breit niemand zu sehen, nur die Tannen ragten wie Scherenschnitte vor ihnen auf. Und die Felswand in ihrem Rücken wirkte so grau und unnahbar, dass es Lisa wie ein Wunder erschien, ihrem Verlies tatsächlich entkommen zu sein.

»Danke, o Herr, das hast du ausnahmsweise mal gut gemacht.« Ihre Stimme klang fast ehrfürchtig.

Der Wind hatte den Schnee am Waldrand hoch aufgetürmt, auch zur Seite hin waren Schneewehen, die die Wurzelballen umgestürzter Bäume wie groteske Buckel aussehen ließen.

»Scheiße«, stöhnte Moni, »das war's aber auch schon wieder mit den guten Taten des Herrgotts. Ohne Schneeschuhe und mit meinem Knie kommen wir nicht weit.«

»Aber wenigstens sind wir außerhalb des Geländes vom Internat! Da rechts ist wieder der Zaun, siehst du, nur der Seitenstollen ist von außen zugänglich.«

»Schön für uns«, quetschte Moni zwischen den Zähnen hervor. »Hilft uns aber auch nichts.«

Sie drehte sich abrupt um und zog den zweiten Flügel der schweren Tür auf, der Mondschein reichte gerade bis zu der Aluminiumkiste, die sie vorher gesehen hatten. Moni humpelte los, ohne auf Lisa zu warten. Als sie die beiden Verschlüsse aufschnappen ließ und den Deckel anhob, trat Lisa zu ihr.

»Eine Warnweste«, murmelte Moni, während sie den Inhalt durchwühlte, »ein Kletterseil, ein Scheißhelm, nichts, was wir brauchen können. Halt, hier!« Sie hielt ein Paket in die Höhe: »Signalraketen! Der Typ an der Funke hat doch gesagt, dass sie den Hubschrauber noch im Einsatz haben. Machen wir ein Feuerwerk da draußen, damit sie auf uns aufmerksam werden. Die Schneise zwischen Felswand und Bäumen sollte reichen, dass sie zumindest ein Seil runterlassen können, um uns hochzuziehen.«

Aber dann waren sie kaum wieder im Schnee vor dem Eingang zum Stollen, als Moni nach Lisas Arm griff und zum Berggipfel hinaufzeigte. »Was ist da los?«, stammelte sie mit schreckensbleichem Gesicht.

»Da ist was passiert, das muss genau im Kar unter den beiden Zinnen von der Gamsspitze sein …«

Die Feuersäule ließ den Himmel über dem Kar glutrot erscheinen, Lisa meinte, kurz hintereinander zwei Explosionen zu hören, die Bergwände warfen das Echo vielfach zurück.

»Bitte lass es nicht den Hubschrauber sein, der da gerade abgeschmiert ist«, flüsterte Moni.

Für eine Sekunde zuckte der Lichtkegel eines starken Scheinwerfers über die tief hängenden Wolken, dann löschte ein plötzlicher Schneeschauer alle Orientierungspunkte aus, die Gipfel der Berge verschwanden von einem Augenblick zum nächsten im dichten Nebel.

Der Wind zerrte an den Tannen und ließ schwere Schneebatzen von den Zweigen rutschen. Eine Bergdohle flog krächzend auf, der nächste Windstoß warf sie um ein Haar gegen die Felswand, flügelschlagend verschwand sie in der Dunkelheit.

Irgendwo im Wald durchschnitt der heisere Schrei eines Raubvogels das Heulen des Sturms.

13. KAPITEL, 6. JANUAR

Abschluss

Wenn alles seinen Platz findet

»Wir haben Glück gehabt«, stellte Lisa leise fest. »Der Sturm hat genauso plötzlich wieder nachgelassen, wie er über der Gamsspitze aufgezogen war. Und dann haben wir kapiert, dass der Lichtkegel über dem Kar von einem Hubschrauber kommen musste, einem zweiten Hubschrauber vielleicht, wir haben ja immer noch geglaubt …« Lisa brach mitten im Satz ab, als würde jedes weitere Wort wieder die Panik der letzten Nacht aufkommen lassen.

Max nickte. »Passt zu dem Hergang, soweit wir uns das jetzt zusammengebastelt haben. Sie konnten mit dem Motorschlitten nicht zurück zum Dorf drüben, weil wir inzwischen überall Suchtrupps hatten. Also haben sie versucht, direkt im Kar abzufahren. Und das war's dann, sie sind ohne Licht gefahren, und sie müssen gleich den ersten oder zweiten Felsen erwischt haben. Bumms und Feuerwerk und aus. Theorie eins, wohlgemerkt. Es gibt auch noch eine zweite. Der Toni muss gewusst haben, dass es so gut wie unmöglich ist, im Dunkeln mit einem Motorschlitten die steilen Wände im Kar hinunterzukommen, und das heißt …«

»Er ist mit voller Absicht da runter.« Lisa schloss für einen Moment die Augen, bevor sie weitersprach. »Es war seine Lösung für alle Probleme. Er wird den beiden Männern irgendwas erzählt haben, dass er einen Weg kennt, auf dem er sie da rausbringt, irgendwie so was. Als sie kapiert haben, was er wirklich vorhatte, war es schon zu spät. Tonis Art der Wiedergutmachung, er rettet Moni und mich, und dann nimmt er zwei von den Dreckschweinen mit in den Tod.«

Das reicht aber nicht, Toni, dachte sie. Das hättest du dir alles früher überlegen müssen, keine Absolution, nicht von mir, in der Hölle sollst du schmoren, du … du …

Sie wischte sich hastig mit dem Handballen über die Augen, dann stand sie auf und nahm das gerahmte Foto von der Wand. Eine alte Schwarz-Weiß-Aufnahme vom Perchtenumzug am heiligen Dreikönigstag in Oberalmdorf, Männer in Tierfellen, mit Fackeln und furchterregenden Masken. Männer wie Monster. Bestien.

Ohne das Bild eines weiteren Blickes zu würdigen, legte Lisa es mit dem Glas nach unten auf die Bauernkommode. Als sie sich wieder setzte, war ihr Gesicht ohne jede Regung. Ebenso gut hätte sie sich gerade einen Kaffee geholt oder sonst etwas anderes gemacht haben können, was nicht weiter der Rede wert war.

Sie saßen beim Neuwirt in der »Bauernstube«, die dem abendlichen Stammtisch der Schafkopfspieler aus dem Dorf vorbehalten war, den Rest des Tages aber ohnehin nicht genutzt wurde. Die Hitze des Kachelofens ließ das Holz der getäfelten Wände knacken. Max hatte schon das Fenster aufgeklappt, um frische Luft in den Raum zu lassen. Der Geruch nach Tabakrauch und Bier von den unzähligen Schafkopfrunden schien dennoch unverändert aus jeder Ritze zu dringen. Aber wenigstens hatten sie hier ihre Ruhe, niemand außer den Wirtsleuten wusste, wo sie waren.

Die Neuwirtin hatte neben dem Fenster ein kleines Frühstücksbuffet für Max und Lisa aufgebaut, alle paar Minuten steckte sie den Kopf zur Tür herein, um zu fragen, ob alles »passen« würde.

»Perfekt«, bestätigte Max jedes Mal, Lisa begnügte sich mit einem Nicken. Sie konnte es den Eltern nachfühlen, dass sie mehr als dankbar waren, ihre Tochter zurückzuhaben. Andererseits fiel es ihr schwer, jetzt einfach so zu tun, als ob alles in bester Ordnung wäre. Und als ob nicht auch Katharinas Eltern mit ihrem Schweigen und ihren ständigen Ausflüchten dazu beigetragen hatten, die Strukturen im Dorf immer weiter aufrechtzuerhalten. Es war nur einem glücklichen Zufall zu verdanken, dass Katharina mehr oder weniger unversehrt war, zumindest körperlich. Tatsächlich wussten sie inzwischen ungefähr, wie Katharinas Entführung abgelaufen war …

Als das SUV neben ihr hielt, hatte Katharina geglaubt,

ein Tourist wollte nach dem richtigen Weg fragen – und war in den Wagen gezerrt und betäubt worden. Aber als sie dann in der Hütte wieder zu sich gekommen war, war ihr schlecht geworden. Und das war ihre Rettung gewesen, sie hatte sich ununterbrochen übergeben, was die Männer erst einmal davon abgehalten hatte, sie wie geplant zu vergewaltigen.

Auch an den nächsten beiden Tagen hatte sie sich noch öfter übergeben müssen – ebenso wie ihr Freund im Dorf und noch ein paar andere, die zusammen mit ihr auf der Weihnachtsfeier im Club gewesen waren. Die Jugendlichen hatten sich ein Virus eingefangen, eine Magen-Darm-Grippe, die in den letzten Schultagen vor den Ferien im Dorf umging. Katharinas Freund hatte jedenfalls nicht simuliert, als Lisa ihn zu der Nacht in der Tanzbar befragen wollte und er kaum ein vernünftiges Wort herausbrachte.

Einer der Männer, die in der Hütte nach Katharina sahen, hatte sie mit Zwieback und Kamillentee gefüttert, Katharina erinnerte sich, dass er auch das Laken und den Kopfkissenbezug gesäubert und ihr ein frisches Sweatshirt mitgebracht hatte. Er wäre »eigentlich ganz nett« gewesen, hatte sie Max erzählt. Was ihr mehr Angst als alles andere gemacht hatte, war der Satz, den er jedes Mal wiederholte: »Wir müssen doch sehen, dass wir dich wieder auf die Beine bekommen! Das kleine Reh muss rennen können.«

Katharina hatte nicht gewusst, was das bedeuten sollte.

Lisa wusste es umso besser! Aber die Wilde Jagd hatte nicht stattgefunden, nichts war in diesem Winter so gelaufen wie in all den Jahren zuvor. Und die Ehemaligen vom Internat waren zunehmend in Panik geraten, als sich nicht mehr ignorieren ließ, dass die Sache ganz offensichtlich aus dem Ruder lief. Nicht nur, dass sie um ihren perversen Spaß gebracht worden waren, als Katharina aus der Hütte verschwand, sondern irgendjemand war hinter ihnen her, die Jäger waren zu Gejagten geworden.

Als es den Peter Kurz erwischt hat, war uns klar, dass es was mit unserem kleinen Ritual zu tun haben muss, dass mit dem Horn von seiner Maske war ja wie so ein Zeichen, hatte der dritte Mann ausgesagt, als er im Nachbartal verhaftet worden war. Er war unter den Schaulustigen am Unfallort des Schneescooters gewesen und den Polizisten aufgefallen, weil er direkt an der Absperrung kollabiert war und von einem Rettungssanitäter versorgt werden musste.

Max hatte ihn noch in der Nacht vernommen und Lisa gerade erst die Abschrift der Aussage hingeschoben.

Natürlich fanden wir es auch bei den anderen Unfällen schon auffällig, dass es da zweimal hintereinander einer von uns war. Dreimal, wenn man den Florian vom Dorf mit dazuzählt. Aber der Toni hat gemeint, dass es wahrscheinlich nur reiner Zufall ist! Gerade solche Unfälle wie von dem Schreiner passieren in den Bergen

nun mal. Das hat auch der alte Polizist so gesehen, der ja die Unfälle untersucht hat.
Der Peter Kurz war es übrigens, der uns dieses Jahr überredet hat weiterzumachen. Wir wollten eigentlich schon aufhören. Oder mal ein Jahr aussetzen! Da war ja auch gerade erst letzte Ostern bei der Ladies' Skiweek der Schorsch, der Georg Zitterbart, erfroren im Wald gefunden worden, und langsam wurde es wirklich auffällig, ich meine, wir waren mal zu neunt, als wir angefangen haben! Aber der Peter hat gemeint, wenigstens ein letztes Mal noch!
Es konnte ja keiner ahnen, dass uns die Kleine da das ganze Bett vollspuckt. Erst Peters Auto und dann das Bett in der Hütte, da vergeht dir echt alles. Da hast du gar keine Lust mehr … Und dann taucht auch noch die Schlampe aus dem Skigeschäft auf! Ist die es jetzt eigentlich, die unsere Freunde auf dem Gewissen hat? Jetzt sagen Sie schon! Ich hoffe, ihr habt sie, und sie wandert hinter Schloss und Riegel. Ich weiß, dass wir … Also dass das natürlich nicht ganz sauber war, was wir da gemacht haben, aber wir sind keine Mörder! Ich würde eher mal so sagen, wir waren so was wie die Exekutive, eine Art moralische Instanz, die sich darum kümmert, dass bestimmte Regeln nicht ganz in Vergessenheit geraten. Die Frauen haben es ja darauf angelegt, die hatten sich das selbst zuzuschreiben …

Frage des ermittelnden Beamten:

Woher hatten Sie die Information, welche der Frauen aus dem Dorf ... bestraft werden sollten?

Antwort:

Von dem Alten!

Frage des ermittelnden Beamten:

Von welchem Alten?

Antwort:

Na, dieser Xaver, der Maskenschnitzer. Der hat ja nicht nur an seinen Masken rumgeschnitzt, sondern der hatte seine Augen und Ohren überall. Und der hat immer eine Liste für uns geschrieben, jedes Jahr neu. Wenn wir dann alle angekommen waren, haben wir uns jedes Mal am ersten Abend in die Bar gehockt und ausgewählt, wen wir uns vornehmen.

»Wie geht's jetzt weiter?«, fragte Lisa, während sie die hausgemachte Marillenmarmelade auf ihre Kaisersemmel strich, sie dann jedoch wieder auf den Teller legte, ohne abzubeißen.

»Sag du es mir.« Max schlürfte kleine Schlucke seines dampfend heißen Kaffees.

Das Geräusch nervt, dachte Lisa, außerdem schlürft man nicht, das sollte er schon als Kind gelernt haben. Und es nervt auch, dass er mich die ganze Zeit nicht aus den Augen lässt, auch jetzt nicht, nachdem er endlich die Tasse wieder abgesetzt hat.

Natürlich wusste sie, was Max von ihr hören wollte! Aber darum ging es ja gerade, das war ja der Grund dafür, dass sie so genervt war. Tatsächlich hatte sie genauso wenig wie alle anderen eine Ahnung, was genau bei diesen Unfällen passiert war. Außer dem Täter natürlich. Oder der Täterin. Der oder die würde es wissen. Die Unfälle waren keine Unfälle. Sondern die Rache eines der Opfer. »Mord«, wenn man nach den Kategorien der gültigen Rechtsprechung ging. So wie Max es ja schon von Berufs wegen tun musste …

Es deutete einiges auf Laetitia als Tatverdächtige hin, allerdings war unklar, welche Rolle ihr Mann dabei womöglich gespielt hatte. Und Laetitia verweigerte jede Aussage. Sie war in Polizeigewahrsam, Monis idiotischer Versuch, sie einfach von der Bildfläche verschwinden zu lassen, hatte eher das Gegenteil bewirkt und den Fokus der Untersuchungen erst recht auf Laetitia gerichtet.

Laetitias Mann hatte die Auflage, das Tal nicht zu verlassen und sich zur Verfügung zu halten, das Gleiche galt für Moni. Sich zur Verfügung halten und von jetzt an die Ermittlungen ohne Einschränkungen zu unterstützen, alles andere würde ihre Situation deutlich verschlechtern, daran hatte Max keinen Zweifel gelassen.

»Du hast schon genug Mist gebaut, der dir noch früh genug auf die Füße fallen wird, zwing mich jetzt nicht, mir vom zuständigen Richter sofort einen Strafbefehl ausstellen zu lassen.« O-Ton Max.

Es war klar, dass er sich dabei in einer Grauzone bewegte, zumal er durch Lisa und ihre allgemein bekannte Freundschaft mit Moni ohnehin persönlich involviert war – und genau deshalb auch jederzeit von dem Fall abgezogen werden konnte. Ebenso klar war, dass er jetzt von Lisa etwas erwartete. Er hatte deutlich gezeigt, dass er bereit war, ihre Freundin so weit wie möglich zu schützen, jetzt war es an ihr, ihm reinen Wein einzuschenken. Nur dass Lisa eben auch kaum etwas anderes zu erzählen hatte als ein paar vage Vermutungen.

Falsch. Sie machte sich selber etwas vor. Und Max ahnte, dass sie ihm etwas verschwieg. Sie konnte nicht mehr genau sagen, was Moni ihr zugerufen hatte. Aber ihr Geständnis war eindeutig gewesen ...

Sie hatten beide Angst gehabt, Panik, sie hatten gewusst, dass sie es nur mit viel Glück durch den Tiefschnee und den vom Windbruch einem Labyrinth gleichenden Wald bis zum Auto schaffen würden. Zumal Moni deutliche Mühe hatte, mit ihrem verletzten Knie überhaupt aufzutreten! Selbst der Hubschrauber bot nur eine wenig realistische Hoffnung, die Schneise zwischen Wald und Felswand war zu schmal, um zu landen, der immer stärker werdende Wind machte die schroffen Felsen hinter ihnen zu einer tückischen Falle. Wie sollte es dem Piloten gelingen, das Rettungsgeschirr herabzulassen und sie unbeschadet nach oben zu bekommen?

Außerdem war da die ganze Zeit die Ungewissheit, selbst mit dem Hubschrauber zu spät zu kommen, um Katharina und Laetitia in Sicherheit bringen zu können. Oder wenigstens per Funk die Polizei im Nachbartal zu alarmieren, bevor die Männer mit dem Motorschlitten als Erste an dem Versteck wären, das längst aufgeflogen war.

Und dann hatten sie die Feuersäule vor den Gipfeln gesehen. Und augenblicklich jede Hoffnung begraben, bis der Feuerschein ebenso plötzlich in sich zusammenbrach, wie er vorher zum Himmel emporgeschossen war. Dafür tastete sich der Lichtkegel eines Hubschrauberscheinwerfers wie ein Finger durch die Dunkelheit.

Die erste Signalrakete, die sie zündeten, wurde vom Wind gegen die Felsen geworfen und zerbarst in einem Funkenregen, erst die zweite Rakete stieg im langen Bogen immer höher und tauchte den Berghang in ein gespenstisches Rotlicht.

Lisa und Moni schossen eine Rakete nach der anderen ab, bis endlich der Lichtkegel die Position änderte und der Hubschrauber schnell näher kam. Und während die Felswand das Flappen der Rotorblätter hundertfach verstärkt zurückwarf, seilte sich bereits einer der Rettungsleute zu ihnen ab.

Lisa hatte nur zu genau das Bild vor Augen, wie Moni sich noch einmal zu ihr umdrehte. Kurz bevor der Mann ihr half, die Gurte des Rettungsgeschirrs zu schließen.

Und sie fühlte wieder dieses Kribbeln im Nacken, das sie die Schultern hochziehen ließ, als wolle sie einer drohenden Gefahr ausweichen …

»Nur dass du es weißt, Lisa, ich habe das Auto vom Sepp manipuliert. Hab was an der Lenkung gemacht! Aber es sollte schon vorher passieren, gleich wenn er den Weg vom Haus runterkommt. Ich wollte, dass er geradeaus in den Schafstall fährt und kapiert, dass er keinen Tag mehr sicher ist. Damit er sich genau so fühlt wie ich damals! Ich weiß nicht, warum er mit der Lenkung noch bis zum Pass hochgekommen ist. Aber es tut mir nicht leid, er hatte es verdient, einer weniger von den Schweinen!«

Im selben Moment, in dem Lisa endgültig entschieden hatte, Max nichts von diesem Geständnis zu erzählen, drangen vom Flur her laute Stimmen zu ihnen herein, dann wurde die Tür aufgestoßen, die Neuwirtin versuchte vergeblich, den bleichen Polizeiinspektor zurückzuhalten.

»Ist okay«, sagte Max nur.

»Sie haben Ihr Handy nicht eingeschaltet, deshalb musste ich jetzt extra hier herüberkommen«, beschwerte sich der Inspektor, während er es gleichzeitig schaffte, so vorwurfsvoll auf das Frühstücksbuffet zu blicken, als wollte er Max ermahnen, seine Arbeit ernst zu nehmen.

Max zuckte mit den Schultern. »Wenn Sie eine Semmel mögen, bedienen Sie sich ruhig. Wenn nicht, sagen Sie, was Sie wollen. Und dann schleich dich wieder«, schob er noch leise hinterher.

»Was?«

»Jetzt sagen Sie schon, was ist los?«

»Zwei Sachen gibt's. Das eine ist … Also, da geht es um den Neuwirt.«

»Aha. Und?«

»Der war vorhin bei uns. Auf der Wache, meine ich. Er ist einfach hereinspaziert und direkt zum Schreibtisch vom Revierleiter. Und dann hat er ihn gepackt und ihm links und rechts ein paar Maulschellen verpasst. Also nicht dem Schreibtisch natürlich, sondern dem Alois. Links und rechts, patsch, patsch, ohne ein Wort zu sagen.«

»Aha«, wiederholte Max. »Interessant. Und dann?«

»Und dann ist er wieder weg! Ich dachte erst, er will mich auch noch hauen, hat er dann aber doch nicht. Er ist wieder weg, als würde er mich gar nicht sehen. Aber das geht doch nicht, der kann doch nicht kommen und den Revierleiter ohrfeigen!«

»Vielleicht hatte er einen Grund dazu«, erwiderte Max. »Und der Alois, was sagt der?«

»Gar nichts. Der will ihn auch nicht anzeigen.«

»Na, dann ist doch alles in Ordnung.«

»Aber ich dachte, Sie …«

»Was war die zweite Sache?«, unterbrach ihn Max ein wenig rüde. Aber Lisa konnte sehen, dass ihm die Geschichte mit dem Neuwirt und dem Alois eindeutig gefallen hatte. Und auch sie selbst hatte Mühe, ihre Genugtuung nicht allzu deutlich zu zeigen.

Die nächsten Sätze des jungen Inspektors allerdings ließen sie ebenso wie Max zusammenzucken.

»Die zweite Sache ist, dass da noch einer gekommen ist. Gleich nach dem Neuwirt. Und das war der Zahnarzt, der Dr. Schaffsky aus Innsbruck. Der im Alpenhof gebucht hatte und die Reservierung dann aber storniert hat. Der Herr Doktor ist hergekommen, weil er eine Aussage machen will. Er sitzt noch bei uns, und der Revierleiter hat mich zu Ihnen geschickt, weil Sie ja Ihr Handy ausgeschaltet haben. Aber was der Herr Doktor da bislang erzählt hat, das ... das ... das glauben Sie nicht!« Der Inspektor rang fassungslos die Hände, bevor er stammelnd weitersprach: »Es ist alles die Schuld von der Frau Pracht, die das Internat früher geleitet hat. ›Die Hexe‹, wie man sie hier ja auch nennt. Die hat ihren ehemaligen Schülern gesagt, dass sie das tun sollen. Die Frauen vergewaltigen und all das.«

Lisa zuckte zusammen, Max sprang halb von seinem Stuhl auf.

»Was sagen Sie da?«

»Der Dr. Schaffsky aus Innsbruck ist extra mit dem Auto hergekommen, weil er alles zu Protokoll geben will. Dem Leiter der Ermittlungen, hat er gesagt. Und das sind ja Sie!«

Max warf Lisa einen kurzen Blick zu, die plötzliche Wendung war so unerwartet, dass sie beide Mühe hatten einzuschätzen, was das für den ganzen Fall bedeutete. Andererseits passte es zu den paar Sätzen, die Toni noch auf der Hütte hervorgestoßen hatte. Wie sie als Schüler missbraucht worden waren. Und vielleicht hatte die alte Pracht ihre Machtposition ausgenutzt und …

Max beugte sich vor.

»Sie hat etwas gebraucht, um sich abzusichern, damit keiner der Schüler über das redet, was da jahrelang passiert war«, sagte er halblaut und nur für Lisa bestimmt. »Sie musste etwas finden, was sie gegen sie verwenden konnte! Also …«

»Hat sie die Opfer … zu Tätern gemacht?«

»So was, ja. Wir werden es bald genauer wissen!« Er drehte sich zum Inspektor. »Holen Sie die Frau aufs Revier, jetzt gleich.«

»Mit Blaulicht und Sirene?«

»Das überlasse ich ganz Ihnen. Wie Sie es für richtig halten. Ich gehe rüber und rede mit dem Mann aus Innsbruck. Wenn Sie dann mit der Frau Pracht kommen, lassen Sie sie ruhig sehen, wer da bei uns sitzt.« Max erhob sich und tippte dem Inspektor auf die Brust, als wollte er ihn von der Wichtigkeit seiner Anordnung überzeugen. »Führen Sie die Frau an dem Raum vorbei, in dem ich mit dem Zahnarzt bin, und machen Sie kurz die Tür auf, als wollten Sie mich etwas fragen. Irgendwie so was, es wird Ihnen schon was einfallen.«

Die Hand des Inspektors zuckte zu seiner Mütze hinauf, als wollte er salutieren. »So wird es gemacht, Herr Major. Äh … nur eine Frage noch …«

»Ja?«

»Was geschieht mit den Verdächtigen, die wir haben? Ich meine, die Laetitia Kreuzer vom Ziegenhof ...« Der Inspektor nahm die Finger zu Hilfe, um niemanden zu vergessen. »Den Mann von der Laetitia. Die Moni vom Sportgeschäft. Zumindest die Laetitia müssten wir doch nach Salzburg überstellen, sie ist die Hauptverdächtige bei den Mordfällen. Soll ich das später übernehmen? Die Überstellung, meine ich?«

»Immer schön eins nach dem anderen«, erwiderte Max. Er zögerte, bevor er weitersprach. »Noch ist hier gar nichts sicher. Ich werde erst alle drei am Nachmittag noch mal vernehmen.« Seine nächste Pause war noch länger, als würde er sich seine Worte erst zurechtlegen müssen. »Es gibt da ... womöglich einen Zeugen, der den letzten Mord auf der Brücke beobachtet hat. Und der glaubt, dass er einen Mann als Täter gesehen hat.«

»Den Mann von der Laetitia!«, kam es wie aus der Pistole geschossen vom Inspektor. »Ich habe dem Kreuzer noch nie getraut.«

»Nein. Laetitias Mann hat ein Alibi für den Zeitpunkt, das habe ich bereits überprüft. Aber jetzt holen Sie erst mal diese Frau Pracht. Wir sehen uns auf der Wache.«

Der Inspektor war kaum zur Tür heraus, als Lisa schon fragte: »Was war das denn? Was für einen Zeugen meinst du?«

Max schien ihre Frage gar nicht gehört zu haben. Er trat ans Fenster und starrte auf die Straße hinaus. Immer noch mit dem Rücken zu Lisa sagte er: »Der Inspektor hat recht, wir können Laetitia nicht länger hierbehalten, ohne sie ganz konkret des Mordes anzuklagen. Ich kann es nicht erklären, aber mir wäre ein anderer Täter lieber. Selbst wenn Laetitia vor Gericht und mit einem guten Anwalt vielleicht eine Chance hat, zumindest nicht die Höchststrafe ...«

Lisa sah, wie er sich schwer auf die Fensterbank stützte.

»Ich weiß es nicht, sie tut mir leid, das ist es. Aber es wird keinen Weg geben, sie davor zu bewahren, für sehr lange Zeit einzusitzen. Es sei denn, es kommt noch ein anderer und sagt: Ich war's!« Wie in Zeitlupe drehte er sich jetzt um, während er die Hände hob und sie gleich darauf resigniert wieder fallen ließ. »Vergiss es, Lisa, es gibt keinen Zeugen, ich habe bei dem Inspektor nur versucht, ein bisschen Zeit zu schinden. Und wir werden auch leider keinen anderen Täter aus dem Hut zaubern können. Ich wüsste jedenfalls nicht, wer das sein sollte.«

Als Lisa zehn Minuten später erklärte, sie brauche dringend frische Luft, war sie erleichtert, dass Max keine Anstalten machte, sie womöglich zu begleiten.

Er nickte nur. »Bis gleich, ich bin dann drüben auf dem Revier.«

Lisa war sich nicht sicher, was genau den Ausschlag für ihre Entscheidung gegeben hatte. Sie war sich noch nicht mal sicher, ob es überhaupt ihre eigene Idee war! Oder ob Max ihr da nur etwas ... nahegelegt hatte. Ein Angebot gemacht. Einen Ausweg gezeigt, den er selber nicht vorschlagen wollte oder konnte. Er durfte es nicht, er war schließlich Polizist. Aber er würde es akzeptieren, wenn sich eine solche Lösung anbot. Wenn das Wunder geschah.

Sie stieg die steilen Stufen vom Marktplatz zum Fluss hinunter. Die gemauerte Grotte mit dem Kreuz und dem ewigen Licht davor gab es immer noch. Aber die Plastikblumen waren neu, rot und noch kaum ausgeblichen. Ebenso wie die beiden pausbäckigen Engelchen, die mit einer dünnen Schnur am Kreuz befestigt waren, als wollte jemand verhindern, dass sie auf und davon flogen. Die Engelchen konnten ruhig hören, was Lisa sagen würde. Und sonst war niemand da.

Als Erstes rief sie bei Moni an. Moni war im Laden, Lisa konnte hören, wie hinter ihr jemand nach einem Paar Skier verlangte, »die ordentlich Tempo machen«. – »Wie gut läufst du?«, war die prompte Erwiderung des Verkäufers. »Anfänger, Fortgeschrittener, Profi?« – »Profi, würde ich sagen.« – »Dann nimmst du die hier.« Das Übliche, Lisa erinnerte sich gut an eine bestimmte Sorte Touristen, die sich selbst maßlos überschätzte. Und die Skier, die er jetzt bekommen würde, waren ganz sicher bestenfalls für einen Hobbyläufer, der tunlichst auf der blauen Piste bleiben sollte.

»Kannst du eben mal nach draußen gehen?«, bat sie Moni. »Ich muss ein paar Sachen von dir wissen, aber deine Antworten braucht keiner zu hören.«

Moni zeigte keinerlei Verwunderung. Als hätte sie ohnehin damit gerechnet, dass Lisa sich melden würde. Dennoch klangen ihre Antworten leicht irritiert.

Sie hat eine ganz andere Frage erwartet, dachte Lisa, sie glaubt, ich würde nur um den heißen Brei herumreden.

Dann sagte Moni auch schon: »Hör mal, Lisa, ich weiß, was ich dir da gestern zugerufen habe, als der Heli da war. Wenn es darum geht, dann sag mir jetzt einfach, was das bedeutet. Ich bin ja nicht doof, mir ist doch klar, dass das irgendwelche Konsequenzen haben muss.«

»Ich weiß nicht, wovon du redest«, erwiderte Lisa. »Du hast irgendwas gerufen, ja, daran erinnere ich mich, aber ich habe kein Wort verstanden, der Lärm vom Hubschrauber war viel zu laut.«

Das nächste Telefonat war schwieriger. Fabian war der Kollege von der Uni, der IT-Spezialist, der nicht akzeptieren wollte, was Lisa vorsichtig formuliert hatte – dass sie noch nicht wusste, ob es mehr als nur ein One-Night-Stand werden würde. Ein One-Night-Stand, den sie nicht bereute, der nur vielleicht auch keine Fortsetzung haben müsste.

Als er sich jetzt meldete, achtete sie sehr darauf, wie sie ihr Anliegen formulierte. Fabian sollte gar nicht erst auf die Idee kommen, sie hätte nur nach einem Vorwand gesucht, um ihn anrufen zu können. Aber sie durfte ihm auch nicht zu deutlich zeigen, dass es ihr im Moment tatsächlich nur um ihre Frage ging.

»Ich brauche deine Hilfe, Fabian, es geht um Computer,

und du bist der Einzige, den ich kenne, der das vielleicht wissen könnte. Ich habe da ein Problem wegen ... einer Erbschaftsgeschichte. Ganz konkret: Ich muss wissen, ob da jemand versucht, mich auszutricksen! Ist es möglich, dass man bei einer E-Mail zum Beispiel die Sendedaten verändern kann? Also, ich meine, eine E-Mail mit einem früheren Datum schicken als dem tatsächlichen, geht das?«

Fabian fühlte sich ganz offensichtlich gebauchpinselt und war nur zu gern bereit, ihr genauestens zu erklären, wie so etwas manipuliert werden konnte. Sie musste mehrmals nachfragen, bis sie es wirklich verstanden hatte. Dann ließ sie sich zu dem Satz hinreißen: »Du bist ein Schatz, Fabian! Du hast was gut bei mir, ich melde mich, wenn ich zurück in München bin.«

»Ich könnte auch zu dir kommen! Jetzt, meine ich. Ich habe Zeit. Wo steckst du? In Österreich? Ich könnte meine Skier mitbringen und ...«

»Stopp, Fabian! Das ... das geht nicht, glaub mir. Ich habe doch gesagt, es ist eine Familienangelegenheit, ich muss hier was klären. Wir sehen uns wieder, wenn das Semester weitergeht. Ich danke dir noch mal, pass auf dich auf!«

Lisa blickte auf die Uhr. Vielleicht war es gar nicht verkehrt, jetzt gleich in die Kirchgasse hinüberzulaufen. Wenn sie sich nicht täuschte, würde ein Ersatzschlüssel auf dem Balken über der Tür liegen, den die Polizei nicht entdeckt hatte. Es lag immer ein Schlüssel auf dem Türbalken. Oder unter einem Stein neben der Schwelle. In jedem Haus im Dorf.

Der Streifenwagen, der in der Gasse geparkt hatte, war verschwunden. Klar, Toni würde nicht zurückkommen, nie wieder. Seine Überreste lagen in der Gerichtsmedizin in St. Josef, sicher würde die Polizei noch mal Laden und Wohnung nach irgendwelchen Hinweisen durchsuchen, gerade aber waren die Beamten mit anderen Dingen beschäftigt. Toni würde erst wieder ihr Interesse wecken, wenn sie die E-Mail in den Händen hätten, die Lisa jetzt auf Tonis Computer schreiben und an ihre Uni-Adresse schicken würde ...

In der Ladentür hing das Schild GESCHLOSSEN, der Schlüssel lag unter dem Fußabtreter. Im Laden roch es muffig. Lisa meinte, noch den Geruch nach dem Röstgemüse ausmachen zu können, das sie mit Toni zusammen zubereitet hatte. An der Tür zu seiner Wohnküche zögerte sie kurz, dann wandte sie sich noch mal zurück. Mit zwei Schritten war sie hinter dem Verkaufstresen, wo die »Liebhaberstücke« von Toni aufgereiht standen. Seine ganz spezielle Schnitzkunst, die er »diskret verpackt« an vornehmlich männliche Kunden verschickte. Sie hätte wetten mögen, dass auch ein paar Ehemalige aus dem Internat zum erlesenen Kreis der Käufer gehörten, gleichzeitig fragte sie sich, wer wohl die Modelle gewesen sein mochten, nach denen Toni die bis ins Kleinste ausgearbeiteten Details aus dem Holz geschnitzt hatte.

Sie kniete sich hin, um die Figuren genauer zu betrachten, irgendetwas in ihr sträubte sich dagegen, sie anzufassen und hochzunehmen. Erleichtert stellte sie fest, dass keines der in Ekstase stöhnenden Frauengesichter auch nur ansatzweise an sie erinnerte. Bei der zweiten Figur in der Reihe jedoch stutzte sie, es war weniger das Gesicht als der Körper, die breiten Schultern, die langen, kräftigen Beine, die muskulösen Arme – und vor allem die Hände, von denen schon Lisas Mutter vor vielen Jahren gesagt hatte: »Es ist kaum zu glauben, dass sie trotz dieser Pranken so geschickt mit Nadel und Faden umzugehen weiß.«

Als Lisa sich die nächste Figur genauer ansah, lief ihr ein Schauer über den Rücken. Sie konnte sich von früher nicht mehr an Maria Fronlechner erinnern, aber so musste sie mal ausgesehen haben, bevor sie in ihre katatonische Starre verfallen war …

Lisa erhob sich so abrupt, dass ihr für eine Sekunde schwindlig wurde. Wenn es noch irgendeinen Zweifel gegeben hatte, ob sie die Mail wirklich schreiben sollte, dann hatten Tonis Figuren jetzt endgültig den Ausschlag gegeben.

Sie war selber verblüfft über ihre Kälte, mit der sie plötzlich handeln konnte, da war auch nicht mehr das geringste Gefühl für diesen Mann übrig. Im Gegenteil, Lisa spürte nur noch Wut, Empörung, Widerwillen, jemals etwas mit ihm zu tun gehabt zu haben. Als wäre ihr erst jetzt wirklich klargeworden, was sie doch schon seit Jahren im tiefsten Inneren wusste.

Und im Übrigen war es auch egal, es spielte keine Rolle, Toni gab es nicht mehr, er war tot, es würde ihm nichts mehr anhaben können. Es würde auch für die Maria nichts ändern, die Vroni, die Johanna, Lisas Mutter. Aber Laetitia würde es vielleicht retten. Laetitia hatte drei Kinder, für die sie verantwortlich war. Sie durfte nicht ins Gefängnis kommen! Es reichte, dass der sommersprossige Junge aussah wie der Politiker aus Graz, dessen Gesicht oft genug über den Bildschirm flimmerte. Dass der Junge Laetitias Erinnerung für immer wach halten würde. Und dass Laetitia einen Mann hatte, der viel zu viel wusste, um jemals wieder froh sein zu können. Genauso wenig wie Laetitia selbst.

Das Passwort für Tonis Computer stand auf einem gelben Zettel, der auf die Rückseite des PCs geheftet war – RAUHNAECHTE.

Bevor Lisa zu schreiben anfing, rief sie noch einmal Max' Nummer auf. Er nahm das Gespräch sofort an.

»Und? Gibt es was Neues?«

»Moment, ich rufe gleich zurück.«

Es dauerte kaum zwei Minuten, bis sein Anruf kam. Nach dem verhallten Klang seiner Stimme war Max auf die Herrentoilette gegangen. Die Polizeiwache war ja im Erdgeschoss vom Rathaus, Lisa erinnerte sich, dass da unten neben dem Fahrstuhl auch die Toiletten lagen.

Und Max hatte den Wasserhahn aufgedreht, wahrscheinlich hatte er vorher auch überprüft, ob eine der Kabinen besetzt war. Er fragte nicht, von wo aus Lisa ihn anrief. Er sagte nur: »In Kurzform, Lisa, ich habe nicht viel Zeit. Es fehlen auch noch Details, und ich muss das alles noch abgleichen, aber nach der ersten Aussage von dem Zahnarzt hat es wohl bei dieser Silvesterfeier begonnen. Die Reihe der gezielten Entführungen und Vergewaltigungen, meine ich. Entschuldige die Formulierung, aber du beziehungsweise deine Freundin Moni, ihr wart … so was wie ein Vorspiel, das war in beiden Fällen eher spontan, so nach dem Motto, denen zeigen wir's jetzt mal richtig, die lassen ja sowieso jeden rüber. Dann wird das Internat geschlossen. Und auf der Abifeier zehn Jahre später gibt es einen Eklat, der Schreiner bei euch aus dem Dorf, dieser Florian, droht der alten Pracht damit auszupacken. Mit dem Missbrauch im Internat, dem ganzen Dreck, der da unter ihrer Leitung passiert ist. Aber jetzt kommt's, die alte Pracht weiß nämlich von deiner Vergewaltigung! Keine Ahnung von wem oder wieso, jedenfalls war der Schreiner einer von denen, die sich … einer von den Männern, die beteiligt waren. Und die Pracht weiß das. Sie weiß auch, wer noch dabei war, die beiden Typen, die dich im Auto entführt haben und so weiter. Also dreht sie den Spieß um und macht den Unruhestiftern klar, dass sie diejenige ist, die sie alle auffliegen lassen kann, sollten sie tatsächlich auf die Idee kommen, über früher zu reden. Vergewaltigung mit Entführung verjährt laut Gesetz erst nach zwanzig Jahren, sexueller Missbrauch Unmündiger bereits nach fünf …«

Lisa hörte, wie Max jetzt anfing, hin- und herzulaufen,

wahrscheinlich vom Waschbecken zum Fenster und zurück, das Geräusch des Wasserstrahls im Becken nahm entsprechend ab oder zu.

»Die Pracht ist aber noch viel perfider, und sie weiß ziemlich gut, wie diese Typen so ticken, schließlich hat sie selbst einen nicht gerade geringen Anteil an deren psychischen Deformationen zu verantworten. Sie macht ihnen also einen Vorschlag, der den Schweinen gleichzeitig auch noch eine Art Rechtfertigung verschafft – sie wählen ihre Opfer ja nicht willkürlich, sondern es sind Strafen für Frauen, die es nicht anders verdient haben! Nach der Aussage des Zahnarztes war auch das ganze Drumherum mit den Masken und der Wilden Jagd eine Idee von der Pracht, genauso wie am Schluss dann immer die Teilnahme am Perchtenlauf, sozusagen als Alibi. Und es dürfte ja wohl klar sein, dass die Alte sich natürlich abgesichert hat, es wird irgendwelche Fotos oder Videoaufnahmen geben, auf jeden Fall hat sie die ganze Zeit was gegen die Typen in der Hand gehabt. Was sie allerdings gar nicht brauchte, um sie jedes Jahr zu einer Wiederholung ihres perversen Tuns anzustiften, das haben die Männer von ganz alleine getan, und zwar mit einer … Ach, hör auf, ich weiß nicht, wie ich das nennen soll, es ist so widerlich, wie es kaum vorstellbar ist. Auch nicht nach all dem Dreck, den ich bei der Kripo schon gesehen habe.«

»Und die Pracht?«, brachte Lisa heraus. Es kostete sie unendliche Mühe zu fragen, alles in ihr schrie danach, sich die Ohren zuzuhalten und wegzurennen. Irgendwohin, wo es niemanden gab, der anderen solches Leid zufügte.

Aber ein solcher Ort existierte nicht. Und sie musste auch den letzten widerlichen Rest erfahren, um wenigstens eine Idee davon zu bekommen, warum ... Menschen so etwas taten.

»Was sagt die Pracht zu den Vorwürfen?«

»Sie redet nicht. Nicht ein Wort. Sie verlangt auch keinen Anwalt, sie sagt einfach gar nichts. Sie streichelt ihre Katze, das ist alles. Der Inspektor hat sie tatsächlich mit der dämlichen Katze hierhergebracht ... Warte, Lisa, da kommt jemand, ich muss Schluss machen.«

Lisa hörte noch, wie die Tür zur Toilette geöffnet wurde. Und es war Alois, der sagte: »Hier stecken's also, ich such Sie schon überall. Sie müssen kommen, die alte Hexe ... Irgendwas stimmt nicht mit ihr. Ich hab die Rettung schon angerufen. Sie ist einfach ... Ein Herzanfall, glaube ich.«

Dann war die Verbindung unterbrochen.

Es dauerte eine ganze Weile, bis Lisa die Mail fertig geschrieben und an ihre Dienstadresse in der Ludwig-Maximilians-Universität geschickt hatte. Das Sendedatum zu manipulieren, war einfacher gewesen, als sie erwartet hatte. Auch den Verlauf zu löschen, hatte sie ohne Mühe geschafft. Nichts deutete darauf hin, dass Tonis Computer nach seinem Tod noch mal benutzt worden war.

Sie würde sich bei Fabian nochmals aufrichtig bedanken, vielleicht würde er sich über die geschnitzte Figur freuen, die sie am Tresen in ihre Handtasche geschoben hatte. Ein kleiner Christophorus mit dem Jesuskind auf dem Arm, nichts, was ihn auf falsche Gedanken bringen konnte. Hoffte sie jedenfalls.

Als sie Max erneut anrief, hatte sie Tonis Laden bereits wieder verlassen und den Schlüssel ordentlich zurück unter die Matte gelegt.

»Max, ich habe gerade meine Uni-Mails gescheckt.« Lisa musste sich kaum bemühen, so atemlos zu klingen, dass ihre Geschichte glaubhaft erschien. »Da ist eine von Toni dabei, aus der Nacht, nachdem ich abends bei ihm gewesen bin. Um 1.20 Uhr abgeschickt! Das ist die Nacht, bevor er seinen Vater erschossen hat und dann verschwunden ist und plötzlich mit den anderen beiden Männern in der Hütte war, wo ich und Moni ...«

»Ganz ruhig, Lisa, nicht so aufgeregt.«

»Aber ich *bin* aufgeregt, das ist ...«

»Was steht in der Mail?«

»Er gesteht alle Morde! Der Toni war es, *er* hat seine eigenen Freunde auf dem Gewissen!«

»Kannst du das noch mal wiederholen. Bitte!«

»Toni hat nicht nur seinen Vater getötet, sondern auch die Männer, die bei den Vergewaltigungen dabei waren. Er beschreibt es alles ganz genau, jeden einzelnen Mord, er wollte angeblich, dass es aufhört, dass die anderen Angst kriegen und gar nicht mehr hierherfahren. Aber sie wären jedes Jahr wiedergekommen, deshalb hätte er immer weitermachen müssen. Verstehst du, Max, der Toni ist der Mörder, nicht die Laetitia oder sonst irgendjemand!«

Zwei Wochen später, am Wendelstein

Der Wind pfiff eisig, ein Schneeschauer fegte über die Piste.

Ein Stück unterhalb fuhr eine Skischule weite Bögen, eine Bergdohle hockte mit aufgeplustertem Gefieder auf einem Zaunpfosten und beäugte die Skiläufer. Als wollte sie den Gewinner in einem Wettbewerb ermitteln, bei dem niemand wusste, worum es überhaupt ging. Vielleicht wartete sie aber auch nur darauf, dass jemand etwas verlor, was womöglich fressbar sein könnte. Ein Hustenbonbon vielleicht. Oder einen Handschuh, aus dem sich das Futter herauszupfen ließ.

Lisa hatte sich ein paar Twin Tips geliehen und machte sich einen Spaß daraus, weite Strecken rückwärtszufahren, während sie Max anfeuerte: »Super, der Herr! Und jetzt die Skier vorne zusammen wie ein Pizzastück! Ja, und tiefer in die Knie dabei, noch tiefer, als wolltest du gerade jetzt zur Jungfrau Maria beten!«

Max spielte mit und fuhr unbeholfene Schneepflugbögen, breitbeinig und mit vorgestreckten Stöcken, bis er sich schließlich einfach zur Seite kippen ließ und kopfüber im Schnee landete.

»War das gut so?«

»Super! Ganz großartig! Bei der nächsten Olympiade musst du auf jeden Fall dabei sein. Aber ein bisschen üben wir vorher noch, bei deiner Haltung ist noch Luft nach oben, damit dann wirklich alle sehen, was für einen Superkerl ich mir da geangelt habe!«

Als sie Max lachend hochhalf, zog er sie an sich, um sie zu küssen. Die Dohle hinter ihnen krächzte heiser und flog enttäuscht davon.

»Das tut man ja eigentlich nicht«, flüsterte Lisa dicht an Max' Wange. »Man küsst nicht einfach die Skilehrerin.«

»Man wirft sich aber auch nicht jedem erstbesten Skiläufer gleich an den Hals«, flüsterte Max zurück.

»Nur zur Motivation! Das mache ich mit meinen Studenten an der Uni genauso. Und wer am besten küsst, bekommt seinen Schein fürs Hauptseminar …«

Max und sie waren wieder am Wendelstein, für drei Tage, in denen Lisa keine Seminare hatte. Max hatte sich Urlaub genommen, um Überstunden abzubummeln. Sie hüteten das Haus von Max' Onkel in Flintsbach, der zu irgendeinem Kongress für Sportmediziner eingeladen war. Max hatte vorgeschlagen, so zu tun, als hätten er und Lisa sich gerade erst kennengelernt.

»Wir fangen noch mal von vorne an! Und zwar genau da, wo wir letztes Mal aufgehört haben. Bevor ich dann dienstlich in irgend so ein Bergdorf musste! Ich weiß auch nichts von dir, und du weißt nichts von mir, es ist alles noch ganz neu und aufregend.«

Lisa hatte zugestimmt, ohne lange zu überlegen. Es erschien ihr wie ein unverhoffter Ausweg, um endlich alles hinter sich zu lassen, was in Oberalmdorf geschehen war. Und diesmal wirklich für immer, sie würde nie wieder zurückkehren!

Moni würde bleiben, Moni war ... härter als Lisa. Was aus ihrer Freundschaft werden würde, wussten sie beide nicht. Sie hatten auch nicht darüber gesprochen. Aber wenn Moni sie sehen wollte, würde sie nach München kommen müssen.

Tatsächlich schien es, als würden die schlimmen Erinnerungen mit jedem Tag mehr verblassen. Bis sie irgendwann vielleicht ganz aufhörten, sie wie düstere Schatten zu verfolgen und nachts aus dem Schlaf zu reißen.

Wobei sich Lisa sicher war, dass das letzte Bild, das sie aus Oberalmdorf mitnahm, immer in ihrer Erinnerung bleiben würde. Und vielleicht war das sogar gut so, würde es doch hoffentlich verhindern, dass sie jemals an ihrer Entscheidung zweifelte.

Es war an dem Tag gewesen, an dem Max die alte Pracht vernommen hatte. Nachdem sie sich erstaunlich schnell wieder erholt und mit ihrem Anwalt telefoniert hatte. Der dann zunächst mal die völlige Unschuld seiner Mandantin erklärte und mit einer Klage wegen Verleumdung drohte. Da war es Max allerdings bereits gelungen, von Alois zumindest die Bestätigung für die haarsträubenden Winkelzüge bei seinen früheren Ermittlungen zu bekommen.

Alois belastete sich damit selbst, aber ganz offensichtlich hatte er reinen Tisch machen wollen, um sein Gewissen zu erleichtern. Vielleicht hoffte er auch auf eine Absolution, die es allerdings nicht geben würde. Vielleicht fürchtete er auch nur, dass jetzt ohnehin alles herauskommen würden, und handelte nach dem Motto: Angriff ist die beste Verteidigung.

Jedenfalls hatte die Staatsanwaltschaft umgehend eine Untersuchung eingeleitet, die mediale Aufmerksamkeit war gewaltig, die Pracht würde ganz sicher zur Rechenschaft gezogen werden. Ebenso wie der Zahnarzt aus Innsbruck und der letzte der Internatsfreunde, der das Versteck von Katharina ausfindig gemacht hatte, Thomas Kreiner, der Immobilienmakler aus Wien. Die anderen waren alle tot.

Tonis Geständnis ließ keinen Zweifel daran, dass er der Täter war. Dass er sich umgebracht hatte, stand außer Frage und konnte als endgültiger Beweis angesehen werden, ebenso wie die Tatsache, dass er noch zwei weitere seiner Komplizen mit in den Tod genommen hatte. Als Sühne für die gemeinsamen Untaten.

Das ganze Dorf war entsetzt – und gleichzeitig doch wie befreit von einem Fluch, von der immerwährenden Angst vor den Geistern der Rauhnächte. Den Frauen, die gequält und missbraucht worden waren, würde es nicht helfen, aber zumindest war ein Schlussstrich gezogen, es war ... beendet.

»Nie wieder!«, hatte Moni zu Lisa gesagt, als sie morgens aus dem Haus gekommen waren.

Und dann hatte auf der anderen Straßenseite Lisas Großmutter gestanden und ganz offensichtlich auf sie gewartet. Mit dem wollenen Kopftuch und dem knielangen

Lodenmantel, unter dem die Stützstrümpfe die blau geäderten Beine und die geschwollenen Füße in den derben schwarzen Schuhen verbargen. Und ohne auch nur die geringsten Anstalten zu machen, jetzt auf Lisa zuzugehen. Wie ein Spuk, der erwartete, dass man ihm huldigte, um Schlimmeres zu verhindern.

Erst als Lisa schon vor der Großmutter stand und mit sich kämpfte, ob Bedauern und Mitleid oder immer noch ihre Enttäuschung, ihre Empörung, ihre verzweifelte Wut die Oberhand gewinnen würden, hatte ihr die Oma voller Hass entgegengezischt: »Hast du jetzt erreicht, was du wolltest, ja? Bist du zufrieden mit dir, dass du eine unschuldige Frau bloßgestellt hast, so dass jetzt jeder mit dem Finger auf sie zeigt?«

»Oma, die Pracht hat …«

»Und du ganz alleine bist es auch, die den Toni ins ewige Grab geschickt hat! Es ist alles deine Schuld, und das wird dir niemand vergeben, weder eine Menschenseele auf Erden noch der Herrgott im Himmel.«

Die Sätze würden Lisa von nun an begleiten. Zusammen mit dem harten und unversöhnlichen Gesicht, dem Hass in den Augen der alten Frau, ihrem krummen Rücken und den schlurfenden Schritten, als sie sich ohne ein weiteres Wort umdrehte und wieder den Hügel hinauflief. Zum Großvater, der sicher am Fenster stand und sie schon erwartete.

Sie zuckte zusammen, als Max mit dem Skihandschuh vor ihrem Gesicht hin- und herwedelte. »Hallo, Erde an Lisa! Alles okay mit dir?«

»Nichts ist okay, Max.«

Er zog die Augenbrauen hoch und blickte sie fragend an.

Lisa zuckte mit den Schultern. »Tut mir leid, du kannst nichts dazu, ich bin froh, dass du da bist.«

»Machen wir Schluss für heute? Wir kochen was und …«

»Nein. Ich weiß was Besseres. Im Kino unten im Ort läuft ein neuer Film, den ich gern sehen würde! Mit … Egal, du wirst es schon früh genug merken. Wenn wir uns beeilen, schaffen wir es noch rechtzeitig, Wenn wir uns sehr beeilen, schaffen wir vorher sogar noch was ganz anderes!«

Lisa wartete nicht auf seine Antwort, sondern drehte die Skier Richtung Tal und stieß sich ab. Sie war sich sicher, dass er ihr folgen würde. Und nicht nur hinunter ins Tal.

Aber sie durfte nicht zu schnell sein, sie musste ihm eine Chance geben, mit ihr mitzuhalten. Sie musste sich selbst diese Chance geben, vielleicht würde es ja funktionieren.

Vielleicht konnten sie gemeinsam alle bösen Geister hinter sich zurücklassen. Vielleicht würde der Krampus jede Macht verlieren, wenn man die Herausforderung annahm und sich ihm entgegenstellte. Ihn bei den Hörnern packte und in die Knie zwang, bis er einfach so ... verschwand.

Als hätte es ihn nie gegeben.

ENDE